Jochen und Renate Krohn
Die Ente vor der Schranke

Impressum

Herstellung und Verlag: BoD – Books on Demand, Norderstedt
ISBN 978-3-7460-2401-1

Lektorat   Renate Krohn, Leverkusen
Coverbild   BoD

Illustrationen   Jochen Krohn, Leverkusen

Satz   Renate Krohn, Leverkusen

Jochen und Renate Krohn

Die Ente vor der Schranke
und andere Erzählungen

zum Schmunzeln, Nachdenken,
und einfach Abhängen …

Jochen Krohn *1938 in Dresden, verbrachte seine Kindheit in Potsdam.1953 Übersiedlung nach Köln
Seine Liebe fürs Schreiben entdeckte Jochen Krohn erst verhältnismäßig spät; wobei speziell kritische und romantische Gedichte, Erzählungen und Kurzgeschichten, in denen sich sowohl irreale als auch unabänderliche Gegebenheiten widerspiegeln, den Vorrang haben. Dabei wird sowohl offene als auch verdeckte Kritik an unserer Gesellschaft deutlich.

Renate Krohn *1948 in Hüls/Niederrhein geboren, übersiedelte 1968 nach Köln.
Renate Krohn liebt Deutsch, Geschichte und Geographie. Nach der Schule absolvierte sie zunächst eine kaufmännische Ausbildung. Auf dem zweiten Bildungsweg, Studium am Fernlehrinstitut in Hamburg, erlernte sie das, was sie heute gern in einer oftmals deutlichen Sprache umsetzt. Mit den Jahren entwickelte sie ein waches Auge, gepaart mit einer gehörigen Portion Ironie. Es war und ist ihr immer sehr wichtig, lebensnah und realistisch, aber keinesfalls negativ zu sein.

Inhaltsverzeichnis

Reime

Das etwas andere Vorwort

Jeder, der es mal probiert,
Ob *Normalo* oder studiert,
In Versen etwas auszusagen,
Weiß, man muss sich damit plagen.

Wenn er dann Gefallen findet,
Wie man Worte so verbindet,
Und schmunzelt man sogar beim Lesen,
So ist das doch ganz nett gewesen.

Auch könnt es im Prinzip nicht schaden,
Würd' man über Dichters Zeilen lachen,
Denn, wie man sagt, ist das gesund,
Und macht das Wohlbefinden rund

Der Clou des Ganzen wäre wohl,
Man sich die Zeilen mehrmals holt,
Um sie gern noch mal zu lesen,
Ja dann – dann sind sie gut gewesen.

Hat man viele solcher Zeilen gefunden,
Sie zu einem Buch gebunden,
Und Leser es dann haben wollen,
Kann man dem Autor Beifall zollen.

Alles kann man nicht in Verse kleiden,
denn die Gedanken wandern weiter,
so schrieben wir Geschichten auf
mal ernst und mit 'nem lust'gen Hauch.

Ohne Krimi geht die Mimi ...

Eine Karre Holz

Er wartete, bis kein Kunde mehr am Büdchen stand; die letzten Meter ging er mit seinem Fahrrad von der rechten Seite auf den Kiosk zu. Stellte es vor sich, nahm eine Tageszeitung und legte diese auf die Theke. Dann verlangte er eine Packung Kaugummi und ein Päckchen Zigaretten.

„Macht zusammen sieben Euro achtzig", sagte Erich Soller zu seinem Kunden. Der griff langsam in die Innentasche seines Anoraks und hatte, statt der Geldbörse, plötzlich eine Pistole in der Hand. Er legte eine Plastiktüte von Aldi hin und sagte in scharfem Ton: „Mach deine Kasse leer, Opa, oder es knallt."

Erich Soller schaute nach rechts und links – kein weiterer Kunde war zu sehen. *Sonst will alle fünf Minuten jemand was von dir und jetzt...? Fehlanzeige.*

Seine *Kunde* fuchtelte nervös mit der Waffe herum, als Soller langsam seine Kasse öffnete und den gesamten Inhalt schweren Herzens in die Tüte schob.

Mit einer schnellen Bewegung schnappte sich der Mann die Tüte, setzte sich auf sein Rad und trat fest in die Pedalen.

Erich Soller war blitzschnell aus seinem Kiosk heraus und rief, lauthals: „Haltet den Dieb – da! Da vorne auf dem roten Fahrrad."

Der Räuber war schon nicht mehr zu sehen, als Soller per Handy die Polizei informierte.

Fünf Minuten später waren zwei Streifenbeamte vor Ort, befragten Soller nach dem Aussehen des Täters, Alter und welche Farbe das Fahrrad gehabt habe.

„Mittelgroß, glattes Gesicht, rötliche Haare und ein leuchtend rotes Rad. Und" zeigte er mit dem Arm in die Richtung, in die der Räuber verschwunden war, „dorthin ist er gefahren…"

Die beiden Beamten hatten sich Notizen gemacht und nach dem Schaden gefragt, dann machten sie sich auf den Weg in die angegebene Richtung.

„Viel Hoffnung haben wir nicht", ließen sie den Kioskbetreiber noch wissen.

Die zwei Streifenpolizisten Hans Ebers und Lothar Helle fuhren kreuz und quer durch die Straßen; kein rotes Rad, kein Mann mit einer Aldi-Tüte. Lediglich an einem alten Mann mit seiner Karre, auf dem er Abfallholz transportierte, fuhren sie vorbei. Zurück auf dem Revier schrieben sie ihren Bericht und legten ihn in die Mappe der unerledigten Fälle.

*

Zwei Tage später meldete sich ein Rudolf Schwab telefonisch auf dem Polizeirevier und zeigte Folgendes an: An seinem Vorgartenzaun stünde seit zwei Tagen ein knallrotes Fahrrad; zwar abgeschlossen, aber keiner kümmere sich darum.

„Ich schicke jemanden vorbei. Sagen Sie mir nur noch eben Ihre Adresse und bleiben Sie dann bitte am Ort."

Der Beamte hatte gerade den Hörer aufgelegt, als es an die Bürotür klopfte. „Ja bitte…" Die Tür ging auf und ein schmächtiger Junge betrat die Revierstube. „Was wünschst du?" fragte Wachtmeister Kürbis den Kleinen.

„Ich möchte eine Anzeige machen", erwiderte er und legte gleichzeitig ein Papier auf die Barriere.

Kürbis, öfter missgelaunt, weil er mit seinem Namen nicht unbedingt glücklich war, erhob sich von seinem Stuhl und schaute das Papier an.

„Man hat mir vor zwei Tagen mein neues Rad geklaut – das war ein Geburtstagsgeschenk…"

„Na, so ein Zufall", meinte der Wachtmeister und sah den Jungen an. Das Papier war ein Fahrradpass und sogar mit einer, von der Polizei registrierten Nummer. Thomas Singer, so hieß der Kleine, schaute den Polizisten an und verstand gar nichts. „Ja, dann wollen wir mal!" Sprachs und ging zum Telefon. Wenige Minuten später kamen zwei Beamte ins Büro und fragten ihren Kollegen, was anstünde.

„Ihr fahrt doch diese Woche den Kastenwagen?", fragte Kürbis.

„Ja – und?"

Er drückte den beiden die Notiz mit Rudolf Schwabs Adresse in die Hand. „Fahrt doch bitte da mal hin und nehmt den Jungen gleich mit."

Thomas wurde blass um die Nase. „Ich habe doch gar nichts Unrechtes getan! Ich wollte doch nur melden, dass mein Fahrrad gestohlen wurde!" „Nun hab' mal keine Angst. Du fährst jetzt im Polizeiauto mit den beiden netten Polizisten mit. Gerade, bevor du hier rein kamst, hatte ich nämlich einen Anruf. Da meldete ein Bürger, dass bei ihm seit zwei Tagen ein herrenloses, rotes Fahrrad am Gartenzaun abgestellt sei. Vielleicht ist es ja sogar deines? Dann werden wir es nach Fingerabdrücken untersuchen und dir anschließend gleich zurückgeben."

Anhand des Fahrradpasses konnten die Beamten das Rad einwandfrei identifizieren; es war tatsächlich Thomas Singers Rad.

„Wir nehmen das Fahrrad jetzt mit, damit unser Spurensucher etwas Arbeit bekommt. Sollen wir dich noch schnell nach Hause bringen?"

„Nein danke… ich bin mit dem Rad meines Vaters zum Revier gekommen und das muss ich erst abholen."

„Okay, dann rufen wir dich morgen an. Wenn die Kollegen mit der Untersuchung fertig sind, kannst du es wieder zurück haben."

*

Hans Ebers arbeitete in dieser Woche mit einer Kollegin zusammen; sie kamen im Verlauf ihrer Spätschicht gerade von einer Runde zurück. Evi Herz war neu im Revier, deshalb hatte man ihr einen erfahrenen Kollegen zur Seite gestellt. Sie hatten sich gerade einen Becher Kaffee am Automaten geholt als das Funkgerät piepte. „Ja – hier Wachtmeister Ebers beim Pause machen…"

„Pause sofort abbrechen!" kam es vom anderen Ende. „In der Gartenstraße wurde soeben mal wieder ein Büdchen überfallen; dafür bist du doch Spezialist! Macht Euch auf den Weg, bevor es ganz dunkel wird."

„Hast du irgendwelche Anhaltspunkte? Was hat der Besitzer gesagt?"

„Nicht viel; der ist total nervös. …nur soviel: ein etwa vierzigjähriger Mann mit einem qietschgelben Rad soll es gewesen sein."

Ebers und Herz machten sich auf den Weg. Während er mit dem Streifenwagen vom Hof fuhr, bemerkte er zu Evi: „Achte mal darauf, ob eventuell irgendwo ein gelbes Rad abgestellt ist. Beim letzten Überfall war es ein rotes. Der Dieb hatte es vorher gestohlen und dann einfach irgendwo hingestellt, bevor er verschwand.

Kurz bevor sie in die Gartenstraße einbiegen mussten, kam ihnen in einem Affenzahn ein Radfahrer entgegen. „He…! War das nicht ein gelbes Fahrrad?"

„Halt dich fest!", rief Ebers, „ich drehe!"

Fast hätte er auf der anderen Seite noch die Laterne mitgenommen. Doch so scharf sie ihre Augen auch wandern ließen – der Fahrradfahrer war weg. „Ein Stück weiter vor geht es in einen Waldweg, da kannst du wieder drehen", wies Evi ihren Kollegen an.

Ebers fuhr in den Weg hinein und wollte gerade den Rückwärtsgang einlegen, als er stutzte. „Sieh mal da vorne… Da schiebt jemand eine Karre mit Holz. Da stimmt doch was nicht! Solch eine Karre war beim letzten Bruch in ein Büdchen auch in der Nähe. Das gucken wir uns mal näher an", und fuhr weiter. Sie überholten den Mann, setzten ihren Wagen quer vor ihn und stiegen aus. Der Mann war so um die Sechzig und hatte schon keine Haare mehr auf dem Kopf. Er war sehr erstaunt, als die Polizei ihn anhielt und Einsicht in seine Papiere verlangte. Die Polizistin ging mit den Dokumenten zum Wagen, während Ebers den Mann anwies, sein Holz abzuladen. Evi Herz kam zurück als die beiden Männer vor dem nun leeren Wägelchen standen. Sie schaute ihren Kollegen an und schüttelte den Kopf. Ebers ließ den Mann das Holz wieder aufladen; außer eben diesen Kloben war nichts anderes auf dem Wagen zu finden. Sie verabschiedeten sich mit den Worten: „Nichts für ungut…" Dass die beiden *da so eine Idee* hatten, erzählten sie dem Mann nicht.

Der Waldweg war zu schmal zum Drehen, deshalb fuhr Ebers das ganze Stück rückwärts wieder hinaus. „Der Büdchenbesitzer wird sicher schon denken, dass die Polizei sich entweder mal wieder viel Zeit lässt oder gleich gar nicht erst kommt." Damit gab er Gas.

Vor Ort stellte sich dann heraus, dass es wohl wirklich wieder der gleiche Räuber gewesen sein musste. Es passte alles. Die Beschreibung: rötliches Haar, glattes Gesicht und ein auffallend lackiertes Fahrrad. Eines kam diesmal jedoch hinzu. Der Verkäufer hatte an der linken Hand des Mannes etwas bemerkt. Obwohl dieser Handschuhe trug, konnte man feststellen, dass ganz offensichtlich der kleine Finger fehlte.

Evi und Hans baten den Büdchenbesitzer für den nächsten Tag zum Revier, um das Protokoll zu unterschreiben. Dann verabschiedeten sie sich und stiegen in ihr Auto. Während der Fahrt geisterte Hans Ebers immer noch der alte Mann mit dem Holz durch den Kopf. Er sagte aber nichts.

*

Sie fuhren wieder gemeinsam Streife. Wachtmeister Ebers und Helle. Heute hatte man ihnen das Revier am Stadtpark und um den Sportplatz zugewiesen. Sie kannten sich hier aus; gingen doch beide schon mal zusammen auf den Fußballplatz, wenn ihr Heimatverein kickte und sie nicht gerade Dienst schoben. Als ob das Auto programmiert sei, bogen sie links in die Stichstraße ein. Dort wollten sie sich am Kiosk eine Currywurst genehmigen. Von *Kalli*, wie ihn hier alle nannten, wurden sie mit den Worten begrüßt: „Hallo – wie immer?"
„Ja", kam es wie aus einem Mund.
Während die Wurst brutzelte, unterhielten sie sich über dies und das. Kalli fragte, ob sie denn schon etwas von dem *Büdchenräuber* gehört hätten. „Leider noch nicht", bekam er zur Antwort. „Pass bloß auf, dass der nicht auch noch bei dir auftaucht", witzelte Lothar.
„Das soll er mal probieren!" Kalli griff neben die Kasse und zeigte den beiden einen dicken Knüppel. „So schnell kann der Bursche gar nicht gucken, wie der einen auf der Rübe hat!"
„Ja", grinste Hans, „und dann müssen wir dich wegen Totschlags einbuchten…"
„Von wegen! Das ist Notwehr – ich lasse mich doch nicht erschießen!"
Inzwischen war die Currywurst vertilgt; sie bezahlten und verabschiedeten sich, nicht ohne mit Kalli das Ergebnis des nächsten Spiels zu tippen.
Das Funkgerät blieb ruhig und sie setzten ihre Runde fort. Jetzt fuhr Lothar; sie wechselten sich immer ab; so wurden die Aufgaben während der Schicht gleichmäßig verteilt. Gerade waren sie an der Umzäunung des

Stadtparks angelangt, als Hans rief: „Mensch Lothar – sieh mal da vor-re… Halt mal an!"

„Was ist los?"

„Da guck – siehst du die Karre mit dem Holz?"

„Ja und?"

„Erinnerst du dich nicht? Unser erster Überfall *alter Mann mit Holz*; zweiter Überfall: *alter Mann mit Holz*. Das ist bestimmt kein Zufall, das sage ich dir."

Sie hielten neben der Karre und stiegen aus. „Ganz normales Holz" bemerkte Lothar.

Hans hatte bereits die ersten Stücke in der Hand und begann, das Holz abzuladen. Er hatte es fast geschafft, als er seinem Kollegen ein Stück entgegen hielt. „Und was soll ich damit?", fragte der.

„Nun nimm es schon in die Hand", moserte Hans.

Lothar streckte die Hände aus und übernahm das Stück. „Das ist aber leichtes Holz, fast wie Bambus. Hatte ich mal in meinem Urlaub in der Hand; das ist nämlich innen hohl."

„Hohl…! Mensch Hans, ich glaube ich spinne. Das sieht nur aus wie Holz, angemalt wie Baumrinde. Ein Kunststoffrohr von beiden Seiten mit einer Astscheibe verschlossen."

„Das ist ja ein Ding! Und jetzt?"

Hans hatte eine Idee. „Das Holz laden wir wieder auf; das Rohr nehmen wir mit. Ich rede gleich mal mit dem Boss. Der soll eine Zivilstreife hier in der Nähe parken lassen; mir schwant, es steckt nichts Gutes dahinter."

Als die Kollegen in Zivil ankamen, stand die Karre Holz wieder da wie zuvor. Beide informierten die Kollegen, um was es ging und verschwanden mit ihrem Polizeiauto um die nächste Ecke. In einer schlecht einseh-baren Toreinfahrt machten sie sich unsichtbar und warteten. Sie mussten eine Menge Geduld aufbringen; doch nach ungefähr einundeinhalb Stunden knarrte ihr Funkgerät. Ebers nahm ab. „Ja bitte".

„Eine Person auf einem gelben Fahrrad nähert sich und hält an dem Holzkarren an. Jetzt greift er zu und wirft alles auf den Boden. Zieht sich eine Maske vom Kopf, schaut sich nach allen Seiten um, stopft dieses Teil in eine Tüte und die steckt er nun in den Abfallcontainer. Jetzt setzt er sich aufs Rad und kommt in Eure Richtung. Ende!"

„Danke, stellt bitte die Maske und die Tüte sicher. Ende!"

Die beiden Beamten wären besser mit einem Fahrrad ausgestattet gewesen statt in ihrem Streifenwagen zu warten; doch hinterher ist man immer klüger. Hans und Lothar kamen gerade aus der Einfahrt auf die Straße, als auf der Querstraße ein gelbes Fahrrad vorbei flitzte. Als sie an der Ecke ankamen, blicken sie sich rechts und links um – doch es war nichts mehr zu sehen. „So ein Mist…! So nah dran! Hätten wir doch die Kollegen gleich zugreifen lassen. Wäre es der Falsche gewesen, hätten wir uns halt entschuldigt, aber nun?"

Sie fuhren noch mal die Umgebung ab, doch der Radler blieb verschwunden.

*

Das war nun schon der dritte Überfall in den letzten sechs Wochen. Trotz einer Anzeige in der Zeitung, besondere Vorsicht walten zu lassen, passierte es wieder. Der Mann musste sich gut auskennen in der Stadt; vielleicht wohnte er sogar irgendwo in der Nähe. Hauptkommissar Fritz Habicht ließ sich noch mal die Berichte bringen und verzog sich damit in eine Ecke der Cafeteria. Im zweiten Bericht fiel ihm etwas auf. Ebers und Herz kontrollierten auf einem Waldweg einen älteren Mann, der Holz auf einer Karre geladen hatte. Der muss doch…? Na klar! Der muss einen Schein vom zuständigen Förster gehabt haben. Mit dem Finger ging er Zeile für Zeile durch. Da stand doch was! Genehmigung zum Sammeln von drei Kubikmeter gefallenem Holz. *Name, Anschrift sowie Stempel, Unterschrift und Gebühr bezahlt.*

Hauptkommissar Habicht schnappte sich die Unterlagen und ging wieder an seinen Schreibtisch. Dann griff er zum Telefon und rief seine beiden Profis – Hans Ebers und Lothar Helle – zu sich. In Erwartung eines Anpfiffs klopften sie zaghaft an die Bürotür ihres Chefs. „Kommen Sie rein!"

Als beide vor dem Schreibtisch standen, schob Habicht ihnen den Bericht hin und fragte: „Fällt Ihnen da etwas auf?"

15

Beide lasen ihn nochmals Zeile für Zeile, obwohl sie genau wussten, was sie zu Protokoll gegeben hatten. Am Ende des Berichtes schüttelten sie den Kopf.

„Na, dann will ich Ihnen mal auf die Sprünge helfen. Was halten Sie davon, die Försterei zu besuchen, die dem Herrn… – wie hieß der doch gleich… Kaskowsky, den Holzschein ausgestellt hat. Vielleicht hat der Mann dort ja sein *richtiges* Gesicht gezeigt. Erst zum Förster und dann zu dem Wohnort dieses zweifelhaften Subjektes. Und… danach bringt Ihr den Mann am besten gleich mit!"

Beide bekamen rote Ohren, daran hatte keiner gedacht.

Als die Beamten an der Forststelle vorfuhren, stand der Förster vor seinem Auto und wollte gerade einsteigen. „Nanu? was verschafft mir das Vergnügen eines Polizeibesuches am frühen Vormittag?"

Hans Ebers trug dem Forstmann ihr Anliegen vor und wartete gespannt auf dessen Antwort.

„Ja, ich erinnere mich. Der ältere Mann kommt jedes Jahr; hat so eine alte Kate am Stadtrand. Wasser und Strom hat er wohl, aber keine Heizung; außer einem gusseisernen Ofen, wie er mir sagte. Was ist mit dem Mann?"

Lothar Helle schaltete sich ein. „Wir haben da einen Verdacht. Gestern wurde so ein zweirädriger Karren, mit Holz beladen, aufgefunden.

Als dann die beiden wieder im Auto saßen, fragte Lothar seinen Kollegen: „Wo ist das eigentlich am Stadtrand?"

Ebers kramte schon den Stadtplan aus dem Handschuhfach. Nach einer Weile sagte er zu dem am Steuer sitzenden Lothar: „Fahr mal Richtung Bahnhof; ich meine den Güterbahnhof; da muss das irgendwo sein."

Ganz am Ende der Gleisanlagen wurden sie fündig. In einem verwilderten Garten stand wirklich ein Minihaus. „Das kann doch bloß ein Zimmer haben, so klein ist das" sagte Hans zu Lothar, der schon im Begriff war, auszusteigen. „Aber eine Klingel hat er – hoffentlich tut sie's auch."

Der schrille Ton bestätigte dies; danach öffnete sich das kleine vergitterte Guckfenster in der Tür und eine Kinderstimme sagte:

„Mein Opa ist nicht zu Hause. Er hat einen Auftrag bekommen, der muss Geld verdienen."

Die beiden Polizisten guckten sich vielsagend an. „Wann kommt denn dein Opa wieder? Können wir warten?"

„Ich darf keinem die Tür aufmachen", antwortete der Steppke, „und sagen soll ich, wenn jemand fragt, er soll noch mal wiederkommen. Sonst nix." Dann schloss er die Klappe und verschwand.

Kollege Helle ging schon zum Auto als Ebers noch eine Runde ums Haus drehte. Als sie dann beide im Wagen saßen, fragte Lothar seinen Partner: „Was hast du gesucht?"

„Mir ist aufgefallen, dass weder die Karre, noch irgendwo Holz gestapelt ist. Komisch."

„Sehr komisch."

Nach einer kurzen Frage im Revier, wie sie sich weiter verhalten sollten, wurden sie zurück beordert und mit einem Durchsuchungsbeschluss ausgestattet.

*

Das Kollegenpaar Müller und Meier, bei allen *MM* genannt, wurde wieder mit der Beobachtung des Hauses beauftragt. Als sie an dem Objekt ankamen, suchten sie sich ein Plätzchen, an dem sie nicht gleich gesehen wurden und warteten. Es ging auf achtzehn Uhr zu als ein älterer Mann mit einem, scheinbar schweren, Rucksack angetrottet kam. Sie warteten noch, bis er am Haus angekommen war und sich die Tür öffnete, dann stiegen sie aus. Sie gingen die wenigen Schritte zu Fuß und klingelten. Das Fensterchen ging wieder auf und die Kinderstimme fragte, was sie denn wünschten. „Wir möchten zu Herrn Lukas Kaskowsky. Ist er zu Hause?", frage Müller.

Das Gesicht verschwand und sie hörten: „Opa, Opa – da sind zwei Männer, die wollen zu dir."

„Moment bitte; ich bin auf der Toilette", rief eine tiefe Stimme zurück.

Wenige Minuten später stand er in der Tür und fragte die beiden *Be-*

sucher nach ihrem Begehr. Diese wiesen sich aus und zeigten ihm das Schreiben, das ihnen den Zutritt zur Wohnung erlaubte. Gar nicht erstaunt öffnete Lukas Kaskowsky die Tür und bat die Beamten herein. Die wiederum waren überrascht, ein ordentliches Zimmer vorzufinden. Eine kleine Ecke war als Kochnische abgeteilt, in einer anderen Ecke ging eine schmale Stiege nach oben. Meier ging in diese Richtung und setzte gerade den Fuß auf erste Stufe, als ein lautes *Halt* ertönte. Meier zuckte richtig zusammen und blieb stehen. „Stoßen Sie sich nicht den Kopf; diese Stiege ist nur für kleine Menschen gemacht" grinste Kaskowsky.

Oben angekommen sah Meier sich im Schlafraum um. Wo unten die Toilette, war hier oben der Duschraum montiert.

Inzwischen hatte sich Müller unten umgesehen und fragte gerade, ob er denn mal einen Blick in den Rucksack werfen dürfe. „Aber bitteschön, bedienen Sie sich."

Die Überraschung war perfekt; der ganze Rucksack voll geschnittener Holzscheite!

Bis auf seinen Enkel sagte bei der ganzen Aktion niemand ein Wort. Dieser fragte: „Opa, was suchen die beiden Fremden eigentlich bei dir?"

„Weißt du Uli, ich glaube, die sind auf der falschen Fährte. Die suchen vermutlich meinen Zwillingsbruder – den alten Gauner."

Kommissar Müller drehte sich ruckartig um. „Was sagten sie gerade?"

„Ich sprach von meinem Bruder, der sieht fast genauso aus wie ich. Wir sind eineiige Zwillinge. Als der vor langer Zeit auf die schiefe Bahn kam und sich nicht helfen lassen wollte, habe ich den Namen meiner, leider verstorbenen, Frau angenommen. Mein Bruder heißt Emanuel Krüger. Wo der wohnt, kann ich Ihnen leider nicht sagen. Was hat der denn wieder angestellt?"

Müller ging auf diese Frage nicht ein, fragte aber seinerseits: „Was arbeiten Sie eigentlich?"

„Ich bin seit zwei Monaten Rentner und da ich von Beruf Gärtner bin, arbeite ich noch etwas nebenbei. Schneide Hecken bei Bekannten, das angefallene Holz lagern die Leute und ich hole es mir bei Bedarf ab… Wie Sie an meinem Rucksack gesehen haben."

Nun berichtete Meier, der vorsichtig von oben herunter gekommen war, was sich in den letzten Wochen ereignet hatte. „Ihr Bruder muss wissen, dass Sie weiter in Ihrem Beruf arbeiten und das anfallende Holz verwerten. Er hat sich wahrscheinlich ihrer beider Ähnlichkeit zunutze gemacht und unter Ihrem Namen einen Holzschein beim Förster besorgt."

„Was?! Das ist ja die Höhe", erzürnte sich Lukas.

„Dann hat er vor seinen Raubzügen in der Nähe seines auserkorenen Objektes eine Karre mit Holz deponiert. Zweitens ein Rad gestohlen; seine Tat begangen, mit dem Rad zu der Holzkarre gefahren und damit dann seelenruhig weitergegangen. Das Rad blieb zurück. Erst als ein paar Kollegen am Straßenrand die herrenlose Karre stehen sahen und sie näher unter…" Weiter kam er nicht; sein Funkgerät krächzte. Er drückte auf die Sprechtaste, „Ja bitte?"

„Aktion abbrechen. Täter gefasst. Ende!"

Die beiden Beamten entschuldigten sich wortreich bei Lukas Kaskowsky, baten ihn aber, dennoch am nächsten Tag zum Revier zu kommen. Auch Uli gaben sie die Hand und lobten ihn für sein vorbildliches Verhalten, keinen Fremden in die Wohnung zu lassen. *Der wird das sicherlich sofort seinen Eltern erzählen, wenn diese von ihrer Reise zurückkommen,* dachte er.

*

Dieses Mal hatte der Räuber schlechte Karten. Else Liebig betrieb ihre Trinkhalle an einer belebten Straßenkreuzung. Fünfhundert Meter weiter war auch eine Grundschule angesiedelt; so hatte sie täglich viele Kunden und gute Einnahmen. Auch Else hatte von den Überfällen auf die Büdchen gehört und zusätzliche Vorbereitungen getroffen. Ihr sollte nicht passieren, dass ihr jemand die Einnahmen stahl.

Als ein Mann mit einem Fahrrad an ihrer Verkaufsstelle erschien, wurde sie ganz wachsam. Sie beugte sich etwas zurück und betätigte einen Hebel. Der Mann verlangte die Tageszeitung und ein Päckchen Zigaretten sowie einen Flachmann. (Für Uneingeweihte: das ist eine Taschenflasche Schnaps!)

19

Else legte das Gewünschte auf den Tresen und nannte den Preis. Der Kunde fasste mit der rechten Hand, an der er einen Handschuh trug, in die Jackentasche. Statt der Geldbörse hielt er eine Pistole in der Hand. „Geld her oder es knallt! Aber ein bisschen dalli!"
„Komm rein, wenn du Geld willst – die Tür ist offen. Oder... verschwinde!"
Sie trat noch einen Schritt zurück, so dass der Räuber sich schon ins Fenster legen musste, um sie zu treffen. Tatsächlich ging er um den Kiosk herum und fand die Tür. Seine linke Hand drehte an dem Knauf und vorsichtig, immer noch die Waffe in der Hand, setzte er den rechten Fuß zuerst in den Raum. Als er das zweite Bein nachzog, passierte es. Eine vierzigmal vierzig Zentimeter große Holzbohle sauste von oben auf seinen Kopf hernieder. Das war nicht tödlich, doch er blieb Else Liebig zu Füßen liegen. Schnell bückte sie sich und hob die Waffe auf; mit der anderen Hand drückte sie den Notknopf auf ihrem Handy. Dann ging alles ganz schnell. Ein Streifenwagen und ein weiteres Fahrzeug mit einem Arzt waren blitzschnell zur Stelle. Sie fanden, der Länge nach im Kiosk liegend, eine männliche Person mit rötlichem Haar und, für die scharfen Augen des Arztes, mit einem zu glatten Gesicht. Er griff nach dem Kopf, um ihn auf die Seite zu drehen, als er, ein wenig erstaunt, eine Perücke, an der eine Gesichtsmaske befestigt war, in der Hand hielt. Zum Vorschein kamen ein runzliges Gesicht und fast kein Haar mehr auf dem Kopf. Die kleine Platzwunde war schnell versorgt; wenn auch davon der Räuber wieder zu sich kam. Der Arzt nahm noch vor Ort eine Blutprobe; hatte er doch ein wenig Alkohol gerochen. Jetzt erst staunten die Beamten, dass eine Frau mit einem einfachen, aber wirksamen Trick, den Gauner zur Strecke brachte. Sie nahmen ihn in die Mitte, verfrachteten ihn ins Auto und fuhren zum Revier zurück.

Bei der späteren Vernehmung gab Emanuel Krüger zu, der Bruder von Lukas Kaskowsky zu sein, den er überhaupt nicht leiden konnte. „*Diesen Besserwisser*", wie er sagte."
Der Holzschein beim Förster war eine gute Täuschung; in der Fuhre Holz befand sich dann ein Kunststoffrohr, in das er nach dem Überfall

das Geld, die Perücke und die schwarze Kunststoffjacke stopfte, um dann damit in aller Ruhe zu entkommen. Die beiden Beamten, die damals Verdacht schöpften und mich beim ersten Mal das Holz selbst abladen ließen, konnten so nicht bemerken, dass ein Stamm hohl war."

Inzwischen traf auch das Ergebnis der Blutprobe ein. Nicht nur, dass man fast drei Promille Alkohol feststellte, nein, obendrein wurden auch Heroinrückstände gefunden. Das war Krügers Grund, sich auf diese Weise Geld zu beschaffen.

Nach einer Entziehungskur fand Emanuel Krüger einen milden Richter. Eineinhalb Jahre Gefängnis wurden zur Bewährung ausgesetzt; zusätzlich fielen noch fünfzig Sozialstunden an. Die gestohlenen Fahrräder kamen wieder zu ihren rechtmäßigen Besitzern. Das beim Überfall sichergestellte Geld, bekamen die Kioskbetreiber ebenfalls zurück.

Als Lukas Kaskowsky am nächsten Tag aufs Revier kam, unterschrieb er nur das Protokoll; seinen Bruder jedoch wollte er nicht sehen. Tatsächlich schaffte Emanuel Krüger es, vom Rauschgift loszukommen; als dann seine Strafzeit abgelaufen und die Sozialstunden abgearbeitet waren, zog er in ein anderes Bundesland. Er wollte, trotz seines Alters, noch einmal neu beginnen. Er bekam ja nun auch Rente.

Ein kleiner Held

„Willi ...?"
„Ja, was ist denn?"
„Bringst du heute Abend bitte unseren Sohnemann ins Bett; ich habe in der Küche zu tun."
„Ist der denn schon bettfein?"
„Ja", antwortete seine Frau Cornelia, „er ist satt, gewaschen und steckt im Schlafanzug."
Willi rief seinen Filius und beide marschierten in den ersten Stock, wo das Kinderzimmer lag. Peter war fünf Jahre alt und daran gewöhnt, dass ihm vor dem Schlafengehen eine Geschichte vorgelesen wurde.

„Papa ... liest du mir auch eine Geschichte vor? Mutti macht das immer."
„Welche denn?", fragte Willi zurück.
„Ich weiß nicht, eigentlich kenne ich schon alle Geschichten aus den Büchern, die bei mir im Regal stehen."
„Na gut", meinte Willi, „dann *erzähle* ich dir eben eine schöne Geschichte."

Ein kleiner Junge, ungefähr so alt wie du, fuhr mit seiner Mutti in der Eisenbahn. Schon im Bahnhof war er ganz aufgeregt. Zum ersten Mal sah er so viele Menschen auf einen Haufen. „Mutti", fragte er, „wollen all diese Leute mit in unserem Zug fahren?"
„Ja", sagte sie, „doch keine Angst, wir haben zwei Sitzplätze reserviert. Die nimmt uns keiner weg."
Als der Zug nun kam und hielt, stiegen sie ein und fanden auch ihre Plätze. Als die Eisenbahn schon eine ganze Weile unterwegs war und das Aus-dem-Fenster-gucken keinen Spaß mehr machte, krabbelte der Junge von seinem Sitz. Gerade als er seine Mutti fragen wollte, ob sie mit ihm etwas im Zug spazieren ging, sah er, dass sie eingeschlafen war.
Also ging er dann allein auf Erkundungstour. Schaute in jedes Abteil, spielte hier und da mit anderen Kindern und wanderte dabei immer weiter. Plötzlich war der Zug zu Ende und ein fremder Mann fragte ihn:
„Na, wo willst du denn hin?"
„Meine Mutti schläft im Abteil und ich wollte mir den Zug ansehen. Ich bin nämlich noch nie in einem so langen Zug gefahren! Außerdem suche ich ein Klo – ich muss mal."
„Da kann ich dir weiterhelfen", sagte der Fremde, „gleich um die Ecke, da ist eins. Ich war auch gerade dort."
Der Junge bedankte sich artig und ging durch die angezeigte Tür. Als er fertig war und auf den Spülknopf drückte, sah er auf der Erde eine kleine Tasche stehen. *Die hat bestimmt der Mann vergessen, der mir das Klo gezeigt hat*, dachte er und wollte sie aufheben. Da hörte er seine Mutti rufen. Sie war aufgewacht und hatte ihren Sohn vermisst. Schnell machte er die Tür zu und lief ihr entgegen. Im Abteil erzählte er von der Tasche in der Zugtoilette und, dass vor ihm ein Mann heraus gekommen sei, der

sie sicher stehen gelassen hatte. Als ein paar Minuten später der Schaffner vorbei kam, berichteten sie ihm die Geschichte. Der Schaffner informierte den Lokführer, der telefonierte mit der Zentrale und nach einer viertel Stunde quietschten die Bremsen. Der Zug hielt auf offener Strecke an. Plötzlich wimmelte es von Polizei und alle Passagiere mussten den Zug verlassen. Später hörten sie, dass in der Tasche Sprengstoff gefunden wurde. Der kleine Junge hatte mit seiner Aufmerksamkeit sicherlich Schlimmeres verhindert. Zum Dank durfte er bei seiner nächsten Eisenbahnfahrt vorne beim Lokführer mitfahren.

„Das war aber eine spannende Geschichte!" Peter blinzelte schon mit den Augen und war kurz darauf eingeschlafen. Bevor Willi und Cornelia schlafen gingen, schauten sie noch einmal nach ihrem Sohn. Sie hörten ihn im Traum mit dem Lokführer sprechen.

Zwei feine Damen

Susanne und Carsten saßen im Wohnzimmer beim Abendbrot; der Flimmerkasten lief ausnahmsweise einmal. Eine Sendung über Sibirien wollten sie nicht verpassen, hatten sie doch in früheren Jahren Moskau und Sankt Petersburg besucht. Sie erinnerten sich an die herrlichen Bauten, den Kreml, die Museen und nährten eine heimliche Sehnsucht nach der unendlichen Weite dieses Landes.
Es war Herbst und die ersten Stürme zerrten an den frisch gepflanzten Bäumchen im Garten. *Gut, dass wir sie mit Holzpflöcken gesichert haben*, dachte Carsten mit einem Blick aus dem Fenster.
Sie wohnten erst seit zwei Jahren in Opladen; als die Reihenhäuser an der Lützenkirchener Straße gebaut wurden, griffen sie zu. An und für sich wollten sie nie Eigentum haben. Doch die Wohnung, in der sie seit zwanzig Jahren daheim waren, wurde verkauft. Der neue Eigentümer war offensichtlich nur auf das schnelle Geld aus; die Mieterhöhungen nahmen kein Ende.
Da traf es sich gut, dass Susanne eine kleine Erbschaft von einer ent-

fernten Verwandten bekam. Zusammen mit ihrem Ersparten, reichte es für zwei Drittel der Finanzierung. Den Rest wickelten sie über ihre Bank ab; so hielt sich die Abtragung in Grenzen.

Gerade erzählte der Moderator von den in ärmlichen Verhältnissen lebenden Menschen, die seit dem Zusammenbruch der Sowjetunion weder geregelte Arbeit, noch den entsprechenden Lohn bekamen, als vor dem Haus Lärm entstand.

„Seit wann fahren denn durch unsere Straße LKWs?", fragte Susanne kauend.

Carsten zuckte die Achseln. „Vielleicht hat sich mal wieder jemand verfahren."

Susanne stand auf und ging in die Küche, um aus dem Fenster zu sehen. Ein riesiger Möbelwagen stand mit laufendem Motor dort; der Fahrer war ausgestiegen und fragte den Nachbarn, der in seinem Vorgarten arbeitete, irgendetwas. *Ob die endlich das Nachbarhaus verkauft haben,* dachte sie und ging zurück ins Wohnzimmer, um ihrem Mann zu berichten, wer da draußen den Krach veranstaltete.

Tatsächlich zogen Leute in das Haus neben Susanne und Carsten Faust. Seit die Reihenhäuser fertig gestellt waren, stand das Eckhaus leer. Es wurde weder geheizt, noch tat jemand etwas an den Außenanlagen. Trotz Isolierung zwischen den einzelnen Einheiten, merkten sie am Energieverbrauch den Leerstand des Nachbarhauses. Es ist ja auch nicht gerade vorteilhaft", resümierte Carsten. „Eckgrundstück, dreimal Anliegergebühren und die Kosten für die Begrenzung sind auch entsprechend höher. Außerdem führt der Weg zum Einkaufscenter ebenfalls an dem Grundstück vorbei.

„Gut, dass es nicht regnet", meinte Susanne, die sich erst einmal wieder setzte, um das restliche Abendessen zu verzehren.

„Wieso…? Ach ja, wegen des Einzugs meinst du!"

„Hoffentlich sind es nette Leute. Gesehen habe ich allerdings noch Niemanden."

„Die werden sich in den nächsten Tagen sicher vorstellen", murmelte Carsten.

Nachdem sie ihre Mahlzeit beendet hatten, warteten sie noch das Ende der Sendung ab, beseitigten die Spuren des Abendbrotes und brachten das Geschirr in die Küche. Vom Fenster aus beobachteten sie die fleißig schleppenden Möbelpacker. Susanne und Carsten waren gerade dabei, sich anzuziehen, um noch eine Runde zu drehen, als es an der Haustür schellte. Susanne öffnete und sah sich zwei Damen mittleren Alters gegenüber. „Hallo; guten Abend – wir sind Ihre neuen Nachbarn. Aber … lassen Sie sich bitte nicht aufhalten."

„Kein Problem", antwortete Carsten, „wir wollten nur unseren üblichen Spaziergang machen."

„Das trifft sich gut. Wir sind Elke und Vita Dünn und wollten neben unserer Vorstellung auch eine Entschuldigung anbringen wegen des Lärms, der beim Aufstellen der Möbel entstehen wird. Und… ein paar Löcher müssen auch noch gebohrt werden. Wenn wir in den nächsten Tagen fertig sind, werden wir Sie einmal zum Kaffee bitten." Damit verabschiedeten sie sich und die beiden Faust's traten ihren Rundgang an. Als sie nach eineinhalb Stunden zurückkamen, war der Möbelwagen verschwunden.

„Was war das eigentlich für ein komisches Kennzeichen an dem Möbelwagen? PM – TM 077?", fragte Susanne.

„Ich glaube, das ist eines aus den neuen Bundesländern; Potsdam oder so ähnlich. Ich müsste aber mal nachgucken…" (PM = Potsdam Mittelmark; Anmerkung des Autors).

Sie machten es sich mit einem Glas Roten noch ein Stündchen bequem. Von den neuen Nachbarn war nichts zu hören. Sie hatten wohl ihre ruhestörenden Arbeiten erledigt.

*

In den kommenden Tagen wurde das gesamte Grundstück umgegraben und eingezäunt. An der Seite zum Weg stellten Arbeiter des Gartencenters eine Art Laube auf und pflanzten ein paar kleine Bäume. Danach beobachteten Susanne und Carsten, dass Gras eingesät wurde. Als sie von einem Wochenendbesuch bei ihren Eltern heimkamen, staunten sie nicht schlecht. Am Zaun entlang war ein Erdwall aufgeschüttet und darauf eine Hecke gepflanzt.

„An Geldmangel scheinen die beiden Damen nicht zu leiden", meinte Susanne.

„Vielleicht besaßen sie da, wo sie zu Hause waren, Grund und Boden. Oder ihre Männer, so sie denn welche hatten, hinterließen ihnen gute Lebensversicherungen…", entgegnete Carsten.

„Ist ja auch egal", murmelte Susanne, „Hauptsache sie sind verträglich."

Wieder acht Tage später, luden die beiden Nachbarinnen sie zu dem versprochenen Kaffee ein und bei der Gelegenheit durften sie das Haus besichtigen. Im Verlauf eines netten Gesprächs erfuhren die Eheleute Faust, dass sie mit ihren Vermutungen gar nicht so falsch lagen. Die zwei Damen waren Schwestern, deren Ehemänner bei einer Bergwanderung im Harz ums Leben kamen. Beide Herren hatten unbekanntes Terrain betreten, obwohl auf dem Weg ein Warnschild gestanden haben soll: *Vorsicht Forstarbeiten – Lebensgefahr*, waren sie weiter gegangen und ein umstürzender Baum wurde ihnen zum Schicksal.

*

Die Schwestern hatten sich eingelebt. Elke meinte zu Vita: „Unsere direkten Nachbarn scheinen ganz ruhige Vertreter zu sein."

„Ich meine auch; sie sind keine Topfgucker und lassen einen in Ruhe. In den nächsten Tagen werde ich sie mal fragen, ob sie einen Landschaftsgärtner hier in der Gegend kennen."

„Wieso – warum?"

„Schau mal aus dem Wohnzimmerfenster; was siehst du da?"

Vita guckte in den Garten. „Also ich sehe frisch gepflanzte Bäume, eine junge Birkenhecke und die ersten Grashalme aus der Erde sprießen."

„Genau das ist der Punkt", antwortete Elke. „Wenn wir an unser Gartenhaus wollen, treten wir den schönen neuen Rasen platt. Wir müssen einen schmalen Weg mit schönen Steinen legen lassen. Dann können wir daran denken, auch mal wieder ein männliches Wesen einzuladen."

„Das ist wahr", kicherte Vita, „Daran habe ich im Moment gar nicht gedacht…"

Vierzehn Tage später war der Weg fertig. In einem geschwungenen „S" führte nun ein Pfad aus fast weißen Steinen von der Terrasse zum Gartenhaus, um das inzwischen einige Wachholdersträucher gepflanzt waren. Es hatte geregnet und der Rasen rechts und links erholte sich langsam wieder.

Carsten kam von der Arbeit heim, stellte sein Fahrrad in die Garage und wunderte sich über die große Limousine vor dem Haus der neuen Nachbarn. *So was Schickes kann ich mir nicht leisten,* dachte er auf dem Weg zur Haustür und so ein kleines bisschen klopfte der Neid an die Gehirnpforte. Sofort rief er sich zur Ordnung... *was soll denn das?*

Er sprach Susanne darauf an und sie erwiderte: „Der war vor zwei Tagen schon einmal da. Fast weiße Haare, elegant angezogen. Dem Nummernschild nach zu urteilen, kommt er aus dem Bergischen. Woher die nur so schnell einen Bekannten haben?", schob sie noch hinterher. „Geht uns ja nix an; außerdem sind Beide alt genug, um Herrenbesuche zu empfangen."

Damit war das Thema für Susanne und Carsten erledigt und bald wurde der Anblick des schönen, großen Autos normal.

Sie konnten fast die Uhr danach stellen; alle zwei Tage, gegen siebzehn Uhr, trudelte der Besuch für die Nachbarinnen ein.

Nach dem Abendessen verzog Carsten sich in seine geliebte Sofaecke, um sich noch einmal der Tageszeitung zu widmen. Politik und Sport hatte er bereits in der Mittagspause gelesen; jetzt kam der Rest dran. Eine ganze Weile blieb es ruhig in der Wohnung, nur unterbrochen von einem leisen Klappern, das der Abwasch in der Küche verursachte. Kurze Zeit später betrat Susanne das Wohnzimmer und nahm ihre Strickarbeit wieder auf. Carsten schmunzelte und meinte etwas maliziös: „Jetzt weiß ich, warum unsere Nachbarinnen so schnell Männerbesuch haben..."

Susanne blickte hoch. „Ach ja – und warum?"

Carsten blätterte einige Seiten zurück und las vor. Unter der Rubrik Kontaktanzeigen stand folgendes: Zwei Damen mittleren Alters, vielseitig interessiert, suchen Gleichgesinnte. Schreiben Sie uns unter www ... usw."

„Seit wann liest du denn die Kontaktanzeigen? Und wieso denkst du, dass das unsere Nachbarn sind? Suchst du vielleicht was Neues… Wag dich!"

„Wo denkst du hin!!! Ich finde es nur interessant, in welch schillernden Farben und Worten sich manche Leute anpreisen." Um das zu unterstreichen stand er auf, nahm Susanne ganz fest in den Arm und küsste sie.

Die Überraschung blieb nicht ohne Folgen. Ein lautes Aua beendete die Zärtlichkeit; eine Stricknadel hatte sich in seinen Bauch gebohrt!

*

Weihnachten nahte und Carsten brachte am Haus die Außenbeleuchtung an. Elke und Vita Dünn begnügten sich mit einem geschmückten Baum auf der Terrasse. *Sie wollen wohl keine Nadeln in der Wohnung haben*, dachte er. Als er die Beiden mal vor der Tür traf, bestätigten sie ihm diese These. Während der Feiertage standen vor dem Nachbarhaus zwei Autos; ein Porsche mit Kölner Kennzeichen und ein dicker BMW mit GL - … auf dem Nummernschild. Susanne überlegte später halblaut: „Den anderen Mann gibt es wohl nicht mehr." Weder das Auto, noch die dazugehörende Personen hatte sie eine Weile schon nicht mehr gesehen. „Ist doch klar", grinste Carsten daraufhin. „Ein Mann für zwei Damen – ist doch ein bisschen wenig, findest du nicht?"

„Was du immer gleich denkst", kam es zurück.

„Was denkst du denn, was ich denke", lachte Carsten nun laut heraus.

Sie blödelten noch eine Weile herum, dann zogen sie sich an und begaben sich auf ihren täglichen Rundgang.

Nach eineinhalb Stunden schlossen sie ihre Haustür auf und die beiden Autos waren verschwunden. Am Nachbarhaus waren bereits die Jalousien geschlossen und Carsten blickte automatisch auf seine Uhr. „Kurz vor zwanzig Uhr – ob die wohl schon schlafen?"

Susanne öffnete noch einmal den Briefkasten. Seit es mehrere Zusteller gab, war das erforderlich geworden. Sie fand aber nur einen, in aller Eile geschriebenen, Zettel und daran angeklemmt, einen kleinen Schlüssel.

28

Noch bevor sie ins Haus gingen, las Susanne den Text laut vor. *Hallo, liebe Nachbarn. Wir sind ganz spontan drei Wochen in Urlaub gefahren. Sind Sie bitte so lieb und kümmern sich um den Briefkasten. Im Haus ist nichts zu tun; die Heizung ist zurück gedreht, alle Stecker sind gezogen und Blumen gibt es nicht. Danke! Elke und Vita Dünn.*

„Das ist ja ein Ding – einfach so in Urlaub fahren. Ich möchte mal wissen, wovon die beiden Damen leben. Einer mit Gehalt verbundenen Arbeit scheinen sie nicht nachzugehen", dachte Carsten laut.

*

Es war Mai geworden. Faustens freuten sich auf ihren Urlaub. Freunde versorgten das Haus und den Garten – es sei alles geregelt, teilten sie auch ihren Nachbarn mit. Es sollte nach Kreta gehen. Über die Insel und deren Kultur hatten sie schon viel gelesen, so dass sie es auch einmal in natura sehen wollten. Mit einem Taxi fuhren sie nach Rheindorf zur S-Bahn, dann über Düsseldorf-Hauptbahnhof weiter zum Flughafen. Einige Stunden später Landung in Herakleon und weiter mit dem Bus zur Hotelanlage. Die ersten Tage gehörten der Erholung am Strand. Bevor sie das erste Mal ins Wasser gingen, warnte man sie, unbedingt Badeschuhe anzuziehen. Nicht nur wegen des felsigen Untergrundes, vor allem wegen der Seeigel. Eine Begegnung der Füße mit diesen Stacheltieren verursacht üble Wunden.

In der zweiten Woche gab es Kultur satt. Knossos, Palast von Pheistos; viele Ausgrabungen, Wanderungen im Ida-Gebirge und Besuche in verschiedenen Museen.

Viel zu schnell vergingen die drei Wochen und ab ging es schon wieder in Richtung Heimat. Am S-Bahnhof in Rheindorf bestellten sie sich ein Taxi; Susanne war in Gedanken bereits zu Hause und meinte: „Bin mal gespannt, welche Autos jetzt vor dem Nachbarhaus stehen…"

„Das ist mir eigentlich egal", gähnte Carsten, „Hauptsache in unserem Haus und Garten ist alles in Ordnung."

Dann kam das bestellte Taxi und zehn Minuten später standen sie vor ihrem Heim. Der Fahrer lud das Gepäck aus, nahm den Fahrpreis entgegen, drehte und fuhr davon. Susanne schaute zum Nachbarhaus. Alle Jalousien waren herunter gelassen und an der Eingangstür prangte ein großes Plakat. Mit ein paar schnellen Schritten ging sie nach rechts, um zu lesen, was da geschrieben stand. *Zu verkaufen* – Maklerbüro Milke, Gartenstraße… „Das ist ja ein Ding!"

„Was ist ein Ding?", fragte Carsten und schleppte den letzten Koffer ins Haus. Susanne kam zurück. „Stell dir vor, unsere Nachbarn sind ausgezogen!"

„Was?"

„Da steht dran … zu verkaufen …"

„Das ist aber eigenartig; die wohnen doch erst ein halbes Jahr hier! Da stimmt aber was nicht."

„Heute ist es schon zu spät. Morgen früh, wenn wir uns bei Tanja und Marc zurückmelden, werde ich sie fragen. Vielleicht wissen die etwas Näheres."

Sie gingen beide ins Haus, packten die Koffer aus, duschten ausgiebig und ließen den Abend bei einem Glas Rotwein ausklingen, den sie als Andenken mitgebracht hatten.

*

Eine nicht allzu große Mitteilung in der Tageszeitung machte Carsten während der Mittagspause stutzig. In Brandenburg wurde nach zwei Frauen gesucht, die auf ihrem Grundstück vermutlich zwei, vorher umgebrachte, Männer unter dem Kompost vergraben hatten. Einer der Verstorbenen hatte noch eine entfernte Nichte, die sich darüber wunderte, weder Urlaubsgrüße noch Geburtstagsglückwunsche zu erhalten, obwohl ihr Onkel das nie vergaß. Der Zeitungsreporter wies daraufhin, dass die beiden Damen den Nachbarn seinerzeit erzählten, sie würden sich hier nicht mehr wohl fühlen und daraufhin seien sie mit unbekannter Adresse verzogen. Sachdienliche Hinweise …. usw. So fahndete also schon die örtliche Polizei nach ihnen. Carsten legte seine Stirn in Falten. Ob das wohl ihre Nachbarinnen …? Das waren doch so hilfsbereite Frauen? …aber die unterschiedlichen, dicken Autos, die dann plötzlich nicht mehr kamen? Das musste er am Abend unbedingt mit Susanne besprechen. Am besten wäre es wohl, den Zeitungsausschnitt mitzunehmen und die hiesige Polizei von ihren Vermutungen in Kenntnis zu setzen.

Carsten fieberte dem Feierabend entgegen. Auf der Fahrt nach Hause fand nichts Anderes als das zum Verkauf stehende Haus und dieser Zeitungsartikel Platz in seinen Gedanken. Zu Hause angekommen, stellte er nicht, wie üblich, sein Fahrrad gleich in die Garage. Hastig schloss er die Haustür auf und rief nach Susanne: „Hast du das schon gelesen…?"

„Was soll ich gelesen haben?", kam es aus der Küche.

„Na, in der heutigen Ausgabe der Tageszeitung!"

„Du Komiker! Wie soll ich etwas in der Zeitung gelesen haben, wenn du sie mit zur Arbeit genommen hast."

Carsten fasste sich an die Stirn. „Klar! Wie konntest du. Entschuldige bitte." Dann nahm er die Zeitung und breitete sie vor Susanne aus. Nachdem sie den rot markierten Artikel gelesen hatte, entfuhr ihr: „Mensch, Mann – wenn das stimmen sollte, dann wird hier Morgen in der Früh allerhand los sein…!"

*

Mit der Zeitungsnotiz in der Tasche fuhr Carsten am nächsten Morgen zur Polizeiwache und schilderte den Beamten seine Vermutung, wobei er betonte, dass er sich darüber im Klaren sei, dass dies eine schwere Beschuldigung wäre, die ihm entsprechendes Magendrücken verursachte. Immerhin sei es wirklich nur eine Vermutung aufgrund des sonderbaren Verhaltens dieser beiden Damen. Hendrik Schulz und Jürgen Lange, die sich nach ihrer Nachtschicht eigentlich auf ihren Feierabend vorbereiteten, guckten ziemlich müde aus der Wäsche. Sie versprachen, die Informationen an den Kollegen von der Frühschicht weiterzureichen. Damit war er zunächst entlassen und radelte zur Arbeitsstelle.

Gegen neun Uhr wurde Carsten ans Telefon gerufen. „Ja bitte?"

„Stell dir mal vor, was hier los ist!", begann Susanne. „Drei Polizeiwagen; ein Bagger, der Makler steht mit großen Augen dabei und weiß offenbar nicht, was hier vorgeht. Das Haus und den Garten haben sie schon abgesucht. Den Bagger haben sie in der Zwischenzeit umgebaut. Die Schaufel abmontiert und stattdessen einen Arm mit einem Haken angebracht. Damit hieven sie jetzt gerade das Gartenhaus hoch. Gefunden haben sie bisher aber wohl noch nichts…"

„Ich muss Schluss machen, Susanne, werde allerdings versuchen, im Büro freizubekommen. Die Polizei wird uns sicher ebenfalls befragen wollen. Obwohl wir fast nichts wissen. Doch dann möchte ich auch gern daheim sein."

Susanne legte den Hörer auf und ging auf die Terrasse, um den Arbeitern weiter zuzusehen.

Jetzt schwenkte der Baggerfahrer mit seinem Ausleger langsam die Hütte zur Seite; alle standen mit aufgerissenen Mündern da! Ein riesiges Loch, so groß wie der Grundriss des Gartenhauses, tat sich vor ihnen auf. Susanne erinnerte sich an das Gespräch mit Carsten, als die Nachbarn über Nacht, beziehungsweise an einem Wochenende, am ganzen Zaun entlang einen Erdwall aufschütten ließen und sie sich wunderten, wo denn die Erde herkam. Beide hatten keinen LKW gesehen, der etwas anlieferte. In dem Loch schien auf den ersten Blick nichts feststellbar; Susanne sah, wie ein Beamter auf die wieder aufgesteckte Schaufel des Baggers kletterte und sich in die Grube absenken ließ.

Carsten hatte frei bekommen und gesellte sich zu den vielen Neugierigen, die rings um das Grundstück herumstanden. Gerade sah er, wie der Beamte das letzte Stück von der Baggerschaufel in die Grube hüpfte. Dort, wo er landete, spritzte die Erde etwas zur Seite und eine weiße Plastikplane lugte aus dem Erdreich. Er rief seinem *überirdischen* Kollegen etwas zu; daraufhin reichte man ihm eine Schaufel, mit der er die restliche Erde vorsichtig zur Seite kratzte. Und die Zuschauer staunten zum zweiten Mal nicht schlecht. …drei sauber nebeneinander liegende weiße Pakete kamen zum Vorschein!

Carsten drehte sich um und ging endlich ins Haus; nicht, ohne sein geliebtes Fahrrad vorher in die Garage zu stellen.

Dieses Geschehnis stellte natürlich das Thema für den ganzen Abend zwischen Susanne und Carsten dar. Wie von ihm vermutet, tauchte die

Polizei auch bei ihnen auf um zu fragen, was ihnen alles aufgefallen sei. Ebenso erhielten sie die Aufforderung, sich am kommenden Tag im Polizeirevier einzufinden, um in Begleitung der Polizisten sich die drei Leichen in der Pathologie anzuschauen. Sie sollten eventuell bezeugen, dass die Toten die Besucher der beiden unbekannt verzogenen Damen gewesen seien und diese identifizieren.

Als die Beamten das Haus wieder verlassen hatten, meinte Susanne: „Wo mögen die bloß die Autos gelassen haben…?"

„Vielleicht haben die das ganz raffiniert angestellt und verfügen über ordentliche Papiere. Dann lassen sich solche Fahrzeuge ganz leicht verkaufen", sinnierte Carsten vor sich hin.

„Das ist natürlich auch eine Art, sich seinen Unterhalt zu verdienen. Man lacht sich reiche, allein stehende Männer an, erleichtert sie um ihr Vermögen und bringt sie dann um die Ecke. Vielmehr in die Grube!"

„Na, ich weiß nicht – immer auf der Flucht; wenn es entdeckt wird… Wäre das was für dich?", fragte er zurück.

„Nun, eines ist doch klar. Bei uns gibt es keine Todesstrafe mehr und im Knast brauchen sie sich um nichts zu kümmern. Kosten für Miete und Essen werden auch noch von den Steuerzahlern übernommen… Keine Steuererklärung, keine Kosten für Arzt und Medikamente", schob Susanne noch hinterher.

*

Am nächsten Morgen fuhren beide in die Pathologie, um die drei gefundenen Leichen anzusehen. Sie waren noch recht gut erhalten, trotzdem schüttelte sich Susanne bei deren Anblick. Es waren einwandfrei die Besucher ihrer ehemaligen Nachbarinnen.

Da man keinerlei Papiere bei den Toten fand, ihre Mörderinnen mussten sie vernichtet haben, erschienen am Tag darauf in der Zeitung drei Fotos mit der Überschrift: *Wer kennt diese Personen?* Sachdienliche Hinweise an die Polizei Leverkusen, Köln oder jede andere Dienststelle.

Als die polizeilichen Ermittlungen vor Ort beendet waren, ließ der Makler einen LKW mit Kies anliefern und die Grube neu verfüllen. Anschlie-

Bend kam das Gartenhäuschen wieder an seinen Platz. Weitere acht Wochen später war das Haus verkauft; ein Ehepaar mit zwei kleinen Kindern zog dort ein.

Anhand der veröffentlichten Fotos konnten die drei männlichen Leichen einwandfrei identifiziert werden. Auch die beiden Frauen wurden nach einer europaweiten Fahndung gefunden. Sie hatten sich nach Spanien abgesetzt. Die spanische Polizei überraschte sie auf einer einsamen Finca im trauten Beisammensein mit zwei gut aussehenden Herren. Hatten die ein Glück, sie landeten nicht in spanischer Erde.

Nachdem die Auslieferungsanträge perfekt waren, wurden Elke und Vita Dünn – sie hießen tatsächlich so – nach Deutschland überstellt. Zweimal lebenslänglich lauteten die Urteile. Sie hatten, wie von Carsten und Susanne vermutet, den Männern ihre Güter abspenstig gemacht und ihnen Pflanzengift in hoher Dosis ins Essen gemischt.

Verbrechen lohnen sich nicht; alle werden irgendwann zur Rechenschaft gezogen. Mord verjährt nicht…

Der weiße Auflieger

Sven saß in seiner Sofaecke und las, wie jeden Morgen nach dem Frühstück, die Tageszeitung. Er teilte diese mit seiner Frau Silke, die mit dem Lesen in der Mitte begann und den ersten Teil zum Schluss las.
Im Lokalteil fand Silke eine halbseitige Anzeige mit der Überschrift: „Wer hat achtzehnjähriges Mädchen gesehen?" Danach folgte die Personenbeschreibung.
Erst beim zweiten Anruf reagierte Sven, als Silke ihn darauf aufmerksam machte, dass schon wieder ein Mädchen verschwunden sei. Nach einem Discobesuch am Freitagabend war sie nicht wieder nach Hause gekommen.

„Heute ist Dienstag", meinte Sven, „wieso haben die so lange gewartet? Das hätte besser schon in der Samstagausgabe stehen sollen; die Chance, dass sich jemand erinnert, wäre dann wesentlich größer gewesen."

Sven vertiefte sich wieder in seinen Teil der Zeitung. In Russland hatte man gerade einen Anschlag auf eine Ölpipeline zu beklagen; im Sudan brachte man Gegner der Regierung um und im Irak gab es erneut Attentate. „Am besten", sinnierte er, „kauft man gar keine Zeitung mehr. Nur noch Mord und Totschlag; wenn da nicht der Sport und die Nachrichten aus der Region wären."

Silke ignorierte die Sportseiten, war also früher fertig mit lesen und hatte demzufolge Zeit, sich *ausgehfertig* zu machen. Der Einkaufszettel war geschrieben und es galt, ihn auf dem täglichen Rundweg abzuarbeiten.

Gegen neun Uhr machten sie sich auf den Weg; zuerst durch das nahe gelegene Industriegebiet, vorbei an der Muckibude und dem Recyclingcenter. Sie hatten dieses Stück des Weges schon fast hinter sich gelassen, als Sven fragte: „Ist dir eigentlich aufgefallen, dass der eine Auflieger, der weiße mit der Plane, bestimmt schon vierzehn Tage an der gleichen Stelle steht?"

„Genau", meinte Silke, „sowohl ohne Nummernschild als auch unverschlossen. Ob der wohl irgendwo abhanden gekommen ist?"

Sie kamen überein, noch eine Weile zu warten; sollte sich dann nichts bewegt haben, wollten sie auf ihrem Rundweg beim örtlichen Polizeirevier Meldung machen.

Als die beiden nach einer Woche wieder die gleiche Route gingen und besagter Auflieger scheinbar noch immer unberührt dort stand, sprachen sie im Polizeirevier vor. Sie erklärten dem Beamten ihre Beobachtung und auch er fand die Sachlage etwas komisch. Obwohl, ganz so ungewöhnlich sei das nicht. Er sagte: „Oftmals werden diese Auflieger, wenn sie gerade nicht gebraucht werden, abgestellt. Bei Bedarf werden sie vermietet und der jeweilige Fahrzeugführer bringt ein eigenes Kennzeichen mit. Im Laufe der nächsten Tage wird eine Streife einmal danach sehen", versprach er den beiden.

Tatsächlich – nach weiteren drei Tagen stand der Auflieger zwar noch am gleichen Platz, doch nun zierte ihn ein grüner Zettel.

Heute war die Tageszeitung besonders umfangreich. Ein Haufen Reklame, ein Fahrplan der Deutschen Bahn und ein Extrablatt zur beginnenden Tour de France lagen bei.

Als Silke sich bis zu den Regionalnachrichten durchgekämpft hatte, fiel ihr erneut die Anzeige auf. Vierzehn Tage war es jetzt schon her, ohne dass die Polizei in dem Vermisstenfall so recht weiter gekommen wäre. Noch immer wurde die junge Frau gesucht. Zwei spielende Kinder hatten ganz in der Nähe einer Disco im Gebüsch die Geldbörse der Vermissten gefunden, doch sonst gab es, trotz groß angelegter Suchaktion, keine Spur. „Es ist schon traurig", meinte Silke, „in Deutschland verschwindet ein Mensch und keiner hat etwas gehört oder gesehen."

„Ja", erwiderte Sven darauf, „in unserer Überflussgesellschaft denkt jeder nur noch an sich; ganz besonders in einer Stadt. In einer kleineren Gemeinde, wo jeder jeden kennt, ist es vielleicht noch anders. Doch auch da ist es nicht mehr ausgeschlossen, dass mal einer von einer Veranstaltung, die außerhalb stattfand, nicht wieder nach Hause kommt. Da können wir beide eigentlich von Glück reden, schon älter geworden zu sein und vor allem, dass wir alles gemeinsam unternehmen. So kann einer auf den Anderen acht geben."

„So", resümierte Silke, „jetzt haben wir genug gequasselt. Unsere Runde ruft; zumal es heute Mittag Gulasch geben soll und noch eine Menge vorzubereiten ist."

Sie machten sich auf den üblichen Weg. Als sie an dem nicht benutzten Auflieger vorbei kommen, zog ein absonderlicher Geruch in ihre Nasen. „Mensch", sagte Silke, „die Verwertungsanlage stinkt heute aber besonders intensiv."

Sofort reagierte Sven und grinste dabei über beide Ohren: „Wieso denn die Anlage?"

„Ja, ja! Ich weiß schon ... ich meine natürlich die Abfälle, die hier angeliefert werden!"

„Ach so, das liegt bestimmt am Wetter. Außerdem kommt der Wind aus dieser Richtung. Hundert Meter weiter war der Geruch verflogen. Als beide gegenüber der Schaumstofffabrik um die Ecke bogen, blieben sie wie angewurzelt stehen.

„Sieh dir das an, Sven! Die Stadt hatte doch erst vor acht Tagen die Begrenzungspfähle neu gemacht! Die haben ja nun wirklich nicht lange gehalten!"

Auf einer Länge von zehn Metern waren alle Querbalken in der Mitte zerbrochen.

„Die Hände müssten den Tätern abfallen", schimpfte Sven. „Mit Material und Arbeitsstunden sind wieder einige Steuergelder fällig; wenn es überhaupt wieder hergerichtet wird. Und das, wo das Stadtsäckel an permanenter Schwindsucht leidet ...!"

Als Sven am nächsten Tag vom Zeitung holen zurück war und den Lokalteil aufschlug, prangte das Bild eines etwa zwanzigjährigen Mannes auf der ersten Seite mit der Überschrift: „Ist das der Täter?"

Wieso Täter? Das Mädchen war doch noch gar nicht gefunden?

Als er jedoch den Artikel zu Ende gelesen hatte, machte er der Polizei in Gedanken ein großes Kompliment. Sie hatten verdeckt ermittelt und alle Beteiligten dichtgehalten, so dass durch Zeitungsartikel weder jemand gewarnt, noch falsche Fakten in die Welt gesetzt werden konnten. Der Festgenommene war als Letzter in der Nähe des verschwundenen Mädchens gesehen worden. Jetzt fehlte nur noch ein komplettes Geständnis – wenn sie denn den Richtigen erwischt hatten. Wo aber war das Mädchen geblieben? Und, was noch wichtiger war: lebte sie noch?

Am folgenden Tag sollte eine grausige Entdeckung gemacht werden ...

Silke und Sven absolvierten ihr übliches Morgenritual und machten sich danach auf den Weg. Als sie die Kreuzung erreichten, an der sie normalerweise rechts abbogen, kam ihnen ein Mann mit einem kleinen Hund an der Leine entgegen. Sie hatten ihn schon öfter gesehen, er begegnete ihnen meistens in Höhe der Schaumstofffabrik. Nanu, hatte er die Route geändert? Da auch er sich an die Beiden erinnerte, sprach er sie an: „Ihren normalen Weg können Sie heute nicht gehen. Hinter dem

Abzweig – am Autohaus – hat die Polizei alles abgesperrt. Ich musste den Fußweg an der Verwertungsanlage benutzen. Meinen Struppi konnte ich auch gerade noch dazu bewegen, weiter zu laufen. Der wollte schon wieder kehrt machen.

Silke und Sven bedanken sich und änderten ihre heutige Route zwangsläufig.

„Was da wohl passiert ist?", wollte Sven wissen. „Ich habe gar kein Martinshorn gehört."

„Ich auch nicht", erwiderte Silke.

Im Laufe des Tages mussten beide immer wieder an den Morgenspaziergang zurück denken. Sie waren gespannt, ob über diesen Vorfall am nächsten Morgen etwas in der Tageszeitung stehen würde. Das Europameisterschaftsspiel Tschechien gegen Griechenland, das übrigens mit einem Sieg der Griechen 0:1 endete, brachte sie vorübergehend auf andere Gedanken.

In den morgendlichen Nachrichten, noch bevor Silke und Sven aufstanden, hörten sie: Gestern, in den frühen Morgenstunden wurde in der Nähe von Leverkusen, in einem abgestellten Container, eine schon stark verweste Frauenleiche gefunden. Es handelt sich vermutlich um die seit über vierzehn Tagen vermisste Elke B.

In der Zeitung war dann zu lesen, dass der Festgenommene zugegeben hatte, mit der Vermissten und inzwischen tot Aufgefundenen in der Disco gewesen zu sein und auch, dass er sie ein Stück auf dem Heimweg begleitete. Doch mit dem Tod der jungen Frau habe er nichts zu tun. Ihrer beider Heimweg habe sich nach einer viertel Stunde getrennt, obwohl er dem Mädchen seine Begleitung bis zu ihrer Haustür angeboten habe.

Der Mann wurde vorläufig auf freien Fuß gesetzt; er hatte einen festen Wohnsitz und es lagen keine stichhaltigen Beweise gegen ihn vor.

Als Silke und Sven an diesem Morgen wieder *ihren* Weg gingen, war der Auflieger verschwunden.

„Erinnerst du dich an den eigenartigen Geruch vor einigen Tagen als wir hier vorbei kamen?", fragte Silke.

„Ja, und wir haben den auf den Abfall in der Verwertungsanlage geschoben. Um dieses Verbrechen aufzuklären wird die Polizei wohl noch eine ganze Menge Arbeit haben,", mutmaßte Sven.

„Mir tun die Eltern entsetzlich Leid; viele Jahre haben sie sich gesorgt und nun müssen sie auf so dramatische Weise von ihrem Kind Abschied nehmen."

Wie in solchen Fällen üblich wurde die Leiche in die Gerichtsmedizin verbracht. Nach penibler Untersuchung stellte man zwei gravierende Dinge fest: Erstens, das Mädchen kam durch Erdrosseln zu Tode und zum Zweiten gab es Hinweise auf sexuellen Verkehr, der kurz vor ihrem gewaltsamen Tod stattgefunden haben musste. Die Polizei entschloss sich zu einer umfassenden Plakat-Aktion und hoffte, durch Hinweise aus der Bevölkerung dem Täter auf die Spur zu kommen. Die an der Aufklärung des Falles beteiligten Beamten erinnerten sich, dass in dem Portemonnaie, das einige Kinder unmittelbar nach dem Verschwinden der jungen Frau gefunden hatten, nichts fehlte außer Bargeld. Zumindest, soweit die Eltern der jungen Dame das beurteilen konnten.

Nach weiteren vierzehn Tagen waren alle eingegangenen Hinweise von der Polizei überprüft und ausgewertet, es wurde jedoch nichts Brauchbares zutage gefördert. Deshalb entschloss man sich zu einem Speicheltest der gesamten männlichen Bevölkerung aus dem Umkreis.

In den darauf folgenden Tagen meldete sich, bis auf wenige Ausnahmen, die männliche Bevölkerung des angesprochenen Bereichs bei der Polizei. Personen, die nicht freiwillig erschienen, bekamen Hausbesuch. Auch die Eltern der Verstorbenen wurden nicht ausgenommen. Als der Hausherr nach dem Klingeln die Tür öffnete und die beiden Beamten ihr Anliegen vortrugen, reagierte er unwirsch. „Was denken Sie sich eigentlich? Wir trauern um unsere Tochter; Sie wollen doch nicht etwa sogar mich verdächtigen, oder?"

Die Beamten ließen sich nicht abweisen und nahmen ihn, trotz seiner Weigerung mit zur Wache, damit er beim Amtsarzt seine Speichelprobe abgab.

Sven kam vom Zeitung holen zurück und war ganz außer Atem. Er stürmte in die Küche, wo Silke noch mit der Zubereitung des Frühstücks beschäftigt war.

„Der Vater war's!" rief er seiner Frau zu.

„Wie? Was ist los?"

„Na, du weißt doch – das Mädchen in dem Container, das tot aufgefunden wurde."

„Nein, das kann doch gar nicht sein. Man hatte doch einen jungen Mann in Verdacht", antwortete Silke.

„Nein, nein! Hier auf der ersten Seite steht es schwarz auf weiß ... *nach Abgabe und Überprüfung der Speichelprobe wurde in den späten Abendstunden der Vater des Mädchens unter dringendem Mordverdacht festgenommen ...*"

Zwei Tage später war es amtlich. Der Vater hatte seine Tochter jahrelang missbraucht. Seiner Frau und auch dem Umfeld der Familie, der Verwandtschaft, in der Schule, den Freunden, war nichts Verdächtiges aufgefallen. Als das Mädchen achtzehn Jahre alt wurde, drohte sie dem Vater damit, alles zu erzählen, wenn er sie nicht in Ruhe ließe. Daraufhin hatte er bei seiner Frau an dem fraglichen Abend ein Treffen mit seinen Skatfreunden vorgetäuscht. In Wirklichkeit wartete er im Dunkeln, bis seine Tochter aus der Diskothek kam. Problematisch war, dass ein junger Mann sie begleitete. Erst als dieser an der nächsten Weggabelung abbog, wurde für ihn der Weg frei, seine Tochter für immer zum Schweigen zu bringen. Nicht, ohne sich nochmals an ihr zu vergehen ...

In einer kleinen Zeitungsanzeige entschuldigte sich die Polizei bei dem verdächtigten jungen Mann, der, wie sich herausstellte, ja tatsächlich unschuldig war.

„Ich glaube", meinte Sven, „etwas von der Geschichte wird wahrscheinlich doch an ihm hängen bleiben. Die Leute werden sich später nur an die Festnahme durch die Polizei erinnern."

Silke gab ihm Recht. „Wenn du erst einmal in die Mühlen des Gesetzes geraten bist, bleibt immer etwas hängen; ob du nun unschuldig bist, oder nicht ..."

Karneval total

Es war mal wieder soweit. Karneval stand ins Haus und Willi Klage nahm, wie jedes Jahr, vierzehn Tage Urlaub. Etliche im Ort belächelten ihn, wenn er sein Haus und den Vorgarten mit Masken, Luftschlangen und jeder Menge Orden schmückte. Darauf angesprochen, gab er immer die gleiche Antwort: „Es gibt Leute, die sparen für's Schützenfest, für die Kirmes oder eine Kreuzfahrt – ich spare eben für eine Woche Karneval."
Willi war jetzt fünfzig und seit fünf Jahren allein. Seine Exfrau, Christl, hatte für diesen Spleen, wie sie es nannte, überhaupt kein Verständnis; es gab immer einen Riesenkrach, wenn die fünfte Jahreszeit begann. Sie hatte sich ausgerechnet *seinen* höchsten Feiertag, Rosenmontag, ausgesucht, um ihn mit Sack und Pack zu verlassen.
Wenn es nur in dieser Zeit gewesen wäre, an dem er keinen *Abend vor dem Morgengrauen* heimkam, hätte man eventuell noch einen Kompromiss finden können. Willi hatte aber auch noch einen Beruf, der einem gemütlichen Familienleben nicht gerade gut tat. Am Eingang zum Haus stand auf einem großen Schild. Willi Klage – Versicherungen aller Art.
Nicht alle Klienten kamen in sein Büro; es fielen auch etliche Hausbesuche an. Und das dauerte manchmal.
Heute war sein letzter Arbeitstag und der Plan war schon ausgearbeitet, welche Veranstaltungen und Gaststätten er in seinem Umfeld besuchen wollte.

*

Im Saal der Waldschänke befand sich die Stimmung auf dem Höhepunkt. Vor fünf Minuten war das Dreigestirn abmarschiert und noch immer sangen viele Gäste das Lied *Mir schenken der Ahl en paar Blömche...* im Stehen mit. Einige suchten die Toiletten auf, Andere gingen vor die Tür, um zu rauchen. Eine halbe Stunde später saßen sie wieder auf ihren Plätzen und die Bedienung konnte im Saal für den Getränkenachschub sorgen. Als der Köbes, Josef Eller, mit einem vollen Kranz Kölsch in seinem Revier unterwegs war und an dem Sechsertisch seiner zehn Tische ankam, saßen dort nur noch zwei Paare. Weil die momentan fehlenden Personen den ganzen Abend über ausschließlich Kölsch tranken, stellte er ungefragt zwei volle Gläser hin. Bei seinem nächsten Rundgang standen die beiden Gläser immer noch unberührt dort.

Auch bei der dritten Runde waren die beiden Plätze noch leer und er fragte die anderen Gäste, ob jemand wisse, wo die Leute abgeblieben seien. „Keine Ahnung", kam es im Chor. Die Dame, die einem der fehlenden Gäste gegenübersaß bemerkte: „Ich glaube, der mit der Clownsbemalung wollte auf die Toilette. Der Andere, der als Waldarbeiter verkleidet herumlief und sein Bier jedesmal gleich bar bezahlte, wollte Geld wechseln gehen… hat er gesagt."

Die Veranstaltung ging ihrem Ende entgegen; die letzten Gäste begannen, ihre Rechnungen zu bezahlen, als auch der Clown wieder am Tisch auftauchte. „Wo waren Sie denn solange?", fragten seine Tischnachbarn ihn.

„Ich weiß nicht recht", antwortete er. „Während ich auf der Toilette saß, roch es plötzlich ganz komisch und es wurde unheimlich ruhig um mich. Da muss ich wohl eingeschlafen sein", fügte er fast entschuldigend hinzu. Er nahm sein abgestandenes Kölsch und trank es in einem Zug leer. „Ich habe ein furchtbares Kratzen im Hals" murmelte er als ihn die Anderen erstaunt anschauten.

Der Köbes kam, um zu kassieren und war erfreut, den verloren geglaubten Gast wohlbehalten anzutreffen. Der Holzfäller allerdings blieb verschwunden.

Die beiden Paare hatten bereits bezahlt, als auch Gerd Halse seine Geldbörse zückte. Die Rechnung lautete über dreiundvierzig Euro. „Bringen Sie mir bitte noch ein Bier, dann zahle ich glatte fünfzig…" und griff in sein Portemonnaie. Unter seiner weißen Bemalung wurde ihm ganz heiß; die Geldbörse war, bis auf ein wenig Kleingeld, leer! Er schaute den Köbes verzweifelt an. „Ich weiß genau, dass ich knapp einhundert Euro dabei hatte." Papiere, Scheckkarte, alles war da, nur das Geld fehlte. „Das muss mir jemand gestohlen haben! Wo ist eigentlich mein Tischnachbar? Der kam mir sowieso nicht ganz echt vor… Bei einer solchen Veranstaltung jedes Bier immer gleich bezahlen, wer macht so etwas?"

„Und was machen wir jetzt?", fragte der Köbes. „Wie komme ich an mein Geld?"

„Ich rufe zunächst einmal die Polizei; dann sehen wir weiter", meinte Halse.

„Meinen Sie, die finden hier was? Bei den vielen Menschen im Saal? …wovon sich ja auch schon einige verabschiedet haben?"

Als dann tatsächlich eine halbe Stunde später zwei Beamte erschienen, schilderte Gerd Halse den Vorgang. In den Toilettenräumen war nichts Ungewöhnliches festzustellen. Eine Aufsicht gab es nicht. Die Beamten notierten Halses persönliche Daten und nahmen das Portemonnaie an sich, um eventuelle Fingerabdrücke feststellen zu lassen. Dem Kellner drückte Gerd seinen Ausweis mit der Bemerkung: „Ich komme später wieder, um meine Schulden zu bezahlen" in die Hand.

*

Willi Klage wurde wach, weil jemand seinen Finger permanent auf dem Klingelknopf hielt. Er blickte zum Wecker auf dem Nachttisch. Neun Uhr! *Da hab' ich nun extra unter meinem Praxisschild einen weiteren Hinweis angebracht: Wegen Urlaub von… bis… geschlossen.* Langsam und unmutig kroch er unter seiner Bettdecke hervor, zog sich den Morgenmantel über, schlurfte zur Tür, öffnete sie einen Spalt und sah in das Gesicht einer etwa vierzig Jahre alten, tizianroten Schönheit. „Sie wünschen?", gähnte er hinter vorgehaltener Hand.

„Ja gibt's denn das? Erinnerst du dich nicht mehr…? Gestern im Gasthaus zum Löwen. Eigentlich sollte ich in der vergangenen Nacht schon mit dir kommen; du hattest mich eingeladen!"

„Ich habe dich eingeladen? Da musst du dich irren. Ich war gestern nicht im Löwen. Ich war im Gasthaus *Zur wilden Sau* – da kannst du den Wirt und die Bedienung fragen."

„Ja, aber…", stotterte sie, „das warst doch du, der als Sträfling verkleidet mit mir getanzt hat!"

„Also hören Sie mal. Erstens: ich verkleide mich nie; auch wenn ich ein

43

Karnevalsjeck bin. Zweitens kann ich gar nicht tanzen und drittens, so betrunken kann ich nicht gewesen sein, dass ich eine so nette Frau nicht wieder erkannt hätte. Da muss Ihnen jemand aber einen Streich gespielt und eine falsche Anschrift angegeben haben."

Sonja Fossen kramte in ihrer Handtasche und zog einen Zettel hervor. Da stand zwar die Adresse drauf, aber es war nicht seine Schrift. „Tut mir leid", sagte Willi, da kann ich Ihnen nicht weiterhelfen." Er wünschte ihr noch einen schönen Tag und schloss die Haustür.

Inzwischen hatte Willi nicht nur kalte Füße. Auf dem Weg zum Schlafzimmer schaute er aus dem Wohnzimmerfenster und sah die Tizianrote Richtung Dorfplatz gehen. Was es alles gibt, murmelte er, und schüttelte seinen Kopf, ging zurück ins Schlafzimmer und legte sich noch einmal hin. Auch das Bett war inzwischen ausgekühlt.

*

Gerd Halse hatte die Zeche bezahlt und bekam auf dem Revier seine Geldbörse wieder ausgehändigt. Ein Beamter machte ihm wenig bis keine Hoffnung, sein Geld wiederzusehen. Außer seinen eigenen, konnten keine weiteren Fingerabdrücke festgestellt werden.

Niedergeschlagen ging er seiner Wege; Karneval war für ihn dieses Jahr gelaufen. In seinem Kopf rotierten die Gedanken: *Da muss jemand in der Toilette gewesen sein. Ob da einer gewartet hatte und vielleicht ein Gas versprühte, von dem man benebelt wird...? Ich habe nichts bemerkt. Außerdem steckt meine Geldbörse immer in der Innentasche der Jacke. Warum wurde mir bloß so schlecht, als ich vom Örtchen wieder an den Tisch kam? Und dann war da noch der Mann, als Holzfäller verkleidet. Der glänzte durch Abwesenheit, als ich zurückkam. Ob der das wohl war? Aber als ich zur Toilette ging, saß er noch auf seinem Platz...?* Gerd Halse bekam keinen Sinn in das Ganze. Nur, dass seine neunzig Euro weg waren, das machte ihm mächtig zu schaffen!

*

Nachdem seine Füße wieder Normaltemperatur erreicht hatten, schlief Willi noch einmal ein. Jetzt zeigte die Uhr Kurz vor Zwölf und er fühlte sich ausgeschlafen. Eine heiße Dusche und eine Nassrasur danach machten ihn wieder fit.

Nun fehlte nur noch ein vernünftiges Mittagessen, doch als er den Kühlschrank inspizierte fand er nichts nach seinem Geschmack. Er zog sich Schuhe an, eine Jacke über, kontrollierte seine Barschaft und machte sich auf den Weg zum Frischemarkt an der Ecke. An der Fleischtheke kaufte er zwei Schnitzel, nahm aus dem Regal eine Dose Pfifferlinge mit; am Gemüsestand etwas Petersilie und einen kleinen Toast aus der Backwarenabteilung. An der Kasse verlangten sie von ihm neun Euro fünfundsiebzig Cent. *Umgerechnet in unserer alten Währung wären das fast zwanzig Mark,* dachte er im Stillen. *Unser Geld ist nichts mehr wert.*

Daheim angekommen, ging er in die Küche, briet sich die Schnitzel und bereitete die Pfifferlinge mit Zwiebel, Butter und Petersilie zu. Dazu aß er drei Scheiben goldgelb gerösteten Toast. Gut gestärkt machte er im Schlafzimmer und in der Küche Klar Schiff, zog sich anschließend ins Wohnzimmer zurück und ließ sich aus dem Radio mit Musik berieseln, während er die ungelesene Tageszeitung aufblätterte.

Im politischen Teil las er nur die Überschriften. *Die belügen einen ja doch nur.* Im Wirtschaftsteil fiel ihm eine besonders dicke Überschrift ins Auge: Ausländische Investoren kaufen sich in Deutschland ein. *Ja,* dachte er, *irgendwann sind wir alle aufgekauft und haben im eigenen Haus nichts mehr zu sagen. Oder, was noch schlimmer ist, das Kapital wird aus den Firmen gezogen und diese in die Insolvenz getrieben. Damit stehen dann wieder ein paar tausend Menschen auf der Straße und der Steuerzahler darf blechen!*

Danach beschäftigte ihn der Sportteil; die Handballer waren gerade Weltmeister geworden und, na klar, die Verlierer witterten Manipulation. Sein Fußballverein hatte jetzt schon das dritte Spiel in Folge gewonnen! Im Lokalteil angekommen, fiel ihm ein Kurzbericht auf. Bei einer Polizeikontrolle erwischte man einen Autofahrer in einer 30-km/h-Zone mit einhundert Stundenkilometern. Der durfte nun eine Weile zu Fuß gehen.

Auf der nächsten Seite stand: Die Polizei warnt! Willi las weiter und legte seine Stirn in Falten. Eine etwa vierzig bis fünfundvierzig Jahre alte Frau, mal mit blonden, schwarzen oder roten Haaren ist im Umkreis unterwegs. Sie klingelt bei allein stehenden Männern und versucht mit einem Trick in deren Wohnungen zu gelangen. Sie erzählt, angeblich sei sie eingeladen und zeigt als Beweis einen Zettel mit der entsprechenden Anschrift, der vermutlich selbst geschrieben wurde. In einem unbeobachteten Augenblick lässt sie dann Geld oder Wertgegenstände, oder beides, mitgehen.

Das ist ja ein Ding! Da hab' ich heute Morgen aber Glück gehabt, dass ich die Dame an der Haustür abgefertigt habe. Was es nicht alles gibt... schüttelte Willi Klage sein weises Haupt.

*

Weiberfastnacht! Willi machte sich ausgehfertig. An diesem Abend ging er in seine Stammwirtschaft feiern. Sehr viel Raum war da nicht, aber wenn er früh genug dort war, fand sich immer ein Plätzchen. Bevor er losging, verteilte er sein Geld und seinen Ausweis. Einen kleinen Geldschein steckte er ins Portemonnaie, ein weiterer Schein und der Ausweis landeten in der Hemdtasche unter dem Pullover. In der linken Hosentasche befand sich das Restgeld und in der rechten Hausschlüssel und ein Taschentuch. Beide Taschen waren mit einem Reißverschluss versehen. Die Taschen der Jacke, die er später an die Garderobe hing, waren leer. Ihm war in diesem Getümmel noch nie etwas abhanden gekommen. Gegen siebzehn Uhr betrat er die Kneipe. An allen Tischen saßen bereits Gäste, obwohl offiziell erst um achtzehn Uhr geöffnet wurde. Willi fand noch einen Platz auf einem Hocker an dem Tisch gegenüber der Theke. So saß er etwas erhöht und konnte den Raum gut überblicken. Das Bier kam ungefragt; die Bedienung wusste, was die Stammgäste wünschten. Nach dem ersten Schluck schaute er sich um. *Alles bekannte Gesichter*, dachte er. Viele waren verkleidet, einige trugen sogar Masken vor dem Gesicht und hatten ihre Probleme mit dem Trinken. Die vier Gäste, zu denen er sich gesetzt hatte, hingen ihm ein paar Luftschlangen um. Sie meinten, etwas Buntes sei nötig, wenn er sich schon nicht kostümierte.

Da bekanntlich der Alkohol die Zunge lockert, kam auch hier schnell eine nette Unterhaltung in Gang. Um die Theke herum standen die Gäste in Zweierreihen und an den Tischen war kein Stuhl mehr frei. Die Stimmung stieg und zwei Stunden später schwangen einige ganz Mutige auf der kleinen freien Fläche das Tanzbein. Willi begnügte sich mit Zuschauen und damit, ab und zu einen Evergreen mitzusingen. Einmal machte er die Runde und begrüßte Bekannte; dazu benötigte er eine halbe Stunde – so voll war der Laden!

Er kam an seinen Tisch zurück und stellte fest, dass eine Person fehlte. Auf Nachfrage erhielt er von dessen Frau die Antwort: „Der ist dahin, wo auch der Kaiser zu Fuß hingeht…!"

Es verging fast eine halbe Stunde und die Ehefrau wurde unruhig. „Wo bleibt er bloß so lange?", fragte sie in die Runde.

Da der Mann des zweiten Pärchens ebenfalls gerade unterwegs war, erbot Willi sich, nach dem entschwundenen Gast zu fahnden und kämpfte sich Richtung WC. Er öffnete die Tür zur Herrentoilette; niemand zu sehen. *Vielleicht sitzt er ja noch auf dem Thron,* dachte Willi, und ging einige Schritte weiter auf eine der beiden geschlossenen Türen zu. Die Erste ließ sich öffnen; das Örtchen war leer. An der anderen Tür sah er das rote Zeichen für besetzt, klopfte kräftig und rief Hallo! Nichts rührte sich. Nach einem Moment des Überlegens entschied er sich: Willi ging in die Nachbarkabine und stieg auf den Rand des Toilettenbeckens, um über die Trennwand zu schauen. Da saß sein Tischnachbar und schlief! Noch einmal rief er: „He, was ist los? Ist dir schlecht?"

In Willis Hals begann es unvermittelt zu kratzen. Irgendetwas roch hier streng, wie nach einem scharfen Reinigungsmittel. Gerade wollte er sich abwenden, um oben Bescheid zu geben, als sich der Mann bewegte. „Was ist los?", fragte Willi erneut.

Erschrocken blickte der Mann nach oben und bekam einen heftigen Hustenanfall. Peinlich berührt sah er an sich herunter; er saß noch immer mit herunter gelassener Hose auf der Toilette.

Willi kletterte vorsichtig von seinem Ausguck und meinte: „Ich warte draußen."

Kurz darauf gingen Beide an ihren Tisch zurück.

„Wo warst du denn so lange?", fragten die Anderen.

„Ich weiß es nicht. Ich bin runter in die linke Kabine, die rechte war besetzt. Während ich mich dort aufhielt war mir, als hörte ich ein zischendes Geräusch. Ungefähr so, als wenn du Haarspray nimmst", schaute er seine Frau dabei an. „Zu sehen und zu hören war sonst nix – ja… und dann weiß ich nichts mehr. Jetzt habe ich so ein Brummen im Kopf und Kratzen im Hals." In dem Moment setzte ein erneuter Hustenanfall ein und er hielt sich den Kopf. Währenddessen trudelte der andere Tischnachbar auch wieder ein. Horst Müller guckte seinen Bekannten an: „Sag mal, ist dir nicht gut?"

Ernst Hanke berichtete das Vorkommnis noch einmal. „Du", sagte Müller in die Runde, „da habe ich dieser Tage eine kleine Notiz in der Zeitung gelesen. Wie war das noch?", überlegte er. „Ich hab's! Die Überschrift lautete: *Mann auf der Toilette ausgeraubt*. Mit irgendeinem KO-Spray wurde die Person zirka eine Stunde außer Gefecht gesetzt. Sieh doch mal nach, ob du noch alles hast! In der Notiz stand nämlich auch, dass der Bestohlene anschließend unter Kopf- und Halsschmerzen litt."

Ernst Hanke griff in die Innentasche seiner Jacke, zog die Geldbörse heraus, schaute hinein und sein Gesicht wurde immer länger. Leer!

„Noch nicht einmal das Kleingeld hat Derjenige verschont. Wahrscheinlich, weil ohnehin nur zwanzig Euro drin waren. Da hat jemand gewaltig Pech gehabt", mokierte er, „wenn wir ausgehen, hat meine Frau das Geld nämlich immer in ihrer Handtasche. Dafür werde ich oftmals belächelt; jetzt hat es sich ausgezahlt!"

*

Als das nächste Mal die Bedienung an den Tisch kam, baten sie darum, dem Wirt Bescheid zu sagen, dass dieser einmal zu ihnen kommen möge. Wenige Minuten später war er zur Stelle und sie berichteten, was passiert war. Ungläubig schaute der von Einem zum Anderen. „Geh' mal in die Herrentoilette… der ätzende Geruch ist bestimmt noch nicht verflogen."

„Tatsächlich; es riecht reichlich komisch da unten", meinte er als er von seinem Inspektionsgang zurückkam. „Soll ich die Polizei rufen?", wandte er sich an Ernst Hanke.

„Ach, lass mal. Die finden sowieso nichts und zwanzig Euro sind zu verschmerzen."

„Bloß – wer könnte das gewesen sein? Ist in der Zwischenzeit jemand gegangen? Mit oder ohne zu bezahlen? Fehlt ein Gast an der Theke? Ist dir da was aufgefallen?"

Der Wirt drehte sich zum Tresen und überlegte eine Weile. Dann wandte er sich wieder seinen Gästen am Tisch zu und sagte: „Mir fällt da nur ein Gast ein. Der stand den ganzen Abend an der Theke, war als Holzknecht angezogen und bezahlte jedes Bier sofort bar. Aber der ist schon lange weg."

„Ja, ja – von der Theke weg. Doch der muss ja in der Toilettenkabine eine Zeit gewartet haben", bemerkte Horst Müller.

Jetzt meldete sich der geschädigte Ernst Hanke noch einmal zu Wort. „Ich werde Morgen zur Polizei gehen und von dem Vorfall berichten; vielleicht erwischen sie den ja und Andere bleiben dann unbehelligt. So, nun lassen wir uns den Rest des Abends nicht weiter verderben. Bring uns noch mal 'ne Runde", wandte er sich an den Wirt.

Natürlich kam man im Laufe der nächsten Stunden immer wieder auf das Thema. Die Ganoven lassen sich immer was Neues einfallen, um an anderer Leute Geld zu kommen. Doch wie kann man sich gegen Machenschaften dieser Art schützen? Diese Frage beschäftigte alle noch eine ganze Weile.

*

Heute blieben bei Willi Klage die Jalousien bis Mittag zu. Am Vorabend war es spät geworden; erst besuchte er den Rosenmontagszug und anschließend ging er zum Ball. Heute nutzte er die Zeit, um ein wenig zu relaxen. Am kommenden Abend wollte er noch einmal in sein Stammlokal gehen. Zum Fischessen.

Willi stand gegen dreizehn Uhr auf und ging erst einmal unter die Dusche. Danach fühlte er sich wieder fit. Hunger stellte sich ein und er inspizierte, nachdem er sich angezogen hatte, den Kühlschrank. Das Ergebnis war nicht berauschend, aber er fand eine kleine Dose Würstchen vom Lande. Er machte sich die Knacker heiß und aß eine Scheibe Brot dazu. Danach raffte er sich zu einem ausgiebigen Spaziergang auf, atmete bei jedem Schritt tief durch und dachte, dass ihm, nach den vermieften Kneipen, die frische Luft wirklich gut täte. Schnee gab es in diesem Jahr keinen; aber ein kalter Wind wehte übers flache Land. Auf dem Rückweg nahm er sich noch eine Tageszeitung mit, sowie aus dem Supermarkt ein bisschen Aufschnitt fürs Abendbrot. Die Karnevalsdekoration im und vor dem Haus baute er ab und verstaute alles im Keller. Nur das Schild am Eingang: *Wegen Urlaub geschlossen*, ließ er noch bis zum nächsten Morgen hängen. Das wollte er, bevor er aus dem Haus ging, abnehmen.

Zum Abendessen gab es Fencheltee. *Mein Magen wird sich wundern,* dachte er, nach eineinhalb Wochen Bier und Wein. Doch das musste nun sein. Er machte es sich mit den belegten Schnitten und seinem Tee im Wohnzimmer gemütlich. Im WDR spielten sie Karnevalsmusik. Nicht zu laut, denn seine Ohren hatten auch genug. So hörte er auch sofort, dass es an der Haustür klingelte. Angetan mit seinen alten Filzpantoffeln schlurfte er zur Tür, blickte durch den Spion und erkannte seinen Nachbarn.

„Nanu", öffnete er die Tür, „womit kann ich Ihnen dienen?"

Der Nachbar druckste ein wenig herum und sagte dann: „Ich weiß ja, dass Sie noch Urlaub haben, doch mir ist die Fensterscheibe im Schlafzimmer zerbrochen und ich möchte das gern, möglichst heute, noch reparieren lassen."

„Na, dann kommen Sie mal eben rein. Mein Tee wird zwar kalt, aber ich gebe Ihnen die Unterlagen gleich unterschrieben mit. Dann kann der Glaser mit der Versicherung abrechnen."

Zehn Minuten später war alles erledigt und Willi konnte sich endlich seinem Abendessen widmen.

*

Am nächsten Morgen stand Willi pünktlich auf, das hieß, um sieben Uhr in der Früh. Für ihn war zwar noch nicht der letzte Urlaubstag, doch langsam musste man sich ja wieder auf den normalen Alltag vorbereiten. Nach der Morgentoilette holte er die Tageszeitung, bereitete sich das Frühstück und zog sich dann mit der Zeitung und einer zweiten Tasse Tee ins Wohnzimmer zurück.

Im Politikteil widmete der Schreiber über zwei Seiten dem Fall Mohn und der damit verbundenen Freilassung. *Journalisten aller Couleur reißen sich darum, diese Frau vors Mikro zu bekommen,* murmelte er halblaut vor sich hin. *Es fehlt nur noch, dass sich ein Verlag findet, der ein Buch herausgibt und, dass anschließend einer die Filmrechte erwirbt, damit die Mörderin mit ihren Taten auch noch einen Haufen Geld verdient... doch wie sagte mal ein Bekannter: nur eine schlechte Nachricht ist eine gute Nachricht. Damit kann man Geld verdienen. Schlimm genug!*

Im Wirtschaftsteil gab es nichts Neues. Der Börse ging es gut, weil neunzig Prozent der Firmen in erster Linie an ihre Aktionäre denken und dabei ihre soziale Verpflichtung vergessen. Die Sportseiten boten ebenfalls nichts Aktuelles; sein Verein krebste im Mittelfeld der Tabelle herum.

Als er am Lokalteil ankam, sprang ihn eine Überschrift ins Auge: *Toilettendieb gefasst!* Da war doch was…? Richtig. Weiberfastnacht in seinem Stammlokal. Aufmerksam las er den Bericht.

Ein Gast in der Pension *Zu den drei Eichen* stand am Rosenmontag dort an der Theke. Neben ihm ein Mann, der jedes Getränk sofort bezahlte. Auf die Frage warum er das täte, gab er zur Antwort: „Damit ich jederzeit gehen kann…"

Er war als Waldarbeiter verkleidet und trug einen Rucksack, den er auch den ganzen Abend über nicht ablegte. Selbst wenn er die Toilette aufsuchte nicht. Der Mann kam ihm irgendwie nervös vor. Statt in Ruhe sein Bier zu trinken, beobachtete er während des ganzen Abends die Gäste. Gerade hatte er sich ein frisches Bier bestellt und es auch bezahlt, berichtete der Mann in dem Artikel weiter, als er sich auf die Toilette abmeldete. Als der nach etwas über zehn Minuten immer noch nicht wieder auftauchte, dachte der Gast, es sei etwas passiert und ging dem seltsamen

Zeitgenossen nach. Als er die Tür zur Herrentoilette öffnete sah er, wie besagter Mann von einer Kabine in die nächste kletterte und dabei einen Gesichtsschutz trug. Was machen Sie denn da?", fragte er ihn verblüfft und bekam lediglich zur Antwort: „Das geht Sie überhaupt nichts an" und wollte sich an ihm vorbei durch die Kabinentür drängen. Weil er jedoch eine so patzige Antwort bekommen hatte, haute er ihm eine runter. Darauf war der Maskierte nun wiederum nicht gefasst und fiel rückwärts auf eine Toilettenschüssel. Dort blieb er liegen und es bildete sich ein roter Fleck um ihn, der sich schnell ausbreitete. Nun bekam er es mit der Angst zu tun, lief schnell zum Wirt, der sofort einen Rettungswagen alarmierte. Die Besatzung des Krankenwagens suchte unter anderem nach den Papieren des Verunfallten; auch in dessen Rucksack. Darin fanden sie, außer den Papieren, auch noch eine Menge Geld und eine Spraydose mit der Aufschrift: Vorsicht! Giftig!
Danach riefen sie sofort die Polizei.
Willi las den Artikel zu Ende und dachte, so ist das manchmal. Entweder man macht einen Fehler, wenn man sich zu sicher ist, dass einen keiner kriegt oder Mister Zufall hilft der Polizei. Irgendwann bekommt jeder seine Strafe. Ob diese dann gerecht ist, steht auf einem anderen Blatt. Nachdenklich legte er die Zeitung zur Seite und schrieb seinen Einkaufszettel zusammen. Zu Mittag wollte er sich nur eine Brühe und eine Stulle machen; am Abend ging er ja Fisch essen. Dazu würde er sich noch ein paar Bierchen genehmigen. Schließlich muss der Fisch schwimmen, auch wenn er tot ist.

Als er gegen zwanzig Uhr heimkam, nahm er das Urlaubsschild ab und verbrachte noch eine Stunde im Büro, um wenigstens die angefallene Post schon mal zu sortieren. Morgen, gähnte er herzhaft, würde er wieder anfangen zu arbeiten. Dieses Jahr war eine ausgesprochen turbulente Karnevalszeit, dachte Willi Klage. Er schmunzelte in sich hinein… von der Frau, die an seiner und etlichen anderen Türen klingelte, hatte er nichts wieder gehört.

Das Rattennest

Thomas Ullmann, seit seiner Geburt Tommy genannt, saß in der dunklen Wohnung und wartete. Die Uhr zeigte bereits nach Mitternacht und er wusste, Simone würde gleich nach Hause kommen. Vermutlich wieder einmal leicht angetrunken, vielleicht auch zugedröhnt. Das hatte er in den vergangenen Monaten oft genug erlebt und gelernt, diesen Status zu hassen. In dem Zustand war sie keiner Debatte zugänglich, räkelte sich lasziv im Sessel und machte ihn zu einem Hampelmann. In der Erinnerung an die letzte Szene ballte er die Fäuste und schrie in die leere Wohnung: „Es ist genug! Verstehst du – genug!!!" Im gleichen Augenblick hörte er, dass der Schlüssel im Schloss gedreht wurde. Nur Sekunden später stand Simone im Zimmer. „Was machst du denn hier?" Allein die Frage verriet, dass sie ihren Ex nicht erwartete. Sie waren im Streit auseinander gegangen und Tommy hatte ihr zum Abschied an den Kopf geworfen: „Das war's meine Liebe. Du bist ein Flittchen, ein ganz mieses, billiges Flittchen! Und mit so was will und kann ich kein gemeinsames Leben aufbauen. Sieh zu, wie du fertig wirst. Die Miete wirst du ja sicher *auf deine Weise zusammen bekommen!*"
Jetzt stand sie im Rahmen und die Szenerie lief genau so ab, wie er sie in Erinnerung hatte. Tommy hielt es nicht mehr in seinem Sessel. Er sprang auf und fasste Simone am Revers ihrer Bluse. Der obere Knopf sprang ab und gab den Blick auf ihre fülligen, weißen Brüste frei, die von keinem Halter gestützt wurden. Tommy spürte, wie sein Körper reagierte und verfluchte sich dafür, zumal er bemerkte, dass Simone es ebenfalls sah und verächtlich grinste. Bevor ihre hämischen verbalen Ausfälle wieder einmal auf ihn niederprasselten, schrie er los: „Verstehst du", schüttelte Tommy sie, „ich wollte es noch einmal versuchen." Vor seinen Augen verschwamm alles; er konnte nicht aufhören, sie zu schütteln. Erst als Simone ihm mit ihrer frei gewordenen Hand kräftig ins Gesicht schlug, kam er wieder zu sich. Mit einem wütenden Knurren schnappte er sich das Mädchen erneut und stieß es mit Wucht von sich, dass sie sich an der Wand abstützen musste. „Hure!" zischte Tommy noch einmal und stürmte aus der Wohnung.

Simone Schnell hörte noch die Tür zufallen, bevor es dunkel um sie wurde.

*

Janine Malkewicz kam schnüffelnd die Treppe herauf. „Oh Himmel, hier stinkt es wieder mal erbärmlich…!"
Constanze Nork, die gerade ihre Wohnung verlassen wollte und die Flurtür geöffnet hatte, nickte bestätigend: „Wieder ist gut… Ich würde sagen, immer noch! Wir wissen zwar nicht was das ist, aber es wird von Tag zu Tag schlimmer. Eventuell sollten die da drüben wenigstens ab und zu mal lüften", deutete sie mit einer abfälligen Geste auf die im gleichen Flur gegenüber liegende Wohnung. „Vermutlich ist, wie schon öfter, niemand daheim. Die haben, soweit ich weiß, Meerschweinchen, aber das scheint keinen zu kümmern. Arme Viecher; manchmal denke ich darüber nach, den Tierschutz zu informieren", sinnierte Frau Nork weiter.
„Oder die Polizei?" Janine Malkewicz schüttelte sich. „Brrr, ich rieche Menschenfleisch", lachte sie laut auf und spielte mit ihren krallenartigen Fingern als würde sie jemandem den Hals zudrücken. „Das wär's noch … in unserem Haus ein Mord!"
„Stimmt!" Constanze Nork schloss die Flurtür, die sie zwischenzeitlich abgeschlossen hatte, wieder auf und wandte sich zu ihrer Gesprächspartnerin um: „Genau das werde ich jetzt. Die Polizei anrufen. Irgendwas stimmt da nicht. Dazu wird mir gerade bewusst, dass ich dieses *Gesindel* schon tagelang nicht mehr gehört beziehungsweise gesehen habe. Die ständigen Besuche haben ebenfalls aufgehört; das Rauf und Runter ging ja teilweise bis spät in die Nacht. Die Besucher sind ohne Tüte gekommen und mit einer Plastiktüte in der Hand wenig später wieder gegangen. Natürlich hat keiner von denen abends die Haustür abgeschlossen. Warum auch! Regeln in unserem Haus sind wohl grundsätzlich nur dazu da, von diesem grünen Gemüse übertreten zu werden. Ich habe eine Stinkwut auf die Rotzgöre. *Frau* kann man zu der nun wirklich nicht sagen. Wogegen sie ihrem Nachnahmen *Schnell* vielleicht alle Ehre macht?!"
Constanze Nork ging die Luft aus und ihre Nachbarin lachte: „Oh Mann,

Sie haben tatsächlich einen heiligen Zorn. Kann ich aber verstehen. Die putzt die Treppe nicht, fegt keinen Keller, wenn es geschneit hat, interessiert sie das auch nicht. Die Liste ist beliebig weiter zu führen und Sie müssen sich damit herum schlagen."

„Nicht nur das. Was glauben Sie, was vor einiger Zeit da drüben los war. Ausgerechnet am Nachmittag des Heiligabend! Wir haben gedacht, ihr Freund nimmt die Wohnung auseinander. Der muss aus dem Mobiliar Kleinholz gemacht haben." Constanze drehte ab und ging zum Telefon. Da sie diese Sache nicht als brandeilig erachtete, benutzte sie nicht den Notruf. So dauerte es eine kleine Weile, bis die Polizei erschien. Im Flur unterrichtete Constanze die Beamten darüber, dass möglicherweise in der Nachbarwohnung etwas nicht in Ordnung sei…

Die beiden Polizistinnen schnüffelten genauso wie geraume Zeit zuvor die Mieterinnen und meinten: „In der Wohnung befindet sich vermutlich ein Kadaver."

„Simone Schnell hat zwei Meerschweinchen", bemerkte Constanze, „zumindest hatte sie Tiere. Ob die immer noch in dem Haushalt leben, weiß ich nicht. Außerdem ist die Wohnung oftmals tagelang nicht bewohnt. Immer, wenn es mal wieder gekracht hat – und es kracht laufend – zieht einer von denen aus. Manchmal auch beide und sie kommen erst Tage später zurück. Wir hatten schon mit dem Gedanken gespielt, den Tierschutz zu informieren."

Katja Recker nickte ihrer Kollegin Hanne Lenk zu. „Ich bin dafür, unseren Schlüsseldienst kommen zu lassen. Die sollen die Tür öffnen. Hier scheint tatsächlich etwas zum Himmel zu stinken." Ein kurzer Ruf über Funk. Fünfzehn Minuten später war der polizeieigene Schlüsseldienst zur Stelle.

Den Eintretenden bot sich ein grässliches Bild. Die beiden Beamtinnen packten die zwei Frauen an der Schulter und schoben sie geistesgegenwärtig aus der Wohnung. Simone Schnell lag zusammen gekrümmt hinter einem Sessel… und dort lag sie wohl schon ein paar Tage. Ihre Haut, im Leben kalkig weiß, hatte eine Färbung zwischen olivgrün und schwarz angenommen. Der Mund war halb geöffnet, die Lippen über dem Zahnfleisch hochgezogen, als würde sie die Zähne blecken und ihren Widersacher auslachen. Die Augen starrten blicklos an die Zimmerdecke. Der Krümmung des Körpers nach zu urteilen, hatte ihr Mörder sie sowohl in der Beckengegend als auch am Oberkörper heftig malträtiert.

„Oh mein Gott!" Katja Recker hielt sich die Nase zu und flüchtete auf den Flur zurück. Mit einer Hand hielt sie das mobile Funkgerät fest und versuchte mit der anderen, ein Taschentuch aus ihrer Hosentasche zu ziehen. Als sie das endlich geschafft hatte, drückte sie es fest vor Mund und Nase. Durchatmen war nicht möglich, ihr wäre unweigerlich übel geworden. Immer zwei Stufen auf einmal nehmend, rannte sie die Treppe hinunter. Draußen, vor der Haustür, sog sie gierig frische Luft ein und informierte ihre Kollegen von der Kriminalpolizei. „Heiner", rief sie in das Mikro, „bist du dran?"

„Wer ist denn da?"

„Ich bin es, Heiner, Katja. Komm bitte zur Wiesenstraße einhundert… und bring gleich die Spurensicherung und das ganze Brimborium mit. Wir haben hier offensichtlich einen Mordfall."

Heiner Platzeck glaubte, sich verhört zu haben. „Moment", rief er in die Muschel, „Katja bist du sicher? In der Wiesenstraße? Das ist doch so eine ruhige Gegend. Bislang gab es dort, bis auf ein paar selten auftretende Randalierer, noch nie Probleme."

„Und wie ich sicher bin. Komm bitte so schnell wie möglich. Es ist einfach nur grauenvoll …"

Kommissar Platzeck trommelte in Windeseile alle verfügbaren Beamten zusammen. Die Wiesenstraße war nicht weit entfernt und in wenigen Minuten hatten die Männer das Gebäude erreicht. Die Haustür stand offen; nachdem die beiden Beamtinnen das Haus betreten hatten, dachte niemand mehr daran, die Tür zu schließen. Heiner Platzeck roch es sofort. „Oh Teufel – nein!" rief er, „daran werde ich mich nie gewöhnen. Ich bewundere unsere Pathologen, die täglich mit diesem Gestank konfrontiert werden und dabei auch noch ihr Frühstücksbrötchen essen. Ich könnte das nicht." Während dieses Satzes hatte er die Treppe erklommen und stand in der Wohnung von Simone Schnell. Mit einem Blick erfasste

Heiner, was passiert war. „Du meine Güte – die ist doch noch ein halbes Kind!" Gleichzeitig schwoll ihm die Zornesader auf der Stirn: „Hat denn niemand etwas bemerkt? Es kann doch nicht sein, dass hier jemand umgebracht wird, und kein Mensch im ganzen Haus merkt was!"

Janine Malkewicz und Constanze Nork hatten sich in den letzten Minuten in die Diele der Nork'schen Wohnung zurückgezogen. Beide Frauen waren auffallend blass und rangen sichtlich um Fassung. Den harschen Worten des Kommissars hatten sie kaum etwas entgegenzusetzen. Der Vorwurf, dass niemand etwas bemerkt habe, traf sie voll; andererseits, überlegte Constanze und das sagte sie dann auch laut: „Wissen Sie, Herr Kommissar, bemerkt haben wir schon etwas. Da diese Leute aber aufgrund ihres Verhaltens von den Hausbewohnern geschnitten wurden, haben wir uns nicht groß darum gekümmert. Dazu kommt, dass wir alle unfreiwillig mitbekommen haben, dass in dieser Partnerschaft offensichtlich gar nichts stimmte. Wie oft stand die Wohnung tagelang leer; dann wieder setzte hier eine regelrechte Völkerwanderung ein. Nur – an einen Mord haben wir gewiss nicht gedacht. Aber", stockte sie, „und das mit dem eingeforderten beherzten Eingreifen ist so eine Sache. *Sie* sind entsprechend ausgebildet und können sich wehren. Aber wir? Ganz besonders wir Frauen... wir bekommen doch schon Schwierigkeiten, wenn wir mit einem Problem zu Ihnen aufs Amt kommen und Hilfe brauchen. Damit spreche ich nicht Sie persönlich an, sondern die Institution Polizei als Schutzbehörde. Sollte man dann zufällig auch noch das *falsche* Geschlecht haben, also weiblich und mittleren Alters sein, wird man behandelt – na, sagen wir – wie ein *benutztes Taschentuch*. Um es vorsichtig auszudrücken. Und dann erwartet man von uns Zivilcourage! Ehrlich gesagt: Ich werde mich hüten. Von Ihrer Institution werde ich doch nicht ge- oder beschützt. Den Wortlaut: es ist doch noch nichts passiert, da können wir nicht tätig werden... kennen wir alle. Dazu kommt, dass ich, beziehungsweise wir, mein Mann wäre da wohl in erster Linie betroffen, uns anschließend womöglich verantworten müssten. Dass von der deutschen Justiz ausschließlich die Täter geschützt werden, ist mittlerweile dem Dümmsten aufgegangen! Oder warum werden die Gesichter der Opfer im Fernsehen bereitwillig gezeigt, wogegen man die Visagen der

Täter schamhaft – in meinen Augen schützend – verhüllt? Können Sie mir das mal erklären?" Constanze Nork schwieg und atmete heftig. Fast erwartete sie, dass Platzeck sie wegen ihrer hitzigen Äußerungen maßregeln würde, doch nichts dergleichen geschah. Der Kommissar sah sie eher nachdenklich an und meinte: „Es tut mir leid, dass sie offensichtlich schlechte Erfahrungen mit der Polizei gemacht haben und, was die Justiz bezüglich des Schutzes der Täter angeht, muss ich Ihnen leider, zumindest teilweise, Recht geben. Trotzdem…" Er ließ den Rest des Satzes in der Luft hängen und bat die beiden Damen unvermittelt, in ihre Wohnungen zurück zu gehen und die Tür zu schließen. Aus den Augenwinkeln hatte er mitbekommen, dass der Polizeiarzt fertig war. Die Leiche würde in Kürze abtransportiert und in die Gerichtsmedizin verbracht.

Platzeck ging noch einmal in die Wohnung hinein und registrierte, dass dort jemand wie ein Berserker gehaust haben musste. Ein Sessel war umgeworfen. Der, hinter dem die Leiche gefunden wurde. Das Sofa war von der Wand gerückt, stand mitten im Raum und war kreuz und quer mit einem scharfen Gegenstand aufgeschlitzt worden. In der kleinen Küche stapelte sich der Müll in allen Ecken – auch der stank widerlich. Die Aussicht auf den Balkon zeigte ihm, dass der als Abladeplatz benutzt worden war. Weitere Hinweise gab die Wohnung auf den ersten Blick nicht her. Seufzend wandte er sich an Ditmar Offset. „Glauben Sie wirklich, dass Sie hier Abdrücke nehmen können?"

„Ich versuche es. Obwohl – so wie die Materialien aussehen, ist fraglich, ob das klappt. Fast alles Raumaterial, kaum etwas Glattes. Vielleicht an den Fensterrahmen oder am Fernseher. Abwarten. Ich lasse es Sie wissen, wenn ich was gefunden habe."

Platzeck nickte und ging wieder hinaus. Er musste die beiden Damen noch einmal befragen und, falls sie inzwischen eingetrudelt sein sollten, die restlichen Hausbewohner. Das Ganze gefiel ihm überhaupt nicht.

*

Offset sah sich aufmerksam um. Der umgestürzte Sessel ließ zwar im ersten Moment auf einen Kampf schließen, doch er war sich nicht sicher, weil die Beschädigungen an dem Möbelstück andererseits darauf hinwiesen, dass sich der Täter oder die Täter eine Menge Zeit gelassen haben mussten. Eine solche Zerstörung war nicht in wenigen Minuten auszuführen. Was war also passiert?

Platzecks Leute waren gerade dabei, die Leiche in den Zinksarg zu verfrachten, um sie der Gerichtsmedizin zu überantworten, als Offset ein Teppichmesser auf dem Boden liegen sah. Unter der Leiche. *Es ist doch wohl nicht möglich, dass dieses kleine Persönchen die Wohnung selbst derartig verwüstet hat; und warum auch?,* überlegte er. Der Kommissar hatte den Gegenstand ebenfalls gesehen und hob ihn mit seinen behandschuhten Händen auf. „Was ist denn das?"

„Ein Teppichmesser", erwiderte Ditmar Offset. „Es sieht so aus, als hätte dieses halbe Kind die Wohnung selber so verwüstet."

„Kann ich mir nicht vorstellen. – He, sieh mal. Was haben wir denn hier?" Kommissar Platzeck fand die Fetzen eines Fotos; auf der Rückseite war noch teilweise eine Widmung zu lesen. *Für Sim… v… Tom….* Der Rest war abgerissen und auch nicht zu finden. „Nun", seufzte Platzeck, „es sieht wenigstens so aus, als hätten wir den Ansatz eines Täters. Dieser *Tom* wird ja wohl zu finden sein. Ich frage noch einmal die Hausbewohner." Damit drehte er sich um und ging die Treppe eine Etage tiefer. Er klingelte bei Constanze Nork und fand bei ihr, immer noch in heller Aufregung und ziemlich durcheinander, auch Janine Malkewicz. „Das passt ja prima", meinte Kommissar Platzeck, „dann kann ich Sie ja beide befragen."

„Ich weiß nichts…!", platzte Constanze Nork heraus.

Platzeck sah sie eindringlich an. „Wissen Sie nichts oder wollen Sie nichts wissen?", fragte er zurück. Constanze zog sich ein wenig zusammen. Doch bevor sie antworten konnte, sprang Janine Malkewicz in die Bresche. „Wissen Sie, Herr Kommissar, dass meine Nachbarin mit der Institution Polizei offensichtlich nicht die besten Erfahrungen gemacht hat, brachte sie schon zum Ausdruck. Aber ich kann diese Aussage insofern bestätigen, als dass wir wirklich nichts *wissen*. Wir haben jede Menge Vermutungen, aber wissen – und genau das ist der Punkt!"

Heiner Platzeck atmete tief durch. „Meine Damen, irgendwie scheinen

Sie von dem Gedanken durchdrungen zu sein, dass alles, was Sie sagen, gegen Sie verwendet werden kann, oder? Wir sind hier nicht im Fernsehen und Sie stehen auch nicht unter Verdacht. Sie haben uns informiert und ich versuche jetzt, ein Verbrechen aufzuklären. Dabei brauche ich Ihre Hilfe und kann Ihnen sogar versichern, dass Ihre Aussagen vertraulich behandelt werden – wenn Sie das beruhigt."

„Nein", fuhr Constanze dazwischen, „Es beruhigt mich keinesfalls. Wir wissen nämlich nicht, was dieses saubere Pärchen für einen Umgang hat. Es mag ja sein, dass Sie meine, beziehungsweise unsere, Aussagen vertraulich behandeln. Was aber passiert, wenn jemand aus deren Umfeld herausfindet, wer hier was gesagt hat? Irgendwann finden Sie dann eine unbekannte Frauenleiche im Rhein… das ist vielleicht eine von uns!"

Platzeck lächelte. „Ich kann Sie verstehen, aber sobald Sie sich in irgendeiner Form unsicher fühlen, lassen Sie es mich oder einen meiner Mitarbeiter wissen und wir werden der Sache auf den Grund gehen. Nun – was ist? Wollen Sie jetzt sagen, was Sie wissen?"

Constanze Nork senkte den Kopf. „*Eingezogen ist Simone Schnell mit Ihrem Freund Thomas Ullmann im August vergangenen Jahres. Sie war damals gerade achtzehn; er wohl so drei- oder vierundzwanzig. Gefallen haben mir beide von Anfang an nicht, aber das war – zugegebenermaßen – eine gewisse Voreingenommenheit. Er rannte mit jeder Menge* Steiff Knopf im Ohr *rum, was ich einfach affig fand. Möglicherweise*, räumte sie ein, *ist das aber eine Frage zwischen den Generationen. Jedenfalls dauerte es nur ein paar Tage, bis die sich zum ersten Mal in die Haare kriegten. Und zwar so, dass alle Nachbarn etwas davon hatten. Er brüllte sie an, dass sie eine* Drecksau *sei… Na ja, und noch einiges mehr in dieser Kategorie. Als ich Janine vorhin im Treppenhaus traf – bevor ich Sie anrief – hatte ich ihr noch erzählt, dass dieser Typ die Wohnung anscheinend zu Kleinholz verarbeitet hatte; ausgerecht am Nachmittag des Heiligen Abend. Was da im Einzelnen abging, weiß ich natürlich nicht. Dass das obendrein ein Dreckstall sein musste, war auch nicht zu übersehen. Der Müll stapelt sich auf dem Balkon so, dass man ihn auch von unten sieht. Ja – und vor ein paar Wochen ist Thomas Ullmann dann ausgezogen. Noch am gleichen Abend kam ein anderer…*"

Kommissar Platzeck unterbrach das Gespräch; es hatte geklingelt. Katja Recker und Hanne Lenk fragten an, ob man sie noch bräuchte. Sie würden sonst zum Revier fahren und den Schriftkram erledigen. Der Kommissar nickte: „Haut ab, Mädels, und danke, dass Ihr so tapfer durchgehalten habt", konnte er sich ein Grinsen nicht verkneifen. Katja reagierte auch sofort. „Dafür sind wir bei der Polizei und wir wollen auch keine Extrawürste – wir wollen nur immer gleich behandelt werden…!" Damit drehten sich die beiden jungen Polizistinnen um und verließen das Haus. Heiner Platzeck kam ins Wohnzimmer zurück, wo Janine Malkewicz ihn mit den Worten empfing: „Es scheint fast so, als sei das Kapitel Gleichberechtigung bei der Polizei auch nicht ganz unproblematisch."

„Kann es auch nicht sein", muffelte der Kommissar, „immerhin gibt es einfach Dinge, die unsere Frauen nicht tun können – allein von ihrer körperlichen Kraft her. Obwohl", schränkte er ein, „man sollte sich von der zarten Statur der beiden Damen nicht täuschen lassen. Die haben Hände wie ein Schraubstock. So, aber nun weiter im Text. Irgendwann wollen wir doch auch mal fertig werden." Er wandte sich erneut zu Janine Malkewicz und fragte: „Was können Sie zu alledem berichten?"

„Im Großen und Ganzen kann ich mich den Ausführungen meiner Nachbarin nur anschließen. Erwähnenswert ist vielleicht, dass der Bruder von Simone Schnell im Nachbarhaus wohnt. Ich gucke von meinem Schlafzimmerfenster direkt auf deren Balkon und habe des Öfteren gesehen, dass die verbotene Pflanzen ziehen. Cannabis oder so was. Ich musste erst mal im Lexikon nachgucken, was da rumstand, da ich das Grünzeug gar nicht kannte. Mein Mann machte mich darauf aufmerksam. Mehr, schloss sie, kann ich Ihnen auch nicht sagen. Oder – halt: Vielleicht noch eines. Der Neue, den sie da gleich anschleppte, war hier im Haus zwar nicht gemeldet, aber seit der hier dauernächtigt, haben wir einen nicht abreißenden Besucherstrom. Bis spät in den Abend hinein kommen junge Männer. Sie betreten ohne Gepäck das Haus und gehen nach kurzer Zeit mit weißen Plastiktüten wieder hinaus. Vielleicht ist das ja wichtig?"

„Mit Sicherheit sogar. Nun, meine Damen, erst einmal sage ich danke für Ihre Auskünfte. Unsere Ermittlungsarbeit wird möglicherweise die eine oder andere Frage noch mal erforderlich machen. Bis dahin Auf Wiedersehen."

Aufatmend schloss Constanze die Tür hinter dem Kriminaler, der sich auf den Weg zu den anderen Mitbewohnern des Hauses machte. Da hatte er allerdings wenig Glück. Ganz unten, die Eheleute Massekolk, waren zur Arbeit; im ersten Stock der junge Mann ebenfalls und der ältere Herr, der ihm gegenüber wohnte, redete zwar wie ein Buch auf den Kommissar ein, doch der stellte innerhalb weniger Minuten fest, dass er überhaupt nichts wusste. Er wollte sich nur wichtig machen und hörte bei den Fragen, die Platzeck stellte, nicht zu. Der Kommissar gab es auf, die Aussagen des Mannes waren unbrauchbar. Außerdem schien er schlecht zu hören… Die Damen Malkewicz und Nork hatte er schon befragt; blieben nur die Herrschaften ganz oben. Stichmanns waren zufällig beide zugegen und baten den Kommissar in die Wohnung. Manfred Stichmann zuckte ein wenig mit den Schultern. „Eigentlich kann ich Ihnen dazu nur wenig sagen, weil sich komischerweise das Meiste tagsüber abgespielt hat und da bin ich im Büro. Dass ich gerade mal daheim bin liegt daran, dass ich morgen früh nach Los Angeles fliegen muss und deshalb die entsprechenden Papiere und mein Gepäck vorbereite. Das könnte und würde meine Frau zwar auch tun, aber bei meinen Papieren, und ganz besonders, wenn man in die USA fliegt, mache ich das gern selbst."
Platzeck nickte: „Kenn ich; ich musste auch mal eine Weile hin- und herfliegen. Und, ich gebe zu, die Flüge in die USA habe ich nicht sonderlich geschätzt. Nicht mal 'ne angebrochene Tüte Gummibärchen durfte man dabei haben. Irgendwie spinnen die doch. … aber die Achse des Bösen anprangern. Ich will ja nicht genauer werden, gerade die haben es nötig! Doch kommen wir wieder zur Sache. Was, Frau Stichmann, wissen Sie?"
Thekla Stichmann bot dem Kommissar erst einmal einen Platz an und setzte sich dann selbst. Ihr Blick fiel auf die Grünpflanzen auf der Fensterbank und sie überlegte halblaut: „Das erste, was mir eigentlich auffiel war, dass dieses Gesindel einen nicht zu ertragenden Radau machte. Das Radio auf volle Lautstärke – Technomusik. Es war grauenvoll. Als ich Simone Schnell einmal darauf ansprach bemerkte sie nur, dass ich auch nicht gerade leise sei, wenn ich durch die Wohnung rennen würde. Sie wurde ganz einfach nur frech. Später haben wir uns massiv bei unserem Vermieter beschwert; alle der Reihe nach, damit er auch was davon hat-

te, und er versuchte auch, einzuschreiten. Erfolglos. Gegen diese Art von *Mensch* hat man keine Chance. Außerdem entwickelt man eine Art Besorgnis, da man nicht weiß, ob die nicht mal im Dunkeln irgendwo herumlungern und einem, milde ausgedrückt, eine Tracht Prügel verpassen. Tja, und dann… das habe ich aber erst in der letzten Zeit bemerkt, war da plötzlich ein anderer junger Mann. Die Musik wurde auf normale Lautstärke zurück gefahren, dafür begann hier im Haus eine regelrechte Völkerwanderung. Von hier oben kann man das besonders gut und vor allem aus sicherem Abstand sehen weil niemand nach oben schaut. Meistens ging das abends so gegen ein- oder zweiundzwanzig Uhr los. Junge Männer, alle einzeln, kamen und verschwanden innerhalb kurzer Zeit wieder – aber mit einer Tüte in der Hand. Es hat eine Weile gedauert, bis mir das so richtig aufgefallen ist. Ja, und als dann noch vor wenigen Wochen der Einbruchsversuch in unsere Wohnung stattfand, haben wir, in Zusammenarbeit mit der Polizei, zunächst einmal dieses Sicherheitsschloss anbringen lassen." Thekla Stichmann erhob sich und zeigte dem Kommissar diese Vorrichtung.

„Klasse", bemerkte dieser, „das sollten mal mehr Leute tun."

Thekla nickte: „Ich musste meinen Mann zwar auch erst ein bisschen überreden, aber angesichts der Tatsache, dass er öfter mal für einige Tage hintereinander außer Haus ist, sah er die Notwendigkeit dann doch ein. Ich fühle mich einfach sicherer", schloss sie ihren Bericht.

„Platzeck hatte bis hierher aufmerksam zugehört und fragte weiter: „Und… gab es im Zusammenhang mit dem versuchten Einbruch irgend etwas besonders Bemerkenswertes?"

Thekla Stichmann überlegte kurz, dann grinste sie ein bisschen hämisch. „Doch das gab es. Die beiden Beamtinnen, die den Fall aufgenommen und begutachtet haben, waren nicht sehr aufmerksam. Zugegeben, mir ist es auch erst hinterher aufgefallen, aber *mir* ist es wenigstens aufgefallen. Simone Schnell kam nämlich gerade aus der Tür und wurde von einer der beiden Damen gefragt, ob sie allein in der Wohnung sei und ob sie etwas Außergewöhnliches bemerkt habe. Sie antwortete darauf hin, dass sie allein in der Wohnung sei und – im Wortlaut sagte sie: *wir* – nichts bemerkt habe. Sie hat also gelogen. Sie war nicht allein in der Wohnung.

Warum? Ob das mit ihrem Ableben zu tun haben könnte, weiß ich nicht, aber ich denke, sie sollten es wissen."

Heiner Platzeck nickte und merkte sich vor, im Dienstplan festzustellen, ob die beiden unaufmerksamen Kolleginnen vielleicht Hanne und Katja gewesen seien. *Vorstellen kann ich mir das ja nicht,* dachte er und seufzte. „Wenn doch alle mal ein bisschen mehr darauf achten würden, was andere sagen, das könnte unsere Arbeit sehr erleichtern. Aber…" der Kommissar erhob sich und fragte noch, ob sie wüssten, wann der junge Mann im ersten Stock wieder daheim sei. Thekla nickte: „Er ist schon seit über einer Woche auf Reisen, der arbeitet überwiegend auswärts und, wenn ich es richtig in Erinnerung habe, kommt er auch erst Mitte des Monats wieder."

„Womit der von Anfang an über jeden Verdacht erhaben ist. Ebenso wie der alte Mann, der ihm gegenüber wohnt."

„Ach der", platzte Thekla abfällig heraus, „der hat zwar die Ohren überall, hört aber nur die Hälfte, versteht überhaupt nichts und genau das erzählt er dann aber kreuz und quer herum."

„Hoppla", lachte Platzeck, „das hört sich nicht nach besonderer Sympathie an." „Nee", mischte sich nun Manfred Stichmann ein, „das ist richtig und da stehe ich genauso zu. Aber mit dem Tod von Simone Schnell hat er bestimmt nichts zu tun. Der ist doch froh, dass er lebt."

Platzeck feixte. „Das sehe ich auch so. Nun Frau Stichmann, Herr Stichmann", wandte er sich zu den beiden, „ich danke Ihnen für die Auskünfte und darf doch gewiss, wenn ich noch etwas wissen möchte, auf Sie zurückkommen?"

„Selbstverständlich", meinten beide unisono und begleiteten Platzeck zur Tür.

Vor dem Haus sah Platzeck sich erst einmal um, zündete sich eine Zigarette an und atmete den Rauch tief ein. Da er schon länger allen Kollegen weismachte dass er nicht mehr rauchte, (und auch noch glaubte, sie würden ihm das abkaufen), wollte er nicht gerade mit einer brennenden Zigarette erwischt werden. Außerdem haderte er mit sich selbst, dass er es immer noch nicht geschafft hatte, dem Laster vollständig zu entsagen.

Mist, murmelte er auf den neusten Fall bezogen, *jede Menge Hinweise aber keine verwertbare Spur. Es liegt lediglich auf der Hand, dass zwei Personen im Spiel sind. Vielleicht hat Offset was gefunden...* und machte sich auf den Weg zum Revier.

*

Ditmar Offset war gerade dabei, seinen Bericht in den Sprachcomputer einzugeben, als Platzeck in der Tür erschien. „Pst...!" legte er den Finger an die Lippen; Platzeck setzte sich leise auf den nächsten Stuhl und hörte zu:

Simone Schnell – die Identität steht außer Frage, da die entsprechenden Papiere bei der Person gefunden wurden – starb eines gewaltsamen Todes, dem zwei verschiedenen Verletzungsursachen zugrunde liegen.
Zum ersten: wurde sie von einer Person wahrscheinlich mit einer heftigen Bewegung gegen die Wand geschleudert. Die dabei entstandene Wunde führte nur zu einer kurzen Bewusstlosigkeit, schwächte sie aber so, dass sie der nachfolgenden Attacke nicht mehr gewachsen war. Simone Schnell hat sich nach dem ersten Angriff offensichtlich noch selbst versorgen können. Die Blutspuren an der Wand lassen sich verfolgen bis ins Badezimmer. Dort wusch sie sich die Wunde mit einem Waschlappen aus (siehe Anlage eins). Sie hat auch mit blutstillender Watte (siehe Anlage zwei) hantiert. Rückstände dieses Materials fanden sich in den Haaren. Die Watte selbst wurde vermutlich durch die Toilette abgespült, da nirgendwo weitere Spuren festzustellen sind.
Die weiteren Verletzungen, die letztendlich zum Tod führten, wurden Simone Schnell am gleichen Abend zugefügt. Der Ausführung nach jedoch von einer anderen Person, die über sehr viel größere Kräfte verfügt haben muss. Frau Schnell starb an einem Bruch des Rückgrades, herbeigeführt durch einen Tritt mit (z.B.) Springerstiefeln oder das Zuschlagen mit einem metallenen Gegenstand, zum Beispiel einem Rohr. Zuvor wurde sie allerdings mit eben solchen Stiefeln so massiv getreten, dass sie versuchte, sich mit den Händen zu schützen. Die Finger sind zum Teil gebrochen. Der Täter muss mit unvorstellbarer Gewalt auf den Körper der

Toten eingeprügelt haben.
Ditmar Offset fuhr den PC herunter und schaltete ihn aus. Platzeck sah seinen Kollegen an und schüttelte sich: „Mein Gott – das darf alles gar nicht wahr sein? Und wir haben nicht die geringste Ahnung, wer das getan haben könnte!"
„Nein, wir haben allerdings Teile eines Fotos gefunden, auf dem noch bruchstückhaft ein Name zu lesen ist." Offset reichte dem Kommissar die Tüte mit dem Foto und der bemerkte daraufhin: „Na, dann werde ich wohl noch einmal losstiefeln und die Hausbewohner fragen, ob einer von denen diesen Herrn kennt. Vorher muss ich aber erst einmal ins Büro und meine Frau anrufen. Die setzt mich sonst wieder einmal auf die Vermisstenliste. Manchmal haben wir einen Scheißjob", murmelte Platzeck und Offset nickte bestätigend. „Meine Frau ist auch immer hellauf begeistert, wenn ich auch noch am Wochenende losmuss. Aber ich kann es nun mal nicht ändern. Sie meinte kürzlich, ich solle mich doch für eine Krankenhauspathologie bewerben. Als ob das da anders wäre…!"
Der Kommissar lachte: „Zumindest denkt sie sich das so. Das war's dann aber auch schon. Außerdem finde ich diesen Job hier trotzdem wesentlich interessanter, obwohl man hier oft genug wirklich mit dem menschlichen Abschaum konfrontiert wird."
Ditmar Offset nickte ein weiteres Mal. „Stimmt. Ich möchte es trotzdem nicht anders haben. Indes werde ich mir etwas abgewöhnen müssen…"
„Und das wäre?"
„Ich sollte mir abgewöhnen, in Gegenwart irgendwelcher *zwangsweisen* Besucher, mein Frühstückbrot angebissen auf dem Schreibtisch liegen zu haben. Ich habe den Eindruck, dass das schon einige Male zu außerplanmäßigen Übelkeitsattacken führte. Die Menschen kriegen es fertig, einen anderen umzubringen, aber angesichts dessen, was sie angerichtet haben, stört es sie, wenn ich hier mein Frühstückbrötchen liegen habe. Das soll einer begreifen!"
Kopfschüttelnd wandte Platzeck sich zur Tür. „Naja – irgendwie kann ich das schon verstehen. Ich habe mit dem Gedanken auch immer meine Probleme. So, aber nun muss ich los." Damit stieß er die Schwingtür auf und trat auf den Gang hinaus.

Im Büro angekommen erledigte er zunächst den Anruf bei seiner Frau, die allerdings wenig erstaunt war. Mit einem Seufzer nahm sie seinen Kommentar vorweg: *„Es tut mir leid, Liebling, aber heute läuft mal wieder alles ein bisschen anders, als ich es geplant hatte…!"*

Der Kommissar musste wider Willen lachen und antwortete: „Du hast natürlich Recht. Es ist so, wie du sagst und ich weiß auch diesmal nicht, wann ich nach Hause komme. Gibt es denn irgendetwas Besonderes?"

„Ja – vom Revier hat jemand angerufen; eine Katja Recker…"

„Kenne ich, das ist unsere besten Streifenpolizistin. Die hat mich auch an den Schauplatz des letzten Mordes gerufen. Wenn sie anruft, hat sie meistens was Gravierendes."

„Frau Recker berichtete mir, sie habe den Ex-Freund der Ermordeten ausfindig gemacht. Einen gewissen Thomas Ullmann."

Platzeck hüpfte elektrisiert von einem Bein auf das andere. „Wie bitte?! Hat sie sonst noch etwas gesagt?"

„Nein, nur dass du sie bitte anrufen möchtest. Auf der Handynummer, weil sie unterwegs wäre, diesem Thomas Ullmann einen Besuch abzustatten."

„Um Himmels Willen! – ist das Mädchen wahnsinnig geworden? Die ist doch wohl nicht allein zu einem potentiellen Mörder gefahren?"

„Von allein hat sie nichts gesagt. Ich soll dir nur ausrichten, du solltest dir keine Sorgen machen, ihr würde ganz bestimmt nichts passieren."

„Na, die hat Nerven…! Der werde ich…!" Damit legte Platzeck auf und seine Frau grinste. *Na, mein holdes Ehegespons, deine Heimkehr für heute verschiebt sich ja nun wohl in himmelweite Ferne. Wenn ich dich nicht so lieben und außerdem deine Ansichten hundertprozentig teilen würde, wärst du längst ein Single. Aber so – dann warte ich mal wieder. Demnächst suchst du dir aber bitte solche Attacken aus, wenn wenigstens was Gescheites im Fernsehen ist. Etwas wie Commissario Brunetti oder so…*

Immer noch, ein wenig melancholisch, lächelnd, legte sie endlich den Hörer auf die Gabel und ging in die Küche, um sich einen frischen Tee aufzubrühen.

*

Heiner Platzeck verließ sein Büro im Laufschritt und stieß dabei fast mit Constanze Nork zusammen. „Sorry", hastete der Kommissar weiter, ohne die Person zu fragen oder gar zu erkennen, was die Besucherin überhaupt wollte: „Bitte gehen Sie durch ins Büro, da ist einer meiner Kollegen, der kann Ihnen sicher weiterhelfen", rief er, ohne sich umzudrehen. Kopfschüttelnd sah sie ihm nach. *Nein, mein Junge – diese Information war ausschließlich für dich bestimmt,* dachte sie und machte, statt ins Büro zu gehen, auf dem Absatz kehrt und marschierte nach Hause.

Zwischenzeitlich versuchte Heiner Platzeck seine Mitarbeiterin auf dem Handy zu erreichen, was ihm erst nach mehrmaligem Wählen gelang.
„Katja Recker", meldete sie sich.
„Gott sei Dank! Katja, sag' mal bist du wahnsinnig geworden…! Allein zu diesem Menschen zu fahren? Oder bist du schon da? Was hast du dir nur dabei gedacht? Abgesehen von der Gefahr, in die du dich begibst, lässt du die einfachsten Grundregeln unserer Dienstvorschriften außer Acht. *Tu niemals etwas im Alleingang…!"*
Katja Recker brauchte mehrere Ansätze, um mit ihrer Stimme endlich durchzudringen: „Heiner – hör doch mal zu!!! Ich bin noch nicht da, aber gleich und ich schwebe in absolut keiner Gefahr, weil Thomas Ullman nie und nimmer der Mörder ist."
„Woher willst du das wissen?"
„Ich kenne ihn; wir sind zusammen zur Schule gegangen und er war über etliche Jahre mit meiner Schwester liiert. Die beiden haben sich getrennt, weil Thomas meiner Schwester zu pingelig war. Er ist… er ist… einfach eben pingelig. Ich weiß nicht, wie ich das erklären soll. Aber ein Mörder niemals. Außerdem hätte er diese Kräfte nicht. Thomas ist körperbehindert; sein rechter Arm hat seit seiner Geburt eine Muskelschwäche; nur mit ständigem Training kann er seinen Arm soweit gebrauchen, dass er ganz normale Arbeiten ausführen kann."
„Du kennst ihn?", kam es ungläubig vom anderen Ende. „Aber", brauste Heiner Platzeck erneut auf, „unsere Dienstvorschrift hast du trotzdem auf gröbste eigenmächtig übergangen."
„Stimmt", erwiderte Katja ungerührt, „aber wenn ich dich, oder wen

auch immer, mitnehmen würde, bekäme ich aus ihm vermutlich nichts raus. Und, dass er irgendetwas weiß, das wiederum steht für mich außer Frage. Also", schloss sie ihre Ausführungen, „ich werde jetzt weiterfahren. Du kannst ja, wenn du willst, nachkommen und vor dem Haus auf mich warten. Aber lass mich bitte erst einmal allein, sozusagen privat, mit ihm reden. Okay?"

Widerwillig stimmte der Kommissar ihr zu. „Nun gut, aber ich werde auf jeden Fall in der Nähe sein und du gehst bitte nicht eher in diese Wohnung, bis wir uns dahingehend verständigt haben, dass ich in unmittelbarer Nähe bin."

Katja lächelte in das Telefon: „Klar doch! Ich bin dir ja auch dankbar, dass du da bist. Angst brauche ich zwar wirklich nicht zu haben, andererseits weiß ich natürlich nicht, was mich dort erwartet. Also – mach's gut. Wir hören uns gleich wieder." Damit trennte sie die Verbindung.

Heiner Platzeck atmete tief durch und versuchte, sich zu beruhigen. Er war in Sorge, dass Katja, entgegen ihrer eigenen Annahme, doch etwas passieren könne und fuhr ziemlich verkehrswidrig zu dem vereinbarten Treffpunkt. Die Vereinsstraße lag am Rande der Stadt; nicht unbedingt ein sozialer Brennpunkt, aber einen ausgesprochen guten Ruf genoss die Ecke nicht. Wenige Minuten später hielt er vor dem Haus. Wider Willen musste er schmunzeln. Katja hatte sich, um eine eventuelle Begleitung auszuschließen, eines der Dienstmotorräder geliehen. *Du kleines Luder*, dachte er sorgenvoll und war sich gleichzeitig klar darüber, dass der gesamte Polizeiapparat mehr Mitarbeiter dieses Kalibers gebrauchen könnte. Aber, woher sollte die Motivation kommen? Nachdenklich ließ er den letzten Fall eines Einbruchs Revue passieren. Da hatte doch so ein kleiner Drogendealer eine Drogerie ausgeräumt, wurde gefasst und der Richter musste ihn, weil er einen festen Wohnsitz hatte und – angeblich – keine Fluchtgefahr bestand, wieder laufen lassen. Bei der Verfolgung hatte Holger Mittersen sich dann auch noch den Fuß gebrochen, bekam einen Rüffel von seinem Vorgesetzten, dass er besser aufpassen solle und ähnliche Kinkerlitzchen, die Heiner Platzeck überhaupt nicht mehr nachvollziehen konnte. Er seufzte nochmals auf und zuckte regelrecht zusam-

nen, als sich einige Zeit später sein Handy meldete. „Hallo Katja, bist du
das?"
„Wer sonst! Also, du kannst jetzt hochkommen. Zweiter Stock links; die
Tür ist offen. Bis dann…"
Der Kommissar stieg aus, schloss sein Auto ab und eilte zügigen Schrittes die Treppe hinauf. Oben fand er die beiden jungen Leute, Katja und
den gesuchten Thomas Ullmann, in der Diele stehend. Thomas Ullman
bot ein Bild des Jammers und seine ersten Worte waren: „Ich war das
nicht… So was könnte ich auch gar nicht."
Katja beruhigte ihn: „Thomas, keiner nimmt an, dass du Simone Schnell
umgebracht hast, aber wir wissen, dass du sie kanntest und auch, dass du
eine Weile bei ihr gewohnt hast."
„Sie war meine Freundin. Aber nur zehn Monate. Simone betrog mich
nach Strich und Faden und, was noch schlimmer war, sie begann vor ungefähr vier Monaten zu trinken und Drogen zu nehmen. Jedenfalls hatte
ich den Eindruck. Vor zwei Wochen habe ich Schluss gemacht, weil ich
diesen Zustand nicht mehr ertrug. Ich verließ damals das Haus und vergaß, ihr den Wohnungsschlüssel zurückzugeben. Den hatte ich bis gestern Abend noch. Ich bin hin und wollte mit ihr reden. Ich liebe sie immer noch… Ich wollte, wider besseres Wissen, einfach noch einmal einen neuen Anfang wagen. Also schloss ich die Tür auf; die Wohnung
war leer. Ich machte Licht, setzte mich in einen Sessel und ließ unsere
gemeinsame Zeit Revue passieren. Es war ja nicht immer so furchtbar.
Simone hatte sich erst in den letzten vier Monaten so verändert, nachdem
sie eine Stelle bei diesem Installationsunternehmen angetreten hatte. Die
gesamte Mannschaft war mir äußerst unsympathisch; wobei ich seinerzeit noch nicht einmal genau hätte definieren können, warum. Es war
einfach so. Und eines Tages, vor ein paar Wochen, kam sie das erste Mal
nicht nur angetrunken, sondern zugedröhnt nach Hause. Ich dachte mich
trifft der Schlag. Und wie sie sich benommen hat! Wie, wie, wie – na,
wie eine billige Nutte eben. Das war das Schlimmste. Dieses widerlich
ordinäre Benehmen… Das legte sie auch gestern Abend wieder an den
Tag."

70

„Vielleicht tat sie das im Auftrag? Fast drängt sich einem der Verdacht auf, dass man Simone Schnell für irgendwelche Dienste benutzte", flocht Katja, mit einem Seitenblick auf Heiner Platzeck, ein.

„Möglich", murmelte Tomas Ullmann leise, „vielleicht. Ich weiß nicht. Ich weiß nur, dass dieses Verhalten unerträglich wurde. Als sie dann, ein paar Wochen bevor ich Schluss machte, mit diesen Riesenklunkern um den Hals ankam, bin ich durchgedreht. Ich weiß nicht, was ich ihr alles an den Kopf geworfen habe, aber Hure war wohl noch das harmloseste. Und sie? Sie hat gelacht, ihren kleine Koffer gepackt und mich wissen lassen, dass sie zunächst einmal für ein paar Tage verreisen würde. Im Auftrage ihrer Firma…!"

„Halt!", warf Platzeck ein, „im Auftrag ihrer Firma? Sagten Sie nicht gerade, sie arbeitete bei einem Installationsunternehmen?"

„Doch", zog Thomas die Antwort in die Länge und sah den Kommissar an. „Das ist mir ja noch gar nicht aufgefallen! Wieso, in drei Teufels Namen, schickt eine solche Firma ihre Angestellte auf Reisen? Und wie kam sie zu diesem Wahnsinnshalsband. Das waren wassertropfengroße Diamanten!"

„Sind Sie sicher?"

„Vollkommen."

„Katja", wandte Platzeck sich zu seiner Mitarbeiterin um, „kannst du bitte mal feststellen, was aus der Kleidung von Simone Schnell geworden ist? Ich kann mich an kein Halsband erinnern. Diamanten, groß wir Wassertropfen, wären mir ganz sicher aufgefallen."

Katja nickte und betätigte schon ihr Handy. „Ditmar – bist du dran?", fragte sie, nach dem die Verbindung aufgebaut war.

„Ja, Ditmar Offset. Mit wem spreche ich?"

„Katja Recker ist hier. Ditmar kannst du uns…"

„Wer ist uns", fiel Offset ihr ins Wort.

„Kommissar Platzeck und ich", erwiderte Katja, „ja, bitte, kannst du uns einen Gefallen tun? Schau doch bitte einmal nach, was Simone Schnell am Abend ihres Mordes trug. Beziehungsweise, in welcher Kleidung wir sie gefunden haben. Wir sind hier bei Thomas Ullmann und er sagte uns, dass Simone ein außergewöhnliches Halsband besessen habe, das sie sich von ihrem Gehalt niemals hätte leisten können."

Offset nickte, obwohl es niemand sah. „Ist das der Mann, dessen Name teilweise auf dem gefundenen Foto zu lesen war?"

„Ja – er war am Abend des Geschehens in der Wohnung und hat auf Simone gewartet, die kurz nach Mitternacht, offensichtlich voll gepumpt mit Drogen nach Hause kam. Er konnte uns ein paar äußerst wertvolle Hinweise geben. Nur den Mörder haben wir mit ihm nicht. Soviel steht fest."

Neben Heiner Platzeck atmete Tommy tief ein, wurde kreideweiß und kippte einfach nach hinten. „Diese Worte waren für den armen Jungen wohl zuviel", konnte sich der Kommissar nicht verkneifen, zu sagen.

Katja, das Telefon noch in der Hand, stellte sich neben Thomas und ohrfeigte ihn ein paar Mal kräftig. Währenddessen telefonierte sie außerdem mit Ditmar Offset, schloss dann mit den Worten. „Okay, ich bin weiterhin auf meinem Handy zu erreichen; überdies hast du die Nummer vom Kommissar. Ihn kannst du ebenfalls anrufen. Ich muss mich um Thomas Ullmann kümmern, der ist vor lauter Schreck, dass er nicht mehr unter Verdacht steht, glatt in Ohnmacht gefallen."

Bei den letzten Worten öffnete Tommy die Augen und meinte: „Warum haust du eigentlich immer so fest zu?"

„Weil ich bei der Polizei bin und du vor meinen Augen einfach umgekippt bist. Ich musste dich ja wohl erst einmal wiederholen, oder?"

Der junge Mann nickte und fragte fast ängstlich: „…und ich stehe wirklich nicht mehr unter Verdacht?"

„Nein, aber da du dieses Mädchen gut kanntest, brauchen wir von dir alles was du weißt und auch das, was du nicht weißt. Wir haben nämlich so gut wie nichts in der Hand."

„Vor allem, nachdem sich herausgestellt hat, dass Sie es definitiv nicht gewesen sind", muffelte der Kommissar.

„Sie hören sich an, als wäre ich Ihnen als Mörder lieber", schoss Tommy zurück.

„Das möchte ich so nun nicht sagen", erwiderte der Kommissar, „aber einfacher wäre es schon, das muss ich zugeben." Bei den letzten Worten stahl sich ein warmes Lächeln auf das Gesicht des Kriminalers und Katja dachte: *er ist doch ein prima Kerl. Von der Sorte könnten wir auch ein paar mehr gebrauchen.* Doch gleich wurde ihr Gesichtsausdruck wieder sachlich und sie wandte sich erneut an ihren ehemaligen Schulkameraden: „So Thomas, du warst es nicht und deine Aussagen sind glaubhaft. Außerdem war der Hinweis bezüglich Simone Schnell's Kleidung sehr hilfreich. Aber was, um Himmels Willen, hast du denn nun an dem Abend genau gemacht?"

„Wie ich schon sagte. Ich wartete auf sie und wollte es noch einmal versuchen. Aber sie benahm sich derart widerlich, dass ich sie am Revers ihrer Bluse packte und ordentlich schüttelte. Das musste ich mit der linken Hand tun, da in meinem rechten Arm die Kraft gar nicht ausreicht." Damit zog Thomas Ullmann den Ärmel seines Oberhemdes hoch und zeigte den beiden einen streichholzdünnen Oberarm. „Sehen Sie, Herr Kommisar, „mit einem solchen Arm reicht die Kraft gerade mal, jemanden von sich zu stoßen – zu mehr aber bestimmt nicht."

Nachdenklich betrachtete Platzeck den verkümmerten Oberarm. „Konnte da nie etwas dran gerichtet werden?", fragte er.

„Nein, das habe ich von Geburt an und das einzige, was hilft, ist ständiges Training. Aber mehr als eine normale Bewegung kommt dabei trotzdem nicht heraus."

„Nun, kommen wir wieder zu Simone Schnell zurück. Sie haben sie also von sich gestoßen und dann…?"

„Ich weiß nicht mehr so recht; voller Zorn habe ich mich umgedreht, bin aus der Tür gestürmt und habe den Schlüssel auf dem Wohnzimmertisch liegenlassen. Mehr war nicht. Außer, dass ich mich natürlich maßlos aufgeregt habe. Umgebracht habe ich sie nicht, wirklich nicht! Sie hat auch noch gelebt, dessen bin ich ganz sicher", bekräftigte Tommy noch einmal und Katja schaltete sich ein: „Das glauben wir dir. Und außerdem gibt es eine Menge Fakten, die inzwischen dagegen sprechen. Also, fasse dich. Aber halte dich bitte zu unserer Verfügung. Es könnte gut sein, dass wir dich noch einige Male brauchen. Es gibt mit Sicherheit noch ein paar Sachen, die sowohl dir als auch uns erst später einfallen. So, und nun tschüss. Leg dich am besten ein bisschen hin, du siehst nämlich aus wie Braunbier mit Spucke."

„So fühle ich mich auch." Dann schloss Thomas Ullmann leise die Tür hinter den beiden.

*

Vor dem Haus atmete Platzeck tief durch. „Ich kann mir nicht helfen", murmelte er, „irgendwie hatte ich trotzdem das Gefühl, du seiest in Gefahr gewesen."

„Wie kommst du denn auf die Idee? Thomas ist doch nun wirklich absolut harmlos."

„Ja, in der Wohnung von Tommy war die Gefahr vorbei, aber auf dem Weg zu ihm. Ich wurde den Eindruck nicht los, dass man uns permanent beobachtete. Leider sah ich keine Möglichkeit, die Umgebung näher in Augenschein zu nehmen. Außerdem hätte das die Person erst recht auf unsere Aktivitäten aufmerksam machen können."

„Wer sollte auf diese Idee kommen?"

„Der wahre Mörder…!"

Katja Recker schüttelte sich. „Du machst mir Spaß. Und woher will der gewusst haben, dass wir gerade zu Ullman fuhren? Respektive, dass wir überhaupt *hierher* fuhren?"

„Weil er uns unter Umständen schon seit der Tat beobachtet. Ich könnte mir nämlich sehr gut vorstellen, dass der, wenn das mit dem Halsband so stimmt, dieses auf jeden Fall wiederhaben will. Wiederhaben muss! In die Wohnung konnte der Betreffende nicht zurück. Die ist versiegelt."

„Seit wann ist das für einen Verbrecher ein Hinderungsgrund?"

„Normalerweise nicht, aber dieser Täter muss Angst haben, irgendwelche neuen Spuren zu hinterlassen, die uns auf die richtige Fährte bringen könnten. Bis jetzt war Thomas Ullmann ein Schutzschild…"

„Das ist er auch weiterhin, solange der Täter nicht weiß, dass wir etwas von dem Halsband wissen. Und das müssen wir schnellstens klären. Also fahren wir zurück zu Offset. Vielleicht hat er inzwischen was herausgefunden."

Katja ging zu ihrem Motorrad, der Kommissar schloss sein Auto auf und setzte sich hinter das Steuer. Bevor er losfuhr, stellte er noch den Funk-

74

kontakt mit Katja Recker her, so dass sich beide auf der Fahrt zum Revier unterhalten konnten.

Kurze Zeit später hatten sie ihre Büros erreicht und machten sich gemeinsam auf den Weg in die Kantine. „Ich sterbe vor Hunger", stöhnte Katja.

„Bei deiner Figur kann ich mir nicht vorstellen, dass du überhaupt ab und zu mal etwas isst", frozzelte Platzeck und Katja lachte: „Doch, und wesentlich mehr als du dir vorstellen kannst. Ich habe nämlich einen Geist, der mit Süßem ernährt werden muss und deshalb kriege ich jetzt auch erst einmal ein großes Stück Mohnkuchen."

„Ausgerechnet Mohnkuchen", lachte der Kommissar, „weißt du nicht, dass der müde macht?"

„Was glaubst du denn, weshalb ich den essen will. Ich muss irgendwann nämlich mal wieder schlafen. Und angesichts der Tatsache, das mein früherer Schulkamerad in einen dubiosen Mordfall verwickelt ist, fällt mir das ausgesprochen schwer."

„Kann ich verstehen. Nun mach dich schon über deinen Mohnkuchen her. Nicht, dass du vor meinen Augen verhungerst. Aber Kaffee dazu ist, angesichts deines Schlafbedürfnisses, wohl auch nicht das Wahre, oder?"

Katja grinste: „Mineralwasser schmeckt aber nicht", quetschte sie zwischen den Zähnen heraus und biss herzhaft in ihren Kuchen.

Eine halbe Stunde später machten sie sich auf den Weg zu Offset. Der empfing sie gähnend auf dem Flur zur Pathologie: „Nee, nix von wegen Halsband. Weit und breit nicht. Allerdings... etwas um den Hals muss sie gehabt haben, es sind leichte Nickelspuren auszumachen. Aber von Edelmetall keine Rede."

Nachdenklich besah der Kommissar seine Schuhspitzen. „Hm, vielleicht war die wertvolle Kette ja gar nicht wertvoll, wenn man es von der Beschaffenheit betrachtet. Vielleicht befand sich etwas *in* den angeblich Wassertropfen großen Diamanten, die vermutlich keine waren. Jetzt beginnt das große Suchen. Scheiße!", sagte Platzeck aus tiefstem Herzen.

„Und jetzt fahre ich nach Hause. Ich muss einfach mal eine Mütze voll Schlaf kriegen. Tschüs bis morgen."

Damit ließ er Katja Recker und Ditmar Offset im Flur stehen und spur-

ˉete in einem Tempo aus dem Haus, so dass seine Haltung bereits aus-
ˉsagte: Halt mich bloß nicht auf! Müde und erschöpft gelangte er zu sei-
ˉnem Auto; er schloss die Tür auf und ließ sich auf den Fahrersitz fallen.
Irgendwann, dachte er, *hänge ich diesen Beruf doch an den Nagel. Er
frisst mich auf.* Dann drehte er den Zündschlüssel herum, schaltete das
Funkgerät einfach ab und fuhr endlich nach Hause. Wie viele Stunden er
nicht geschlafen hatte, mochte Platzeck gar nicht nachzählen.

*

Am nächsten Morgen schrillte in aller Herrgottsfrühe bereits das Telefon.
Platzecks Frau Gerlinde war wie der Blitz aus dem Bett und hatte vor
dem zweiten Klingeln den Hörer abgenommen.
„Guten Morgen", schallte es ihr entgegen, „hier ist Guntermann. Kann
ich wohl bitte Ihren Mann sprechen."
„Tut mir leid, Herr Guntermann, ich weiß ja nicht, wie lange Sie gestern
Dienst hatten, aber mein Mann hat seit vierzig (!) Stunden nicht mehr geschlafen und ich habe nicht die Absicht, ihn jetzt zu wecken. Heiner ist
in der Nacht heimgekommen und war vor Müdigkeit nicht einmal mehr
in der Lage, etwas zu essen. So kann das nicht weitergehen. Und wenn
ich dann auch noch höre, dass die Polizeibehörde unserer Stadt mit der
Behörde der Bezirkshauptstadt zusammengelegt werden soll – um zu
sparen – da geht mir der Hut hoch. Haben Sie überhaupt schon einmal
darüber nachgedacht, was das für Ihr Personal bedeutet. Wohl kaum. Sie
sitzen doch bloß in Ihrem Büro und…"
Gerlinde musste aufhören, zu sprechen. Nicht, dass sie nicht weiter gewusst hätte, aber ihr war die Puste ausgegangen. Ihr Gegenüber war so
verblüfft, dass er sich erst einmal räusperte und dann etwas lahm entgegnete: „Nun ja, ich kann Sie ja verstehen, aber wir haben nun einmal zu
wenig Personal und ich brauche Ihren Mann."
„Ja, wenn er ausgeschlafen hat. Und sollten Sie darauf bestehen, dass ich
ihn jetzt wecke, dann mache ich eine Meldung an den Betriebsrat, weil
die Überstunden, die mein Mann seit Jahren macht, überhaupt nicht ge-
nehmigt sind. Dann, lieber Herr Guntermann, kriegen *Sie* nämlich ein

Problem! Das einzige, was ich tue: ich werde ihm sagen, dass Sie angerufen haben und er sich bei Ihnen so schnell wie möglich melden soll." Damit legte sie den Hörer auf, ohne eine weitere Erwiderung abzuwarten.

Heiner Platzeck hatte im Unterbewusstsein aber doch etwas mitbekommen und stand mit verwuschelten Haaren im Türrahmen. „Was war denn?", gähnte er und kratzte sich ausgiebig hinter dem rechten Ohr. „Was soll schon gewesen sein. Guntermann rief an und wollte dich sprechen. Ich habe ihm gesagt, dass er das erst kann, wenn du ausgeschlafen wärst und widerwillig hat er sich meinem Diktat beugen müssen. Ich habe dich nämlich einfach nicht ans Telefon geholt. Aber", stutzte sie, „wieso bist du überhaupt wach?"
„Ich hab irgendwas gehört, weiß aber nichts Genaues. Bin eben einfach aufgewacht. Und du hast den Guntermann so mir nichts dir nichts abgewimmelt? Das könnte mich meinen Job kosten. Dann müsste ich mich künftig doch irgendwo in der Großindustrie verdingen", grinste Platzeck. „Von mir aus gerne. Ich bin zwar auch sehr dafür, dass unsere Kriminellen möglichst wenig Spielraum haben, aber das geht nicht jahrzehntelang auf Kosten der Mitarbeiter des gesamten Polizeiapparates. Also, such dir eine Stelle in der Großindustrie. Meinen Segen hast du!"
Der Kommissar sah seine Frau verblüfft an. „Es scheint ja fast, als würdest du Nerven beweisen?"
„Das scheint nur so", murmelte sie. „Komm jetzt wenigstens was essen, wenn du schon auf bist. Und lass die anderen auch mal ein paar Stunden allein wursteln. Wir beide gehen nach deinem mittäglichen Abendfrühstück eine Runde um den Block, damit du ein wenig zur Ruhe kommst. Du brauchst Sauerstoff und grüne Bäume um dich herum…"
Heiner Platzeck schnappte sich seine Frau und drückte sie fest an sich. „So machen wir es", dann schaltete er sein Handy aus und setzte sich in der gemütlichen Küche auf die Eckbank. Nachdenklich ließ er den Eindruck dieses Mobiliars auf sich wirken. Die Möbel stammten noch aus den ersten Jahren ihrer Ehe und Gerlinde war immer mal drauf und dran gewesen, die Küche neu einzurichten. Bislang hatte es sich nur deshalb

richt ergeben, weil sie für ausgiebiges Möbelanschauen einfach keine Zeit hatten. Jetzt war er froh darüber, dass sich sein Umfeld, wenigstens daheim, nicht veränderte. Und das sagte er ihr auch. „Weißt du Gerlinde", meinte er leise, „ich weiß ja, dass du immer schon mal etwas Neues haben wolltest. Aber ich bin zufrieden, heute zum Beispiel ganz besonders, dass ich mich auf meine alt gediente Eckbank setzen kann und um mich herum alles vertraut ist. Unsere Zeit ist manchmal so was von beschissen, dass ich einfach froh bin, wenigstens die gewohnten Möbel um mich zu haben…"

Gerlinde verstand ihn ohne weitere Worte. Er hatte ja auch Recht. Womit in ihrem Kopf das Kapitel *Neuerungen daheim* bis zu seiner Pensionierung abgehakt wurde. Ein bisschen wehmütig – das gestand sie sich allerdings ein.

Nach dem kurzen Spaziergang, der dem Kommissar wirklich gut getan hatte, schaltet er sein Handy wieder ein und war erstaunt, dass niemand einen Rückruf von ihm forderte. Wie ein verdutzter kleiner Junge schüttelte er das Ding, aber das änderte auch nichts. Von Gerlinde verabschiedete er sich mit den Worten: „Es war vielleicht gut, dass der Guntermann mich nicht erreichen konnte – alle anderen haben mich danach nicht gewollt, wie es aussieht."

Gerlinde lachte. „Vielleicht war das auch insofern gut, als dass dein ehrenwerter Boss mal begriffen hat, dass er dich nicht permanent auslaugen kann, wenn er von dir vernünftige Arbeit will. So, nun hau ab, du hast ja sowieso keine Ruhe mehr. Melde dich aber, damit ich wenigstens weiß, wann du *nicht* nach Hause kommst!"

Lächelnd schloss Heiner die Tür hinter sich und kramte den Autoschlüssel aus der Tasche. Es schloss die Tür auf und wunderte sich. Im Auto roch es irgendwie komisch. Achselzuckend ließ er den Motor an und fuhr los; mit den Gedanken schon bei Offset und Katja Recker. *Ob sie wohl was herausgefunden hatten?* Nur vage nahm er zur Kenntnis, dass einige Leute am Straßenrand auf seinen Wagen deuteten und bemerkte nach einem weiteren Kilometer, dass offensichtlich die Kofferraumabdeckung nicht ganz geschlossen war. Der Deckel vibrierte. *So was Blödes*, dachte er. *Nun, das werde ich gleich auf dem Parkplatz richten; es sind ja nur noch ein paar Meter.* Was allerdings insofern untertrieben war, als dass es eben doch ein paar *Kilometer* waren. Platzeck war wohl noch zu müde, um nähere Betrachtungen anzustellen. Bei der Weiterfahrt hörte er dann auch das leise Klappern; trotzdem wartete er, bis er den Parkplatz vor dem Polizeirevier erreichte. Er stieg aus und wollte die Kofferraumabdeckung zudrücken, als er einen gewissen Widerstand spürte. Plötzlich alarmiert hob er den Deckel hoch und erstarrte. Den Mund mit einem Knebel zugestopft und zusammengeschnürt wie ein Paket, starrten ihn die riesengroßen, angstvollen Augen von Thomas Ullmann an.

Platzeck stand wie angenagelt vor dem Kofferraum. Das durfte alles gar nicht wahr sein. Als erstes gingen seine Finger automatisch, ohne Notwendigkeit, an den Hals des jungen Mannes, dann entfernte er den Knebel. Fast gleichzeitig drückte er mit der anderen Hand die SOS-Taste auf seinem Handy, woraufhin sich Doktor Manfred Restleben, der momentan diensthabende Pathologe, meldete. „Restleben", sprudelte Platzeck heraus, „Sie müssen sofort kommen. In meinem Kofferraum liegt einer…!"

Doktor Restleben, der den Kommissar lediglich an der Stimme erkannte, hatte keine Zeit zu fragen, wohin er denn kommen sollte, geschweige denn, dass er eine Gelegenheit bekam, nähere Auskunft zu erbitten, was eigentlich passiert sei. Während er seinen Staubmantel überzog, suchte er die eingespeicherte Nummer von Platzeck und rief zurück. Etwas unwirsch bellte er: „Wohin zum Teufel soll ich denn kommen? Und – was heißt, in meinem Kofferraum liegt einer?"

Der Kommissar seufzte hörbar auf: „Sorry, Herr Kollege, ich war ziemlich daneben. Sie brauchen nicht weit zu gehen. Ich stehe mit dem Dienstwagen (!) auf dem Parkplatz vor dem Revier und, dass einer in meinem Wegen liegt, heißt genau das, was ich gesagt habe. Irgendjemand hat Herrn Thomas Ullmann sozusagen als mahnendes Beispiel im Kofferraum meines Wagens deponiert. Gott sei Dank lebend. Aber er war geknebelt und steht derzeit unter Schock, so dass er nicht ansprechbar ist. Daher brauche ich die Hilfe eines Arztes. Und Sie sind einer – egal, ob Sie sich sonst nur um die Kategorie der Opfer kümmern, die es eigentlich nicht mehr eilig haben" schloss der Kommissar.

„Bin schon unterwegs."

Thomas Ullmann, inzwischen von seinem Knebel, den Fuß- und Handfesseln befreit, saß auf dem Rand des Kofferraumes, immer noch unfähig zu sprechen. Doktor Restleben streckte vorsichtig die Gliedmaßen des Malträtierten und meinte dann: „Glück gehabt, junger Mann, alles heil." Tommy nickte nur und kämpfte, in seinen Augen ganz unmännlich, mit Tränen. Der Kommissar legte ihm die Hand auf die Schulter. „Lassen Sie es raus, Ullmann, alles. Sie dürfen jetzt nichts runterschlucken. Okay?". Thomas nickte wiederum. „Ich kann auch nicht anders…"

Platzeck sah sich den Kofferraum genau an. „Hat man, außer Ihnen, noch etwas hier deponiert?", fragte er. Tommy schüttelte den Kopf. „Nein, die haben mich gefragt, wo diese vermaledeite Kette sei und glaubten mir nicht, als ich sagte, dass ich das nicht wüsste. Daraufhin haben sie mir einen Boxhieb in den Magen versetzt, mich gefesselt, geknebelt und in einem Motorradbeiwagen weggefahren. Zwischendurch bekam ich dann noch die Augen verbunden, so dass ich weder sehen noch ahnen konnte, wohin man mich brachte. Erst als ich dann in diesem Käfig hier lag, nahm man mir die Augenbinde wieder ab. Aber Kofferraum ist Kofferraum, da konnte ich nicht wissen, dass man Sie auserkoren hatte, mich zu finden. Und Sie sollten mich ja wohl finden", mutmaßte Thomas mit heiserer Stimme.

Heiner Platzeck half Thomas erst einmal aufzustehen und ein paar Schritte zu gehen. Langsam kam die Blutzirkulation wieder in Gang und Doktor Restleben, der ziemlich fassungslos neben dem Geschehen stand, meinte: „Ich kann wohl wieder gehen, oder brauchen Sie mich noch?"

„Nein", erwiderte Platzeck, „und … danke schön."

„Keine Ursache. Aber das ist ja schon 'ne komische Sache, mein' ich mal." Mit diesen Worten wandte er sich ab und ging in sein Refugium zurück.

Thomas Ullmann hatte inzwischen auch ein paar Kniebeugen gemacht und bekam langsam wieder Farbe im Gesicht. Der Kommissar, immer noch fassungslos, telefonierte währenddessen mit seinen Innendienstkollegen und Guntermann. Letzterer war äußerst unangenehm berührt.

„Abgesehen davon, Platzeck, dass ich mit Ihnen noch gar nicht gerechnet habe…"

„Weiß ich", bemerkte der Kommissar, „meine Frau hat mich auch nicht geweckt, sondern ich bin von allein durch Ihren Anruf aus dem Schlaf geschreckt. Dann habe ich eine Kleinigkeit gegessen, eine Runde in der frischen Luft absolviert und keine Ruhe mehr gehabt. Also setzte ich mich ins Auto und fuhr hierher. Unterwegs versuchten mich offensichtlich schon einige Passanten darauf aufmerksam zu machen, dass mit meinem Kofferraumdeckel etwas nicht stimmen würde, doch das habe ich völlig falsch interpretiert. Wer kommt denn auch auf so eine Idee!"

„Auf welche Idee?" Guntermann war noch nicht ganz auf dem Laufenden und bekam einen gehörigen Anfall als er hörte, was vorgefallen war. „Sagen Sie mal, das darf doch wohl alles gar nicht wahr sein, oder? War das Fahrzeug denn nicht abgeschlossen?"

„Doch, Boss!", meinte Platzeck ironisch, „es war abgeschlossen und auch die Alarmanlage eingeschaltet. Wie immer, wenn ich mein Fahrzeug abstelle. Und trotzdem hat es jemand geschafft, mir diese zweifelhafte Fracht unterzujubeln. So, damit wissen Sie nun, was Sache ist und ich werde mich jetzt um Herrn Ullmann kümmern. Bis später." Damit schaltete er das Handy ab und wandte sich Tommy Ullmann wieder zu.

„Was machen wir jetzt?", fragte er ratlos. „Sie wissen ja wohl nicht mehr als das, was Sie mir bereits gesagt haben. Wo, zum Teufel, fangen wir mit der Suche an. Überlegen Sie, Ullmann, vielleicht fällt Ihnen irgendetwas ein, was uns weiterhilft. Es muss schließlich einen Grund gegeben haben, Sie ausgerechnet in meinen Kofferraum zu sperren und dann auch noch so, dass Sie auf jeden Fall rechtzeitig gefunden werden. Sie sollten offensichtlich nicht sterben. Sie sollen als Warnung dienen; aber wofür?"

Thomas streckte sich noch einmal ausgiebig und meinte: „Ich weiß es nicht, Herr Kommissar. Die Männer haben mich immer und immer wieder nach dieser verdammten Kette gefragt…"

„Dachte ich mir doch, dass da der Schlüssel liegt!" rief Heiner Platzeck. „Wir müssen diese seltsame Kette finden. Sind Sie sicher, dass es sich dabei um Diamanten handelt?"

Ullmann zuckte die Achseln. „Ich schon. Aber ich habe von Juwelen keine Ahnung. Für mich sahen die Dinger jedenfalls so aus."

Nachdenklich setzte sich der Kommissar auf den Beifahrersitz und starrte vor sich hin. Er überlegte halblaut: *Wir müssen doch noch einmal in die Wohnung von Simone Schnell. Vielleicht haben wir etwas übersehen. Offset sagte, dass sie eindeutig etwas um den Hals getragen hätte. Wenn ja, was war es und wo ist es geblieben? Und, wenn es sich nicht um Edelmetall handelte, dann war diese fragliche Kette aus einem minderwertigen Material und es war etwas Wertvolles in den Wassertropfen...*

„Kommen Sie", nahm er Thomas am Arm, „wir gehen erst einmal ins Büro, dann sehen wir weiter."

Er platzierte den jungen Mann auf einem Bürostuhl und ging für beide einen Kaffee holen. „Automatenkaffee", sagte er entschuldigend zu ihm, „aber was Besseres haben wir hier nicht. Und ich habe keine Sekretärin."

Thomas lachte. „Ist Katja Recker nicht Ihre Sekretärin?"

„Sie ist meine rechte und linke Hand gleichzeitig", schwärmte Platzeck, „aber keinesfalls eine Sekretärin."

Wie auf Kommando erschien Katja in der Tür. Sie hielt sich gerade ein Taschentuch vor die Nase, in das sie sich ausgiebig schnäuzte. „Was ist denn hier los?", nuschelte sie erstaunt hinter dem Taschentuch. „Was tust du denn hier, Thomas?", wollte sie fast im gleichen Atemzug wissen.

Heiner Platzeck klärte sie auf und Katja sank fassungslos auf den nächsten Stuhl. In den Chefsessel, nebenbei bemerkt, und Platzeck grinste hinterhältig. „Du machst dich gut!"

„Oh Entschuldigung!", sprang sie wie elektrisiert auf.

„Bleib hocken – was soll der Quatsch."

„Also", hub Katja erneut an und wiederholte minuziös die Geschichte. „Absolut unfassbar. Aber eines steht fest", zog sie ein Fazit, „genau in der Wohnung von Simone Schnell müssen wir noch einmal anfangen. Irgendetwas haben wir übersehen."

Thomas hatte sich soweit erholt, dass er nach Hause gehen konnte, was Katja aber nicht zuließ. „Du kommst mit mir", bestimmte sie. „Meine Kollegin Hanne Lenk und ich werden dich in den nächsten Tagen bei uns behalten. Einmal, damit du dich erholst und zum zweiten, dass du aus der Schusslinie bist. So, und jetzt stell dich nicht an, sondern komm endlich."

Beim morgendlichen Duschen darfst du sogar die Tür zumachen…", äußerte sie etwas ironisch.

Heiner Platzeck schmunzelte. Das war typisch Katja. Sein immer hilfsbereites Raubein. Während Katja Recker, Thomas Ullmann im Schlepptau, auf ihr Motorrad zuging, untersuchte der Kommissar noch einmal seinen Kofferraum und sprach mit Offset, der ihn sich auch angesehen hatte. Was an Spuren zu sichern war, hatte man getan. Die Auswertung würde eine kleine Weile dauern. Fest stand, dass diese Geschichte eindeutig im Zusammenhang mit dem Mord an Simone Schnell stand. Der Täter hatte auch auf keinen Fall gewollt, dass Thomas etwas geschah. Nur, was bezweckte er sonst? Mit diesen Gedanken setzte Platzeck sich in den Wagen und fuhr zur Wohnung der Ermordeten, während Katja ihren Schützling per Motorradsozius zu sich nach Hause brachte.

Bevor er die Wohnung von Simone Schnell nochmals in Augenschein nahm, ging Heiner Platzeck einmal um das Haus herum. Hinter dem Garagenhof lag eine Reihe Schrebergärten, die sehr gepflegt aussahen. Einige der Gartenhäuschen waren so ausgestattet, wie manche ihre Wohnungen daheim nicht möbliert hatten. Neugierig sah er sich um und wurde plötzlich von einem älteren Herrn im Overall angesprochen. „Können Sie mir mal sagen, was Sie hier suchen?", kam es nicht gerade freundlich von den Lippen des Mannes.

Platzeck zeigte seinen Dienstausweis und fragte bei der Gelegenheit, mit wem er es zu tun habe. Der Gärtner, Salvatore Campino, stellte sich vor und beantwortete die Fragen des Kommissars gewissenhaft und fast ein bisschen stolz. „Wissen Sie, Herr Kommissar", meinte er mit einem Anflug angeberischen Verhaltens, „ich bin jeden Tag hier und sehe viel. In dem Haus da drüben, wies er mit der Hand genau auf das Gebäude, in dem der Mord passiert war, geht es schon länger nicht mehr mit rechten Dingen zu. Ich habe vor einigen Wochen ein paar junge Männer gesehen, die sich, nachdem sie da raus gekommen waren, hier hinter den Garagen aufhielten und irgendetwas konsumierten. Aber ich habe mich auch nicht getraut, näher ranzugehen. Außerdem konnte ich keine Polizei holen, weil ich ja nicht beweisen konnte, was sie da tun. Vielleicht war es ja doch nichts Schlimmes. Obwohl – vorstellen kann ich mir das nicht, vor allem deshalb nicht, weil sie vor sieben oder acht Tagen die Kleine zusammen geprügelt haben…"

Platzeck glaubte, nicht richtig zu hören. „Hier wurde jemand zusammengeschlagen, auch noch eine Frau oder ein Mädchen, und Sie haben nichts unternommen?"

„Das haben die Leute aus dem Haus hier doch schon gemacht. Außerdem hatte ich keinen Mut. Ich bin gar nicht aus meiner Hütte heraus gekommen und zum Glück hatte niemand gesehen, dass hier jemand war. Ich hatte Angst um mein Leben. Heute traut man sich doch nicht mehr, zur Polizei gehen. Die reden zwar immer von Zivilcourage, aber wenn die Verbrecher erfahren, wer sie angezeigt hat, bringen die einen doch selber um…!"

Leider musste der Kommissar auch dem Gärtner insgeheim ein wenig Recht geben. Die Polizei war, aufgrund ständiger Unterbesetzung, teilweise nicht mehr in der Lage, ihre Zeugen oder Informanten so zu schützen, dass sie sicher sein konnten, dass ihnen wirklich nichts passierte. Aufseufzend meinte er: „Ich darf es zwar eigentlich nicht sagen, aber ich kann Sie verstehen. Trotzdem muss ich Sie später auch dazu noch ausführlich befragen. Doch nun ist hier etwas weitaus Schlimmeres – nämlich ein Mord – passiert und ich bitte Sie, nachher mit mir zum Revier zu kommen und Ihre Aussage dort zu wiederholen. Vielleicht fällt Ihnen ja noch das Eine oder Andere ein, was für uns wichtig sein könnte. Ich gehe jetzt noch mal ins Haus. Sie sind doch noch eine Weile hier?" Mit dieser Frage drehte der Kommissar sich um und ging zum Haus zurück. Er klingelte im Erdgeschoss und Heidelinde Massekolk öffnete. Platzeck wies sich aus und ging in den zweiten Stock, wo ihn fast der Schlag traf. Das Siegel war erbrochen, die Tür nur angelehnt und drinnen hatten Berserker gehaust. Was war hier passiert? Mit einem lauten Fluch forderte er Hilfe vom Revier an. Offset kam gleich mit. Die Beamten schauten auf das heillose Durcheinander; offensichtlich wurde hier erst kürzlich alles durchwühlt. Offset, der mit einem Blick erfasste, dass man in der Wohnung ganz gezielt etwas gesucht haben musste, lief die Treppe hinunter und klingelte nochmals bei Massekolk. Nein, Frau Massekolk hatte nichts und niemanden bemerkt. Nein, es sei auch niemand in den letzten Tagen oder Stunden ins Haus gekommen. Und ob sonst jemand derzeit im Hause war, wusste sie auch nicht. „Eigenartig", murmelte Offset, „bei der ersten Vernehmung hatte ich eher den Eindruck, dass es wenig Dinge gab, die man im Erdgeschoss nicht mitbekam. Allein bedingt durch die Lage. Im ersten und zweiten Obergeschoss hörte und sah man bei weitem nicht soviel. Aber ausgerechnet jetzt hatte die Mieterin nichts gesehen. *Mist elender*, dachte er laut und ging die Treppe wieder nach oben.

Offsets Kollege hatte in der Zwischenzeit etwas unter dem Sessel gefunden, was bei der ersten Spurensicherung entweder übersehen worden war, oder erst jetzt, beim letzten Durchwühlen der Wohnung dort hingelangte. Er hielt es hoch und wies damit auf Platzeck: „Sehen Sie mal, ist dass nicht schön?"

„Was ist das?"

„Das Stück einer Kette. Vielleicht sollten wir doch die Hunde einsetzen. Ich ruf mal den Berthold an."

Der Kollege von der Hundestaffel hieß allen Ernstes Berthold Brecht. Was die Eltern sich wohl dabei gedacht hatten? Seinen Hund hatte man, der Einfachheit halber, auch gleich Berthold getauft. Das sollte eigentlich ein Scherz werden, doch dieses Vieh hörte sogar auf den Namen. Wehe, es rief mal einer nur Bert – ja, denkste, dann fühlte das Rassetier sich absolut nicht angesprochen. Nun, also Berthold Brecht nebst Berthold waren knappe fünfzehn Minuten später zur Stelle und Berthold, der Hund, schnüffelte sich ziemlich geräuschvoll durch die Wohnung. Am Sessel blieb er stehen und gab Laut. So, wie man es ihm beigebracht hatte, bellte er nicht lauthals los, sondern wuffte nur. Heiner Platzeck hatte es aber schon gehört und wollte sich gerade bücken, als Berthold ihn in den Ärmel zwickte. *„Ach so, ja, entschuldige Berthold, ich hatte ganz vergessen, dass nur dein Herrchen jetzt und hier nachsehen darf."* Er grinste.

Brecht kam sofort: „Was ist denn?"

„Es sieht so aus, als hätte Berthold etwas aufgestöbert."

Zusammen bückten sich die beiden Männer und fanden … nichts. „Berthold", wandte der Staffelleiter sich an seinen Hund, „willst du uns vergackeiern?"

Doch Berthold bellte nun laut los und stupste mit seiner Nase immer wieder an den Sessel. „Moment mal! Der will uns sagen, dass in dem *Fuß* hier etwas steckt" mutmaßte er und bückte sich erneut. Mit einem geübten Griff drehte er den Fuß dieses Sessels mehrmals um die eigene Achse und hielt ihn dann in der Hand. Triumphierend zeigte er auf seinen Hund: „Ist er nicht Klasse? Guck mal, Heiner, was da drin ist!"
„Die verdammte Kette!"
Irritiert sah der Kommissar die Kette an und ließ sich auf den nächsten Hocker sinken, der verdächtig unter ihm krachte. Erschrocken schoss er wieder hoch und stieß dabei an eine daneben stehende Bodenvase, die mit einem lauten Knall zersprang. Berthold, der Hund, begann ein regelrechtes Jaulkonzert und die beiden Männer schauten verblüfft auf eine Kassette, die durch den Bruch sichtbar geworden war. „Was, zum Teufel, ist denn das schon wieder – und vor allem – wieso ist das Ding von der Spurensicherung übersehen worden?" Wütend trat Platzeck noch einmal vor die Scherben.
Offset kam und schüttelte den Kopf. „Das ist nicht von uns übersehen worden, das wurde erst nachträglich hier deponiert. Derjenige, der das Siegel erbrach, hat den Kram hier versteckt. Aber wer? Warum ist klar. Derjenige oder auch diejenige (?) hat nicht damit gerechnet, dass diese Wohnung vorerst noch einmal von jemandem betreten würde."
Aufgeschreckt durch die überraschenden Funde machten sich die Beamten allesamt erneut auf die Suche. Noch einmal wurde die Wohnung genauestens in Augenschein genommen, doch man fand nichts mehr, was Aufschlüsse auf den oder die Täter gegeben hätte. Nachdenklich steckte Offset die Kassette in eine Plastiktüte und drehte sie hin und her. Mit einem Mal stutzte er: „Eh – sieh mal! So blöd kann man doch gar nicht sein. Der Schlüssel klebt untendrunter…!"
Hoch erfreut packen sie die Kassette wieder aus und mussten feststellen, dass sie sich zu früh gefreut hatten. Der Schlüssel passte nicht. „Und jetzt?", fragte Offset.
„Jetzt versuchen wir herauszufinden, zu welchem Schloss dieser Schlüssel gehört. Setz einen deiner Kollegen darauf an; wir haben momentan Wichtigeres zu tun. Wir müssen nämlich noch diesen Gärtner, Salvatore

Campino, vernehmen. Der hat mitbekommen, als man hier ein Mädchen oder eine junge Frau zusammenschlug und sich nicht gemeldet."

Noch während er nach unten ging, rief er bei Katja Recker an. Die hatte jedoch ihren wohlverdienten Feierabend begonnen und ihr Handy abgeschaltet. Also versuchte er es bei Hanne Lenk, die sich auch sofort meldete. „Was gibt's, Herr Kommissar?"

„Hanne, kannst du bitte mal nachsehen, ob wir in den vergangenen vierzehn Tagen einen Fall hatten, in dem eine junge Frau geschlagen wurde. Auch aus der Wiesenstraße? Ich kann die Katja nicht mehr erreichen; sie scheint sich für heute verabschiedet zu haben."

„Brauch ich nicht nachsehen, kann ich mich dran erinnern. Da hat einer der Mieter aus dem Haus angerufen, weil das Mädchen geschrieen hatte. Als wir ankamen, war insofern alles vorbei, als das die junge Dame behauptete, dass sie auf der frisch geputzten Treppe ausgerutscht und gestürzt sei. Vor Schreck habe sie aufgeschrieen, aber nein – getan habe ihr niemand etwas. Sie sei auch ganz allein in ihrer Wohnung gewesen. Katja hat damals das Protokoll geschrieben, aber, wenn ich mich recht erinnere, liegt das noch bei Guntermann auf dem Tisch. Er wollte es seinerzeit sehen und hat es noch nicht wieder herausgerückt."

Daraufhin meinte Platzeck aus tiefstem Herzen: „Himmel, böses Wort… und Faden! – damit können wir nun gar nichts anfangen. Ist denn jemand in der Wohnung gewesen?"

„Nein, sie hatte sich im Türrahmen aufgebaut wie ein Cerberus und wir hatten keine Veranlassung, uns gewaltsam Zutritt zu verschaffen. Auch wenn wir mit dem Finger dran fühlen konnten, dass sie log."

Der Kommissar sah aus dem Flurfenster, bedankte sich bei Hanne, schaltete sein Gerät ab und ging brummelnd nach draußen. Dort stand der Gärtner und besah sich angelegentlich den kurz geschorenen Rasen. Als er den Beamten kommen hörte, drehte er sich um: „Es tut mir leid, Herr Kommissar", meinte er, „aber wir haben alle ein bisschen Angst. Vor ein paar Wochen war die Geschichte mit der jungen Frau und der, der auf sie eingeprügelt hat, muss wohl ihr Freund sein. Später ist noch ein anderer Junge dazu gekommen und hat den Schläger zusammen gepfiffen. Daraufhin sind die drei wieder ins Haus und kurz danach kam die Polizei.

Im Streifenwagen waren zwei Damen, die nach – na, vielleicht so zehn Minuten – das Haus wieder verließen."

Heiner Platzeck nickte. „Das weiß ich inzwischen. Aber, haben Sie sonst noch etwas beobachtet…?"

„Beobachtet? Nein – eigentlich nicht. Aber ich kann den, der das junge Mädchen geschlagen hat, ziemlich genau beschreiben."

„Na, denn aber los!"

„Nun", überlegte Salvatore Campino, „er ist nicht sehr groß. Schätzungsweise einen Meter und siebzig; vielleicht eins zweiundsiebzig. Ein hageres, längliches Gesicht, eine relativ große Nase, die ohne die übliche Einbuchtung in die Stirn hinein verläuft." Damit zeigte er auf seine Nase, die im genauen Gegenteil dazu einen deutlichen Knick in Richtung klassisch römisch zu verzeichnen hatte. „Mittelblondes Haar, glatt und… er kam immer zu Fuß. Wogegen die Kumpane, die dann manchmal hier scharenweise antanzten, oftmals mit den dicksten Autos vorfuhren. Einer war dabei, der fuhr sogar Porsche und machte insofern provozie-rend auf sich aufmerksam, in dem er immer das Radio auf volle Lautstärke drehte, wenn er hier stand und auf seine Kumpel wartete."

„Haben Sie denn die Autonummer?"

„Leider nein, er stand immer quer zu den Gärten, so dass ich das nicht sehen konnte."

„Schade", seufzte Platzeck. „Es wäre zu schön gewesen."

Er bedankte sich bei Salvatore, nicht ohne ihn zu ermahnen, dass er, sollte ihm noch etwas auffallen, bitte die Polizei verständigen möchte. Man würde seine Angaben vertraulich behandeln und er brauche absolut keine Befürchtungen zu haben, dass sie an Unbefugte weitergegeben würden.

„Und", schloss er mit den Worten, „wir werden nun sehen, ob wir aufgrund Ihrer Personenbeschreibung, etwas herausfinden. Eventuell müssten wir Sie bitten, sich einige Fotos anzusehen. Ach – ja, geben Sie mir bitte Ihre Adresse."

Salvatore druckste ein bisschen herum: „Herr Kommissar, Sie finden mich eigentlich immer hier."

Aufmerksam geworden sah er den Gärtner an: „Soll das heißen, dass Sie *hier* wohnen?"

Salvatore nickte zögernd. „Ja, schon seit über einem Jahr."

„Aber… Sie müssen doch gemeldet sein?"

„Bin ich auch", antwortete Campino. „Ich wohne offiziell Quantumstrasse neun."

„Was heißt offiziell?"

„Nun ja, meine Frau und ich haben uns getrennt. Und da ich seit einigen Jahren arbeitslos bin und keine zusätzliche Miete zahlen kann, wohne ich eben im Gartenhaus. Muss ich jetzt dafür ins Gefängnis?", fragte Salvatore schüchtern und angstvoll hinterher?"

Platzeck schüttelte den Kopf und blicke auf die Uhr. „Nein, keinesfalls. Aber ich muss jetzt los. Ich melde mich auf jeden Fall bei Ihnen. Keine Bange wegen Ihres Aufenthaltes… darüber sprechen wir beim nächsten Mal. Aber von mir haben Sie nichts zu befürchten. Andere wissen nichts davon, oder?"

„Nur meine Familie."

Heiner Platzeck legte Salvatore mit einer kameradschaftlichen Geste seine Hand auf die Schulter und ging zum Auto zurück. Die Kollegen von der Spurensicherung und auch Offset waren inzwischen abgefahren. Er setzte sich ins Auto, startete und fuhr zunächst in Richtung des Naherholungsgebietes. Sein Kopf schrie nach frischer Luft und dort, in der Nähe der Forellenteiche, konnte er immer besonders gut und abschalten.

Er fuhr auf einen versteckten kleinen Waldparkplatz, stieg aus und verriegelte das Auto sorgfältig. Um ihn war eine Ruhe, die er regelrecht hören konnte und das genoss er in vollen Zügen. Langsam machte er sich auf den Weg, und überlegte, diesen Spaziergang auszudehnen und einmal um die nahe gelegene Talsperre zu wandern. Sollten sie ihn doch im Augenblick alle mal kreuzweise...

*

Der Spaziergang hatte dem Kommissar gut getan. Munter und entsprechend mit Energie aufgetankt fuhr er in die Stadt zurück. Er nahm sich vor, zunächst noch einmal die Unterlagen bezüglich Simone Schnell zu sichten. Vielleicht fiel ihm ja doch etwas ins Auge, was bisher alle übersehen hatten. Er konnte sich zwar auf seine Mitarbeiter verlassen, aber vier Augen sahen nun einmal mehr als zwei. Und die Geschichte mit der aufgebrochenen Wohnung gefiel ihm ebenso wenig wie die Tatsache, dass man den Exfreund der Ermordeten als Paket in seinem Auto deponiert hatte. In Gedanken versunken steuerte er sein Büro an, ließ sich hinter dem Schreibtisch auf seinen Bürostuhl fallen und stellte fest, dass er auch seinen täglichen Blick ins Internet noch nicht getan hatte. Er liebte dieses Medium wirklich nicht, sah aber ein, dass er es benutzen musste. Es ging ja heute nichts mehr ohne *www*. Zu seinem Entsetzen sah er mindestens vierzig E-Mails, die er lesen sollte. *Lieber Himmel, auch das noch.* Mit einem Blick vergewisserte er sich, dass Hanne Lenk im Büro war; er sah das blaue Computerlicht unter der Tür durchscheinen. Platzeck nahm den Hörer ab und rief sie im Büro an: „Hanne, sei ein Engel und lies doch bitte meine e-Mails. Ich bin gerade erst gekommen und muss mich unbedingt noch mal über die Unterlagen Mordfall Simone Schnell hermachen. Ich habe den Eindruck, dass uns die Zeit davonläuft, kann aber nicht erklären, warum."

„Klar", erwiderte Hanne, „mach ich. Mach an alle ein Häkchen und gib meine e-Mail-Adresse ein. Dann drückst du einfach auf *weiterleiten*. Damit landen sie bei mir. Was ich selbst beantworten kann, mache ich und wenn etwas Wichtiges dabei ist, schicke ich es an dich zurück. Okay?"

Obwohl Hanne es nicht sehen konnte, nickte Heiner Platzeck: „Okay – und vielen Dank."

Wieder und wieder las er das spärliche Material über den Mord und überlegte, dass sie unbedingt herausfinden mussten, wozu der Schlüssel gehörte, der unter der Kassette befestigt war. Die Spurensicherung hatte die Kassette mitgenommen und wollte sie auf Abdrücke untersuchen, doch das Ergebnis lag noch nicht vor. ...und wer war der junge Mann, der *mit ohne klassisch römischer Nase (!)?* Fragen über Fragen. Nachdenklich stützte er seinen Kopf in die Hände und starrte vor sich hin. Ob Thomas Ullmann den Typen vielleicht sogar gesehen hatte? Ein Blick auf die Uhr beschied ihm, damit bis zum nächsten Morgen warten zu müssen. Simone Schnell war tot – diesbezüglich war keine Eile vonnöten. Er würde ihn über Katja fragen lassen; sein Gefühl signalisierte, dass Tommy zu seiner Mitarbeiterin trotzdem mehr Vertrauen haben würde, als zu ihm. Und, wenn auch wider Willen, spielte Thomas Ullmann eine Schlüsselrolle. Schlüsselrolle! Vielleicht kannte er diesen seltsamen Schlüssel. Er erinnerte sich, dass es ein Schlüssel mit Doppelbart war, einer, wie man ihn für Bankschließfächer oder ähnliches benutzte. Willkürlich griff seine Hand zum Telefon. Er würde Ditmar Offset fragen. Das Telefon lärmte offensichtlich in einen leeren Raum; Ditmar war nicht zu erreichen. Nachdem er mürrisch wieder aufgelegt hatte, bimmelte dafür kurze Zeit später sein Telefon; Berthold Brecht meldete sich: „Mittersen hat herausgefunden, wohin der Schlüssel gehört."

„Nein" sprang Platzeck auf. „Das ist nicht wahr! Ich habe gerade daran gedacht… da riefen Sie an."

Brecht lachte: „Kommen Sie rüber. Es ist der Schlüssel zu einem Tresor bei der ABC-Bank hier im Ort. Ich habe angerufen und uns angemeldet. Die Dame in der Zentrale informiert ihren Boss. Wir brauchen allerdings einen richterlichen Beschluss. Ohne kommen wir nicht ans Schließfach."

„Hm, den kriegen wir natürlich nicht von jetzt auf gleich."

„Nein, aber wir fahren trotzdem hin und werden mit dem Herrn Bankier reden, damit er, beziehungsweise sein Personal, den Safeinhaber im Auge behält, wenn er aufkreuzt. Das würde uns wahrscheinlich eine aufwendige Suchaktion ersparen."

„Immer vorausgesetzt, er kommt in den nächsten Stunden oder Tagen…", erwiderte Brecht äußerst hilfreich.

„Sie nehmen einem aber auch alle Illusionen", knurrte Platzeck zurück und meinte im gleichen Atemzug: „So, ich komm jetzt rüber. Fahren wir mit Ihrem Wagen?"

„Nein; verehrter Herr Kommissar, frische Luft ist gesund – wir laufen!" Damit legte Brecht den Hörer auf und Heiner Platzeck hörte im Hintergrund nur noch ein zustimmendes *wuff*.

Die beiden Männer gingen die wenigen hundert Meter zu Fuß und wurden im Bankgebäude auch gleich von Herrn Ohneschu empfangen.

„Nun, meine Herren, ich bin nicht gerade erbaut von Ihrem Vorhaben, sehe aber ein, dass ich mich der Staatsgewalt beugen muss", näselte er pathetisch.

Damit war er sowohl Brecht als auch Platzeck direkt unsympathisch.

„Nein, das können Sie nicht", entgegnete Brecht, der seinen Hund fest an der Leine hielt und damit so tat, als sei der arme Berthold gemeingefährlich, „damit würden Sie uns nämlich bei der Ausübung unseres Amtes behindern und es könnte peinlich für Sie werden, wenn die Person (Mann oder Frau) die wir suchen, hier auftaucht und uns durch die Verweigerung Ihrer Hilfe wieder durch die Lappen ginge."

„Darf ich denn erfahren, um was es geht?"

Lächelnd schüttelte Brecht den Kopf: „Nein, nur soviel, als dass es um einen mutmaßlichen Verbrecher geht. Und, solange ein Verbrechen nicht bewiesen ist… Sie kennen das doch – in dubio pro reo. Im Zweifel für den Angeklagten. Wir dürfen auch keine Prognosen stellen, bevor…"

Platzeck bekam aus den Augenwinkeln mit, dass ein Mann die Bank betrat. Mittelgroß, dunkelhaarig, Brillenträger. Das modernste und *spektakulärste* Gestell auf der Nase, was man finden konnte und das so gar nicht zu seinem Gesicht passte. Er stupste seinen Kollegen leicht an, doch der hatte den Mann ebenfalls bemerkt. Leise raunte er dem Bankmenschen zu: „Herr Ohneschu, hat dieser Mann ein Schließfach hier und wenn ja, welche Nummer?"

Ohneschu nahm sich nicht die Zeit zu antworten, da eine seiner Mitarbeiterinnen ihm zuwinkte: „Chef, können Sie bitte mal kommen? Der Herr hier hat ein Schließfach bei uns, aber ihm ist sein Schlüssel abhanden gekommen."

Die beiden Kriminaler stellten sich unauffällig so, dass sie sowohl den Mann als auch die Schalterdame im Auge hatten und außerdem machte Platzeck Stielaugen. Trotzdem konnte er die Schließfachnummer nicht lesen. Das war aber auch nicht nötig. Die Dame hinter dem Schalter wiederholte die von dem jungen Mann genannte Nummer etwas lauter, so dass die beiden Beamten sie gut verstanden und Platzeck unauffällig auf den Schlüssel schauen konnte. Die Nummer stimmte. Brecht ging ein Stück zur Seite und bedeutete Ohneschu, ihm die Karte des jungen Mannes auszuhändigen, damit sie den Namen sehen konnten. Der schüttelte den Kopf und Platzeck zuckte die Achseln, was soviel bedeutete: dann nicht. Wir finden auch einen anderen Weg. Damit stellte er sich hinter den Mann, der seine Ausweispapiere gerade der Schalterdame übergab. Mit den Worten: „Darf ich mal", nahm Platzeck der Verblüfften die Papiere aus der Hand. Inzwischen war dem jungen Mann klar, dass er das Objekt polizeilicher Beobachtung war, wollte sich auf dem Absatz umdrehen und im Laufschritt das Haus verlassen. Doch da standen Berthold und Berthold – an den beiden kam er nicht vorbei. „Hoppla, Herr … Winrich", las der Kommissar, „wohin so eilig? Wie wir gerade hörten, haben Sie Ihren Safeschlüssel verloren – ist es vielleicht dieser hier?" hielt der Kommissar ihm den Schlüssel unter die Nase und Karsten Winrich wurde blass. Mit einer geschickten Bewegung beider Arme wollte er sich Platz verschaffen, um geradeaus zur Tür zu spurten. Doch daran hinderte ihn Berthold. Der Schäferhund sprang hoch und legte Winrich beide Pfoten auf die Schulter, sein eindrucksvolles Gebiss befand sich unmittelbar vor Winrichs Nase und der nicht ganz frische Hundeatem raubte ihm die Luft. Er fuchtelte noch einmal mit den Händen, dann gab er auf. Der Hund schnappte stattdessen nach den Haaren seines Opfers und zog mit einem Ruck die dunkle Perücke herunter. „Aha", sprudelte es aus Platzeck heraus, „er ist es also wirklich. Die Haare hatten mich irritiert, weil die Personenbeschreibung auf *blond* lautete."

Aufgebracht und ratlos standen Ohneschu und seine Mitarbeiterin hinter dem Tresen und sahen zu, wie die Polizei ihren Kunden rechts und links eskortierten.

„Das können Sie doch nicht machen", stotterte der Bankier, „wie gehen Sie denn mit unseren Kunden um?"

Doch der Kommissar zuckte nur die Achseln. „Wissen Sie, Herr Ohneschu, dieser Mann steht unter Verdacht, etwas Illegales getan zu haben. Und, die uns vorliegende Personenbeschreibung trifft genau auf diesen Herrn zu, der, pikanterweise, auch noch den Schlüssel seines Schließfaches verlor. Mit diesem Schlüssel, der in unseren Besitz gelangte, haben wir derzeit alle Möglichkeiten, diesen Herrn festzuhalten. Zumal wir ihn, wie Sie gleich hören, ausführlich über seine Rechte aufklären werden.

Wenn es ihm beliebt, kann er sich auch einen Anwalt hinzunehmen. Ich gehe aber davon aus", schloss der Kommissar mit einem Blick auf seinen Delinquenten, „dass Sie sich damit Zeit lassen werden. Immerhin haben wir bereits eine Menge in der Hand – *gegen Sie.*"

Karsten Winrich senkte den Kopf. „Was wollen Sie denn von mir? Okay, mein Schließfachschlüssel war verschwunden und Sie sind im Besitz desselben. Was besagt das? Dass Sie ihn irgendwo gefunden haben und, dank Ihrer Möglichkeiten feststellen konnten, dass es der Zugang zu einem Bankfach in diesem Institut ist. Mehr nicht."

Dem Kommissar schwoll der Kamm. Brecht, der einen verbalen Ausbruch seines Chefs befürchtete, kam mit zwei Schritten an dessen Seite und legte ihm mit bedeutungsvollem Druck die Hand auf die Schulter. Platzeck verstand und atmete tief durch. „Danke", sagte er leise und drehte sich dann voll zu Winrich herum: „Okay, Herr Winrich, bis hierher haben Sie Recht. Doch wir werden jetzt gemeinsam nachsehen, was sich in diesem Schließfach befindet. Das heißt", zog Platzeck seine Worte in die Länge, „wenn Sie nichts dagegen haben. Sollte das jedoch so sein, wird Herr Brecht zum Präsidium fahren und umgehend eine richterliche Verfügung erwirken, dass wir dieses Fach in Augenschein nehmen dürfen."

Entnervt gab Karsten Winrich auf. „Okay", murmelte er, „gehen wir also nach unten."

Immer noch heftig protestierend schloss Ohneschu sich den Dreien an. Das Fach mit der Nummer einhundertzweiunddreißig lag ziemlich in der Mitte der Anlage und war etwas größer als die darüber liegenden Fächer. Ohneschu nahm seinen Schlüssel und schloss den ersten Teil auf; Kommissar Platzeck schloss mit dem zweiten Schlüssel nach und traute seinen Augen nicht… Im Bankfach stand ein Paar knallroter, hochhackiger Damenpumps. Mindestens zwölf Zentimeter war der Absatz hoch und bleistiftdünn, aber mit Zentimeterdicken Plateausohlen. Selbst Ohneschu, der immer noch konsterniert das Geschehen verfolgte, bemerkte sarkastisch: „Waffenscheinpflichtig!"

Fassungslos ging sein Blick zwischen den Schuhen und Winrich hin und her, der seine Augen fest auf den Boden geheftet hielt. „Was, zum Teufel!", explodierte Platzeck, „soll denn das bedeuten?" Doch die Frage wurde im gleichen Moment von Berthold, dem Hund, beantwortet. Wie rasend sprang er immer wieder vor dem Fach hoch und bellte in voller Lautstärke. Mit einem Papiertaschentuch um die Hand gewickelt nahm der Kommissar einen Schuh heraus und wollte ihn an Brecht weitergeben. Doch der telefonierte soeben mit Offset, der ihm versprach, in den nächsten Minuten Vorort zu sein. Danach nahm Berthold den Schuh im Empfang und hielt ihn seinem Hund genau vor die Nase. Der stellte für einen Moment das Bellen ein und nahm den Schuh ganz vorsichtig am Absatz. „Aha", bemerkte Brecht, „irgendwas ist mit dem Absatz. Aber wir warten besser, bis Offset hier ist; der wird auch gleich alles Nötige dabei haben… Nicht, dass wir was kaputtmachen, was eventuell nicht mehr zu rekonstruieren ist."

Es dauerte wirklich nur etwas über fünf Minuten, bis Offset eintrudelte. Auch der besah sich verständnislos die roten Schuhe und dachte dabei an ein Märchen. „Gibt's da nicht was …*die roten Schuhe?*", fragte er einfach so in die Runde, ohne eigentlich eine Antwort zu erwarten und drehte an dem Absatz, der sich ohne Schwierigkeiten lösen ließ. Selbst Offset war verblüfft und ganz besonders, als er hineinsah: „Sieh dir das an, Junge!", jubelte er und hielt Platzeck den Schuh vor die Nase. „Die verwünschte Kette…!"
Heiner Platzeck guckte völlig verständnislos auf die Kette und nuschelte: „Gibt's nicht – die haben wir schon."
„Nein", schüttelte Ditmar Offset den Kopf, „*die* nicht." Er zog sie heraus und hielt sie gegen das Licht. Die wassertropfengroßen Steine, die aussahen wie Diamanten, waren diesmal wirklich welche. „Jetzt wird mir so einiges klar", murmelte Ditmar und drehte sich zu Karsten Winrich um. Dieser hatte sich in die Hocke niedergelassen und lehnte an der Wand. Vor ihm hielt immer noch Berthold Wache, so, dass Winrich gar nicht auf die Idee kommen konnte, wegzulaufen. Das leise Grollen aus Bertholds Kehle war auch nicht zu überhören. Platzeck ging zu ihm hinüber: „Wie erklären Sie sich das? Oder wissen Sie, rein zufällig natürlich, auch nicht, wie die Schuhe, samt Inhalt in dieses Bankfach gekommen sind.

Bevor Winrich antworten konnte, pfiff Offset durch die Zähne: „Oha! Sie mal an. Das ist ja interessant…!"

„Was?"

„Heiner, siehst du das Blut hier hinten?"

Um das auf den roten Schuhen feststellen zu können, musste man ein wirklich geübtes Auge haben, zumal im Tresorraum der Bank ein diffuses Licht herrschte. Doch dann nickte der Kommissar. „Hm, hier", wies er mit dem Finger auf die Stelle.

„Genau – und wie das dahin kommt, wird uns sicherlich Herr Winrich sagen können. Wenn nicht", schloss er mit einem drohenden Unterton, „können wir das auch ohne seine tatkräftige Mithilfe sehr schnell feststellen."

Karsten Winrich, der keine Chance mehr sah, erhob sich und nickte: „Ich kann Ihnen sagen, dass das mein Blut ist." Damit drehte er sich um und die Männer sahen hinter seinem rechten Ohr eine kaum verheilte, verkrustete Wunde.

„Wenn Sie uns jetzt noch sagen, wie die zustande kam, wären wir Ihnen regelrecht dankbar", sagte Heiner Platzeck mit offener Ironie.

Winrich senkte den Kopf: „Ich habe wohl keine Chance mehr – wie?"

„Nein. Am besten erzählen Sie uns alles. Aber kommen Sie, wir fahren zum Präsidium. Hier ist das wohl nicht der rechte Ort." Damit drehte er sich zu Ohneschu um, der bleich und fassungslos dem Geschehen folgte. „Das Fach wird versiegelt und darf ohne unsere Zustimmung vorläufig auch nicht weiter vermietet werden."

„Klar", schluckte Ohneschu und schloss sich der kleinen Gruppe an, die wieder nach oben ging. Da Berthold, der Hund, sich immer noch dicht neben Winrich hielt, legte man ihm keine Handschellen an. So ein richtiger, deutscher Schäferhund war manchmal eindrucksvoller als jede Polizeiwaffe. Die meisten Menschen haben großen Respekt vor Hunden. Vor ausgewachsenen Schäferhunden ganz bestimmt. Winrich verfrachtete er draußen in den Dienstwagen von Berthold. Und so befanden sich Brecht, sein Hund und Winrich in engen Zusammenschluss. Brecht fragte nichts, sagte nichts und Karsten Winrich blickte vor sich hin. Was in seinem Kopf herumging, war nicht zu deuten.

Vor dem Präsidium angekommen, öffnete Platzeck die Tür von außen und nahm Karsten in Empfang. „Kommen Sie, hier geht's lang." Damit schob er ihn ins Haus und im Erdgeschoss gleich in das nächste, unbesetzte Büro. Die Türen ließen sich von innen sichern und über Telefon forderte er sowohl für jeden von ihnen einen Kaffee an als auch eine Schreibkraft. Beides kam wenige Minuten später.

„Nun", begann Platzeck mürrisch, „jetzt ist es also soweit. Widerstand zwecklos. Dass wir Sie auf derart unspektakuläre Weise finden würden, hätten wir uns auch nicht träumen lassen. Sie können nun freiwillig berichten, was passiert ist oder wir machen von allem eine entsprechende Analyse und weisen es Ihnen dann eben später nach. Der Endeffekt ist derselbe."

Karsten schüttelte sich leicht. „Ich möchte aber trotzdem einen Anwalt. Bloß – selber habe ich niemanden."

„Dann kriegen Sie einen Pflichtverteidiger. Wollen Sie nur in dessen Gegenwart sprechen...?"

„Nein, ich erzähle. Eigentlich bin ich sogar froh, dass alles vorbei ist. Wissen Sie, Herr Kommissar, abgesehen von dem Heroin-Schmuggel über die Firma waren alle anderen Vorkommnisse ungünstige, oder sogar blöde Zufälle. An dem Abend, an dem Simone Schnell ermordet wurde, war ich bereits in der Wohnung als Thomas Ullmann kam. Ich dachte, mir bleibt das Herz stehen, mir war nicht bekannt, dass außer mir noch jemand einen Schlüssel besaß. Doch Thomas marschierte nicht durch die Wohnung, sondern blieb brav im Sessel sitzen und wartete auf Simone. Ich befand mich im Schlafzimmer hinter der Tür und konnte mich nicht rühren. Es dauerte über drei Stunden, bis Simone – reichlich angetrunken und entsprechend aufgekratzt endlich heimkam. Nach wenigen Minuten flogen im Wohnzimmer die Fetzen. Thomas brüllte sie an, Simone brüllte zurück und irgendwann tat es einen heftigen Schlag. Kurz darauf knallte die Flurtür. Thomas hatte Simone anscheinend eine gelangt und sie von sich gestoßen, so dass sie vor die Wand donnerte. Viel ist ihr nicht passiert, sie hatte sich anscheinend nur gehörig den Kopf angerempelt. Bevor sie ins Bad ging, um die Platzwunde, die sie sich dabei zugezogen hatte, zu versorgen, zog sie ihre Schuhe aus. Ich konnte

durch den Spalt in der halb geöffneten Tür sehen, dass sie den Absatz des Schuhes in der Hand hatte, eine Kette – die Kette! – herauszog und im Fuß des Sessels verschwinden ließ. Simone war von unserer Firma als Botin eingesetzt worden und ich vermutete schon länger, dass sie Geschäfte auf eigene Rechnung machte. Und nun stand ich unvermittelt im Wohnzimmer. Sie war so erschrocken, dass sie, bevor sie den Mund aufmachte, mir zunächst mit dem Schuh eine verpasste. Das ist die Wunde hinter dem Ohr. Dadurch war ich natürlich auf Hundert und schnappte sie. Ich brüllte sie an, was sie alles hinter meinem Rücken täte und sie lachte mich aus. Daraufhin habe ich sie geohrfeigt und um den Hals gefasst... aber ich wollte sie nicht töten. Wirklich nicht. Nachdem ich feststellte, dass ich einen leblosen Körper hielt, bin ich vollends durchgedreht."

„Das kann ja wohl nicht stimmen, so, wie wir die Leiche fanden und wie sie zugerichtet war", warf Platzeck wütend ein. „Zusammengetreten, gebrochene Finger – und Sie wollen mir weismachen... Ach verdammt! Berichten Sie weiter."

„Ich warf einen Sessel um und deponierte sie dahinter. Riss auch ihre Bluse noch ein bisschen ein. Dann schnitt ich mit dem Teppichmesser, was ich später unter den Körper von Simone schob, in die Couch und richtete alles so, dass der Verdacht auf jeden Fall auf Thomas Ullmann fallen musste. Das Foto von Thomas fand ich zufällig in der Schublade, die ich herausgezogen hatte. Nun, die Kette ließ ich aber in dem Fuß des Sessels, da ich ja wusste, dass es nicht die richtige Kette war. In dieser Kette war das Rauschgift, aber die Kette, die ich im Schuh versteckt hatte, war die echte Kette. Diese hier sind wirklich Diamanten."

Erschöpft hielt Karsten Winrich inne und sah den Kommissar an. „Es war alles eine Verkettung unglücklicher Umstände", sagte er leise.

Platzeck zuckte regelrecht zusammen und musste sich beherrschen, nicht auszurasten. „Nein! Genau das war es nicht! Und das sagte ich soeben bereits. Wenn man mal von der Tatsache absieht, dass Sie, allein schon mit dem Diamantenschmuggel, gegen jede Legalität verstoßen haben, kommt die geringfügige Kleinigkeit hinzu, dass Sie mit dieser Menge

reinen Heroins eine mittlere Ortschaft hätten süchtig machen können. Und von dem, *rein zufälligen* Mord an Simone Schnell mal ganz abgesehen… Oh doch, und wie ich Ihnen das alles glaube! Aber ich glaube auch, das heißt: ich *hoffe inständig*, dass Sie dafür eine Reihe von Jahren büßen werden", schloss er bitter ironisch.
„Abführen!"

Erlebt, gehört, gesehen, gelesen, aufgeschrieben

Die Ente vor der Schranke

Kirche im WDR 4 Mittwoch, dem 25. 07. 2012 nacherzählt von Renate Krohn

Nein, nein – nicht das Ententier, sondern die legendäre Ente mit dem Namen *2CV4*; seinerzeit beliebt, wegen der geringen Kosten und nach wenigen Jahren schon ein Kultauto. Heute sicherlich mit der einen oder anderen Macke – immerhin hat sie etliche Jährchen auf dem Buckel …

Eine junge Frau fährt mit ihrer besagten Ente auf einer Landstraße. An der geschlossenen Bahnschranke – von allen Glückauf-Schranke genannt, weil man einfach nur Glück hatte, wenn sie mal offen war – muss sie halten und stellt, umweltbewusst, den Motor ab.

Als der Zug vorbeigefahren war und die Schranke sich öffnete, will sie den Motor starten, doch dieser streikt! Sie probiert es noch zwei- dreimal und die ersten, hinter ihr stehenden, Autofahrer fangen an zu hupen. Ein weiteres Mal versucht sie ihr Glück, aber der Entenmotor lässt sich nicht überreden.
Inzwischen hat hinter ihr ein lautstarkes Hupkonzert, teilweise mit verbalen Begleiterscheinungen, begonnen und das wird ihr wohl doch ein wenig zuviel. Sie steigt aus ihrem Fahrzeug, geht zu dem als erster hinter ihr stehenden Wagen und klopft an die Scheibe. Der Fahrer mosert rum, weil sie nicht weiterfährt. Darauf sagt die junge Dame zu dem Autofahrer: „Sollen wir mal tauschen? Sie starten meine Ente und ich hupe solange für Sie!!!"

Inzwischen stiegen auch die anderen Fahrer aus, konnten sich teilweise ein leichtes Grinsen nicht verkneifen und taten vor allem endlich eines, sie schoben die Ente samt ihrer Fahrerin über den Bahnübergang. Während dieser Schiebeaktion startete die junge Frau noch einmal und – siehe da: der Wagen sprang an. Sie grüßte noch einmal freundlich dankend und fuhr schmunzelnd davon.
Als die *hilfsbereiten* Autofahrer dann alle wieder in ihren eigenen Fahrzeugen saßen, war der nächste Zug angekündigt; die Schranken schlossen sich wieder. Allerdings hupte niemand mehr…!

Der Lohn der guten Tat
Kirche im NDR 20.12.2015 nacherzählt von Renate Krohn

Anne Baxterly war mit Leib und Seele Lehrerin und Biologin, obwohl in Amerika der Beruf des Lehrers – sowohl früher als auch heute – nicht so hoch angesehen ist, wie bei uns und demzufolge nicht sonderlich gut bezahlt wird. Häufig hatte Anne Schwierigkeiten, ihr Leben zu finanzieren, aber sie hielt eisern an ihrem Beruf, der für sie Berufung war, fest.

Eines Tages ging sie, um Material für ihren Biologie-Unterricht zu sammeln, wieder in den nahe gelegenen Forst. Sie liebte es, ihre Schulstunden mit praktischen Beispielen anzureichern und auch, sich selbst in freier Natur zu bewegen. Auf dem Weg dorthin hörte Anne, dass aus der benachbarten Kirche Orgelmusik erklang. Ein Blick auf die Uhr sagte ihr, dass das eine äußerst ungewöhnliche Zeit sei. Neugierig geworden, änderte sie den Weg, überquerte die Straße, betrat die Kirche und geriet in einen Trauergottesdienst. Zu ihrer großen Verwunderung war die Kirche bis auf den Sarg mit dem Verstorbenen und Pfarrer Oliver Stone ... leer. Eine Entschuldigung murmelnd wollte sie sich wieder nach draußen begeben, als der Pfarrer sie bat: „Bitte bleiben Sie doch hier, dann kann ich meinen Gottesdienst abhalten."

Mit einem seltsamen Gefühl in der Magengegend nahm Anne in der vorderen Kirchenbank Platz, folgte dem Gottesdienst und ging anschließend, gemeinsam mit Pfarrer Stone über den Friedhof zur Grabstätte. Sie blieb bis zum Ende, verabschiedete den ihr unbekannten Toten mit einer Handvoll Erde und trug sich, auf Wunsch des Pfarrers, in das ausliegende Kondolenzbuch ein. Ihre Unterschrift war die Einzige.

Danach verließ Anne die Kirche und ging sehr nachdenklich nach Hause. Lust aufs Pflanzensammeln hatte sie nicht mehr.

Ein paar Tage später.

Anne hatte versucht, dieses bedrückende Erlebnis aus ihrem Gedächtnis zu verbannen, als das Telefon klingelte. Es meldete sich der ortsansässige Anwalt Keith Mandel, der Anne in seine Kanzlei bat. Erstaunt und ein wenig beunruhigt machte sie sich auf den Weg.

In der Kanzlei bat der Anwalt sie nicht, *vor* dem Schreibtisch Platz zu nehmen, wie das allgemein üblich ist, sondern begleitete sie zu einer behaglich eingerichteten Sitzgruppe vor dem Kamin. Es war Anne anzusehen, dass sie sich, trotz des freundlichen Empfangs, ausnehmend unwohl fühlte. Keith Mandel lächelte ein wenig verschmitzt: „Nun, ich denke, Sie fragen sich seit meinem Anruf, was Sie hier wohl sollen. Oder?"

Anne Nickte und sagte: „Ich weiß beim besten Willen nicht, was ich bei einem Anwalt soll. Ich habe doch nichts verbrochen?"

„Natürlich nicht. Aber Sie haben nur das Schild Anwalt gelesen, aber ich bin auch Notar und als solcher fungiere ich als Nachlassverwalter von Timothy Grant."

„Timothy Grant? – Ach ja, der Verstorbene, den ich auf seinem letzten Weg begleitet habe. Aber das war eigentlich nur ein seltsamer Zufall."

„Stimmt – aber dieser Zufall hat nun dafür gesorgt, dass Sie nie wieder arm sein werden."

Anne Baxterly's Gesicht war ein einziges Fragezeichen und der Anwalt lachte. „Nun, der Verstorbene war, wie Sie bereits heraushören konnten, mein Klient und hat verfügt, dass sein Erbe unter den Menschen aufgeteilt werden sollte, die ihn auf seinem letzten Weg begleiteten. Er tat viel Gutes in seinem Leben, hatte aber oft das Gefühl, als *Mensch* nicht geschätzt zu werden. Von den Menschen, die ihm die letzte Ehre erweisen würden, nahm er an, dass sie ihn nicht nur seines Reichtums wegen hofierten, sondern ihn wirklich mochten. Nun – lange Rede kurzer Sinn. Sie waren die Einzige, die ihm diese Ehre entgegenbrachte und dem-zufolge sind Sie auch die Einzige, die sein Erbe antreten wird."

Noch einmal lachte Keith Mandel leise auf und machte eine bedeutungsvolle Pause. „Nun", sagte er und räusperte sich, „es handelt sich um die Kleinigkeit eines Legats von dreiundvierzig Millionen Dollar."

Im Kopf fängt es an

Eine kleine private Gesellschaftsstudie über Verhaltensweisen, die keiner ernst nimmt und die im Endeffekt immensen Schaden anrichten.

Heroin – Kokain – Marihuana – Haschisch – etc.

Harte Drogen? – weiche Drogen? – Gesellschaftsdrogen?

Das Problem der Drogenabhängigkeit in unserer Gesellschaft ist bekannt. Gott und alle Welt zerbrechen sich die Köpfe darüber, wie den Betroffenen, möglichst dauerhaft, zu helfen sei. Auch die Ursachen glaubt man zu kennen. Düstere Zukunftsperspektiven bei Jugendlichen ohne Arbeit; *mangelnde Integration in das deutsche Gesellschaftsleben,* das Empfinden, nicht mehr gebraucht zu werden bei älteren Arbeitnehmern, die in den Vorruhestand geschickt werden. Und vieles andere mehr …

Schlagworte wie: die Einrichtung von Suchtstellen, Verabreichung einer Ersatzdroge, um damit zumindest eine Minimierung der Beschaffungskriminalität zu erreichen, beherrschen die entsprechenden Diskussionen. Therapien. Entzugskliniken. Es wird also viel getan?

Hilft es wirklich?

In einigen Fällen sicher; das sollte man nicht verkennen. Aber… wird dabei nicht eine Droge völlig ignoriert, von deren ungehindertem Konsum Millionen betroffen sind?

Alkohol!

Eine Gesellschaftsdroge. Eine leichte Droge?

Wie geht der Einstieg vor sich?

Die Kinder dürfen mal bei Vaters Frühschoppen am Bier nippen. Konfirmanden (z.B.) bekommen, anlässlich *ihres* Tages, das erste Glas Wein oder Sekt. Harmlos? In den meisten Fällen ja. Das sollte man ebenfalls bemerken. Aber häufig eben auch nicht!

In wieweit ist der Vater, der am Abend sein Bier trinkt, bereits Gewohnheitstrinker und keiner nimmt es ernst? Oder der gestresste Manager, der abends zur Entspannung seinen Cognac braucht (!) ?

Zum Alkoholiker wird nur ein labiler Charakter?

Wirklich?

Die Möglichkeiten, drogenabhängig zu werden, sind so vielfältig, wie die Möglichkeiten, *echte* Hilfe leisten zu können, begrenzt sind.

Der Betroffene ist selbst gefordert. Und genau da liegt das Problem. Es geht letztendlich nicht nur darum, den Körper zu entgiften. Das ist ein chemischer Vorgang, der mit Hilfe geschulter Ärzte in relativ kurzer Zeit bewerkstelligt werden kann. Es geht darum, den Betroffenen psychisch von seiner Abhängigkeit zu lösen. Und das ist ein Prozess, der mit einer Entgiftung lediglich seinen Anfang nimmt. Die tatsächliche Arbeit beginnt danach. Die Therapeuten, zumeist selbst Betroffene, kommen zum Einsatz. Mit unendlicher Geduld, viel Sachverstand und noch mehr Zeit muss eine Umdenkungsphase eingeleitet werden. Der Betroffene muss lernen, dass alle Hilfe, die er bekommt, nur Starthilfe in ein neues, drogenfreies Leben sein kann. Der Süchtige braucht eine starke Hand, um nicht zu sagen: *man muss ihn an die Hand nehmen* und lange, manchmal über Jahre, sein eigenes Leben zurückstellen. Die innerliche Loslösung von einem Tenor, der in vielen Fällen lautet:

Was hab' ich denn noch, wenn ich nicht mal mehr ein Bier trinken darf?,

muss vollzogen werden.

Wenn wirklich echte Hilfe geleistet werden soll, sind wir alle aufgefordert, über unser eigenes Verhalten nachzudenken.

Wehret den Anfängen!

Dieser Satz sollte in unserer Gesellschaft wieder eine größere, wenn auch völlig andere, Bedeutung erhalten. Vielleicht hilft es, wenn wir beispielsweise als Gastgeber sagen würden: „Darf ich dir einen Kaffee oder Tee anbieten?" – Milch muss ja nicht unbedingt sein; auch wenn ein (inzwischen verstorbener) namhafter Starentertainer dafür *sinnigerweise* Reklame gemacht hat.

Helene und Vita

Es war die Nachbarin, die Vita überredete, zum Frühstück in das Seniorencafé zu gehen. Sie ging hin. Ausgerechnet an diesem Tag war besagte Nachbarin jedoch verhindert und legte Vita ans Herz, den ersten Besuch allein in Angriff zu nehmen …

Nicht ganz überzeugt, stellte sie fest, dass es, zumindest anfangs, genauso war, wie sie es von anderen Zusammenkünften kannte. Freie Platzwahl. Aber dort, wo sie sich hinsetzte, sah man sie mit einem vernichtenden Blick an, der besagte: „Hier sitze ich normalerweise …!"

Verunsichert stand Vita auf, suchte mit den Augen einen anderen Platz und landete neben Helene, die sie freundlich angrinste und verständnissinnig meinte: „Das kenn' ich. Beim ersten Mal fühlt man sich verloren, vielleicht sogar ein bisschen abgelehnt. Aber trösten Sie sich – das ändert sich. Sie brauchen nur ein paar Mal regelmäßig zukommen und Sie werden sehen …"

Den Rest des Satzes ließ die neue Tischnachbarin in der Luft hängen, weil die Leiterin der Zusammenkunft soeben begann, das Programm für das kommende Halbjahr vorzustellen. Vita musste sehr genau zuhören, immerhin waren ihre Ohren genauso alt wie sie, immerhin zweiundsiebzig Jahre.

Nach diesem Vortrag entspann sich zwischen den beiden Damen eine lockere Unterhaltung und Vita spazierte recht zufrieden nach Hause. Beim nächsten Mal, nahm sie sich vor, wollte sie gleich diesen Platz ansteuern. Was sie auch tat.

Nunmehr stellten die beiden Damen sich gegenseitig vor und bemerkten im Laufe des Vormittags, dass sie viele gemeinsame Interessen hatten. Unter anderem liebten sie die Natur, das Wandern, handarbeiten, lesen und kamen überein, die nächste Gelegenheit zu nutzen, um gemeinsam einen ausgedehnten Spaziergang zu machen. Gesagt, getan. Danach verabredeten sie sich für das nächste Mittwochsfrühstück.

Es dauerte nicht lange und einige Lästerzungen bezeichneten die Damen als siamesische Zwillinge. Ein bisschen war das schon richtig, denn es entwickelte sich eine intensive Bekanntschaft, was den beiden schnell einen Spitznamen bescherte. *Helen Vita* nannte man sie hinter vorgehaltener Hand. Wobei ein paar Leute fragen mussten, wer das sei ... Nun ja, nicht jeder kannte die Sängerin *frecher* Lieder und Chansons. Sie war seinerzeit eine umstrittene Künstlerin und erst 2001 in Berlin gestorben. Helene grinste, als sie von diesem Spitznamen erfuhr und meinte zu Vita: „Jetzt müssten wir uns eigentlich was dazu Passendes einfallen lassen."

Vita, ohnehin wenig schlagfertig und ein bisschen phlegmatisch, zuckte ratlos die Schultern: „Was meinst du damit?"

„So richtig weiß ich das auch nicht. Bei der Weihnachtsfeier auf dem Tisch tanzen ist wohl nicht mehr unsere Masche, oder?" Helene guckte nachdenklich und es war an ihrem Gesicht abzulesen, dass sie versuchte, irgendwie diesem Spitznamen gerecht zu werden. Andere schocken, das tat sie gern.

„Um Himmels Willen!" Vita schlug allein bei dem Gedanken die Hände über dem Kopf zusammen. „So blamieren wir die Innung und uns selber auch ...!" meinte sie und fügte hinzu: „Wir sollten uns bei dem schönen Wetter auf die Bank im kleinen Park setzen. Gegen Abend kann man es gut aushalten."

Helene seufzte: „Das ist ja nicht gerade das Aufregendste, was ich mir vorstellen kann. Aber du hast schon Recht. Auf die Schnelle fällt mir sowieso nix ein. Immerhin gibt es um uns rum was zu sehen und ein bisschen reden können wir ebenfalls."

Zufrieden, dass ihre Taktik aufging, sie sich nicht produzieren musste und Helene sich von irgendwelchen skandalösen Gedanken verabschiedete, machten sie eine Zeit aus. Sie wollten sich gegen siebzehn Uhr wieder treffen.

Kurz nach fünf kam Helene angehechelt. „Entschuldige, meine Tochter stand überraschend vor der Tür und hat mein Enkelkind für zwei Stunden bei mir geparkt. Daher bin ich ein bisschen knapp mit der Zeit. Aber" meinte sie vorwurfsvoll, „du könntest dir eigentlich wirklich langsam ein Handy zulegen."

„Was soll ich mit dem Ding? Ich muss nicht noch auf dem Topf erreichbar sein, " machte Vita auf verständnislos.

Helene griemelte auf ihre bewährte Art: „Sollst du auch nicht, aber wenn ich mich mal verspäte, wäre es bestimmt nicht schlecht, wenn du das vorher wüsstest, oder ...?"

Vita grinste zurück: „Ja, ja, dann kommst du nämlich wann du willst, weil ich es ja vorher weiß. Nicht wahr?"

Dagegen konnte Helene schlecht etwas sagen, weil genau das ihr Hintergedanke war. Die beiden setzten sich auf die Bank und ließen den lieben Gott einen guten Mann sein. Vita reckte sich und sah auf die Uhr. „Hui, es ist gleich sieben!"

„Na und? Wartet jemand auf dich?"

„Nein – wieso?"

„Weil du so ungemütlich auf die Zeit aufmerksam machst."

Vita holte aus einer Tasche zwei Plastikschalen mit Deckel. „Sieh mal", meinte sie zu Helene, „ich habe ein bisschen vorgesorgt und uns eine Mini-Brotzeit mitgebracht. Sozusagen als Vorstufe zum Abendessen."

Damit drückte sie Helene eine der Schalen in die Hand. Eine Scheibe dunkles Brot mit Schinken und in einer kleinen, verschlossenen Schüssel, lagen Erdbeeren zum Dessert. Dazu gab es Sahne aus der Sprühflasche. Das alles hatte Vita in einer kleinen Kühltasche mitgebracht und sogar ein Piccolo war dabei. Allerdings keine Gläser, Pappbecher mussten genügen.

Helene schämte sich ein bisschen. An so was dachte sie nie und nahm sich vor, doch etwas umsichtiger zu werden.

Die Brote waren gegessen, alles aufgeräumt und die beiden Damen saßen einfach da und genossen die Abendstimmung. Langsam brach die Dämmerung herein als Vita sich auf der Bank aufrichtete und aufmerksam horchte.

„Was hast du?" meinte Helene.

„Hörst du das nicht? Da rasselt was!"

„Hm – kenne ich schon", antwortete Helene und fügte hinzu: „Das ist nur Gandolf".

„Wer oder was ist Gandolf?" Vita guckte ratlos und wartete auf eine Erklärung von Helene, die dann auch prompt kam.

„Das ist eine Geschichte, deren Wahrheitsgehalt niemand nachprüfen kann, aber sie ist schön. Das ist für mich immer das Wichtigste. Meine Oma hat sie mir schon erzählt, als sich noch ein kleines Mädchen war. Gandolf ist das Schlossgespenst."

„Schlossgespenst!" Vita tippte sich bezeichnend an die Stirn. „Wir sind hier vor der Doktorsburg im Seniorencafé – nix Schloss!"

„Stimmt" meinte Helen ungerührt, „aber hast du schon mal was von einem Burggespenst gehört? Wohl kaum. Außerdem ist Gandolf nicht immer hier. Er gehört normalerweise nach Burg an der Wupper. Da wurde er auch geboren. Indes war diese Geburt mit einem Makel behaftet …"

Vita, in mittelalterlicher Geschichte nicht gerade ein Ass, guckte einmal mehr fragend, lehnte sich dann aber gemütlich auf der Bank zurück und Helene begann mit ihrer Erzählung.

Gandolf war, wie gesagt, ein Teufelskind. Er wurde nicht nur auf Sil--vester geboren, sondern kam auch noch mit den Füßen zuerst. Das war für den Schloss-, respektive Burgherren, in erster Linie schlimm, weil es diesmal ein Knabe war. Der Erste nach sechs Mädchen. Seine Frau, die noch völlig erschöpft von der schweren Entbindung in den Kissen lag, überhäufte er mit Vorwürfen. Sie sei noch nicht einmal in der Lage, wenn sie nun schon endlich einem Knaben das Leben geschenkt habe, dafür zu sorgen, dass er ihn auch annehmen könne. Sie wüsste doch, dass Jungen, die Silvester das Licht der Welt erblickten, gezeichnet seien – sie trügen das Teufelsmal und er könne keinesfalls zulassen, dass dies Kind auf seiner Burg verbliebe.

Die Wehfrau hielt sich, mit dem kleinen Jungen auf dem Arm, im Hintergrund und hoffte, dass der Burgherr sie nicht sähe. Doch Elbowin hatte sie bereits entdeckt. „Sieh zu, dass du mit dem Kind aus meinem Haus und vom Hof verschwindest. Am besten legst du es in den Wald, damit die Feen es holen können…" Seine Frau Adelgard flehte ihn an, den Jungen am leben zu lassen, doch Elbowin blieb unerbittlich.

Die Wehfrau, Ermengarde, dachte gar nicht daran, das Kind auszusetzen. Sie nickte Dame Adelgard verschwörerisch zu und entfernte sich aus der Gebärstube. Draußen sah sie sich verstohlen um, ob nicht jemand aus Elbowins Gefolgschaft auf dem Hof war. Doch es war niemand zu sehen. Das kam Ermengarde gerade recht. Sie verbarg das kleine Bündel unter ihrem großen Umhang und verließ eiligen Schrittes den Hof. Hinter der kleinen Mauer mit dem Reiterstandbild des Adolf II. von Berg, verschwand sie um die Ecke in Richtung der Gesindestuben. Ermengarde gehörte zwar nicht direkt zum Gesinde, war dort aber gern gesehen, da sie so manches Unglück (!) zu verhüten wusste. Der Burgherr ging bei der Auswahl seiner Gespielinnen nicht gerade zimperlich vor und oft genug hatte dies Folgen, die die jungen Dinger gar nicht gebrauchen konnten. Die Mädchen waren auf den geringen Verdienst angewiesen und konnten es sich trotzdem nicht leisten, dem Burgherren nicht zu Willen zu sein. Ermengarde flitzte, so schnell ihre kurzen Beine es zuließen, in die Küche. Dort wickelte sie den Knaben aus dem Leintuch und begann, ihn zu säubern. Gottlob, dachte Ermengarde, war der Junge rundum gesund und man konnte davon ausgehen, dass er sowohl mit Wasser, Kuh- oder Ziegenmilch als auch eingeweichtem Brot heranwachsen würde. Noch während sie mit dem Jungen beschäftigt war, kam Odila herein. Neugierig besah sie den Knaben und es dämmerte ihr, dass der Burgherr den Jungen ablehnte. „Nun ja", sagte sie leise, „ist wohl so, dass der Kleine ausgerechnet jetzt an Silvester geboren wurde und dann auch noch eine Steißgeburt war ... "

„Du sagst es", seufzte Ermengarde, „ich soll ihn in den Wald legen, damit die Feen ihn holen können."

„Um Gottes Willen!"

„Das tu' ich auf keinen Fall! Ich werde ihn hier im Gesindehaus verbergen." Odila nickte. „Du kannst ihn mir geben, ich habe Milch genug. Du weißt, dass ich mein Kleines habe in Pflege geben müssen; hier durfte ich es nicht behalten. Elbowin nimmt sich, was er will, aber die Folgen haben immer nur wir zu tragen. Doch jetzt ist erst einmal gesichert, dass es dem Kleinen an nichts mangeln wird. Aber was sagst du der Herrin?"

„Ehrlich gesagt, ich weiß es nicht. Ich bin überzeugt, dass Dame Adelgard damit rechnet, dass ich ihr Kind rette. Sie hat mich mit Blicken angefleht und ich hoffe, dass sie meine Antwort verstanden hat. Doch jetzt müssen wir den Kleinen erst einmal wickeln und füttern. Ich gehe derweil zur Herrin zurück und frage, was sie dem Jungen für einen Namen geben will. Elbowin wird es nicht tun. Für ihn ist der Junge gar nicht geboren."

Odila nickte und nahm den Kleinen. „Geh du, ich kümmere mich darum. Wenn du zurück kommst und ich nicht hier sein sollte, findest du mich hinten in der Nähstube – dort sucht mich mit Sicherheit niemand."

Ermengarde drehte sich um und ging über den Hof in die Burg zurück. Sie wusste, dass sie ihm jetzt besser aus dem Weg ging und verbarg sich hinter der Säule am Eingang. Es dauerte auch nicht lange und Elbowin verließ wutschnaubend den Hof.

Sich trotzdem vorsichtig umblickend ging sie die Stufen zu Adelgards Gemächern hoch. Diese lag bleich, erschöpft und kummervoll in den Kissen. „Ermengarde! Was soll ich denn bloß tun – er will den Jungen töten lassen."

„Keine Angst, Herrin, ich habe ihn bereits in Sicherheit gebracht. Wenn Elbowin fragt, wo das Kind sei, sagt ihm einfach, Ermengarde tat, wie ihr geheißen …"

Dankbar lächelte Adelgard ihr zu. „Was meinst du, er sollte doch wohl einen Namen haben, oder?"

„Natürlich Herrin, deshalb bin ich hier."

Bevor Ermengarde sich näher auslassen konnte, murmelte Adelgard: „Gandolf soll er heißen. Ja, Gandolf!"

Und Gandolf wuchs heran. Siebzehn Jahre gelang es, ihn vor dem Burgherrn zu verbergen, doch eines Tages passierte es. Die beiden trafen auf dem Burghof zusammen. Obwohl Elbowin nicht wissen konnte, dass der junge Mann sein Sohn war, den er hatte töten lassen wollen, war ihm bei Anblick desselben klar, dass Ermengarde ihn versteckt hatte. Der Junge war ihm wie aus dem Gesicht geschnitten und er hatte, das war nicht zu verkennen, sein feuerrotes Haar geerbt. In ohnmächtigem Zorn machte er sich noch nicht einmal die Mühe zu fragen, wer er sei, sondern hob die Armbrust und erschoss Gandolf aus nächster Nähe. Ermengarde, die aus einiger Entfernung der Bluttat zusehen musste, rannte herbei, verfluchte den Burgherrn und legte Gandolfs Kopf in ihrem Schoß. „Du wirst weiterleben", flüsterte sie ihm zu. „Ich weiß es – du wirst ewig leben …" Nach diesen Worten schloss Gandolf die Augen und einige Männer hoben ihn, auf Ermengardes Geheiß hin, vom Boden auf und brachten ihn an den Waldrand. Die alte Wehmutter schickte alle weg, sie

111

wollte mit ihrem Zögling allein sein. Sie sprach mit ihm, als weile er noch unter den Lebenden und legte ihm ans Herz: „Denke daran, dass du ewig leben sollst. Nutze deinen Astralkörper und verbreite bei dem Burgherrn Angst und Schrecken. Doch tu niemandem Böses, der auch dir nichts Übles getan hat."

Mit diesen Worten zog sie ihm das Wams über den Kopf, deckte seine Haare zu und ging zurück zum Gesindehaus. Etliche Stunden später, die Dunkelheit hatte gerade eingesetzt, ging sie zurück und stellte fest, der Leichnam war verschwunden. Zufrieden ging sie schlafen.

Gandolf schälte sich aus seinem weltlichen Zeug und überlegte, dass er sich irgendwie in einer Rüstung verstecken müsse. Nahrungsmittel und zu trinken brauchte er nicht mehr, aber er nahm sich vor, jetzt die Welt so zu erkunden, wie sie ihm zu Lebzeiten verschlossen war. Genüsslich machte er sich auf den Weg, um zum ersten Mal herumzuspuken.

Es machte ihm Spaß. Die Jahre vergingen ... Inzwischen war er, mit seinen knapp dreihundert Jahren, ein recht junges Gespenst und beschloss, die heimatliche Burg zu verlassen und sich anderer Kleidung zu bemächtigen. Die Zeit war fortgeschritten und er bemerkte, dass die Leute sich vor einem Schlossgespenst nicht mehr fürchteten. Das verdross ihn und er klaute in einem Geschäft eine moderne Jeans, ein passendes Hemd und Schuhe. Huch, war das Zeug alles eng. Langsam und gemütlich machte er sich auf den Weg, immer am Wasser entlang, und landete irgendwann in Leverkusen. Vor dem Seniorencafé. Dort standen ein paar Bänke und einige Jugendliche hingen dort rum. Sie mussten schätzungsweise so alt sein wie er, dachte Gandolf. Er war immer noch siebzehn Jahre und alterslos. Die jungen Leute waren tatsächlich so um die siebzehn und allesamt fröhlich, was allerdings auch einem gewissen Maß an Alkohol und einem eventuellen Joint zuzuschreiben war. Gandolf kannte weder das Eine noch das Andere, war aber äußerst neugierig. Er setzte sich einfach auf eine Bank und guckte zu. Das blieb nicht lange unbemerkt und ein Junge sprach ihn an. „Eh, wer bist und du und was willst du?"

„Ich bin Gandolf und will nichts, außer hier sitzen und Euch zusehen", sprach er mit seiner knarrenden Stimme.

„Hm, du hast eine komische Stimme und eine sonderbare Aussprache", bemerkte ein anderer Junge, der sich Richard nannte.
„Aber ich habe doch gar nicht viel gesagt, außerdem habe ich einen weiten Weg hinter mir, zu Fuß. Ich komme von der Burg."
Mit dieser Aussage konnte niemand so recht etwas anfangen; Gandolf wurde ihnen unheimlich. Sie tuschelten untereinander und beratschlagten, ob sie ihn nicht vielleicht besser zum Teufel jagten.
Gandolf spürte, dass ihm Misstrauen entgegenschlug und meinte: *„Ihr könntet mir eigentlich etwas zu trinken anbieten und das Zeug, was da so qualmt würde ich ebenfalls gern mal probieren."*
„Sag mal", mischte sich Boris ein, *„aus welchem Jahrhundert stammst du eigentlich? Du kommst mir vor, als wärst du aus einer anderen Welt."*
„Stimmt", entgegnete Gandolf, *„ich komme aus Burg an der Wupper und wurde Silvester 1700 auf 1701 geboren."*
Boris tippte sich bezeichnend an die Stirn, hörte dann aber doch zu. Die Jugendlichen machten sich einen Scherz daraus, Gandolf Wodka einzuflößen, den er aber mit Genuss trank. Sie konnten nicht wissen, dass er, der Entleibte, niemals betrunken sein würde. Ein größeres Problem war die Tatsache, dass die Flüssigkeit, so wie er sie durch den Mund aufnahm, überall an seinem Körper wieder heraus rann. Und Geld, damit seine neuen Freunde Nachschub kaufen könnten, hatte er auch nicht. Er brauchte ja keines. Es dauerte eine ganze Weile, bis sie akzeptierten, dass er wirklich und wahrhaftig ein Gespenst war. Da er trinken konnte, was er wollte, mussten die Jungens natürlich auch ausprobieren, wie es nun mit dem Rauchen stünde. Klar, dass Gandolf mitmachte. Der Erfolg waren Lachsalven ... Er schmauchte mit Genuss und es qualmte aus allen Körperöffnungen. Dass man ihn auslachte, fand Gandolf nicht lustig und er machte seinerseits von einer Fähigkeit Gebrauch, die Boris und Richard zutiefst erschreckte. Er begann, mit seiner Rüstung zu rappeln, die niemand sehen konnte. Das Geräusch war furchtbar. Es rappelte und klapperte ...

Vita schreckte hoch! *„Hörst du das, Helene? Die Rüstung von Gandolf kommt immer näher!"*

Helene rüttelte Vita an der Schulter. „Meine Liebe, die Geschichte kann nicht sehr spannend gewesen sein. Was du hörst, ist der Bagger hinter dem Haus. Du bist zwischenzeitlich eingenickt und es wäre vielleicht gar nicht schlecht, wenn du Gandolf nach Hause zurückschicktest und aufwachen würdest!"

„Ich habe nicht geschlafen sondern habe dir ganz interessiert zugehört" meinte Vita empört ... und gähnte herzhaft.

Zivilcourage

Seit zwei Jahren waren Tanja und Torsten ein Paar. Sie schlank, blond, immer zu Scherzen aufgelegt; er das ganze Gegenteil. Ein ernsthafter Typ mit rabenschwarzem Haar und das nicht nur auf dem Kopf. Sein Vollbart glänzte ebenfalls tiefdunkel im Gesicht. Dazu hatte er die Figur eines Preisboxers und beide standen sich in der Länge nichts nach. So um einen Meter achtzig waren sie locker und lernten sich in einer Muckibude kennen. Wie auch anders. Tanjas Sportarten waren Laufen und Schwimmen; Torsten stemmte Gewichte und versuchte sich im Judo. Nach dem Duschen, bei einem Cappuccino kamen sie sich näher und später dann überein, es mit einer gemeinsamen Wohnung zu versuchen. Es klappte auch alles vorzüglich bis auf ein Hobby, dem Torsten immer samstags frönte. Er traf sich gern mit seinen Kumpels auf dem Fußballplatz. Nicht, um selbst zu spielen, ihn faszinierte das Spiel mit dem Ball. Auch die anschließende Diskussion in der Stammkneipe bei einem guten Kölsch hatte etwas. Weil Tanja ein gutes Verhältnis zu ihren Eltern hatte, besuchte sie diese an solchen Samstagen. Gegen zwanzig Uhr trafen sie sich dann wieder in ihrer Wohnung.

*

Heute war es wieder soweit. Um vierzehn Uhr dreißig verabschiedeten sich beide voneinander und wünschten sich gegenseitig viel Vergnügen. Tanja gab Torsten noch mit auf den Weg: „Hoffentlich gewinnen sie heute mal wieder…!"

„Eigentlich sollte man gar nicht mehr hingehen", erwiderte Torsten. „Am meisten ärgert mich, wenn die Spieler auf dem Platz denken, es sei ein Freizeitvergnügen. Stattdessen ist es ihr Job, von der Meinung der *Über-bezahlung* mal ganz abgesehen. Es liegt einfach daran, dass die Vereine nicht mehr gewachsen sind, sondern die Mannschaft zusammen gewür-felt wird. Oft genug gibt es auch noch Verständigungsschwierigkeiten." Mit einem dicken Kuss und den Worten: „Pass auf dich auf" verschwand Torsten durch die Tür. Als er dann an der Straßenbahnhaltestelle ankam war die Bahn, wie könnte es auch anders sein, gerade weg. *Das kostet mich wieder fünfzehn Minuten; hoffentlich schaffe ich es wenigstens bis zum Anstoß,* dachte er.

Es wurde tatsächlich knapp; seine beiden Freunde warteten vor dem Ein-gang auf ihn. „Wo bleibst du denn?" kam es dann auch von Jens und El-mar wie aus einem Mund.

„Mir ist die Bahn vor der Nase weggefahren", tat er kund; dann machten sie sich auf den Weg ins Innere der Arena.

Das Stadion war ausverkauft und die Stimmung prächtig. Nur unterhal-ten konnte man sich während des Spiels nicht. Sie sahen von ihren Plät-zen aus sehr gut. Vor ihnen hatte sich eine Gruppe mit zwei Trommlern und einem Trompeter breit gemacht. Der Lärm war fast nicht zum Aus-halten; erst in der Halbzeitpause konnten sich ihre Ohren etwas erholen. Sie erzählten sich von der Arbeit, der Familie und Jens, mit seinen zwei-undzwanzig Jahren der jüngste im Kreis, berichtete vom Bund. Nach dem Spiel, das übrigens 2:1 für den Heimatverein ausging, verabschie-deten sich Jens und Elmar. Sie hatten noch andere Termine und Torsten fuhr demzufolge allein nach Hause. Gegen achtzehn Uhr war er vor Ort und kehrte, da Tanja ohnehin nicht daheim war, auf ein paar Bier in seine Eckkneipe ein. An der Theke fand er noch einen Platz und es ging, trotz der frühen Stunde, bereits hoch her. Alle schauten gespannt auf den Bild-schirm in der Ecke – die Bundesliga wurde übertragen. Torsten widmete sich seinem Bier; er hatte sich schon im Stadion über die anderen Ergeb-nisse informiert.

*

Kurz vor zwanzig Uhr schloss Tanja die Wohnungstür auf, machte in der Diele Licht und zog sich Mantel und Schuhe aus. Gerade dachte sie, Torsten scheint noch nicht da zu sein, als sie den Lichtschimmer durch einen Spalt der aufstehenden Schlafzimmertür sah. Mit schnellen Schritten war sie an der Tür und öffnete sie. Ein Handtuch auf seinem Kopfkissen und ein nasses Tuch auf dem Gesicht… so lag ihr Torsten im Bett und schlief. Schnell war sie an seiner Seite und nahm das nasse Handtuch von seinem Gesicht. Von ihrem entsetzten „du meine Güte, was ist denn mit dir passiert" wachte Torsten auf. Er konnte kaum die Augen öffnen, um Tanja anzusehen, so geschwollen waren sie. Auch seine Lippe war aufgeplatzt und was sonst noch demoliert war, konnte sie höchstens ahnen. Kaum zu verstehen bat Torsten: „Leg mir bitte wieder ein neues kaltes Tuch aufs Gesicht – ich erzähle dir dann morgen früh alles, ja. Außer Beulen habe ich nichts; war schon beim Arzt im Krankenhaus… sonst ist alles okay."

„Okay ist gut", murmelte Tanja erschrocken und ging ins Bad, um einen neuen kalten Umschlag zu machen. Sie legte auch noch ein frisches Tuch auf das Kopfkissen und ging dann in die Küche, um sich einen Tee zu zubereiten. Torsten wollte keinen.

Bevor sie selbst zu Bett ging, wechselte sie noch einmal das Handtuch, um sein Gesicht zu kühlen. Dann ging sie selbst zu Bett und fiel in einen unruhigen Schlaf. Im Kopf kreisten die Gedanken, was da wohl passiert sei. Ein Unfall? Eine Schlägerei am Stadion? Eine der unzähligen Baugruben in der Stadt? Hineingefallen? Vieles war denkbar; sie musste sich bis zum kommenden Morgen gedulden.

*

Torsten wachte am Sonntagmorgen auf und ihm taten alle Glieder weh. Tanja schlief noch; so schälte er sich langsam aus seiner Bettdecke und ging leise ins Bad. Vorsichtig wusch er sein Gesicht, putzte die Zähne und zog sich danach an. Aufs duschen verzichtete er an diesem Morgen, er wollte Tanja nicht wecken und außerdem dachte er an seinen malträtierten Körper. In der Küche setzte er die Kaffeemaschine in Gang, stellte alles bereit und steckte die Brotscheiben in den Toaster. Tanja hatte ihn wohl doch gehört oder der durch die Wohnung ziehende Kaffeeduft hatte sie geweckt – jedenfalls hörte Torsten das Wasser in der Dusche rauschen.

Zehn Minuten später kam sie in die Küche. Vorsichtig gab sie ihm einen Guten-Morgen-Kuss. Bevor sie mit dem Frühstück anfingen, die erste Tasse Kaffee stand auf dem Tisch, begann Torsten zu erzählen:

„Vom Stadion kam ich allein nach Hause. Jens und Elmar hatten noch einen anderen Termin; so ging ich in unsere Kneipe. Die meisten guckten Sportschau. Ich stellte mich an die Theke. Außer den üblichen Gästen stand da noch ein älterer Herr und neben ihm zwei junge Burschen, die ich nicht kannte. So gegen neunzehn Uhr bezahlten die drei, wobei ich zufällig die Geldbörse des Älteren sah; prall gefüllt mit großen Scheinen. Jakob, der Wirt, hatte mir gerade ein neues Bier hingestellt als ich, trotz der Lautstärke im Lokal, von draußen Hilferufe hörte. Ich raus. Nach rechts und links geschaut – da sah ich die zwei Jugendlichen, wie sie den älteren Herrn bedrängten und mit Fäusten malträtierten. Ich rief ihnen zu, sie sollten von dem Mann ablassen und ging einige Schritte auf sie zu. Inzwischen lag der Mann schon auf der Erde und einer der Beiden versuchte, ihm das Geld zu entwenden. Während ich mich mit den beiden Jungen beschäftigte, konnte der ältere Herr fliehen. Als die Halbwüchsigen merkten, dass sie bei mir an den Falschen geraten waren, suchten sie allerdings auch schleunigst das Weite. Jemand musste aber inzwischen den Rettungswagen verständigt haben, der mich dann ins Krankenhaus brachte. Das war alles – außer, dass ich meine Zeche bei Jakob noch bezahlen muss."

Tanja hatte mit offenem Mund zugehört. „Man kann dich wirklich nicht alleine laufen lassen! Es wird eine Zeit dauern, bis dein Gesicht wieder hergestellt und alle anderen Beulen verschwunden sein werden. Sei froh, dass nicht jemand ein Messer, einen Schlagring oder Ähnliches bei sich hatte."

„Selbst wenn", antwortete Torsten leise, „ich glaube, ich war zu schnell für die Zwei."

„Aber so schnell, dass du ungeschoren davon kamst, wohl doch nicht!"

Dann frühstückten sie zu Ende und wollten danach einen Waldspaziergang machen. Da traf man wenigstens nicht gleich bekannte Gesichter.

*

Montag gingen sie wieder ihrer Arbeit nach; am Sonntagabend hatte Tanja bei Jakob noch die offene Rechnung bezahlt. „Das kommt davon, wenn er allein in die Kneipe geht", witzelte Tanja boshaft und nicht nur Jakob löcherte sie, wie es Torsten ginge.

Im Laufe der Woche verfärbte sich Torstens Gesicht und nicht nur die Freunde und Kollegen meinten, dass er nun langsam Ähnlichkeit mit einem Chinesen bekäme. Von dem Mann, dem er zu Hilfe geeilt war, hörte er nichts mehr. Seine Gedanken kreisten um diese Geschichte; obwohl es für ihn selbstverständlich war... *danke* hätte er wenigstens sagen können.

Vierzehn Tage waren seit dem Ereignis vergangen. Torstens Gesichtsfarbe ging in Richtung normal, auch seine Lippen waren verheilt, so dass küssen wieder Spaß machte. Es war Freitag und das nächste Wochenende stand an. Seinen Kumpels hatte er abgesagt, obwohl mit Schalke ein attraktiver Gegner ins Stadion kam. Stattdessen wollten er und Tanja das kommende Wochenende in die Heide fahren.

Als sie von dort am Sonntagabend wieder heim kamen, war ihr Parkplatz vor dem Haus besetzt. Sie mussten eine Laterne weiter parken. Auf *ihrem* Parkplatz stand ein Jaguar; nicht gerade das neueste Modell, aber topp gepflegt. Einmal musste Torsten um das Fahrzeug herum gehen und einen Blick ins Innere werfen. Zu Tanja sagte er: „Der könnte mir auch gefallen."

„Ja", gab sie zurück, „wenn wir mal im Lotto gewinnen, können wir darüber reden! Es müssten aber mehr als drei Richtige sein, fügte sie vorsichtshalber hinzu."

Sie gingen ins Haus und vergaßen das Auto. Die nächsten Tage stand es immer noch auf dem gleichen Platz; keiner hatte es bewegt. Eigenartig war nur, dass es ein hiesiges Kennzeichen trug. „Wenn es nächste Woche noch hier steht", meinte Torsten, „melde ich das der Polizei. Vielleicht wurde es irgendwo gestohlen …"

*

Als sie am darauf folgenden Mittwoch von der Arbeit kamen und ihren Briefkasten leerten, erlebten sie eine Überraschung. Ein Päckchen mit einem Absender aus den USA steckte zwischen den anderen Sachen. „Wer könnte das denn sein? Kennst du jemanden dort?", fragte Torsten. „Nee – du denn?"
„Ich auch nicht."

*

Tanja legte die Post zunächst auf das Dielentischchen; sie wollte sich umziehen und hausfein machen. Danach nahm sie die Sachen mit in die Küche und öffnete auch das ominöse Päckchen. Es fielen ihnen ein Autoschlüssel, Papiere und ein Brief entgegen. Beide schauten sich an.
Tanja faltete den Brief auseinander und begann zu lesen. Die Augen wurden immer größer. Die Zeilen waren an Herrn und Frau Heiden gerichtet.
„Ich wusste gar nicht, dass wir schon verheiratet sind", schmunzelte sie als sie fertig war mit lesen und gab ihm das Schreiben mit den Worten: „Hier, lies selbst…"
Torsten fing an…

Liebe Frau und lieber Herr Heiden!
Entschuldigen Sie bitte, dass ich mich jetzt erst melde, um mich bei Ihnen für die handfeste Unterstützung an jenem Abend *zu bedanken. Es war, als wir uns an der Theke bei Jakob begegneten, mein letzter von acht Urlaubstagen in Deutschland. Ich hatte von einer alten Tante ein Haus geerbt und es durch einen Makler verkaufen lassen. Weil ich ein* bisschen *Steuern sparen wollte, hatte ich den ganzen Betrag in bar bei mir. Das wäre mir beinahe zum Verhängnis geworden, hätten Sie nicht so tatkräftig eingegriffen. Zum Dank habe ich den gleichen Makler veranlasst, Ihnen eben dieses Dankeschön vor die Tür zu stellen. Er fand auch für mich Ihren Namen und Adresse heraus. Ich bitte Sie und Ihre Frau, die-*

ses Geschenk anzunehmen und werde Sie immer in guter Erinnerung behalten.

Mit den besten Grüßen

Jonathan Miller
Texas/USA

Jetzt war es an Torsten, seine Tanja mit großen Augen anzusehen. „Du – der Jaguar da unten gehört uns…! Das ist ja ein Ding; das glaube ich alles noch nicht!"

„Und was machen wir damit? Lass uns erst einmal darüber schlafen, vielleicht fällt mir ja was ein", meinte Tanja und die ganze Anspannung äußerte sich in einem herzhaften Gähnen.

Am nächsten Morgen hatten sie ihrer Meinung nach die Lösung gefunden. Torstens Eltern hatten sich gerade einen Neuwagen zugelegt, die benötigen also kein neues Auto. Tanjas Eltern fuhren eine alte Karre und hatten vor, sich ein neues Fahrzeug zuzulegen. „Denen schenken wir unser Auto und wir behalten den Jaguar – mal schauen, ob sie einverstanden sind." Torsten grinste.

„Da werden aber alle Gesichter machen, wenn wir beide mit einem solchen Auto vorfahren", lachte Tanja in hämischer Vorfreude.

„Das glaube ich auch", meinte Torsten, „kaum die Wohnung eingerichtet, noch nicht verheiratet und dann so ein dickes Auto fahren… Neid! Ich höre sie schon alle hinter vorgehaltener Hand tuscheln!"

Sie schauten sich an und lachten. Wir erzählen aber nicht jedem, wie wir an so ein schönes Auto gekommen sind… Dann umarmten sie sich und gingen abends noch exklusiv essen. Auf ihren Gönner tranken sie ein Glas Wein.

120

Über Zeit und Raum...

Das Café an der Ecke lag ganz einfach nur günstig. Nach dem Abendessen bummelten sie die Via Carducci rauf und runter, genehmigten sich anschließend bei Renato noch ein Glas Wein und hechelten die Leute durch. Renato, Wirt und Besitzer des Cafés, hatte ein Händchen für seine Gäste und gab ihnen schnell das Gefühl, mehr als nur zahlendes Publikum zu sein. Dabei wurde er tatkräftig von seinen drei Kellnern Francesco, Walter und Dario unterstützt.

Dario war von Anfang an Sabines Favorit. Irgendwie hatte er das gewisse Etwas, was man nicht in Worte fassen kann. Die Sympathie beruhte auf Gegenseitigkeit. Nach drei Wochen verabschiedeten sie sich und ihre allabendlichen Besuche bei Renato wurden eine schöne Erinnerung.

Es dauerte 12 Jahre, bis sie wieder nach Cattolica kamen. Der erste Weg war zu ihrem Straßencafé. Es war noch da. Und Renato war auch noch da. Mit ausgebreiteten Armen kam er auf sie zu, *knuddelte* sie und meinte: „Ihr seid aber viele Jahre nicht hier gewesen."

„Leider. Aber jetzt freuten sie sich wieder auf die Abende bei ihm."

Francesco und Walter begrüßten sie ebenfalls, wobei sie merkten, dass die beiden nach der langen Zeit keine Verbindung mehr zu ihnen herstellen konnten. Dario kam erst am Abend; er hatte Spätdienst.

Jetzt war Sabine natürlich quietsch-neugierig: ob *er* sie denn wieder erkennt? Und ob er sie erkannte! Ebenso wie von Renato am Nachmittag wurden wir auch von ihm in den Arm genommen und sie erzählten sich kurz aus den vergangenen Jahren.

Wieder im Hotel angekommen, setzte Sabine sich nachdenklich auf die Bettkante: „Irgendwie wurde sie das Gefühl nicht los, dass dieser Mann den Kellner nur *spielte*. Er hatte etwas, was absolut nicht zu seinem Beruf passt."

??? „Er hat so etwas *Feines* an sich."

Klaus konnte das nicht nachvollziehen und Sabine traute sich nicht, Dario zu fragen. Unwissend reisten sie wieder nach Hause.

Es dauerte diesmal nicht ganz so lange, bis sie wieder kommen konnten, aber ein paar Jahre gingen doch ins Land. ...und dann war Renatos Café in fremdem Besitz. Dario, Francesco und Walter hatten sie aus den Augen verloren. Schade. Die Erinnerung blieb.

Bei ihrem nächsten Besuch fragten sie ihren Hotelier, ob er vielleicht wisse, wo Renato abgeblieben sei, und er konnte ihnen tatsächlich Auskunft geben. Am gleichen Abend suchten sie das *La Rocca* auf. Ein wunderschönes Wiedersehen, angereichert durch die Visite von zwei älteren Damen, die ihn ebenfalls besuchten. Sie präsentierten Fotos von vor dreiundzwanzig Jahren!

Über Renato fanden sie auch Dario wieder. Diesmal musste Sabine ihn nicht fragen, *was* respektive *wer* er wirklich sei. Er zeigte ihnen seine *Winterarbeiten*. Wunderschöne Glasmalereien. Ein Künstler. Sabine hatte sich in der feinen Seele nicht geirrt.

Bekanntschaften, die in den vielen Jahren über Zeit und Raum hinweg den Charakter einer Freundschaft angenommen haben. Zeit und Entfernung konnten ihr nichts anhaben.

King coco nuts

Was macht man in einem Land, dessen Sprache man nicht versteht und dessen Schrift man noch nicht einmal lesen kann. Erkundungen auf eigene Faust sind in einem solchen Fall ein wenig problematisch.

Also – her mit einem Taxi.

Die Dame an der Hotelrezeption riet Petra und Jens als erstes, nur Taxen mit einem roten Nummernschild zu nehmen, die seien nämlich versichert. Bei den anderen Fahrzeugen wisse man nicht genau, ob der Fahrer überhaupt eine Lizenz habe. Das hörte sich zwar nicht unbedingt beruhigend an, aber immerhin bot dieses *rote Nummernschild* ihnen doch ein vermeintliches Maß an Sicherheit.

Als das Taxi dann vor der Tür stand, hielten die Beiden den Fahrer fast noch für einen Schuljungen; später stellte sich heraus, dass er bereits Anfang dreißig war. Die Verständigung klappte allerdings wirklich nur mit Händen und Füßen und einer ordentlichen Portion guten Willens. Das, was der junge Mann von sich gab, hielt er wohl für englisch. Petra war da nicht so sicher. Ihrer beider englisch war auch nicht gerade sattelfest, aber immerhin hatten sie doch im Hotel schon die Erfahrung gemacht, dass man sie verstand.

Doch der Fahrer verstand sie auch...

Nachdem Petra und Jens ihm klargemacht hatten, dass sie eine Art Rundfahrt planten und die Bezahlung in seinen Augen *gesichert* war, setzten sie sich in Bewegung.

Nach ein paar Kilometern tauchte vor ihnen ein kleines hinduistisches Bethäuschen – hier würde man Kapelle sagen – auf und der Fahrer hielt an. Er verrichtete eine kurze Andacht. Das geschah mit einer solchen Ernsthaftigkeit, dass sie als Europäer sich fast ein wenig schämten. Diese tiefe Gläubigkeit ging doch sehr zu Herzen.

Danach kurvte er mit ihnen kreuz und quer durch die Gegend und erklärte die verschiedenen Sehenswürdigkeiten. Vorsichtshalber zogen Petra und Jens zwischendurch den Reiseführer zurate, da sie nicht immer sicher waren, ihn richtig verstanden zu haben.

Um die Mittagszeit luden sie ihn dann zu einem Tee ein – ceylonesischer Tee schmeckt ganz vorzüglich. Essen wollte er nichts, obwohl er, schmal und zierlich, bestimmt nicht gerade üppig lebte. Aber ein Tee war genug. Anscheinend war ihm das noch nicht passiert. Er versuchte ihnen klarzumachen, dass Touristen normalerweise nicht so freundlich zu ihm seien und er würde sie gerne noch weiterhin fahren. Vielleicht morgen und übermorgen auch, meinte er.

Das haben sie ihm aufs Wort geglaubt. Immerhin zahlten sie für diese Taxifahrt, die allerdings fast einen ganzen Tag in Anspruch nahm, gerade mal fünfzig Mark. Mehr, als dieser arme Teufel in manchem Monat verdiente. – So lange liegt diese Reise schon zurück; da gab es noch die gute alte DM!

Zum Ende der Tour wollte er ihnen unbedingt seine Dankbarkeit zeigen; er hielt an einem Straßenstand an und kaufte für jeden eine Königs-Kokos-Nuss.

Er freute sich riesig darüber, ihnen eine Freude gemacht zu haben und seine Dankbarkeit damit zum Ausdruck zu bringen. Eine Geste, die sie in ihrer industrialisierten Welt zum Nachdenken anregte.

Dankbarkeit mittels einer King-Coco-Nut.

Gute Fahrt, kleiner Ceylonese, auf dass dir niemals jemand etwas Übles will.

Aber – und das sollte zum guten Schluss noch erwähnt werden: Im Hotelzimmer angekommen, bohrten Petra und Jens ein Loch in die äußere Hülle der Kokosnuss, um an die begehrte Milch zu gelangen. Endlich war es soweit. Und dann? Sie probierten den lauwarmen Inhalt – brrr – und stellten fest, dass er für europäischen Geschmack doch sehr gewöhnungsbedürftig sei. Später erfuhren sie dann, dass diese Art Kokosmilch normalerweise nur gekühlt genossen wird.

Jeder hat seinen Löwenzahn
Kirche in WDR 4 – 1. Mai 2012 nacherzählt von Renate Krohn

Für eine ältere Dame gab es nichts Schöneres, als ihren Garten. Sie säte, pflanzte und freute sich, dass im Frühjahr alles so wunderschön anfing zu wachsen. Sie hatte den grünen Daumen und fühlte sich durch die bunte Vielfalt ihrer pflanzlichen Schützlinge reich belohnt.

Doch eines machte ihr Kummer. Neben ihren geliebten Pflanzen, denen sie durch viel Pflege zum Wachstum verholfen hatte, machte sich ein ungeliebter Gast breit. Der Löwenzahn.

Sie stellte alles Mögliche an, um den weithin gelb leuchtenden Blüten den Garaus zu machen, doch nichts half. Dieser Mitbewohner ihres Beetes hatte einfach den längeren Atem.

Als sie nun gar nicht mehr weiter wusste, ging sie zu einem alten Gärtner, der schon viele Parks angelegt hatte. Auch den allseits bekannten und beliebten Schlosspark für den König. Ihm klagte sie ihr Leid. Der alte Gärtner riet ihr zu Diesem und zu Jenem. Doch alles, was er ihr vorschlug, hatte sie schon ausprobiert. Da wurde auch er ratlos und entgegnete der verzweifelten Dame:

Da es offensichtlich keine Maßnahme, keinen Trick und wirklich nichts gibt, was helfen könnte, kann ich Ihnen nur noch einen Rat geben:

Beginnen Sie, Ihren Löwenzahn zu lieben

Lied der Berge
Was ein Berg von den Menschen denkt ...

Unbeweglich, starr, ragen sie in den Himmel und kratzen an den Wolken.
Ob so der Begriff Wolkenkratzer entstanden ist?
Vermutlich.
Sie sehen unheimlich aus, bedrohlich.
Ein anderes Mal hell und freundlich. Sie locken. Komm! Komm zu mir herauf. Hier oben ist es viel schöner als unten im Tal. Hier spürst du Augenblicke der Freiheit und der Ruhe.

Ich sage dir Berg – mich holst du nicht!

So, …du willst gar nicht? Ich soll dich nur bewundern? Warum lockst du mich dann?

Nun reizt mich auf einmal doch, auf den Berg zu gehen. Die Ruhe zu hören, die er vermittelt. Nach zwei Stunden Marsch und in einer Höhe von fast eineinhalbtausend Metern höre ich sie zum ersten Mal. Diese himmlische Ruhe. Ich bin dem Himmel zwei Stunden näher gekommen und beginne, den Augenblick zu genießen. Die Ruhe, die man hören kann. In unserer hektischen Welt ist sie wie ein Geschenk.

Langsam gehe ich weiter. Es wird steil. Berg – du schaffst mich. Kannst du deine Wege nicht ein bisschen milder wählen?

Der Gipfel über mir ist zum Greifen nah. Und doch sind es bis dorthin noch einige Stunden zu gehen. Der Himmel flimmert. Oder sind es meine Augen, die sich auf diese Höhe mit ihrer dünnen, durchscheinenden Luft erst einstellen müssen?

Plötzlich fühle ich mich gestört. Über mir sind Stimmen. Menschenstimmen. Ich bin nicht allein …

Was tun die Menschen hier? Sie sind viel zu laut für die Bergwelt. Sie sollen unten bleiben. Ich kann sie in dieser Umgebung nicht brauchen. Ich wollte das Lied der Berge hören, die unendliche Ruhe.

Es ist vorbei. Die Melodie verstummte angesichts der Menschen, die diese Ruhe störten. Neben mir geht eine Steinlawine zu Tal.

Der Berg wollte sie auch nicht – die Menschen.

Hallooo – ist da jemand?

Dumpf brach sich Jennifers Stimme in dem bleigrauen Dunst, der greifbar vor ihr waberte. Sie ging langsam weiter, wobei sie den Blick auf den Boden richtete. Rechts neben ihr, nicht zu sehen, nur zu ahnen, erstreckte sich das Binnenland und links plätscherte leise das Wasser ans Ufer.

Der Nebel verschluckte die Geräusche und Jennifer schauderte. Ein leises Lachen aus dem Nichts; dann streifte sie der Zipfel eines dunkelblauen, bodenlangen Mantels. Durch die Nebelschwaden sah sie die diffuse

Gestalt des Großen Merlin. Seine Hände waren versteckt in langen Ärmeln, die er gekreuzt vor der Brust hielt. Auf dem Kopf trug er einen hohen, spitzen Hut, der am oberen Ende mit einem leuchtend hellen Stern geschmückt war.

Jennifer wagte kaum zu atmen; der Merlin kam näher. Er schien über dem Boden zu schweben und seine stimmlosen Worte lockten: „Nun, da bin ich also. Du hattest mich gerufen und ich habe den Weg von Avalon zu dir gemacht. Jetzt sage mir, was du von mir willst."

„Ich weiß es nicht mehr" hauchte Jennifer. „Ich weiß gar nicht, dass ich dich gerufen habe."

„Das kann ich nicht glauben". Der Merlin kicherte. „Alle Menschen wollen etwas von mir. Sie wissen es nur meistens nicht. Also – komm mit. Ich zeige dir, was du willst."

„Wie kannst du das, wenn ich es doch selber nicht weiß?"

Jennifer ging automatisch weiter. Der Nebel wurde immer undurchdringlicher und der Boden federte unter ihren Schritten. Der Merlin schien es nicht zu bemerken. Er schwebte voraus und entfernte sich immer weiter. Sie begann zu rufen, doch ihre Stimme erreichte ihn nicht. In der Ferne drehte er sich um und winkte ihr, ihm zu folgen. Er rief ihr irgend etwas zu, doch Jennifer verstand seine Worte nicht mehr. Sie begann zu laufen; schnell, schneller – doch die Entfernung wurde immer größer. Sie streckte die Arme aus: „Warte! Warte doch!"

Der Merlin wandte sich noch einmal um und sein schrilles Gelächter zerriss die Nebelwand.

Jennifer wurde von dem plötzlichen Sonnenlicht geblendet. Wenn doch nur das schrille Lachen endlich aufhören würde. Da war er plötzlich wieder neben ihr und rüttelte sie an der Schulter.

„Kannst du mir mal sagen, warum du diesen entsetzlichen Wecker nicht endlich abstellst ...?!"

Poesie auf dem Schulhof

Liebe Leute groß und klein
Haltet mir mein Album rein ...

So schrieb man einst voll Poesie,
doch heut?
Mit Poesie ist's nicht mehr weit.

Statt dessen auf dem Schulhof
Keile – Klöppe – und so weiter
und im schlimmsten Fall sogar:
Drogenkonsum!
Na wunderbar.

Und was tut der Aufsichtswart?
Er dreht sich um –
Ist doch bequem:
„Ich habe einfach nichts gesehen!"

Das Monster – Il Monstero

Buh – das ist doch einfach! Wer immer das malte, muss es nicht unbedingt gelernt haben. Dachte Karin. Dann kam das genauere Hinsehen,
das Überlegen. Einmal stellte sich die Frage, was der Maler (oder die
Malerin) damit ausdrücken wollte. Warum benutzte er so dunkle Farben
und malte zusätzlich noch einen dicken schwarzen Rand drum herum?
Ein wenig ärgerlich nahm sie ihren Zeichenblock und begann, das Bild
nachzumalen. Oder besser. nachzuzeichnen; wobei ihr als erstes klar
wurde, dass sie dem Maler gewaltig Unrecht tat. Von wegen einfach! Mit
jedem Strich musste Karin feststellen, dass dieses Monster es in sich hatte. Allein die Augen, die sie, trotz ihrer kuriosen Form, intensiv anblick-
ten. Ihr schien, sie wollten etwas sagen: „Da, schau her – du siehst auch

nicht mit beiden Augen gleich."

„Das stimmt. Ob ich das sehe, was du siehst, kann ich nicht beurteilen. Und außerdem hast du dich falsch ausgedrückt. Ich sehe nicht auf beiden Augen gleich, aber ich hab zwei gleiche Augen. Du nicht!"

Das Bild grinste. „Da ist was dran. Was habe ich denn für Augen?"

„Das Eine sieht aus wie eine Schnecke und das Andere wie ein Spinnennetz."

„Hihi! Und beide Tiere kannst du nicht leiden. Richtig?"

„Richtig. Warte, es geht noch weiter. Deine Zähne. Oben blaugrün und unten gelbgrün. Brrr!"

Wieder kicherte das Bild. „Ich kann damit aber besonders gut zubeißen."

„Hm – trotzdem. Appetitlich sieht das nicht aus. Und erst die Mundhöhle dahinter. Schwarz! Nein, das gefällt mir nicht. Du bist ein Monster."

„Irrtum. Ich bin das, was der Maler in den Menschen sieht. Die Meisten sind monströs…"

Nachdenklich lauschte Karin der inneren Stimme, die ihr auf ihre Gedanken antwortete. Ist das so? Sind die meisten Menschen Monster? Das Bild konnte anscheinend Gedanken lesen. „Jawohl, die Menschen sind so. Hast du das noch nie empfunden? Dass, zum Beispiel, vermeintliche Freunde dich enttäuschten?"

„Doch, natürlich. Das hat verdammt wehgetan."

„Siehst du, dafür steht mein Gesicht."

„Nun gut, das kann ich sogar akzeptieren. Aber warum habe ich den Eindruck, dass deine Ohren nicht rechts und links am Kopf sitzen, sondern da, wo normale Menschen ihre Wangen haben. Zudem noch zweifarbig?"

Diesmal dauerte es etwas länger, bis das Bild antwortete. „Ja – ich glaube, der Künstler wollte damit sagen, dass man auch mit zwei Ohren unterschiedlich hört. Einmal das, was wirklich gesagt wird und zum Anderen das, was man herauszuhören glaubt."

Inzwischen war Karin soweit, dem Bild einen Namen geben zu wollen. Man kann auf Dauer mit niemandem sprechen, der nur *Bild* heißt. Sie hatte dieses Gesicht bereits als Monster bezeichnet und meinte nun:

„Bevor ich auf deine Antwort eingehe ... ich habe dich getauft. Du heißt: Il Monstero."

Leises Gelächter war die Antwort. „Das finde ich gut", gluckste es vor mir. Warum Il Monstero und nicht La Monstera?"

„Weil ich es einfach leid bin, dass immer vom Weiblichen das Schlechte ausgehen soll."

„Gut, gut – doch wenn du den Titel ins Deutsche übersetzt heißt es: das Monster – und das ist sächlich!"

„Hast du auch wieder Recht."

„Warum hängst du mich nicht an die Wand? Dann kannst du jedes Mal, wenn du an mir vorbei kommst, mit mir reden. Doch nun sage mir, habe ich mit meiner Vorstellung vom Hören und Hineinhören nicht Recht?"

„Das ist nicht zu leugnen. Wie oft ging es mir so, dass ich Worte nicht nur hörte, sondern etwas Herauszuhören glaubte. Das war meiner Seele nicht besonders zuträglich. Außerdem wird man äußerst kritisch."

„Bist du das nicht sowieso?"

„Hm – weißt du was? Hör einfach auf!"

„Gefällt dir wohl nicht, wenn du in mir einen Spiegel siehst."

Karin schüttelte den Kopf. Nein, das gefiel ihr nicht wirklich.

„Und dann", lästerte sie weiter, „deine Hände! Die eine Hand schaut aus, als seien die Fingerspitzen zu Spritzen ausgearbeitet und die andere Hand – na ja, vielleicht Stecknadeln? Außerdem sind sie völlig unlogisch angeordnet. Sie kommen aus dem Nichts. Sind das überhaupt deine Hände?"

Das Bild machte plötzlich den Eindruck als sei es selber ratlos. „Tja, sie sind einfach scheußlich, ich weiß auch nicht, ob sie zu mir gehören und was ich damit anfangen soll, weiß ich noch weniger."

Nachdenklich nahm sie das Bild in die Hand. Fast tröstend sagte Karin: „Jetzt hänge ich dich erst einmal an die Wand. Komm, Monstero, da, genau gegenüber vom Spiegel – das ist der richtige Platz. Okay?"

Ihr schien, als würde der Kopf nicken und dann kam es auch schon: „Willst du mich tatsächlich gleich doppelt?"

„Ach so – daran habe ich nicht gedacht. Aber, warum nicht? Je länger ich dich betrachte, umso selbstverständlicher wird mir dein Anblick."

Il Monstero lächelte. „Siehst du – langsam arrangierst du dich mit mei-

130

nem Äußeren. Vielleicht auch mit dem Deinen?"
Erwartungsvolle Pause.
„Ich weiß nicht recht. Es ist nicht einfach, sich anzunehmen. Willst du das damit sagen?"
„Weniger sagen, als dir klarmachen, dass man sich immer und überall mit Gegebenheiten arrangieren muss. Du tust dich schwer, weil du dir nicht gefällst …"
„Ich habe mir nie gefallen."
„Warum nicht. Du bist doch nicht unansehnlich. Die paar Kilo zuviel – guck dir mal Andere an."
„Ich bin nicht Andere."
„Nein, aber du bist zu selbstkritisch. Glaube mir, wenn ich mich selber gemalt hätte, sähe ich gewiss anders aus."
„Wie denn?"
„So wie du, zum Beispiel."
„Wie ich???"
Il Monstero lachte. „Sagen wir mal, so wie du dich gern sehen würdest."
„In einem langen Kleid mit Reifrock und einer Larve vor den Augen."
„Hinter der du dich wunderbar verstecken kannst."

Jetzt musste Karin doch lachen. Der Nagel war inzwischen eingeschlagen. Sie nahm das Bild und hängte es an die Wand. Genau gegenüber vom Spiegel. So, nun blickte das Monster sie an und ich hörte leise, von zwei Seiten: „Weißt du was? Ich gefalle mir auch nicht."

Zufrieden drehte Karin mich um. Es gab noch Mehrere, die sich nicht gefielen. In diesem Moment hörte sie, wie ihr Mann die Dielentür öffnete.
„Was ist denn das?" fragte er verwundert. „Woher hast du das Bild" Das ist absolute Klasse …"

131

Das Geständnis

Es war wie jeden Morgen. Lore Kampmann blickte aus dem Fenster und sah den Briefträger kommen. Sie öffnete den rechten Flügel und rief ihm lachend zu: „Am besten werfen Sie gleich alles in die Papiertonne."

„Heute besser nicht. Es ist auch ein Brief für Sie dabei. Ein so genannter blauer."

„Ein blauer Brief? Das hört sich amtlich an."

Beunruhigt ging sie zur Haustür und nahm das Schreiben in Empfang. Von der Schulbehörde. Während sie zerstreut auf den Umschlag schaute, bemerkte der Briefträger: „Kein Grund zur Sorge, ich habe den Gleichen bekommen. Unsere Rasselbande hat mal wieder irgendeinen Blödsinn angestellt und jetzt sollen wir zu einem besonders anberaumten Elternsprechtag erscheinen. Ihre Tochter und mein Hartmut gehen doch in die gleiche Klasse. Ich kann mir bloß nicht vorstellen, was ihre Tochter mit Streichen zu tun haben soll. Sie ist doch so ein liebes Mädchen."

Lore Kampmann lachte: „Unsere Sprößlinge scheinen vor allen Dingen ein gemeinsames Talent zu besitzen; bei Anderen erwecken sie immer den Eindruck, sie seien besonders pflegeleicht.

Gottfried Bommel konnte dem nur zustimmen und verabschiedete sich mit den Worten: „Dann bis zum nächsten Mal; spätestens bis zum Elternabend!"

Sie ging in die Küche und schlitzte den Brief mit einem Küchenmesser auf. Der Inhalt war nicht sehr ergiebig. In nüchternen Worten wurde sie davon unterrichtet, dass ein großer Teil Schüler der Klasse 5a einen bösen Streich, der mit beträchtlichen Schadenersatzforderungen verbunden sei, ausgeheckt und, vor allen Dingen, ausgeführt habe. Weiter hieß es nur noch „ ... *und bitten Sie deshalb, sich am Mittwoch, dem 17. Juli um 15 Uhr in der Lucas-Schule, Raum 1, einzufinden.*"

Lore Kampmann sah auf die Uhr. In ungefähr zwanzig Minuten würde Nicole nach Hause kommen. Dann würde sie das Gewissen ihrer Tochter nach außen drehen. Den Brief legte sie, gut sichtbar, auf den Tisch.

„Hallo Mami, da bin ich ...!"

„Guten Tag, Spätzchen."

Mit einem schiefen Seitenblick sah Nicole den berühmten *blauen* Brief auf dem Küchentisch und bekam einen roten Kopf.

„Nun, was hast du dazu zu sagen?" fragte die Mutter.

„Hm, ja, weißt du ... das war so" zog sich Nicole. „Wir müssen immer bei den Hussels vorbei, die den großen Hund haben."

Lore Kampmann schwieg erst einmal und sah ihre Tochter an. Als weiter nichts kam, hakte sie nach: „Was ist mit dem großen Hund? Soweit ich weiß ist der hinter dem Zaun, in Hussels Garten, oder?"

„Ja, schon, bloß der bellt immer so und wir haben alle Angst."

„Das weiß ich. Irgendetwas müsst ihr aber angestellt haben. Ohne Grund muss ich doch nicht in die Schule kommen", forschte sie weiter.

Nicole druckste immer noch herum. „Ein paar von uns haben dann gesagt, dass die mal einen Denkzettel kriegen sollten."

„Wer – die?"

„Die Hussels eben. Sie lachen uns immer aus und lassen den Hund absichtlich ganz doll bellen. Die Kleinen unter uns haben dann noch mehr Angst."

„Das verstehe ich alles. Nun komm – raus mit der Sprache! Erzähl mir, was ihr ausgefressen habt."

In Nicoles Gesicht machte sich, trotz zu erwartendener Schelte, ein verstecktes Grinsen breit. Dann berichtete sie: „Wir haben in den vergangenen Wochen ausbaldowert, wann die Hussels regelmäßig nicht zu Hause sind. So einen Tag haben wir vorige Woche abgewartet und dann haben wir denen ein bisschen was in den Vorgarten gepflanzt."

„Waaas habt Ihr gemacht?"

„Nun ja, die haben doch so einen supertollen Rasen im Vorgarten. Und wir haben hinter der Schule den kleinen Park ..."

„Kenn' ich alles", unterbrach die Mutter sie. „Also???"

„Am Dienstagnachmittag haben wir dann Bäumchen ausgebuddelt und bei Hussels in den Vorgarten gepflanzt."

„Wie viele Bäumchen waren das denn?" fragte Lore Kampmann ganz vorsichtig. Ihr wurde ein wenig flau im Magen.
„Ich weiß nicht genau, so um die dreißig werden es gewesen sein."
„Sag mal, seid Ihr wahnsinnig geworden? Der schöne englische Rasen!"
„Ja, eben! Die sollten sich auch mal so richtig ärgern."

Die Mutter reckte sich ein wenig: „Mein liebes Fräulein Tochter! Im Klartext bedeutet das wohl, dass Ihr den Rasen total versaut habt. Für uns heißt das, dass wir alle kräftig in unsere Geldbörse greifen dürfen, um diesen Schaden auszubügeln, oder? Außerdem, macht Lore Kampmann eine deutliche Pause, hast du auch daran gedacht, dass wir das dem Vati beichten müssen? Und, ich bin nicht sicher, ob du nicht etwas von deinem Taschengeld beisteuern musst."

Nicole guckte ihre Mutter ein bisschen von der Seite an und platzte dann heraus: „Nun weißt du es wenigstens. Mir ist jetzt viel wohler. Und, kam es pfiffig hinterher: ich weiß ja, dass du jetzt nicht lachen darfst. Aber ich glaube, du würdest es gern ..."

Lore Kampmann konnte sich nicht mehr beherrschen, zumal sie die arroganten Hussels auch nicht leiden mochte: „Du bist ein unmögliches Mädchen. Von wem hast du das bloß!"
„Ich glaube, Mami, von dir!"

Aaah Busbahnhof...
Oder wie man ganz zufällig seine Sprachkenntnisse in einem Taxi erproben kann

Angefangen hat es eigentlich mit einer Busfahrt, die vier Touristen von Roquetas de Mar mitten in die Stadt Almeria im Süden Spaniens, in Andalusien, brachte. Trotz der mörderischen Hitze des südspanischen Hochsommers machten die Vier sich auf, Stadt und Umland zu erkunden. Eine in der Nähe gelegene Burg hatte es ihnen angetan. Mühselig, mit brennenden Füßen, erklommen sie den Hügel und bewunderten die Aussicht.

Nach einem ausgedehnten Rundgang, der den malträtierten Füßen nicht gerade Erleichterung brachte, forderte die ausgedörrte Kehle ihr Recht. Sie jammerte nach Wasser. Wenigstens Wasser! Um allerdings etwas zu trinken zu bekommen, mussten sie diesen elenden Berg zunächst einmal wieder runter. Dort oben war wirklich nur Aussicht.

Zurück im Ort beschlossen die Vier, eine kleine Bodega zu suchen und sich nieder zu lassen. Es war ja noch soviel Zeit. Der nächste Bus, den man dann allerdings auch bekommen musste, fuhr erst in zwei Stunden.

Nach dem ersten *Eimer Wasser* fühlten sich alle wieder beschwingt und unternehmenslustig und waren auch einem Glas guten spanischen Roten nicht abgeneigt.

Plötzlich – ein Blick auf die Uhr.

„Uuiii, wir müssen gehen!"

„Kein Problem, der Busbahnhof ist ganz in der Nähe. Keine Aufregung, ich weiß den Weg!"

Und die anderen Drei verließen sich darauf. Nachdem man fast zwanzig Minuten gelaufen war und die Füße bereits wieder scheußlich brannten, begannen die drei Mitläufer an der Kompetenz ihres Führers zu zweifeln.

„Sag mal, bist du sicher, dass das wirklich der richtige Weg ist?", kam verstohlen eine Frage aus dem Hintergrund.

Völlig sicher – mach dir man keen' Kopp!", antwortete der so Gefragte etwas unwirsch.

Widerwillig latschte der ganze Rest hinterher.

Nach nochmals ungefähr zehn Minuten meinte eine der beiden Damen: „Weißt du was, du kannst mich jetzt mal. Ich gehe keinen Meter mehr. Meine Füße sind beleidigt – ich übrigens auch. Außerdem läuft uns die Zeit davon und wenn wir diesen Bus nicht kriegen, müssen wir bis zum späten Nachmittag warten. Der nächste fährt nämlich erst um fünf."

Damit meinte sie natürlich 17 Uhr.

„Hallo Taxi", hielt sie das nächste Fahrzeug an.

Der Führer schüttelte den Kopf und meinte: Gut, wenn ihr denkt – dann fahrt mal schön. Ich gehe zu Fuß weiter, wir sind nämlich gleich da."

Sprach's und setzte sich in Bewegung.

Währenddessen waren die anderen in das Taxi gestiegen und versuchten, mittels Wörterbuch, den Fahrer dazu zu bewegen, sie zum Busbahnhof zu bringen.

Der verstand allerdings wirklich bloß Bahnhof.

Helene hatte das Wort *Estacion* derartig verballhornt, dass der Taxifahrer lediglich ratlos von einem zu anderen guckte und die Achseln zuckte.

Verzweifelt fuchtelte Helene mit dem Wörterbuch im Taxi herum: „Weiß denn wirklich niemand was Busbahnhof auf spanisch heißt?"

„Aaah", hörte der Fahrer vorne mit, „Busbahnhof!!!".... setzte sein Taxi in Bewegung, um nur noch um die nächste Ecke zu fahren.

Das war's dann...

Fleischimport
Zu DM-Zeiten war es in Italien nicht nur für die Deutschen, auch für die Schweizer billiger

Die Schweiz war und ist teuer, das weiß jeder. Und wenn man in Grenznähe, zum Beispiel, an der italienischen Grenze wohnt, nutzte man, wie auch immer, die Möglichkeit dort einzukaufen. So auch Familie Max.

Maxens kamen mit ihren beiden Kindern aus dem Italienurlaub zurück und hatten etliches an Fleisch eingekauft, was an der Granze Probleme hervorrufen würde, so der Zoll diese verbotenen Importe entdeckte.

Also wurden die beiden Kinder auf den Rücksitzen während der Fahrt angehalten, die Füße – bitteschön – neben den Fleischtüten zu platzieren. Als die Grenze nahte, lautete das Kommando umgekehrt. „So, und jetzt stellt Ihr eure Füße bitte vorsichtig auf die Tüten. Aber nicht so fest. Nur so, dass, wenn der Zoll hinten reinguckt, der nicht auf die Idee kommt, dass da was liegt, was ihn interessieren könnte …!"

Die Grenze kommt. Fenster runtergekurbelt.

„Haben Sie etwas zu verzollen?"

„Nein." Ausweise und Papiere vorgezeigt.

„Dankeschön und gute Fahrt!"

Der Zöllner war noch in Hörweite, als unisono von hinten zwei Stimmen erklangen:

„Papa, können wir jetzt die Füße wieder vom Fleisch nehmen?"   !!!

Thomas der Chaot!

Chaotisch war er immer schon; doch es gibt Anlässe, bei denen man behauptet, sie schlügen dem Fass den Boden aus.

Und das war ein solcher Anlass:

Sie sahen sich zuletzt vor einem Jahr und sechzehn Tagen. Am sechsten Oktober – und jetzt schrieben wir den zweiundzwanzigsten Oktober – aber ein Jahr später.

Grund des Anrufes von Thomas war, dass er seiner ehemaligen Sekretärin, mit der er sich nach seiner Pensionierung duzte, mitteilen wollte, dass er wieder geheiratet habe. Damit seine zukünftige Frau, die er aus der Schweiz holte, und die türkische Wurzeln hatte, nicht in sein, ach so bewährtes, Chaos fiel musste vorher Tabula rasa gemacht werden. Bei dieser Gelegenheit fiel ihm ein, dass ihm seine ehemalige Sekretärin *seinerzeit* alte Unterlagen mitbrachte, die er irgendwo hingedonnert hatte. Bloß wohin??? – Also: Gundula fragen.

„Sag mal, du hattest mir doch damals (!) zwei große Umschläge mitgebracht …!"

„Ja – und?"

„Weißt du noch, was da drin war?"

„Nein. Ich kann dir sagen, was du gesagt hast, was darin sei … aber was wirklich drin war, weiß ich nicht. Ich hab' sie ja nicht aufgemacht."

„Ach so! Weißt du denn noch, wo ich die hingetan habe?"

„Jaaa – am Anfang des Abends hattest du sie im Arbeitszimmer auf die Fensterbank gelegt. Später, als du dann deine Brille gesucht hast, die du im Arbeitszimmer unter dem Tisch fandest …"

Man hörte ein klack, so, als wenn man den Telefonhörer irgendwo hinlegt und sich entfernende Schritte. Plötzlich kam aus eben dieser Entfernung: „Hurra – hier sind sie ja!"
Ein Jahr und sechzehn Tage später ...

Hast du auch das Fenster zu ...?

Sie saßen im Autoreisezug von München nach Köln und waren stinkvornehm. Das konnte man schon daran sehen, dass sie die Zeitung nur mit Handschuhen anfassten.
Der Zug fuhr an. Kurze Zeit später fragte Rosi ihren Mann: „Sag mal, hast du auch das Fenster im Auto zugemacht?"
„Ja – sicher!", doch er verzog zweifelnd das Gesicht.
Man kann noch so sicher gewesen sein, wird man aber danach gefragt, schleichen sich Zweifel ein. So auch bei ihnen. Es nützte nur nichts – das Auto stand unerreichbar auf dem Ladedeck des Zuges.

Einige Zeit später kommt der Zugbegleiter. „Ich habe noch ein paar freie Abteile und da es brütend heiß ist, kann ich Ihnen anbieten, dass zwei Personen in ein anderes Abteil ziehen können. Wenn Sie möchten?"
Die vornehmen Herrschaften *möchteten*. Bei der Gelegenheit legten sie dann ihre Zeitung zusammen, aus der sie sich in der letzten halben Stunde gegenseitig die interessantesten Artikel vorgelesen hatten. Das kam auch *unserer* Bildung zugute! Sie zogen sich die Handschuhe aus. Dabei konnte jeder sehen, dass sie eigentlich keine gebraucht hätten. Die Fingernägel straften jegliche Vornehmheit Lügen.

Am Zielort in Köln sahen Rosi und Hubert Herrn und Frau Vornehm wieder. Sie standen auf dem Ladedeck genau vor ihrem eigenen Auto.
Rosi und Hubert hatten ihre Fenster zu, aber ...!
Herr Vornehm sagt laut und deutlich: Sch.....
Ach, wie distinguiert!

... und dann war da der Mann, der hat gestillt

Cathrin war vielleicht so um die fünf Jahre, als sie mit ihren Großeltern an die See fuhr. Nach einem frühen Abendessen gingen sie, das schöne Wetter ausnutzend, noch ein wenig spazieren. Entlang der Strandpromenade standen Bänke; die Großeltern setzten sich ein bisschen hin und Cathrin stromerte in Sichtweite herum. So ein Kind erlebt ja immer etwas und meistens ganz anders, als ein Erwachsener.

Wieder zu Hause, holte sie tief Luft und erzählte der Mama unter anderem: *„Ja ... und dann sind wir noch spazieren gegangen. Oma und Opa haben sich auf eine Bank gesetzt und ich bin herum gelaufen. Dann bin ich an einer anderen Bank angekommen, und da saß der Mann, der hat gestillt.“*
???
„Was hat der? Das kann ja wohl nicht sein!“
„Doch! Ganz bestimmt Mama. Der war ganz still, der hat nix gesagt!“

Der unverhoffte Besuch

Alexander lebte mit seiner Frau Maria schon lange in der neuen Wohnung. Das heißt, wenn man zwölf Jahre in unserer rasanten Zeit so nennen kann.

Seine Freunde nannten ihn immer nur Alex. Manche dachten dabei auch gleich an Berlin; in der Nähe war er aufgewachsen.
Auch wenn er schon seit vielen Jahren im Rheinland zuhause war, hörte man genau zu, wenn Alex sprach, denn so ein klitzekleines bisschen berlinerisch klang immer noch durch.
Maria war hier zu Hause; es war üblich, auch ihren Namen abzukürzen. Sie wurde allgemein Ria gerufen.
Die Wohnung war schön hell, geräumig und gut aufgeteilt. Ria zählte zu den Frischluftfanatikerinnen. Sobald ein kleiner Sonnenstrahl zu sehen

war, wurden Türen und Fenster bis hinten aufgemacht. Ihr Mann Alex bemerkte leicht grinsend: „Jetzt beginnt wieder die Zeit des Festhaltens. Irgendwann zieht mich der Durchzug nach draußen und die Klinken an den Türen sind überflüssig geworden!"

Ria musste regelmäßig nachfragen: „Warum denn das?"

„Na, wenn die Türen doch sowieso immer offen stehen, sind sie doch überflüssig, oder?"

„Ach, hab' dich nicht so, an frischer Luft ist noch keiner gestorben", meinte sie darauf.

Beide neckten sich noch eine Weile und gingen dann gemeinsam in die Küche.

Für den Abend hatten sich Gäste angemeldet, da hieß es, einige Vorbereitungen zu treffen. Den Einkauf hatten Alex und Ria am Tag zuvor erledigt, denn freitags hatte man in den Geschäften immer den Eindruck: ab morgen gäbe es nichts mehr. Mitten in ihren Vorkehrungen sagte Maria plötzlich: „Schau mal ganz langsam nach rechts – wir haben Besuch!"

„Wie meinst du das ... Besuch? Es hat niemand geklingelt und durch das Fenster ist auch keiner eingestiegen."

Doch dann sah auch er den *Besuch*. Eine kleine schwarze Katze hatte sich in ihr Wohnzimmer verlaufen.

Verlaufen?

Als das Kätzchen bemerkte, dass es entdeckt worden war, machte es fix kehrt und verschwand durch die offene Tür auf den Balkon. Dazu muss man wissen, dass Maria und Alex im zweiten Stock wohnten. Im letzten Augenblick sahen sie noch, wie ein schwarzer Schatten auf die Balkonbrüstung sprang und zur Nachbarwohnung verschwand.

„Siehst du", sagte Alex, „wäre die Balkontür zu gewesen, hättest du dich nicht so erschrecken brauchen!" Er konnte das Necken eben nicht lassen.

Als Alex im Laufe des Tages einmal in den Keller ging und er seine neue Nachbarin traf, löste sich das Rätsel. Mit ihr waren zwei Katzen eingezogen; und die sind nun einmal neugierig.

Im Laufe des Tages waren die erforderlichen Vorbereitungen getroffen, auch der Tisch war fertig gedeckt. Es sollte ein italienisch angehauchter Abend werden. Die Dekoration war entsprechend in den Landesfarben: grün – weiß – rot gehalten.

Als Speisefolge war vorgesehen: Tomatensuppe, Lasagne, Käse, dazu Rotwein und, für jeden, der mochte, ein Grappa. Natürlich fehlte auch italienische Musik nicht.

Der Besuch kam pünktlich und der Abend konnte beginnen. Sie saßen alle gemütlich beim Essen als Alex plötzlich um Ruhe bat. „Hört Ihr auch, was ich höre?", fragte er in die Runde.

Die Gespräche verstummten und gemeinsam lauschten alle auf ein leises Gezwitscher.

„Woher kommt das?", fragte Maria, schaute aber gleichzeitig zu der geöffneten Balkontür. Sie hatten zusätzlichen Besuch bekommen.

Auf dem Geländer saß ein grüner Wellensittich, blinzelte neugierig in Richtung der Besuchsrunde und zwitscherte allen etwas vor. Vielleicht sollte es ein Liedchen sein, bei Wellensittichen ist das ja nicht so klar erkennbar.

Alle waren entsprechend überrascht und stellten Überlegungen an, wo der denn wohl ausgebüxt sei. Statt nun die Balkontür zuzumachen, kam was kommen musste. An Menschen gewöhnt, sah der Wellensittich *die* Gelegenheit, in das Wohnzimmer zu fliegen. Alex und Maria hatten keine Tiere, aus bestimmten Gründen verbot sich das in einer Mietwohnung, zumal sie mit einem Hautier auch sehr gebunden wären. So gab es keine Möglichkeit, den Vogel einzufangen und ihn am nächsten Tag einem Tierheim, oder wem auch immer, zu übergeben.
In kollektiver Anstrengung gelang es Alex, Maria und ihren Gästen nach einigen artistischen Einlagen, den Sittich wieder ins Freie zu bugsieren. Während sie ihren Freunden erzählten, dass sie heute schon einmal ungebetenen Besuch hatten, musste die Mikrowelle herhalten. Das Essen war bei der Vogeljagd inzwischen kalt geworden.

Im Laufe des Abends machten sich die vier hin und wieder Gedanken darüber, ob der unverhoffte Besuch sein Zuhause wohl wieder fand.

Nachdem die Gäste gegangen, alles wieder aufgeräumt war und beide in ihrem Eckchen auf der Couch saßen, dachte Maria laut: „Siehst du, wären die Türen in unserer Wohnung nicht offen gewesen, hätten wir auch nicht über so einen Besuch erzählen können. Und zweitens ...!"
„Was ist mit zweitens?", fragte Alex.

„Na", meinte Maria, „eine schöne Geschichte gibt es doch auch noch aufzuschreiben.

Alex lächelte und gab ihr (ausnahmsweise uneingeschränkt) recht.

Die schlaue Maus

Auf der Mauer, auf der Mauer
Liegt die Katze auf der Lauer
Sieht die Maus in der Erde graben
Möchte sie zu gerne haben

Die hat die Katz' schon längst erspäht
Sie noch etwas schneller gräbt
Als sich die Katz' entschließt zu springen
Sieht sie die Maus im Loch verschwinden

Nun denkt die Maus, was mach ich jetzt?
Den Ausgang hat die Katz' besetzt
Die Katze denkt, ich warte noch…
Verhalt mich ruhig – ich krieg sie doch

Die Maus nun überhaupt nicht will
Dass die Katz' mit ihr den Hunger stillt
Da gräbt sie weiter wie der Blitz
Spritzt der Katze die Erd' ins Gesicht

Die macht nun kehrt und rennt davon
Die Maus hört 'nen erschrockenen Ton
Die Luft ist rein, die Katze weg
Die Maus sucht sich ein neues Versteck

Die verpatzte Mahlzeit

Ein Jäger geht durch seinen Wald
Sieht einen Hasen und macht halt
Doch weil nun gerade Schonzeit ist
Der Has' in Ruhe weiter frisst

Dann macht Meister Lampe einen Fehler
Aus dem schützenden Wald rennt er auf die Felder
Unter Rübenblättern er sich versteckt
Ein Habicht, der ihn dort entdeckt

Der überlegt … was mach ich bloß
Als Mahlzeit ist er ziemlich groß
Doch er hat Hunger und will's riskieren
Fängt an, den Hasen zu fixieren

Im Sturzflug rauscht er nun heran
Meister Lampe kaum noch ausweichen kann
In dem Moment – ein lauter Knall
Der Habicht bremst im freien Fall

Er hebt sich folglich in die Lüfte
Der Has' ganz schnell von dannen hüpfte
Weil sich der Jäger eingemischt
Nun keiner eine Mahlzeit kriegt…

Vorwort: Für Kinder, die in der DDR nur wenige Jahre vor der Grenzöffnung geboren wurden, ist die Realität, dass Deutschland annähernd dreißig Jahre durch eine Mauer getrennt war, oft nicht nachvollziehbar. Sie wuchsen bereits in eine konsummäßige Fülle hinein, die es in der ehemaligen DDR nicht gab. Wer weiß denn noch, dass (z.B.) Kinderspielzeug vielfach selber gebastelt wurde, weil es dergleichen nicht zu kaufen gab…

Müller's Brot

Swen saß in seinem Zimmer vor dem PC und suchte ein paar Informationen. Für die Uni sollte nächste Woche ein Referat über den Fall der Berliner Mauer und die Wiedervereinigung geschrieben werden. Aus Erzählungen seiner Eltern sowie einiger Schulkameraden wusste er schon Einiges. Auch in der Schule wurde das Thema ab und an, vorzugsweise im Geographieunterricht, behandelt. Doch aus eigener Anschauung hatte Swen keine Ahnung. *Zum Glück gibt es für solche Fälle das Internet,* überlegte er gerade, als seine Mutter ihn rief.
„Swen gehst du bitte mal eben zum Müller noch ein frisches Brot holen. Ich glaube, übers Wochenende reicht es nicht…"
„Ja, einen Moment noch; ich muss meinen PC herunter fahren."
Am Anfang war er auf die Aufforderung, beim *Müller* ein Brot zu holen, herein gefallen und hatte gefragt: „Ich denke, der Müller mahlt das Getreide und der Bäcker verarbeitet das gemahlene Korn zu Brot." Bis ihm erklärt wurde, dass der Bäcker *Arnold Müller* hieß und nichts mit dem Müller in der Mühle zu tun habe, außer, dass er ihm das Mehl abnahm. Fünf Minuten später meldete Swen sich bei seiner Mutter in der Küche, nahm das auf dem Küchentisch liegende Geld und wollte gerade zur Tür hinaus, als es aus dem Bad etwas schwer verständlich klang… „bring mir doch bitte auch noch die Tageszeitung mit, dann brauche ich nicht los."
„Was hast du gesagt?" fragte Swen bei seinem Vater zurück. „Ich habe kein Wort verstanden. Hörte sich an, als würdest du mit einer Kaulquappe im Mund sprechen!" Einem Stück Seife konnte er gerade noch ausweichen.

Den Mund von Zahnpasta und vom -putzwasser befreit, wiederholte Vater Günter Schwarz seine Bitte.

Nach zwanzig Minuten brachte Swen seinen Eltern das Gewünschte und wollte sich wieder in sein Zimmer verziehen, als die Stimme seiner Mutter ihn stoppen ließ. „Kann es sein, dass du mir vierzig Cent zuwenig wiedergegeben hast?" fragte sie. „Hat deine Hosentasche ein Loch…?"

„Ich habe dir alles zurückgegeben; von dem Zehn-Euro-Schein habe ich die Samstagsausgabe der Zeitung mit einem Euro dreißig und drei Euro fünfzig für das Brot bezahlt."

„Mein Gott – drei Euro fünfzig! Vorige Woche kostete das gleiche Brot noch drei Euro und zehn Cent! Dann muss das ja schon wieder teurer geworden sein. Wenn es so weiter geht, müssen wir beim Discounter kaufen gehen, obwohl das nicht gerade meine Geschmacksrichtung ist."

„Ja", meinte der dazu gekommene Familienvorstand, „da sitzt man wieder zwischen zwei Stühlen. Bleibt man seinem Bäcker treu und andere Kunden kaufen bei den großen Handelsketten ein, müssen wir, weil er immer weniger Umsatz macht, immer mehr bezahlen. Gehen die restlichen Kunden dann auch noch zu den Großen, gibt's bald keinen Bäcker mehr an der Ecke. Auch wenn er Qualität produziert!"

*

Arnold Müller war an diesem Morgen besonders früh auf den Beinen; er wollte unbedingt schon eine Partie Brötchen fertig haben, bevor sein Gehilfe kam. Heute sollte eine neue Sendung Mehl kommen; sein Lieferant hatte ihn gebeten, trotz des Samstags anliefern zu dürfen. Bäcker Müller arbeitete schon seit *Menschengedenken* mit dem Mühlenbesitzer Hans Schwerter zusammen. Und das, obwohl der Sack Mehl bei ihm immer schon einen halben Euro teurer war als bei der Konkurrenz. Aber Qualität hat halt ihren Preis und nur darüber blieb Müller noch konkurrenzfähig. Doch es wurde immer schwerer. Einige Zeit spielte er mit dem Gedanken, seine einzige Hilfskraft in der Backstube zu entlassen, zögerte jedoch, da seine Tochter Susanne zeitweise aushalf. Die machte in einem halben Jahr ihren Schulabschluss und danach, hatte sie bekundet, wolle sie das Geschäft weiterführen und die entsprechende Lehre machen. Seine Frau machte den Verkauf im Laden. Am frühen Nachmittag löste er sie ab. Das Brot und ein, zwei Kuchen waren dann gebacken; für frische Brötchen und Baguette zwischendurch hatte er sich einen Automaten angeschafft.

Diese Automaten gab es heute fast in jedem Kaufhaus, an Tankstellen usw.; nur mit einem gravierenden Unterschied: er fertigte den Teig noch selbst, während die Konkurrenz von Backfabriken beliefert wurden. Deshalb konnten die ihre Produkte auch preiswerter anbieten.

Was waren das noch für Zeiten, als es beim Bäcker Brot, beim Metzger Fleisch und Wurstwaren, es einen Milch- und Käseladen gab. Heute, so dachte er, fehlt nur noch, dass demnächst im Blumengeschäft oder beim Schuster frische Brötchen angeboten werden und am besten gleich belegte! Während Arnold Müller seinen Gedanken nachhing, kam seine Tochter ganz aufgeregt in die Backstube.

„Nanu – was ist denn Susanne? So kenne ich dich ja gar nicht!"

„Mutti schickt mich. Im Laden ist ein Kunde, der braucht bis morgen, also *Sonntagnachmittag*, zehn Sahnetorten. Er habe eine große Feier und ein anderer Lieferant hat ihn draufgesetzt, obwohl er einen Teil der Ware bereits angezahlt hat. Können wir dem Kunden helfen, Papa?"

„Sag dem Herrn schon mal, er soll auf einem Zettel seine Wünsche notieren… ich komme gleich nach vorne."

*

Bei Familie Schwarz war Aufbruchstimmung. Sven machte sich fertig, um mit ein paar Freunden zum Fußballplatz zu gehen. Günter und Hilde machten sich schick; sie waren am Nachmittag zum Kaffee gebeten. Vater Schwarz' Chef hatte eingeladen; seine Tochter trat in den Stand der Ehe. Günter Schwarz hatte ein bewährt gutes Verhältnis zu seinem Chef, als Betriebsmeister war er beliebt und sein geschicktes *Händchen* für die Belegschaft zahlte sich in guter Produktion sowie einem entsprechenden Betriebsklima aus. Eine Lohnerhöhung wäre ihm zwar noch lieber… doch er sah solche Einladungen als Auszeichnung an. In anderen Betrie-

147

ben wurde um jede Arbeitsstunde gefeilscht, doch Günter Schwarz verstand es mit viel Besonnenheit und auch durch Vorleben, die Mitarbeiter zu mancher unentgeltlichen halben Stunde zu bewegen.

Swen war gerade mit seinem knallroten fünfhunderter Fiat um die Ecke verschwunden, als das bestellte Taxi vorfuhr. Doktor Maier hatte für diesen Tag das Vereinshaus der Schützen, in dem auch er Mitglied war, gemietet. Nach Eintreffen der Eheleute Schwarz wurde diesen erst die Ehefrau des Chefs und dann die Hauptpersonen des heutigen Tages, Tochter und Schwiegersohn, vorgestellt.

Mit einem Strauß gelber Rosen bedankten sich Schwarzens für die Einladung bei der Dame des Hauses; dem frisch vermählten Paar gratulierten sie mit einem Strauß roter und weißer Nelken. Kenner sahen darin gleich die Farben des von ihm favorisierten Fußballvereins!

Frau Schwarz bestaunte das aufgebaute Kuchenbuffet, diverse Sahnetorten, Obstkuchen und vieles mehr, als Frau Maier neben sie trat. Mit einer alles umfassenden Handbewegung zeigte sie auf die Köstlichkeiten und bemerkte: „Wie mein Mann das hinbekommen hat, ist mir ein Rätsel."

Frau Schwarz drehte sich zu ihr um: „Das muss bestimmt viel Arbeit gemacht haben…"

„Das ist nicht das Problem; bis gestern Vormittag wähnten wir uns auf der sicheren Seite. Wir hatten das ja schon vor Wochen geplant und bei einem Konditor bestellt. Als wir während des Frühstücks saßen den Anruf bekamen, bin ich fast in Ohnmacht gefallen. Der Konditor hatte, aus für uns nicht nachvollziehbaren Gründen, die Lieferung abgesagt!"

*

Bäckermeister Müller kam nach vorn in den Laden und sah sich einem Mann gegenüber, der einen Zettel in der Hand hielt. Der machte sofort ein hoffnungsvolles Gesicht, als er den Bäcker begrüßte. Mit den Worten: „Können Sie mir helfen?" übergab er ihm das Blatt, auf dem seine Wünsche notiert waren. Arnold Müller runzelte die Stirn und Doktor Maier wurde ein wenig blass um die Nase, als er diese Reaktion beobachtete.

„Bis wann benötigen Sie die Sachen, wenn ich fragen darf?"

„Nun… Morgen! Die Feier ist auf fünfzehn Uhr angesetzt. Ich zahle Ihnen auch einen Aufpreis", schob er noch hinterher.

„Also Herr…? Wie war doch gleich Ihr Name? Lassen Sie Ihren Namen und die Adresse da. Machen Sie sich bitte keine weiteren Sorgen. Probleme sind da, um gelöst zu werden. Morgen, kurz nach vierzehn Uhr, liefern wir Ihnen die bestellte Ware." Damit verabschiedete Müller sich und verschwand in der Backstube.

Mit etwas gemischten Gefühlen verließ Doktor Maier das Geschäft und setzte sich in sein Auto. Seine Gedanken kreisten nicht nur um die Sahnetorten.

Währenddessen prüfte Bäckermeister Müller, ob er ausreichend Zutaten vorrätig hätte. Einiges fehlte; er schrieb alles auf und bat seine Tochter, sich ins Auto zu setzen und die Artikel zu besorgen. Gut, dass es noch Samstagvormittag ist, dachte er.

Arnold Müllers Gehilfe ging mittags nach Hause, nicht ohne vorher zu fragen, ob er für den außergewöhnlichen Auftrag gebraucht würde. Bis Geschäftsschluss bereitete er noch den Teig für die Brötchen am Sonntagmorgen vor; auch einzelne der vorhandenen Zutaten für die Kuchen, stellte er bereit. Als Frau und Tochter die Backstube betraten, meinte er:

„Nun fällt dein Discobesuch heute Abend ins Wasser, liebe Susanne" …

„und euer Kegelabend auch…" lächelte sie.

Dann machten sie sich gemeinsam an die Arbeit.

Gegen dreiundzwanzig Uhr standen alle Torten und Kuchen im Kühlraum; Arnold Müller bedankte sich bei seinen Lieben für die tatkräftige Hilfe und sagte, sie sollten schon mal duschen gehen, indessen würde er in der Backstube *klar Schiff* machen.

Als er in der Wohnung erschien, waren Mutter und Tochter schon fertig und saßen im Bademantel gemeinsam auf dem Sofa; jede ein Glas Rotwein vor sich. Nachdem auch er geduscht war, setzte er sich noch einen Augenblick dazu; morgen war Sonntag und er brauchte nicht ganz so früh aufzustehen wie in der Woche.

Sonntag, nach dem Essen fuhr er, wie versprochen, zu der angegebenen Adresse und lieferte die bestellte Ware ab. Er hatte für das Brautpaar eine Extratorte in Herzform gemacht, die er als Geschenk lieferte.

Mit lächelndem Gesicht zahlte Doktor Maier die Rechnung und bedankte sich herzlich. „Das soll Ihr Schaden nicht gewesen sein", rief er dem Bäcker noch nach, als der schon fast zur Tür hinaus war.

*

Swen saß auf der Bettcouch und war in ein Buch vertieft als seine Eltern heimkamen. Wenige Minuten später steckte seine Mutter den Kopf durch den Türrahmen. „Du bist schon da? Hatten deine Freunde keine Zeit und was liest du da eigentlich? Ist das dein Referat für Morgen?"

„Meinst du nicht, liebe Mutti, dass das ein paar Fragen zuviel auf einmal sind? Dass ich da bin, siehst du. Ich hatte einfach keine Lust; die wollten alle noch in die Kneipe und, nein, das Buch ist nichts fürs Referat… Zufrieden?"

„Vorläufig ja", antwortete Hilde Schwarz ihrem Sohn, „es ist etwas später geworden; Vati und ich haben beschlossen, nebenan eine Pizza essen zu gehen – hast du Lust mitzukommen?"

Mit Verzögerung antwortete Swen: „Ja, wenn ich das nicht von meinem Taschengeld bezahlen muss!"

Er brauchte es nicht – Vater hatte heute die Spendierhosen an. Swen klappte sein Buch zu und legte es mit der Titelseite nach unten auf seinen Schreibtisch. Seine Mutter bemerkte es, sagte aber nichts. Gemeinsam marschierten die drei Schwärzchens zur Pizzeria und hatten Glück, es waren erst zwei Tische besetzt. Und, wie das dann so ist, fiel die Platzwahl schwer. Mutter wollte ans Fenster, Vater in die Ecke mit dem Rücken zur Wand und Swen hätte sich am liebsten zu den beiden netten Mädchen an den Tisch gesetzt. Sie fanden einen Kompromiss. Mutter konnte links auf die Straße schauen, Vater saß mit dem Rücken zum Fenster und Swen saß so, dass er den Tisch mit den Mädchen im Auge hatte. Sogar dem Vater fiel auf, dass Swen während des Essens immer zu den Mädels hinüber schaute. „Ist die Dunkelhaarige nicht die Tochter von

Müllers?" fragte er seine Frau.

„Ja, die Susanne ist mit ihrer Freundin da. Hat sicher von ihrem Vater eine Sonderzulage bekommen!"

„Wieso denn das?"

„Na, du weißt doch, die ganze Familie hat am Samstag fast bis Mitternacht an dem Kuchenbuffet für die Maiers gearbeitet. Seine Tochter hat geheiratet und Frau Maier hat mir die Story erzählt, wie ein anderer Bäcker sie draufgesetzt hat und Arnold Müller eingesprungen ist."

„Unser Sohn scheint das junge Fräulein zu kennen, wenn ich das Mienenspiel richtig deute."

Familie Schwarz war noch nicht ganz fertig mit essen, als die beiden Damen ihre Rechnung bezahlten und aufstanden. Beim Verlassen der Pizzeria kamen sie an ihrem Tisch vorbei, nickten ihnen kurz zu und waren verschwunden.

*

Obwohl an ihrem Privateingang ein großer Briefkasten hing, brachte der Briefträger die Post immer in den Laden. Das brachte für ihn natürlich keinen Nachteil; eine Tasse Kaffee und manchmal ein frisches, belegtes Brötchen, gab es dann gratis. Nun ging es auf das Osterfest zu, da war besonders viel Reklame in der Post. Weil immer wieder Kundschaft in den Laden kam und keine Ruhe war, die Post zu sichten, nahmen Müllers sie mit in die Wohnung, wenn sie das Geschäft von dreizehn bis fünfzehn Uhr zusperrten. Sie hielten sich noch an die üblichen Öffnungszeiten und die Kunden waren trotzdem zufrieden.

In diesen beiden Stunden gab es etwas zu essen und dann war Gelegenheit, sich die Post anzuschauen. Tochter Susanne kam gegen vierzehn Uhr, so dass sie mit ihnen essen konnte. Meist saß auch die Hilfskraft aus der Backstube noch mit am Mittagstisch, bevor sie Feierabend machte.

„Der Doktor Maier hat uns geschrieben; ob der wieder ein Problem hat?" fragte Müller halblaut in die Runde.

„Was schreibt er denn?" fragte seine Frau aus der Küche.

„Weiß ich noch nicht – hab' den Brief gerade erst geöffnet!"

Arnold zog das Schreiben aus dem Kuvert, faltete es auseinander und begann zu lesen. „Das ist ja ein Ding…! Na so etwas…! Es ist kaum zu glauben…!" murmelte er beim Lesen.

„Was ist denn los?" riefen Frau und Tochter wie aus einem Mund.

„Hört zu; ich lese euch vor" erwiderte Arnold. „Also: *Ab nächstem Monat können Sie für die kommenden fünf Jahre die Kantine in unseren Werken beliefern und bei besonderen Anlässen im Schützenverein Ihre Waren präsentieren. Wenn Sie interessiert sind, rufen Sie mich bitte unter der Telefonnummer 0123/246000 an. Wir machen dann einen Vertrag.* Was sagt ihr nun, meine Damen; wenn das klappt, nehmen wir uns ein Wochenende frei. Da wird eine Menge an Arbeit auf uns zukommen. Doch auch unser Johann wird sich freuen, dass seine Stelle bis auf weiteres gesichert ist."

„Gut, dass ich die Schule bald hinter mir habe", meinte Susanne daraufhin, „dann beginne ich die Lehre bei dir und stelle meine Arbeitskraft zur Verfügung. Später heirate ich einen Bäcker und Konditor… Und, wenn ihr dann in Pension geht, übernehme ich das Geschäft und ihr könnt ab und zu helfen, wenn ihr wollt."

„Hast du das gehört, Gertrud, unser Küken will uns in Rente schicken! Hast du denn schon einen Freund an der Angel?", wandte er sich an seine Tochter.

Susanne bekam ein wenig Farbe im Gesicht und druckste ein bisschen herum. „Na ja, so ganz fest ist es noch nicht. Er studiert derzeit, hat aber Lust, einen Beruf zu lernen. Studierte gäbe es ja genug, hat er zu mir gesagt. Ich glaube, ich kann ihn überzeugen."

*

Als Günter Schwarz von der Arbeit kam, erwartete ihn eine faustdicke Überraschung. Sven hatte sich schon seiner Mutter anvertraut; begeistert schien sie ihm nicht, doch sie könne damit leben – sagte sie.

„Bin gespannt, was Vater dazu sagt; er behauptet zwar immer, „Handwerk habe goldenen Boden, doch wenn es seinen Sohn betrifft… da sollte es schon ein Rechtsanwalt oder so etwas in der Richtung sein."

Am Abendbrottisch war irgendetwas anders als sonst. Keiner sprach, alle schauten andächtig auf ihre Teller. „Habt ihr einen Frosch verschluckt?" fragte Günter Schwarz seine Familienmitglieder. „Oder gab es etwas, was euch die Sprache verschlagen hat? Ist die Oma gestürzt oder die Schule abgebrannt?"

„Mich brauchst du nicht anzugucken", entgegnete Hilde, „frag unseren Filius."

Swen hatte den letzten Bissen mit einem Schluck Tee herunter gespült und schaute seinen Vater an.

„Na, was gibt es? Raus mit der Sprache; bisher haben wir doch noch alles hingebogen, oder?"

Ohne Einleitung sagte Swen: „In vier Wochen fange ich eine Lehre als Bäcker und Konditor an. Ich habe die Nase voll, die Schulbank zu drücken und halte es für sinnvoller, etwas Handwerkliches zu tun."

Jetzt war es am Vater, sprachlos zu sein; mit offenem Mund starrte er seinen Sohn an.

Eigentlich blieb er Mutter und Sohn zu ruhig, doch man sah ihm an, wie es in ihm arbeitete. Es vergingen ungefähr fünf Minuten, bis er zu einer Antwort ansetzte: „So, so – und eine Lehrstelle hast du vermutlich auch schon, wie ich dich kenne. *Nachtigall, ick hör dir trapsen!* Ich glaube zu wissen, wer dir das ins Ohr geflüstert hat. Wir haben dich zur Selbstständigkeit erzogen und du bist alt genug, über dein weiteres Leben zu entscheiden. Wenn du überzeugt bist, das Richtige zu tun…?"

Während der Zeit, in der sein Vater sprach, entspannte sich Swens Gesicht langsam. Dann berichtete er. Über die Lehrstelle im Nachbarort und über seine Freundin Susanne, die er zwar seit ein paar Monaten kannte und die er gern hatte…

„Heißt so nicht die Tochter von Bäckermeister Müller?, Susanne?" unterbrach er seinen Sohn. „Jetzt dämmert es bei mir; die Blicke damals in der Pizzeria und dann die freiwillige Übernahme des Brotholens."

„So ist das, Vater. Ich freue mich, dass ihr nichts dagegen habt; wenn ihr einverstanden seid, lade ich Susanne nächstes Wochenende zum Kaffee ein."

„Es ist doch selbstverständlich, dass du sie uns vorstellst, obwohl... eigentlich kennen wir das Mädchen schon seit etlichen Jahren", sinnierte Vater Schwarz.

*

Als Bäckergehilfe Johann am Morgen in der Backstube erschien, wurde er mit einem Glas Sekt begrüßt. „Was ist los – habe ich Ihren Geburtstag vergessen? Haben Sie im Lotto gewonnen? Oder hat Ihre Tochter ein besonders gutes Zeugnis nach Hause gebracht?"
„Nichts von alledem" antwortete Meister Müller, „ich bekam einen tollen Auftrag für mindestens fünf Jahre angeboten. Und dadurch ist auch deine Arbeitsstelle erst einmal gesichert. Was sagst du nun? Wenn das kein Grund ist, am Morgen mit einem Gläschen Sekt anzustoßen!"
Er erzählte seinem Gesellen, wie er zu diesem Auftrag kam, gleichzeitig teilte er ihm mit, in zwei Wochen habe er ein langes Wochenende. „Wir machen den Laden an zwei Tagen zu. Ich kann mich gar nicht mehr erinnern, wann das das letzte Mal vorkam; ich glaube bei meiner Heirat oder der Geburt unserer Tochter. Gleich heute Abend hänge ich ein entsprechendes Schild ins Fenster und bitte die Kunden um Verständnis."
„Dann herzlichen Glückwunsch! Ich hatte mir schon Sorgen gemacht, wie es in nächster Zeit mit meinem Job bei Ihnen weitergehen würde."

Als Susanne an diesem Tag aus der Schule kam, berichteten ihre Eltern beim Mittagessen über das geplante freie Wochenende in vierzehn Tagen und wie sie sich darauf freuten. Susanne schaute von ihrem Teller hoch: „Wieso wollt ihr denn zwei Tage den Laden schließen? Ich mache euch einen Vorschlag: Ihr Beide fahrt allein; ich mache die zwei Tage wie üblich hier auf und Swen wird mir helfen. Brot backen wir auf Vorrat, für die Brötchen brauche ich nur den Teig. Wir haben doch den Automaten, den kann jeder bedienen. Das würde auch ganz gut passen. Swen fängt in der Woche darauf erst seine Lehre an. Den Samstag und den Sonntagvormittag überstehen wir locker; am Nachmittag bin ich sowieso bei ihm und seinen Eltern zu Kaffee eingeladen. Und", schob Susanne schnell hinterher, „ihr hättet endlich mal ein Wochenende für Euch!"

„Ich wusste gar nicht, dass du schon so eng *verbandelt* bist" äußerte ihr Vater.

Dann meldete sich die Mutter zu Wort: „Jetzt weiß ich auch, warum ich Frau Schwarz nicht mehr so oft sehe. Der Sohn kommt deinetwegen am Nachmittag immer einkaufen."

Vater meldete sich wieder. „Wenn das so ist, dann mach deinem Swen folgenden Vorschlag, erstens: abends mal vorbei zu kommen und zweitens: bereite ihn darauf vor, uns an dem nächsten Samstag, vor unserem freien Tag, also eine Woche davor, in der Backstube auszuhelfen … und zwar pünktlich um drei Uhr dreißig in der Früh!"

„Ihr seid also damit einverstanden?" fragte Susanne zurück.

„Das sage ich dir am Samstag nach Dienstschluss", grinste ihr Vater.

*

„Am kommenden Samstag muss ich früh aufstehen", bemerkte Swen in der Woche zu seinen Eltern.

„Wieso? Ich denke, dein Dienst bei Bäcker Waller fängt erst in vierzehn Tagen an", meldete sich sein Vater.

„Ja – schon. Susannes Eltern wollen ein Wochenende frei machen. Damit der Laden aber nicht an zwei Tagen geschlossen werden muss, bleibt Susanne zu Hause und ich helfe ihr an den Tagen. Vorher möchte ihr Vater mich mit Backstube vertraut machen und bat mich, an diesem Tag mit ihm und seinem Gesellen in der Backstube zu helfen. Um drei Uhr dreißig (!) soll ich da sein."

„Na, denn viel Spaß. Ein kleiner Vorgeschmack auf deinen zukünftigen Beruf kann ja nicht schaden."

„Es scheint dir ja ziemlich ernst zu sein mit der Susanne", meinte seine Mutter.

Als bei Swen an dem besagten Samstag kurz vor drei der Wecker klingelte, wusste er zunächst gar nicht, warum das Ding mitten in der Nacht losging. Er hatte unruhig geschlafen und wurde zwischendurch immer wieder wach. Das ist ja fast wie ein Antrittsbesuch bei den zukünftigen Schwiegereltern, dachte er, zwar zu einer ungewöhnlichen Zeit, aber immerhin. Schnell zog er sich an, nahm die neu erstandene Mütze vom Haken und zog leise die Wohnungstür hinter sich zu.

Ein Lächeln lag auf Arnold Müllers Gesicht, als Swen, noch ein wenig mit seinen müden Augen kämpfend, pünktlich in der Backstube erschien. Erste Amtshandlung war, den Teig für die verschiedenen Brotsorten anzusetzen. Während der ruhte, gab es für alle einen starken Kaffee und ein belegtes Brötchen. Weiter ging es dann mit Brötchen, Weißbrot und Baguette. Einige Kuchen mussten gebacken werden, Teilchen und zwei Torten standen auch noch auf dem Programm. Der Vormittag ging Nullkommanix vorbei. Gut, dass Swen nicht dem Laster des Rauchens frönte, so musste er nicht unbedingt eine Pause einlegen. Als die Backstube wieder aufgeräumt war und sie gegen vierzehn Uhr am Mittagstisch saßen, fragte der Meister: „Na, Swen, wie hat dir der Vormittag in der Backstube gefallen?"
„Viel Neues gab es zu erleben; die Arbeit macht mir Spaß und an das frühe Aufstehen werde ich mich wohl gewöhnen müssen", antwortete er. „Ich denke, ich habe mich richtig entschieden. Wo ist eigentlich Susanne?", fragte Swen in Richtung Frau Müller.
„Die ist unten im Laden und muss heute nach mir essen. Samstags haben wir durchgehend geöffnet, da wechseln wir uns immer ab."
Als alle gegessen hatten, verabschiedete sich Swen mit den Worten: „Ich gehe jetzt noch schnell in den Laden, Susanne guten Tag sagen. Ich habe sie, obwohl ich fast zehn Stunden hier war, noch nicht zu Gesicht bekommen. Und dann geht es nach Hause, ins Bett – ich glaube, ich schlafe gleich bis morgen früh durch."
Alle lachten. Johann meinte: „Als ich damals anfing, ging es mir auch nicht anders."
Tatsächlich schlief Swen bis zum nächsten Morgen wie ein Murmeltier. Erst beim Frühstück, am Sonntagmorgen, erzählte er seinen Eltern von seinem ersten *richtigen* Arbeitstag.

In den folgenden Jahren lernte Susanne bei ihrem Vater und Swen bei seinem Bäcker Waller im Nachbarort das Handwerk des Brotbackens. Sie heirateten und beider Eltern halfen ihnen beim Bau des eigenen Hauses. Es fügte sich, dass Johann, der langjährige Mitarbeiter bei Bäckermeister Müller, aus Krankheitsgründen aufhören musste. So wurde Swen Teilhaber im Geschäft seines Schwiegervaters. Nacheinander bestanden Susanne und Swen ihre Meisterprüfung. Langsam übergaben Susannes Eltern den beiden die Geschäfte und zogen sich immer mehr zurück. Das hieß nicht, dass sie sich schon aufs Altenteil setzten. Wenn Not am Mann, oder besser in der Backstube oder im Laden war, halfen sie aus. Swen hatte Glück. Er verstand sich mit seinen Schwiegereltern. In vielen Familien ist das oftmals nicht selbstverständlich, vor allem, wenn ein Geschäft zur Familie gehört.

Swen und Susanne setzten die Tradition, nur Qualität anzubieten, fort und konnten sich so ohne weitere Geschäftsvergrößerung oder Zweigstellen am Markt behaupten. Eine Idee von Susanne brachte, neben dem zu Vaters Zeiten bekannten Großkunden Doktor Maier und dem Schützenverein, einen weiteren dazu. In unregelmäßigen Abständen luden sie Schüler der letzten beiden Klassen des Gymnasiums sowie auch die Vertreter des Lehrkörpers ein. Sie durften kostenlos einen ganzen Tag das Leben und Arbeiten in diesem Handwerk kennen lernen. Überzeugt von der Qualität ihrer Erzeugnisse, sowie dem Grundsatz, kleine und mittlere Geschäfte zu unterstützen, bekamen jetzt Schwarz-Müller den Auftrag, ihre Backwaren in beide Schulen am Ort zu liefern.

Nachdem sich dann auch Nachwuchs eingestellt hatte, wechselte die Aufgabenverteilung zeitweise. Swens Eltern schauten mal nach den Enkelkindern wenn es Not tat, und Susannes Eltern übernahmen einen Teil der Arbeiten im Geschäft.

Die Kinder wuchsen heran und es zeichnete sich ab, dass das Familienunternehmen bestehen bleiben würde. Die Tochter hatte Spaß an dem Beruf, wogegen ihr Sohn unbedingt Arzt werden wollte.

Als Swen und Susanne sich über den Berufswunsch ihres Sohnes unterhielten schmunzelte Susanne: „Nun – so kommen die zwei sich wenigstens nicht ins Gehege!"

März

Im Märzen der Bauer den Traktor anspannt
Ratternd und tosend fährt er übers Land
Hin ist sie, die Stille der Felder,
Mit lautem Getöse geht's auch durch die Wälder.

Hier fällt das Holz durch elektrische Sägen
Zum Segen!
Zum Segen?
Wem wohl zum Segen?

Die Industrie unserer Welt, sie muss laufen
Zum Wohle der Menschheit, Bauholz zu kaufen
Der Teufelskreis schließt sich
Die Natur schreit *„oh weh"*
Seht ihr denn nicht
Bald ist es zu spät.

Gebaut und gewerkelt wird allerorten
Einige Multis das Geld dafür horten
Wir haben 'ne Forschung in vielen Betrieben
Die sollten mal zusehen
Nach Alternativen.

Wenn wir *Die* nicht finden
Dann ist es bald aus
Dann bleibt auch im Märzen der Traktor zu Haus
Denn Felder und Wälder, die gibt's dann nicht mehr
Diese Begriff' sind vergangene Mär.

Konsum und Diät

Darüber brauchte man sich früher keine Gedanken zu machen, Adipositas gab's nicht...
Der Authentizität wegen ist diese Geschichte in der Ich-Form geschrieben

Konsum   -bedarf
              -genossenschaft
              -güter
              -verhalten
              -verzicht
              -freudig

… Begriffe, die uns täglich um die Ohren fliegen. Die Deutschen werden als konsumfreudig dargestellt. Das Konsumverhalten wird analysiert; der Bedarf einzelner Artikel ausgerechnet. Und so weiter. Alles ist hinlänglich bekannt. Den Begriff *Konsum-Diät* hörte ich zum ersten Mal über eine Autorenkollegin. Anfangs war mir nicht recht klar, was damit gemeint war und noch viel weniger, was der Zweck des Ganzen sein sollte. Der erschloss sich mir erst, als ich das Manuskript vor Drucklegung las und dabei feststellte – *mir fehlt was!*

Das Kauf-Gen.

Wenn es etwas gibt, was ich äußerst ungern mache, dann ist das einkaufen. Damit meine ich nicht die Dinge des täglichen Bedarfs. Lebensmittel kaufe ich bereitwillig ein, weil wir beide, mein Mann und auch ich, gern kochen. Nein, mein Unwille beim Einkaufen bezieht sich mehr auf Kleidung. Und seit einigen Jahren auch auf Schuhe. Liebte ich doch zu meiner berufstätigen Zeit hohe Hacken, heute sagt man Highheels dazu. Am liebsten acht bis zehn Zentimeter hoch, bleistiftdünn und chic, weil italienischen Ursprungs. Nun ja – meine Venen meinten bezüglich dieser Art Fußbekleidung, dass sie damit nicht einverstanden seien und ich landete unterm Messer (im linken Bein Stammvene raus) und musste anschließend auf gesundes Schuhwerk umsteigen. Und alles, was gesund ist … ist so eine Sache. Das merkt man schon am Hustensaft. Schmeckt er gut – hilft er nicht. Tja, und die hohen Absätze sahen toll aus – man wuchs sozusagen über sich hinaus – aber Füße und Beine hatten darunter mächtig zu leiden. Also entschloss ich mich schweren Herzens, weniger schön, dafür gesund herumzulaufen. Heute hält sich mein Gesundheitsbedürfnis übrigens in Grenzen.

Die Einstellung zum Thema Einkauf dieser Kategorie hat sich einfach mit zunehmendem Alter entsprechend verändert. Am liebsten wäre es mir, wenn die Sachen, passend und aufeinander abgestimmt, einfach zu mir nach Hause kämen. Nun sagen Sie bloß nicht: „Das ist doch via Internet überhaupt kein Problem …!"

Wirklich nicht? Nun gut, ich gebe zu, da gibt es eine gewisse Sperre in meinem Kopf, die mich gegen Käufe via Internet einnimmt. Und da mir ohnehin das Kauf-Gen fehlt, werde ich wohl doch von Zeit zu Zeit in Geschäfte gehen müssen und dort einkaufen. Schon deshalb, weil mir nämlich auch die Katalog-Kleidung in neunundneunzig Prozent aller Fälle nicht passt.

Da fällt mir ein, bei all' den Begriffen um den Konsum als Tätigkeit ließ man den eigentlichen Begriff *Konsum* völlig außer Acht. Wie hieß das in den 50er und 60er Jahren:

„Geh' doch mal eben zum Konsum und hole …"

Ja, ganz Recht! Der Konsum war in jener Zeit eine allseits bekannte Einzelhandelskette, die, im gewissen Rahmen so was wie den Vorläufer des späteren Aldi symbolisierte. In der ehemaligen DDR gab es zwei *rivalisierende* Ketten. Einmal den Konsum und als Gegenpart HO. Das war insofern recht interessant, weil … was der Konsum nicht hatte, gab es im HO … auch nicht!

Unser damaliger Konsum war kein Discounter – den Begriff kannte man noch nicht, aber er gehörte zu den Geschäften, die einen Kontrast zu den Tante-Emma-Läden bildeten. Tante Emma war wirklich ganz klein und schnuckelig und man wurde immer persönlich bedient. Im Konsum zu dieser Zeit übrigens auch noch. Sogar die Kinder, wenn sie, wie ich des Öfteren, mit einem oder zwei Pfennigen vor den großen, verführerischen Bonbon-Gläsern standen. Die standen meistens links oben auf der Theke und wir Kinder kamen schlichtweg nicht dran. Also reichten wir unsere zwei Pfennige hin und verlangten dafür Bonbons.

„Was möchtest du denn haben?"

„Schoko…"

Dann senkte sich der Arm der Ladeninhaberin (meistens waren es Familienbetriebe) in das Bonbonglas und förderte vier Bonbons zutage. Die großen *Kanolds* kosteten einen ganzen Pfennig und für die kleinen, die waren nur halb so dick, bezahlte man einen halben Pfennig. Also nahm man lieber halbe Bonbons, somit hatte man wenigstens vier Stück. Und das war für unsere Kinderherzen damals das „Highlight" schlechthin! Im Ganzen war das Sortiment bei Tante Emma sehr begrenzt, doch für den täglichen Bedarf unseres damaligen Lebensstandards reichte es.

Das Geschäft **Konsum** war von der Fläche her schon ein bisschen größer und das Sortiment ebenfalls, obwohl es im Rahmen dessen lag, was man damals benötigte. Es wurde nämlich nur das gebraucht, was bekannt und erhältlich war.

Eine große Ausnahme bildete zu dieser Zeit der Kaugummi. Nach 1945 gab es kaum jemanden, der nicht kaute – die Erwachsenen taten es allerdings im Geheimen, es war einfach zu verführerisch. Nur wollte man sich nicht gerade mit der Verrücktheit von Kindern und Jugendlichen gleichstellen. Eltern achteten damals noch darauf, Respektspersonen zu sein und demzufolge war das Kauen von diesem *Ami-Zeug* in der Öffentlichkeit etwas völlig Undenkbares. Übrigens: zu dieser Zeit wurde gerade Elvis Presley populär und seine Musik, die heute noch Millionen Hörer begeistert und mitreißt, wurde abfällig Urwaldmusik genannt.

Der deutsche Pedant zu Elvis hieß Peter Kraus oder Ted Herold. Auch Rudi Schurike mit seinen Caprifischern und Willi Schneiders Rheinlieder standen, vor allem bei den älteren (!) Leuten, hoch im Kurs. Was man in dieser Zeit als erstes völlig unnütz kaufte, nannte man Single-Schallplatten – sie kosteten stolze vier Mark und waren – vor allem bei Jugendlichen – sehr begehrt. Das waren aber schon die Nachfolger der Schell-Lackplatten, die mit einer Geschwindigkeit von 78 Umdrehungen liefen und, oh Gott, zerbrechlich waren. Einen Schallplattenspieler hatten viele schon. Mit den Single-Platten, die schon auf 45 Umdrehungen liefen, kamen dann die tollsten Tauschbörsen in Gang. Ich durfte mich nicht beteiligen, weil meine Platten überwiegend von meinem Vater gekauft wurden und er seinen Geschmack mit einbrachte. Man höre: Babysitter-Song mit Ralf Bendix. Oder das alte Försterhaus ... Ich konnte mir keine eigenen Platten kaufen, weil mein Taschengeld sich in dieser Zeit noch auf Null belief. Anfang der 50er, bis in die 60er Jahre war Taschengeld noch nicht so üblich. ... und bei Mädchen schon gar nicht.

Gus Backus und Heino eroberten auch zu dieser Zeit die sonntäglichen Hitparaden von Radio Luxemburg, heute heißt der Sender RTL. Der damalige Moderator, Camillo Felgen, leitete später im Fernsehen eine Weile auch „Spiel ohne Grenzen". Fernsehen kam ja erst später in die Privathaushalte; man konnte sich diese technische Neuerrungenschaft einfach nicht leisten.

Wir waren mit unserem Fernseher eigentlich recht früh dran, wenn man bedenkt, dass bei uns daheim die Finanzen nicht gerade üppig zu nennen waren. Aber manchmal kommt einem auch ein Zufall zu Hilfe. Selbst wenn dieser auf eine recht zweifelhafte Weise *gut* zu nennen war. Mein Vater wurde unschuldig in einen Verkehrsunfall verwickelt und von dem Schmerzensgeld wurde eine Fernsehtruhe angeschafft. Ganz oben drin der Plattenspieler, darunter der Fernseher mit einer Holzklappe verdeckt und ganz zuunterst das Radio. Musste natürlich alles deutsche Markenware sein, was die einzelnen bekannten Elektrofirmen zu dieser Zeit ja wirklich noch herstellten.

Im Grunde war auch der Fernseher eine unnötige Anschaffung – wenn man bedenkt, dass anfangs gerade mal zwei Stunden gesendet wurde. Und zwar in schwarz/weiß. Die übrigen Stunden konnte man, wenn man wollte, das Testbild begucken. Später wurde die Sendezeit erweitert; vor allem an den Wochenenden wurden vier Stunden Programm ausgestrahlt. Ich erinnere mich noch an den ersten Film, den ich jemals im Fernsehen sah, an einem Sonntagnachmittag. *Gefährlicher Frühling* hieß er und die Hauptperson war ein gewisses Tante Julchen. Allerdings weiß ich nicht mehr, wer Tante Julchen verkörperte. Es ist immerhin fast sechzig Jahre her ...Und heute steht der Fernseher auch oftmals unnütz rum – auf über **zig** Programmen ist ergreifend nix!

Doch kommen wir zurück zum Konsum-Geschäft. Wenn ich diesen Laden vor mir sehe, habe ich als erste Vision nicht unbedingt das Bild des Geschäftes im Sinn, sondern einen bestimmten Geruch in der Nase: In Krefeld, auf der Marktstraße, gab es unseren Konsum. Drei Stufen führten zur Ladentür hoch, die sich nicht automatisch öffnete. Davor gab es eine ausgetretene Bodenschwelle und drinnen lag dunkles, abgetretenes Linoleum auf der Erde. So sehr der Ladeninhaber sich bemühte, den Belag zu pflegen, die täglichen Kunden forderten dem Linoleum zuviel ab. An einigen Stellen war es so zerschlissen, dass man auf die darunter liegenden Holzbohlen sehen konnte. Trotzdem war diese Art Bodenbelag zu der Zeit begehrt und gleichzeitig verhasst. Begehrt, weil er stabil und strapazierfähig war und verhasst, weil man ihn bohnern und – vor allen Dingen – wienern (!) musste. Das blieb in neunzig Prozent aller Fälle an den Kindern, sprich Töchtern, hängen. Ich spreche gänzlich aus Erfahrung. Bei uns gab es keinen Bohnerbesen, weil meine Mutter der Ansicht war, dieses Ding sei zu schwer für mich, stattdessen gab es so eine Art Filzlappen. Rechts und links unter die (Haus-)Schuhe und ab damit durch die Küche. Und die hatte, bitteschön, hinterher spiegelblank zu sein! Das war Hausfrauen-Ehrensache. Sie können sich sicher vorstellen, dass das nicht zu meinen Lieblingsbeschäftigungen gehörte.
Bohnerwachs konnte man natürlich im Konsum kaufen. Weißes, grünliches – wobei mir nie klar wurde, wozu man gerade grünes Bohnerwachs brauchte – rotes und braunes. Dieses braune Bohnerwachs hatte es mir wohl als Kind schon angetan. Einmal roch es irgendwie anders, für meine Nase aber gut und zum anderen konnte man in einem unbeobachteten Augenblick herrlich damit rumschmieren. Das Ende vom Lied war, dass ich, ganz die große Hilfe für Mama, mir irgendwann einmal die Dose mit braunem Bohnerwachs, sowie einen Lappen schnappte und anfing, die hellen Möbel im Schlafzimmer hingebungsvoll zu polieren. Fragen Sie besser nicht, was meine Mutter zu dieser freiwilligen Hilfsaktion sagte.

Dann gab es im Konsum natürlich auch Lebensmittel noch ohne Verpackung. Nicht, wie wir das heute kennen. Mehl und Zucker lagerten in einer großen Schublade mit einer dazu gehörenden Schaufel, wogegen Salz in einem Glas aufbewahrt wurde. Gewürze waren eher selten, wenn man von Pfeffer absah. Der war allerdings gemahlen. So wie wir heute die tollsten Pfeffersorten kaufen können und selber daheim eine Pfeffermühle haben, das gab es nicht nur nicht, man kannte es gar nicht. Überhaupt: der Konsum war ein Allzweckladen, im Rahmen dessen, was zu der Zeit benötigt wurde. Wogegen man Wurst ausschließlich beim Metzger und Käse im Milchgeschäft bekam. Die Milch musste man nicht unbedingt im Geschäft kaufen; der Milchmann kam mit seinem Wagen rund und man konnte mit seiner Milchkanne ans Auto gehen, dort wurde frische Milch abgefüllt. Einmal den Hebel hin und her war ein Viertel Liter und zweimal ein halber.

Tabakartikel, Zeitschriften und Lotto, resp. Toto gab es auch wieder nur im entsprechenden Fachgeschäft. So, wie das verschiedentlich im Ausland, z.B.: in Österreich und Italien heute noch ist. Lotto wurde auch erst später eingeführt. Toto, die Fußballwette war angesagt. Und da musste/ muss man elf Richtige haben. Nun, ab und zu hatte das ja auch jemand und warf im Überschwang des Gefühls, nunmehr reich zu sein, die Möbel auf die Straße. Pech, denn es kamen manchmal nur ein paar Mark (!) dabei raus. Im Prinzip wie beim Lotto, bloß ist heute die Chance, den wirklich großen Wurf zu landen noch wesentlich geringer. 1:140.000.000 – man muss schon sehr gläubig sein, wenn man hofft, diesen Coup landen zu können. Nun, wir sind ja hier unter uns, ich gestehe, wir spielen auch Lotto. Wenn auch bloß deshalb, weil ich die Lottozahlen seit Jahrzehnten im Kopf habe! Immer noch! Und stellen Sie sich vor, die ziehen doch mal genau diese Zahlen… Trotzdem, eine absolut unnötige Ausgabe. Finden Sie nicht?

Im Laufe der Jahrzehnte veränderten sich die Kaufgewohnheiten. Die Discounter eroberten das Terrain. Bequem wurde es, mit dem Auto bis vors Geschäft zu fahren und alles in den Einkaufwagen zu packen, was man glaubte, zu brauchen. Doch damit begann auch die unselige Angewohnheit, mehr zu kaufen, als man benötigte. Im vergangenen Jahr, so wurde festgestellt. warf die Bevölkerung, auf den Pro-Kopf-Verbrauch gerechnet, zweiundachtzig Kilogramm Lebensmittel weg. Das in Zeiten der Tiefkühltruhen. Das müsste sicher nicht sein. Doch wenn man beobachtet, was oftmals gekauft wird, fragt man sich als Otto Normalverbraucher oft, ob die Kunden/innen daheim alle eine Großfamilie zu versorgen haben.

Vielleicht wäre es angemessen, vor dem Einkauf darüber nachzudenken, was man wann kochen möchte und ganz einfach danach einzukaufen. Vom Lolli fürs Kind mal abgesehen.

Häufig werden auch Dinge angeboten, die man in früheren Jahren im Wäsche- oder Textilgeschäft holte. Jetzt bietet der Lebensmitteldiscounter u.U. auch Unterwäsche, Handtücher oder Ähnliches an. Und sie werden gekauft, obwohl man sie vielleicht gar nicht braucht.

Unnötige Einkäufe.

Da wäre eventuell eine gewisse Konsum-Diät angebracht.

Finden Sie nicht auch?

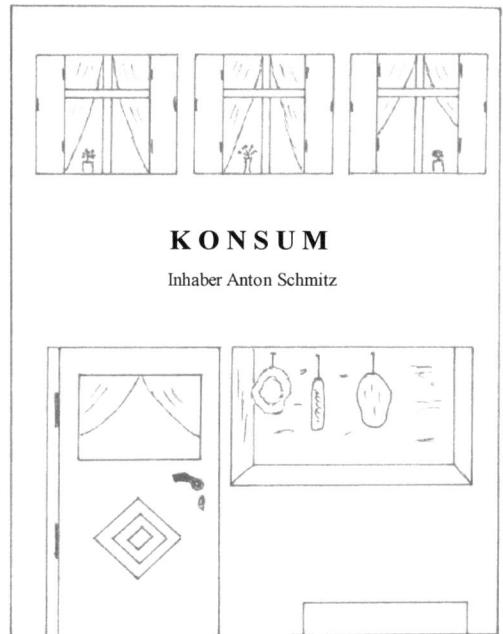

Basisch

Irgendwann hab ich's begriffen,
Schokolade mir verkniffen,
denn der Bauch wurd' rund und dick
und das fand ich gar nicht chic.

Nun kämpft mein Körper mit den Säuren,
ernährt sich basisch,
das ist teuer –
außerdem nicht ganz geheuer ...

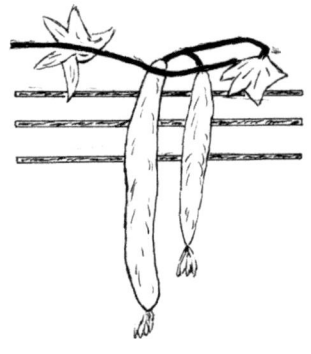

Kohlrabi, Brokkoli gegen Gicht,
Möhren für das Augenlicht,
doch ohne Butter – oh wie hart,
die Möhre doch rein gar nichts macht.

Sie braucht die Butter
Und das ist Fett;
Wir wissen doch: nur Fett macht fett!
Und nun?
Was tun?

Ich hab' beschlossen,
ich mach weiter –
bin einfach glücklich, froh und heiter;
jedes Pfund, was dennoch purzelt,
schreib ich zu nun einer Wurzel.

Jägers Missgeschick

Es kommt der Jäger aus dem Wald
Seine Büchse blieb heut kalt
Denn der Mond, der ihm versprochen
Hatte hinter 'ner Wolke sich verkrochen

Wildschwein, Reh und auch der Hase
Machten ihm 'ne lange Nase
Nun konnten sie auf jeden Fall
Ruhig äsen, ohne Büchsenknall

Der Jäger denkt, das kann nicht sein
Ohne Beute komm ich heim
Im Wirtshaus sieht er dann noch Licht
Kehrt ein – ein Bierchen schadet nicht

Dem Wirt erzählt er's Missgeschick
Der tröstet ihn … das macht doch nix
'nen Hasen hab' ich in der Truhe
den geb' ich dir und dann ist Ruhe

Nicht mehr ganz nüchtern er sich bedankt
Und mit dem Hasen heimwärts wankt
Seine Frau hörte er laut schlafen
Ins Eis legt er noch schnell den Hasen

Am nächsten Morgen auf die Frage
Ob er denn was geschossen habe
Die Antwort, die darauf er gibt:
„Ja, 'nen Hasen – er in der Truhe liegt"

Das trifft sich gut, sprach seine Frau
Heut' Abend ist Besuch im Bau
Mit Klößen, Rotkraut und feiner Soße
Servieren wir ihn Familie Klose

Der späte Nachmittag ein Ende nahm
Der Jägersmann nach Hause kam
Schaut seine Frau ihm ins Gesicht
Und sagt: „Der Has' mein Lieber, war nicht frisch!"

Ich glaube, gestern hast du mich belogen
Dass sich im Haus die Balken bogen
Ich habe noch nie einen frischen Hasen gesehen
In dessen Bauch die Innereien in Plastik gelegen

Was blieb dem armen Jägersmann
Es seiner Frau zu beichten dann
Mit einem großen Blumestrauß
Bügelte er die Sache wieder aus

Abenteuer Krankheit

Ein Abenteuer in unserem Land
Ist es, wirst du heut mal krank
Hast du dann 'nen Arzt gefunden
Fragt der dich ganz unumwunden

Haben sie hier einen Termin
war'n sie schon mal in meiner Praxis drin
die Krankenkarte haben sie dabei
gut… dann gehen sie erst mal vorne rein

Eine Karteikarte wird angelegt
Dort wird eingetragen, was dir fehlt
Mit einem Lächeln heißt es dann
Warten sie im Zimmer nebenan

Nach einer Stunde, nichts passiert
Du stehst auf, dich informierst
Sagst, hast Schmerzen hier im Bauch
Die Antwort ist: die Anderen auch

Und die haben seit vierzehn Tagen einen Termin
Kommen Sie doch nicht einfach so hier hin
So muss der Patient noch weiter warten
Denkt nach, wie es die Anderen machten

Zu einer Zeit, die der Arzt bestimmt
Der Mensch sich seine Schmerzen nimmt
Dann endlich wird er aufgerufen
Den Arzt persönlich zu besuchen

Die erste Frage, die man ihm stellt
Wo und was ihm denn so fehlt
Und ob er trinkt oder gar raucht
Oder andere Drogen gebraucht

Der Kranke alles das verneint
Nur Schmerzen hat er, wie er meint
Der Arzt nun tastet ab den Bauch
Und in den Rachen schaut er auch

Er kann nichts finden bei dem Patienten
Wird ihm daraufhin ein paar Pillen schenken
Sollten die Schmerzen sich nicht beheben
Einen neuen Termin soll man ihm geben…

Dolchstoss

Ja
Sagte Cordula
Und tat, was von ihr erwartet wurde
Ja
Sagte Cordula wieder
Und tat wie ihr geheißen
Ein halbes Leben lang

Ja
Sagte Felicitas
Und tat, was von ihr erwartet wurde
Ja
Sagte Felicitas wieder
Und tat wie ihr geheißen
Ein halbes Leben lang

Bis heute
Da beschloss Cordula:
Ich tu' nur noch das, was ich will.
Sie erzählte es Felicitas und
Diese nickte: ja,
so mache ich es auch.

Felicitas tat es wirklich und
Cordula stieß ihr den Dolch in die Brust.

Das Boot...

Immer wenn Felicitas diese quitsch-neon-grüne Plastikwanne sah, fiel ihr der alte Schlager von Wencke Myhre ein: *Er hat ein knallrotes Gummiboot...* Was mit einer möglichen deutschen Regierungsform nichts zu tun hat!

Ramon liebt sein grünes Boot. Felicitas sagte zwar immer Plastik, aber es ist schon ein richtiges Schlauchboot. Und ebenso grün, wie das Ungeheuer von Loch Ness. Deshalb taufte er es auch „Nessie". Wollte der Bengel zu diesem Zweck doch tatsächlich eine Flasche Sekt von ihr!
„Du hast sie wohl nicht alle", tippte Felicitas ihn an die Stirn.
„Aber Mama", belehrte er sie, „Nessie kann nur gut schwimmen, wenn sie auch getauft ist."
Vergeblich versuchte sie ihrem Sohn klarzumachen, dass das Boot keine *sie* sondern ein *es, das* Boot, sei. Er bestand hartnäckig auf Nessie und sie.
„Es ist mein*e* Nessie, nicht mein Nessie", sagte er und Punkt. Sekt spendierte Felicitas nicht, aber eine Flasche Limo. So wurde der Plastikkahn feierlich getauft.

Ramon war jetzt in jeder freien Minute draußen. Ganz gegen seine sonstige Gewohnheit. Normalerweise hockte er vor dem Computer und jagte Moorhühner. Wie oft hatte sie ihn fast gewaltsam nach draußen hieven müssen. Mit Hansgerd, ihrem Mann, bestritt sie endlose Auseinandersetzungen, weil er den gebrauchten PC angeschleppt hatte. „Andere Kinder haben auch so was und Ramon soll nicht zurück stehen", meinte er.
„Dafür ist er noch zu jung – er soll draußen spielen und seine eigene Kreativität entwickeln", maulte Felicitas dagegen... und verlor. Jedenfalls solange, bis ihr Vater mit Nessie ankam. Danach hatte Hansgerd verloren. Jetzt jagt er seine Moorhühner selber.

Ramon sah seinen Opa entgeistert an, als er mit dem Boot auf dem Autodach bei uns vorfuhr.

„Für mich?" fragte er ungläubig, „so richtig ganz für mich?"

Ramon konnte es nicht glauben. Der Opa packte ihn ins Auto und fuhr mit ihm zum Baggersee. Sie ließen das Boot zu Wasser und ruderten über den See. Aufgeregt erzählte Ramon ihm von dem Ungeheuer im Silbersee. Es sei auch eine Nessie, aber sie sei ein gutes Ungeheuer.

„Ich habe sie auch gesehen, Opa, ganz ehrlich", beschwor er ihn. „Weißt du, sie hat die gleiche Farbe wie das Boot und das ist ganz supertoll...."

Atemlos streichelte Ramon die Bordwand und das Ruder.

Flüchtig dachte der Opa, dass er seinem Enkelsohn zum bevorstehenden Geburtstag in wenigen Wochen, einen Schwimmkurs spendieren würde.

Mit einem strahlenden Ramon steuerte er an ans Ufer zurück. Das Boot zogen sie gemeinsam an Land und Ramon wischte es mit seiner sauberen Jeans liebevoll trocken. Opa grinste. Er hörte im Geist den Kommentar seiner Tochter!

An diesem Abend war Ramon kaum dazu zu bewegen, schlafen zu gehen. Immerzu musste er nachschauen, ob Nessie auch noch gut vertäut unter der Veranda lag.

Als er endlich im Bett war geisterte Nessie durch sein Köpfchen und sie hörte ihn murmeln: „Nessie, Nessie – ich komme dich bald besuchen..."

Lächelnd schloss Felicitas die Tür.

Sie ging zurück ins Wohnzimmer und störte ihren Mann grinsend beim Moorhuhnjagen.

„Nun, mein Schatz", meinte sie, „in den Sommermonaten hast du ja jetzt eine tolle Beschäftigung. Mit Ramon in jeder freien Minute an den Silbersee. Allein können wir ihn nicht gehen lassen. Einmal ist er noch zu jung und zum zweiten kann er noch nicht schwimmen."

Grunzend nickte Hansgerd und schaltete seufzend den PC ab. „Du hast wohl recht", meinte er. „Von Opa kriegt er einen Schwimmkurs zum Geburtstag. Das halte ich für eine gute Idee..."

Es wurde ein außergewöhnlich warmer Sommer und Ramon war selig.

Eines Tages, am Abend vor seinem Geburtstag, kamen sie – Ramon und sein Vater – nach Hause. Sie hatten das Boot zum ersten Mal draußen am Ufer des Silbersees gelassen. Auf Felicitas' erstaunte Frage antworteten sie unisono: „Ach weißt du, Mama, Nessie kennt den See und das Ufer so genau, dass sie auch mal eine Nacht draußen bleiben kann. Außer uns ist sowieso kaum jemand auf dem kleinen See. Was soll ihr da schon passieren!"

Lächelnd musste sie ihnen beipflichten. Ja, was sollte da schon passieren. Doch ihr kroch, trotz der Hitze, eine rätselhafte Gänsehaut über den Rücken. Dann bereitete sie den Geburtstagtisch für ihren Sohn vor. Morgen würde er zwölf Jahre werden. Ganz zuoberst legte sie den Umschlag von Opa. Ein Schwimmkurs für Ramon.

Ein Blick aus dem Fenster zeigte, dass das Wetter umschlug. Der Wetterbericht hatte zwar schon so eine Drohung ausgesprochen, aber das angekündigte Gewittertief konnte jetzt ja wohl auch noch einen Tag warten. Seufzend legte sie sich nieder. Trotz der Schwüle schlief Hansgerd tief und fest. Felicitas beneidete ihn. Ihr machte die Hitze zu schaffen und sie glitt in einen nervösen, oberflächlichen Schlaf. Wetterleuchten und fernes Donnergrollen begleiteten ihre unruhigen Träume.

Ramon!

Erschrocken lief sie in sein Zimmer. Es war leer. Völlig kopflos rannte sie nach draußen und fand in der Diele einen Zettel, der mit seinen noch ungelenken Buchstaben bedeckt war.

Liebe Mama, stand dort zu lesen, *ich muss zum Silbersee. Nessie ist ganz allein und sie fürchtet sich...*

Wie in Trance zog Felicitas ihre Sandalen an und rannte aus dem Haus. Der Donner grollte und es blitzte an allen Ecken. Hart trafen sie die ersten dicken Regentropfen als ich am See ankam. Sie rief nach Ramon.

Keine Antwort.

Donnergrollen und dazwischen gespenstische Stille.

Ihre Augen suchten das Ufer ab. Und den See.

Da sah sie es.

Genau in der Mitte. Nessie trieb kieloben.

Im gleichen Augenblick knallte ein Wahnsinnsdonner am Himmel und Felicitas hörte, wie jemand gellend schrie.

Es dauerte eine Weile, bis sie begriff, dass sie es war, die so schrie und gleichermaßen schüttelte es sie.

„Was um Himmels Willen ist denn los?!" Hansgerd stand vor ihr und sie hatte soeben die erste Ohrfeige ihres Lebens durch die Hand ihres Ehemannes bekommen.

Verwirrt starrte sie ihn an. „Ramon", heulte sie auf, „Ramon..."

„Was ist mit ihm", fragte Hansgerd unwirsch. „Er liegt in seinem Bett und schläft."

„Nein, er ist weggelaufen zum Baggersee."

„Quatsch!"

Mit einer heften Bewegung stieß Felicitas Hansgerd zurück und rannte ins Kinderzimmer. Nicht gerade vorsichtig riss sie die Tür auf und schaltete das Licht ein.

Schlaftrunken streckte Ramon die Arme nach ihr aus. „Habe ich schon Geburtstag?" fragte er.

Sie schaute mit wild klopfendem Herzen auf die Uhr. Es war fünf vor zwölf und sie lächelte erleichtert. „Ja, mein Junge, du hast gleich Geburtstag."

Heiter und beschwingt hörte sie ganz leise in ihrem Kopf *...er hat ein knallrotes Gummiboot...*

So ein Zufall!

Christian Homer spazierte durch die Fußgängerzone, blieb ab und zu vor einem Schaufenster stehen und betrachtete interessiert die Auslagen. Vor dem Fotogeschäft verharrte er. Da lag sie im Fenster – eine Spiegelreflexkamera! Als er den Preis sah, schüttelte er den Kopf. *Wer kann sich das schon leisten; ich schon gar nicht, von meinem kargen Polizistengehalt. Wann bin ich das letzte Mal durch die Stadt gebummelt? Ein Segen, dass die Fußballweltmeisterschaft zu Ende ist; seit fünf Wochen keinen freien Tag und die Überstunden kann ich auch in den Wind schrei-*

175

ten, dachte er. *Andererseits... ohne den polizeilichen Einsatz Tag und Nacht wäre die WM in unserem Land bis auf ein paar Kleinigkeiten nicht so friedlich verlaufen.*

Gerade wollte er sich umdrehen und auf der gegenüber liegenden Seite in der Hirschapotheke ein Mittel gegen seine Pollenallergie holen, als ihn jemand von hinten auf die Schulter tippte. Einem Reflex gleich, griff seine Hand Richtung Schusswaffe, als er merkte: *du Idiot, bist doch heute in Zivil!* Er sah einen, über das ganze Gesicht grinsenden, einen Meter neunzig Mann vor sich stehen. „Ja bitte?" fragte Christian, „kann ich Ihnen helfen?"

„Na – so was", sprach sein Gegenüber, „kennst du mich nicht mehr?"

„Jaa; lass mich mal überlegen? Es muss so etwa fünfzehn Jahre her sein... Wir haben doch gemeinsam die Polizeischule besucht; hatten das gleiche Zimmer...! Mensch! Du bist doch der Hirschl Franz. Wo hast du denn deine Haare gelassen? Und, außerdem, du warst doch immer der Schlankste in unserem Haufen! Also – wenn du an mir vorbei gelaufen wärst, ich hätte dich nicht wieder erkannt", sagte Christian. „Was machst du eigentlich in dieser Gegend hier? Ich meine... hattest du dich nicht fürs Ausland gemeldet? Als Austauschpolizist?"

„Eine Menge Fragen auf einmal, findest du nicht? Aber gut; nach so langer Zeit. Zu deiner ersten Frage: meine Haare trage ich jetzt im Gesicht, wie du siehst. Ja, und zu meiner Figur..., das macht die gute Pflege meiner Frau."

„Ach, du bist verheiratet? Wieso treibst du dich hier herum?"

„Ich war mit meinen Sprachkenntnissen bei der WM eingesetzt, um unsere dänischen Fans zu betreuen; ich bin nämlich mit einer Dänin verheiratet und sie muss derzeit in der Nähe von Kopenhagen auf unseren Filius und das Haus aufpassen", antwortete der Hirschl Franz. „Was machst du so? Hast du auch Familie?"

„Das ist eine längere Geschichte" erwiderte Christian. „Wenn du eine Stunde Zeit hast, nehmen wir ein zweites Frühstück in der Bäckerei in der Bahnhofstraße ein und ich erzähle ein wenig von mir. Okay?"

Sie fanden noch zwei freie Plätze am Fenster; Franz hielt den zweiten Platz frei während Christian an der Theke Kaffee und zwei belegte Brötchen besorgte. Als sie dann beide gemütlich frühstückten, erzählte Christian seine Geschichte: „Ich war auch verheiratet – und zwar mit einer Kollegin. Wir hatten in etwa den gleichen Dienstplan, wurden jedoch nie zusammen eingesetzt. Es ergab sich aber, dass wir uns bei einem Einbruch in ein Juweliergeschäft trafen, als dort zeitgleich mehrere Streifenwagen hinbeordert wurden. Die Diebe befanden sich noch im Geschäft, schossen um sich, als sie die Polizei hörten und flüchten wollten. Dabei wurde meine Frau so schwer verletzt, dass sie auf dem Weg in die Klinik starb. Gut, dass wir noch keine Kinder hatten… Es ist inzwischen vier Jahre her und ich lebe allein."

Der Hirschl Franz hatte seinen alten Kumpel nicht unterbrochen. „Das tut mir sehr leid" äußerte er beklommen. „Und was gibt es sonst Außergewöhnliches?" fragte er, um die trübe Stimmung zu verscheuchen. „Außer natürlich, dass wir beide WM-Geschädigte sind?"

„Na, das Übliche. Du kennst ja den Alltag unseres Berufes. Die Gauner sind uns fast immer einen Schritt voraus und besser ausgerüstet sind sie obendrein", bemerkte Christian. „Jedoch es gibt auch ganz lustige Begebenheiten. Gerade vorige Woche ging bei uns in der Wache ein Anruf ein. Ein fünfjähriger Junge alarmierte uns, er müsse seinen Opa wegen eines *Naturverbrechens* anzeigen. Er habe soeben ein Tier vor dem Ertrinken gerettet. Als er es stolz dem Großvater präsentierte, habe dieser es getötet, gab der Knirps zu Protokoll. Ein Rückruf beim Großvater brachte Aufklärung, Es handelte sich um eine fliegende Ameise…!"

Der Franz begann daraufhin herzlich zu lachen und wollte sich gar nicht mehr beruhigen. „Das sind die harmlosen Einsätze, die das Berufsleben erträglich machen. Aber ich habe auch etwas; es passierte zwar nicht direkt bei uns, doch alle Tageszeitungen berichteten in einer Anzeige darüber. Eine Dame hatte vorübergehend Freibier aus den Wasserhähnen geliefert bekommen. Sie dachte, sie sei im Himmel, beschrieb sie ihre Gefühle. Schnell lud sie alle Bekannten zu einer besonders preiswerten Party zu sich ein… Umgekehrt wunderte sich im Erdgeschoss der Barkeeper über das reine Wasser, das aus seinem Zapfhahn in der Kneipe floss. Ein herbei gerufener Spezialist der Brauerei fand heraus, dass jemand auf ziemlich kreative Weise die Leitungen für Wasser und Bier im

177

Keller des Hauses über Kreuz miteinander gekoppelt hatte."

Jetzt war es Christian, der sich vor Lachen bog. „Die Mieterin war ja richtig clever, sofort eine Party zu veranstalten, bevor die unverhoffte Quelle wieder versiegte."

Die beiden schwatzten noch über so manche Begebenheit in ihrem Leben und im Nu waren die Zeit vergangen. Der Hirschl Franz nahm Christian Homer das Versprechen ab, ihn unbedingt in seinem nächsten Urlaub zu besuchen.

„Wer weiß" schmunzelte der Angesprochene, „vielleicht wartet irgend-wo eine fesche Dänin auf mich?"

Das Leben hat seine eigene Philosophie – und die kann man oftmals gar nicht brauchen...

Die Goldene Hochzeit

Irmgard sah auf die Uhr neben ihrem Bett und stellte fest, dass es noch viel zu früh zum Aufstehen war. Aber an Schlafen war nicht zu denken. In ihrem Kopf spielten die Gedanken Nachlaufen. Heute war *der* Tag – Goldene Hochzeit. Wie so oft, ließ sie wieder einmal ihr Leben Revue passieren und kam zu dem Schluss: *Ich hab ihn haben wollen, nun muss ich damit leben.* Aber schön waren die vergangenen fünfzig Jahre nicht immer. Rudolf war ein Hitzkopf, dominant und das Schlimmste war, er hatte immer Recht. Und wenn es hundertmal anders war, Rudolf hatte Recht! Inzwischen hatte sie sich in vielen Dingen abgewöhnt, überhaupt etwas zu sagen, es gab höchstens Krach. Rudolf kam noch immer nicht mit Ottos Tod zurecht. Nicht nur, dass er ihn vermisste, er hatte auch permanent Probleme mit den neuen Nachbarn. Ottos Enkel erbte das Haus und zog kurze Zeit später ein. Eine seiner ersten Handlungen war, die Einfahrt verbreitern zu lassen, weil er mit seinem *Schlitten* sonst nicht auf den Hof fahren konnte. Himmel hatte Rudolf sich da aufgeregt. Dabei ging ihn das gar nichts an. *Naja – er kann wohl nicht anders.* Mit diesem Gedanken stand sie dann doch auf und ging ins Bad. Sie ließ sich, im Gegensatz zu sonst, diesmal viel Zeit. Die Haare wollten ordentlich gemacht werden. Friseurbesuch fiel aus, selbst konnte sie es ohnehin besser. Nur zum Schneiden, das ließ sich nicht vermeiden.

Eine halbe Stunde später hörte sie, wie auch Rudi aufstand und ins Bad ging. Die Dusche rauschte. Irmgard stand in der Küche, bereitete das Frühstück vor und überlegte, was noch zu tun war. Immerhin hatte sich der Bürgermeister angekündigt und, wie der erzählte, kam auch eine Reporterin der lokalen Zeitung mit. Da wollte sie alles schön haben. Also, das gute Geschirr auf die Anrichte, für den Fall, dass jemand Kaffee haben wollte; Sekt stand im Kühlschrank, ein leichter Weißwein ebenfalls. Knuspergebäck wurde auf dem Tisch platziert und die Schonerdeckchen von den Sessellehnen genommen. Das sah doch besser aus.

Irmgard schaute auf die Uhr und stellte fest, dass Rudi ungewöhnlich viel Zeit im Bad brauchte. Es war auch alles so still. Gerade, als sie aufmachen wollte, um nachzusehen, riss er mit Karacho die Tür auf und brüllte: „Irmchen, das musst du dir mal vorstellen! Lennarts neueste Blondie – bei Rudi hießen alle Frauen, die bei Lennart ein- und ausgingen Blondie – macht splitterfasernackt auf der Terrasse Gymnastik!"

„Woher weißt du das?", fragte Irmgard zurück.

„Weil ich es gesehen habe…!"

„Gesehen? Wieso gesehen. Die Terrasse ist von keinem unserer Fenster einsehbar. Du musst schon auf den Rand der Badewanne klettern und dich ziemlich weit aus dem Dachfenster lehnen, um da rüber … gucken … zu … können." Irmgard blieb die Luft weg. „Sag mal, du armer Irrer, du bist also auf den Rand der Badewanne geklettert, bloß um diesem Mädchen …"

„Das ist kein Mädchen, das ist eine ausgewachsen Frau, und was für eine!"

Rudolf polterte noch eine ganze Weile weiter und Irmgard hatte sich inzwischen hingesetzt. „So, Rudolf, jetzt komm erst einmal runter! Immerhin ist heute ein besonderer Tag – und zwar unserer."

„Was denn?"

„Ja, sag mal! Hast du etwa unsere Goldene Hochzeit vergessen."

„Ach so – ja, richtig. Na ja, eigentlich feiert man die doch mit einem Gottesdienst vorweg. Und der ist erst jetzt am Sonntag", versuchte er sich herauszureden. Doch damit kam er bei Irmgard ausnahmsweise mal schlecht an.

„So, das ist dir also auch egal. Gibt es eigentlich irgendetwas, was dich in unserem Zusammenleben noch interessiert? Du machst halsbrecherische Verrenkungen um einer jungen Frau bei der Gymnastik zuzugucken …"

„Die ist nackt!" Rudolf spuckte die Worte förmlich durch die Gegend. Aber Irmgard reagierte anders, als Rudi sich das dachte.

„Und wenn es so wäre! Was geht es dich an? Nichts. Aber ich werde die Konsequenzen ziehen. Du kannst unsere Goldene Hochzeit allein feiern. Mit dem Bürgermeister und der Lokalredakteurin. Viel Spaß!" Damit drehte sie sich um, rannte ins Schlafzimmer, knallte die Tür hinter sich zu und drehte von innen den Schlüssel um. Bebend vor Wut saß sie auf ihrem Bett und überlegte, wie es denn nun weitergehen sollte. So jedenfalls nicht. Da kam ihr eine Idee…

Niemand, vor allem aber Rudolf nicht, wusste, dass sie sich mit *Blondie* von gegenüber recht gut verstand. Die junge Frau sah zwar flippig aus, hatte aber das Herz am rechten Fleck. Ins Gespräch waren sie seinerzeit durch eine schwere Einkaufstasche gekommen. Irmgard schleppte sich auffallend langsam die Straße entlang. Da hielt ein Auto neben ihr und Blondie stieg aus. „Hallo Frau Heilig, kann ich Ihnen helfen?" Eine Antwort wartete sie gar nicht ab, sondern schnappte sich die Tasche, lud sie, mitsamt Irmgard, ins Auto und fuhr beide kurzerhand nach Hause. Irmgard war völlig verblüfft, bedankte sich und lud die junge Frau auf einen Kaffee ein. Bei der Gelegenheit sah sie am Haus das Schild: Rudolf und Irmgard Heilig. „Ach", meinte Blondie, „Sie heißen Irmgard? Meine Mutter auch. Leider ist sie schon verstorben, aber ich vermisse sie auch nach acht Jahren immer noch. Sie war so ein lieber Typ wie Sie. Wenn sie mich heute sähe, würde sie die Welt nicht mehr verstehen. Ihr kleines Mädchen in solchen Klamotten … Dabei ziehe ich den Kram nur an, wenn ich zur Casting-Jury muss. Da kommen Mütter mit kleinen Kindern, die alle meinen, dass ihr Sohn oder ihre Tochter unbedingt zum Film müssten. Dabei ist das ein mörderisches Geschäft – vor allen Dingen hinter den Kulissen. Da kann ich nicht im Biedermeierkleidchen auftauchen. Wenn ich dann mal frei habe, genieße ich das auf meine Art. Vorzugsweise ziehe ich dann einen dünnen, fleischfarbenen Tanz- respektive Gymnastikanzug an, der nirgendwo Nähte hat, die drücken und mache ganz in Ruhe meine Übungen auf der hinteren Terrasse. Die ist ja nicht einsehbar und keiner kann sich über meine offensichtliche (!) Unmoral aufregen." Blondie grinste: „Glauben Sie nur nicht, dass ich nicht weiß, was hier alles über mich gequatscht wird. Aber meinetwegen sollen die sich die Köpfe heißreden, ich lebe trotzdem wie ich will. Außerdem tu' ich niemandem was zuleide."

Irmgard sah sich genötigt, etwas zu sagen. „Nun, ich weiß das alles nicht, weil ich mit niemandem über Sie spreche. Aber mein Mann …!"

„Ich weiß, der kann seinen bösen Mund nicht halten. Glauben Sie mir, ich weiß ebenfalls, dass *Sie* damit nichts zu tun haben."

„Ja, es ist schlimm. Und seit Lennarts Opa tot ist, hat er keinen mehr, mit dem er sich streiten oder über Gott und Welt lästern kann, dann müssen eben alle anderen Leute dran glauben. Er ist so unzufrieden und unausgeglichen, dass ich oftmals selber denke, ich halte das nicht mehr durch." Erschrocken schlug Irmgard die Hand vor den Mund. Wie kam sie dazu, einer wildfremden Frau ihre Probleme zu schildern und dann noch ausgerechnet *dieser*!?

Blondie nahm Irmgards Hand und sagte ganz ernst: „Liebe Frau Heilig, wenn Sie ein Ohr oder mal eine Zuflucht brauchen, kommen Sie ganz einfach rüber. Ich bin immer für Sie da und, Sie werden es sich vielleicht nicht vorstellen können, Lennart auch. Abgemacht?"

Irmgard schluckte und schlug in die dargebotene Hand ein. Sie hatte das Gefühl, plötzlich einige Kilo leichter zu sein und schämte sich der üblen Gedanken, denen sie zuvor Raum gegeben hatte. Da war jemand, der ihr offen Sympathie entgegenbrachte. Das hatte sie bislang nicht kennengelernt.

An dieses Gespräch erinnerte sich Irmgard, als sie auf der Bettkante saß und dachte, *das ist jetzt der Moment, wo ich das Angebot von Blondie – sie heißt übrigens Dunja – annehmen werde.* Sie wischte sich die Tränen ab und holte einen Koffer vom Kleiderschrank. Notstandsgepäck, das würde reichen. Sie wollte Rudolf einen Schrecken einjagen und er sollte zusehen, wie er jetzt allein durchkam. Irmgard grinste sogar ein bisschen. Müsste er doch dem Bürgermeister und der Reporterin erklären, wieso er an diesem Tag allein zu Hause war. Der Gedanke bereitete ihr ein fast diebisches Vergnügen.

Ein wenig Unterwäsche, zwei lange Hosen, passender Pulli und eine Bluse wanderten in den Koffer. *Und wie geht es jetzt weiter?* fragte sie sich, als sie hörte, dass Rudolf offensichtlich wutentbrannt das Haus verließ, nachdem er zuvor wie wild an der verschlossenen Schlafzimmertür gerüttelt und draußen rumgebrüllt hatte.

Wunderbar, dann kann ich in Ruhe überlegen, wie ich hier raus und vor allem, wie ich zu Dunja nach drüben komme. Irmgard musste quer über die Straße, mit einem Koffer, und das würden ganz bestimmt die anderen Nachbarn sehen und das durfte auf keinen Fall passieren. Nachdenklich öffnete sie das Fenster und dann kam die Erleuchtung! Fenster auf – und zuerst den Koffer nach draußen und anschließend kletterte Irmgard hinterher. Nach hinten durch den Garten, über den rückwärtigen Zaun, dann am Wald entlang und von der anderen Seite, über die Terrasse. Gesagt, getan. Irmgard hatte Glück, die Terrassentür war offen, weil Dunja sich gerade in der Küche aufhielt. „Hoppla! Frau Heilig – was ist passiert?" Irmgard ließ sich unaufgefordert auf den nächsten Stuhl fallen und sagte: „Darf ich hier bleiben? Ich bin abgehauen." Dann erzählte sie die ganze Geschichte. Dunja reagierte allerdings ganz anders als sie es erwartete. Sie lachte schallend los. „Oh, liebe Frau Heilig! Glauben Sie wirklich, das wäre neu?", rief sie aus. „Himmel, das macht er doch laufend. Ich habe ihn schon mehrmals gesehen und mich köstlich amüsiert. Nach draußen ein unbescholtener Moralapostel und hintenrum der lüsterne alte Mann. Bewundernswert finde ich, dass Sie endlich den Mut haben, Konsequenzen zu ziehen. Hut ab!"

Die Bemerkung mit dem lüsternen alten Mann war zwar nicht gerade freundlich, aber Irmgard sah ein, dass sich Rudolf mit annähernd achtzig Jahren einfach nur lächerlich machte. Jetzt musste sie auch grinsen, obwohl ihr die Tränen in den Augen standen. Noch bevor sie etwas Weiteres sagen konnte, ging die Küchentür auf und Lennart stand im Rahmen. „Ach du *heilige Tante* – was ist denn hier los!"

Als Irmgard *heilige Tante* hörte kamen ihr endlich die erlösenden Tränen. Dunja sah etwas verdutzt auf Lennart und dieser erklärte: „Als ich noch klein war, hieß sie immer Tante Heilig. Ich hatte sie zur Nenntante erkoren. Später, gewissermaßen als pubertierendes Monster, war mir das sozusagen zu blöd und ich taufte sie um. Seit dieser Zeit hieß sie*: heilige Tante* und das ist sie bis heute geblieben."

Dunja lachte. „Nun, das ist mal eine Erklärung. Aber nun lass sie sich erstmal ausweinen. In der Zwischenzeit erzähle ich, soweit ich es weiß, was passiert ist."

Das war mit wenigen Sätzen gesagt und Lennart meinte: „Also müssen wir zusehen, wie wir weiter agieren. Ich schlage vor" und mit diesen Worten drehte er sich zu Irmgard um, die sich inzwischen ein bisschen beruhigt hatte: „Du bleibst erst einmal hier. Wir haben ein Gästezimmer, aber du darfst dich natürlich nicht sehen lassen. In einem günstigen Moment, am besten wenn *Heiliger Mann* in der Kneipe verschwindet, gehen wir rüber und holen noch ein paar Sachen von dir ."

„Ich habe einen Hausschlüssel mit, aber hinten ist noch das Fenster auf, weil ich durch den Garten abgehauen bin."

„Vernünftig, dann konnte dich wenigstens niemand beobachten … hoffen wir."

„Nein, gesehen hat mich niemand, aber die Schlafzimmertür ist von innen abgeschlossen."

„Macht nix, klettern wir eben auch wieder zum Fenster rein. Und dann", griemelte Lennart boshaft, „werden wir diese Tür aufschließen und ganz gemütlich durch den vorderen Eingang herausgehen. Allerdings erst im Dunkeln."

Irmgard wurde nun doch ein bisschen mulmig in der Magengegend, aber sie sagte sich selber, dass sie, als sie *A* gesagt hatte, nun auch *B* sagen müsse. Sie blickte auf. „Ja – so machen wir es." Ein Blick auf die Uhr zeigte ihr, dass in einer guten Stunde der Bürgermeister vor der Tür stehen würde und die Lokalreporterin ebenfalls. Na, das würde wohl ein heilloses Durcheinander werden. Sie traute Rudolf durchaus zu, einfach wegzubleiben, weil er mit *solchen Leuten* – wie er immer betonte – nix zu tun haben wollte. Irmgard straffte die Schultern, das sollte nicht mehr ihr Problem sein. Sie hatte sich in diesem Moment entschlossen, Nägel mit Köpfen zu machen. Nach fünfzig Jahren würde sie die Scheidung einreichen. Als sei eine unendliche Last von ihr genommen, sah sie hoch und teilte Dunja und Lennart ihren Gedanken mit. Dunja riet ihr, nichts zu überstürzen und Lennart nickte bedächtig mit dem Kopf. „Verständlich – aber ich kann mich Dunja nur anschließen. Bitte keine unüberlegten Schritte. Wir werden jetzt erst einmal, wenigstens mit einem Imbiss, für unser leibliches Wohl sorgen, und dann sehen wir weiter."

Dunja verließ die Küche und ging zur Straßenseite. „Er kommt wieder und geht auch ins Haus."

Kurze zeit später verkündete Lennart, dass der Bürgermeister und die Lokalzeitungsreporterin eingetroffen sein. „Ach Gott", stöhnte er, „das ist unglücklicherweise Hannelore Kreuzmann, diese Schnepfe."

„Warum Schnepfe?", fragte Irmgard.

„Weil sie alles andere als eine seriöse Reporterin ist. Was glaubst du, was morgen in der Zeitung steht. Die schafft es mühelos, aus einer Mücke einen achtbeinigen Elefanten zu machen."

Irmgard zuckte die Schultern. „Irgendwie berührt mich das nicht; ich wusste gar nicht, dass ich so kalt sein kann. Allein, wenn ich daran denke, was Rudolf für ein Theater gemacht hat, als nicht Jutta, sondern Sie, Lennart, das Haus erbten. Er hat sich tierisch aufgeregt, dabei ging ihn das gar nichts an."

Lennart schmunzelte. „Doch – irgendwie ging ihn das etwas an. Aber … das erzähle ich beim Nachtessen. Ich muss noch mal weg, ich habe einen Termin."

„Aha und wann kommst Du wieder?"

„Ich denke, gegen zwanzig Uhr werde ich zu Hause sein. Wartet Ihr solange mit dem Abendessen?"

„Wenn Frau Heilig bis dahin nicht verhungert, entführt oder sonst was ist …", resümierte Dunja.

Neugierig geworden, schob Irmgard dazwischen: „Jetzt komme ich nicht mehr mit."

„Kann ich mir denken; ich wünsche gutes Rätselraten! Bis heute Abend."

Damit schnappte Lennart sich eine Schnitte, biss herzhaft hinein und verabschiedete sich kauend.

Die beiden Frauen gingen derweil ins Gästezimmer und Dunja bereitete alles für einen längeren Aufenthalt vor. „Möchten Sie lieber das Bad unten benutzen, da ist eine Badewanne drin, oder hier oben die Dusche?", fragte sie.

Irmgard lächelte. „Wenn ich es mir aussuchen darf, lieber die Dusche. In der Badewanne habe ich immer ein bisschen Angst, auszurutschen. In der Dusche fühle ich mich sicherer."

„Gern – dann die Dusche." Dunja legte Handtücher bereit, holte einen Zahnbecher, Zahnpasta und eine Bürste. „Alles ladenneu für eventuelle Gäste", meinte sie. „Die wir leider gar nicht oft haben…, wir leben ziemlich zurück gezogen."

„Warum eigentlich?"

„Nun, Lennart sieht aus wie ein Playboy, ist aber keiner. Im Gegenteil, er liebt es, mit einem Buch und einem Glas guten Rotweins auf der Couch zu sitzen. Fernsehen reizt ihn sowieso nicht besonders und ich, na ja, ich bin auch kein Partymensch. Ich habe den ganzen Tag einen Haufen alberner Leute um mich, die glauben sie wären was Besonderes. Wenn Sie das sehen oder hören könnten, was die manchmal von sich geben. Sie hielten sich die Ohren zu. Dunja lachte, Gott sei Dank wird es nicht mehr lange dauern. Ich habe gekündigt und fange in acht Wochen bei Bengelmann an, im Büro."

„Im Büro?" Fragend sah Irmgard sie an.

Dunja schmunzelte. „Ja – im Büro. Ich bin ausgebildeter Industriekaufmann, ääh… heute sagt man ja Industriekauffrau. Wer sich den Schmarren hat einfallen lassen, wüsste ich auch gern."

„Dann meinen Glückwunsch, ich denke, Sie werden sich sicher schnell einarbeiten und sich wohl fühlen. Eine Umstellung wird es auf jeden Fall sein."

„Das gewiss."

Inzwischen war das Gästezimmer hergerichtet und die Unterhaltung erstarb. Irmgard blickte hinter der Gardine aus dem Fenster und sah, dass der Bürgermeister und die Reporterin das Haus verließen. Beide machten etwas dümmliche Gesichter. Rudolf befand sich außerhalb des Blickfeldes und schloss die Tür von innen. Jetzt hieß es warten, ob und wann er das Haus wieder verließ. Sie sah noch, dass er hinter dem kleinen Fenster neben der Haustür stand und auf die Straße blickte. Wahrscheinlich wartete er darauf, dass Irmgard wiederkam. Aber sie würde nicht kommen. Nicht jetzt und nicht heute. Sie wollte erst einmal wissen, was es mit Lennarts Bemerkung auf sich hatte.

Seufzend setzte sie sich auf die Bettkante, lehnte sich erschöpft ein wenig zur Seite und war kurze Zeit später fest eingeschlafen. Als Dunja sie zum Kaffee holen wollte, lag sie immer noch so da und Dunja ließ sie liegen. *Schlafen Sie ruhig ein bisschen, das löst die Verspannung.* Mit diesen Gedanken ging sie hinunter und inspizierte den Kühlschrank. Sie wollte Irmgard nicht allein im Haus lassen, man konnte ja nie wissen. Eventuell käme ihr Mann ja doch auf die Idee, sie suchen zu wollen und würde vielleicht hier klingeln. Da wollte sie parat stehen und den Kerl abweisen können.

Stunden später.

Lennart fuhr den Wagen auf den Hof, stellte den Motor ab und wollte gerade ins Haus gehen, als Rudolf auf ihn zukam. „Lennart, hast du mal einen Augenblick Zeit?", fragte er.

„Eigentlich nicht, um was geht es denn?"

„Nun", druckste Rudolf herum, „es geht um Irmgard, sie ist nicht nach Hause gekommen."

„Was heißt, sie ist nicht nach Hause gekommen?"

Notgedrungen berichtete Rudolf in kurzen Sätzen, was vorgefallen war, wobei er vorsichtshalber den Grund von Irmgards Verschwinden im Dunkeln ließ. Lennart sah seinen Nachbarn kalt an. „Und Sie sind sicher, dass Ihre Frau wirklich ohne erkennbaren Grund davon gelaufen ist?", fragte er zurück.

„Ja – ich weiß beim besten Willen nicht, was sie dazu bewogen hat. Und das am Tag unserer Goldenen Hochzeit, auf den ich mich doch so gefreut hatte."

Lennart fiel es schwer, sein Gesicht zu wahren. Am liebsten hätte er ihm eine Ohrfeige verpasst, aber er riss sich zusammen. „Tja, Herrn Heilig, da kann ich Ihnen leider auch nicht helfen. Bei uns ist sie ganz bestimmt nicht. Dass dieses Verhältnis mehr als unterkühlt ist, dafür haben Sie doch wohl selber gesorgt."

Mit diesen Worten ließ er seinen Nachbarn einfach stehen, ging nach vorne zur Haustür und klingelte vorsichtshalber zweimal. Das war für Dunja das Zeichen, dass sich außer ihr selber, niemand sehen lassen sollte. Dunja hatte auch sofort verstanden, hieß Irmgard, in die Küche zu gehen, schloss die Tür und ging dann in den Hausflur, um die Tür zu öffnen. Lennart sagte entschuldigend und vor allen Dingen *laut*: „Sorry – ich habe meinen Hausschlüssel wohl heute Mittag liegen lassen..."

Mit diesen Worten schloss er die Eingangstür und lehnte sich von innen dagegen. „Oh Mann, das ist vielleicht ein Schweinehund! Aber lass mal, die arme heilige Tante wird sowieso gleich vom Stuhl fallen, wenn sie erfährt, warum ihr Mann so getobt hat, als ich das Haus erbte..."

188

Nach dem Abendessen, das, trotz der unübersichtlichen Lage, in ausgesprochen gelöster Stimmung verlief, meinte Lennart: „So, heilige Tante, was ist. Willst du jetzt die Geschichte hören oder lieber ins Bett gehen. Ich kann mir vorstellen, dass du völlig erledigt bist."

„Stimmt, bin ich, aber trotzdem möchte ich lieber die Geschichte hören. Vielleicht kann ich dann besser schlafen."

„Eher nicht. – Okay. Meine Großmutter, Else, mit der du viele Jahre eng befreundet warst, musste lange warten, bis sie endlich schwanger wurde. Sie war überglücklich, als Jutta, meine Mutter, dann geboren wurde. Was allerdings erst Jahrzehnte später, durch einen dummen Zufall, ans Tageslicht kam war, dass Else zwar ihre Mutter, aber Otto nicht ihr Vater war. Ihr biologischer Vater war Rudolf."

Irmgard fiel die Kinnlade herunter.

„Dieser scheinheilige Moralapostel und das gilt leider für Else genauso. Man sollte es nicht glauben."

Trotzdem atmete Irmgard auf: „Egal, das ist zwar ein Schlag in die Magengrube, aber irgendwie bin ich auch erleichtert. Ich muss ihn nicht länger ertragen und werde die Scheidung einreichen."

Mit Tränen in den Augen und einem seltsamen Lächeln im Gesicht kam es aus tiefstem Herzen: *Nie wieder Goldene Hochzeit!*

Der alte Brunnen

Martin kam zu sich; es war kalt und vor allen Dingen nass. Alle Knochen taten ihm weh. Er fasste sich an den Kopf. Eine riesige Beule zierte seine Stirn und beim Versuch aufzustehen bemerkte er, dass seine Beine ganz steif waren. Erst beim dritten Mal gelang es ihm und dann kam auch die Erinnerung wieder. Wer hatte nur in den alten Brunnen gestoßen? Und wieso war der Deckel nicht mehr an seinem Platz? Der- oder Diejenigen nahmen billigend in Kauf, dass er sich das Genick brach oder in dem Wasserloch ertrank. Oder … ? Das musste auf jeden Fall Absicht gewesen sein. Martin hatte niemanden kommen hören; das hohe Gras dämpfte alle Geräusche auf ein Minimum. Es schien ihm, als habe jemand hinter

dem Holunderbusch auf ihn gewartet, als er sich auf den Brunnenrand setzte, um eine Zigarette zu rauchen, weil es im Hause nicht gern gesehen war. Plötzlich packte ihn dieser Jemand am Kragen, woraufhin er das Gleichgewicht verlor. Beinahe fünf Meter tief stürzte er und es war sein Glück, dass der Brunnen in seiner Funktion schon lange nicht mehr benutzt wurde. Außerdem musste er einen oder zwei Schutzengel gehabt haben. Seine Gliedmaßen schmerzten zwar, waren aber anscheinend heil geblieben. Der Schlamm, der sich auf dem Grund angesammelt hatte, linderte den Fall. Langsam machte er sich Gedanken darüber, wie er am besten wieder heraus kam. Im Haus würde man ihn erst am Morgen vermissen, wenn er nicht zum Frühstück erschien. Aber so lange wollte er nicht in diesem alten Schacht ausharren. Martin fühlte in seine Hosentasche, da musste ein Messer gewesen sein. Nicht mehr drin. Es war wohl heraus gefallen. Langsam, Zentimeter für Zentimeter tastete er mit seinen Füßen den Boden ab. Dass ihm dabei der stinkende Matsch in die Schuhe lief, registrierte er nicht. Nach einer Weile hatte seine Suche endlich Erfolg. Ganz am Rand fühlte er etwas Hartes unter seinen Sohlen, bückte sich und griff blind nach diesem Gegenstand. Es war sein Messer!
Mühsam rappelte er sich wieder hoch, ließ die Klinge aufspringen und begann, die Fugen auszukratzen, bis sich ein Ziegel heraus nehmen ließ. *Gut, dass es noch keinen Beton gab, als dieser Brunnen gebaut wurde…*

*

Else Wasser-Handl, in zweiter Ehe mit Kurt Handl verheiratet, gab dem schrillenden Wecker einen Klaps und schälte sich aus dem Bett. Ihr Ehemann war schon aufgestanden, um das Vieh im Stall zu versorgen. Viel war es nicht: eine Kuh und zwei Schweine hielten sie sich noch. Früher, als ihr erster Mann noch lebte, bearbeiteten sie einen richtig funktionierenden Bauernhof. Auch Personal hatten sie; eine Person für den Stall, eine für das Feld und eine Frau, die im Haushalt half. Als sie sich wieder verheiratete, dauerte es nicht lange und ihr Ehemann entpuppte sich als Despot. Nur seine Meinung galt. Das Personal wurde entlassen – wofür gab es zwei Söhne und eine Tochter in der Familie. Die *Viecher*, bis auf diesen kleinen Rest, wurden verkauft; die Scheune zu Ferienwohnungen umgebaut. Sicher, nun war die Arbeit nicht mehr so schwer für sie, doch dass sich ihr Mann mit den Kindern, die diese Methode ablehnten, nicht verstand, belastete Else schwer. Die beiden Ältesten, Monika und Hans, waren deshalb bereits ausgezogen.

Else hatte gerade die Kaffeetassen gefüllt und war auf dem Weg in den Frühstücksraum, als Kurt ihr entgegenkam. „Wo ist eigentlich dein Sohn Martin? Muss ich heute mal wieder alles allein machen?", moserte er.

„Ich richte nur noch schnell das Frühstückbuffet, dann sehe ich mal nach ihm. Vielleicht hat er verschlafen; gestern Abend war er zur Versammlung der Freiwilligen Feuerwehr", antwortete sie und ging weiter.

Als Martins Mutter nach einer viertel Stunde die Treppe zu seinem Zimmer empor stieg und an die Tür klopfte, kam keine Reaktion. Sie wiederholte das Klopfen – doch wieder keine Antwort aus dem Zimmer. Vorsichtig öffnete sie die Tür. Da lag er; mit dem Gesicht zu ihr und schlief tief und fest. Bloß wie sah er aus? Das Gesicht voller Kratzspuren und die Stirn zierte eine große Beule.

„Martin! Um Gottes Willen, was hast du denn gemacht?"

Der so Angesprochene schreckte zusammen und richtete sich stöhnend auf. Er musste sich kurz sammeln und berichtete seiner Mutter sein spätabendliches Erlebnis.

„Hast du Denjenigen nicht erkannt?"

„Nun, es war schon dunkel und Der oder Die muss sich geduckt haben, nachdem sie mich am Kragen gezogen hatte."

„Hast du mit einem Kumpel im Ort Krach bekommen?", fragte seine Mutter weiter.

„Nein, überhaupt nicht. Und wenn – das wäre kein Grund, den eventuellen Tod eines Menschen in Kauf zu nehmen!"

„Bleib' noch etwas liegen; später ziehst du dich dann bitte an und gehst hinunter ins Dorf. Zum Arzt. Ich regle das schon mit Kurt. Sonst streitet ihr wieder… Wo hast du übrigens deine Sachen gelassen? Die müssen doch stinken von der Brühe, in die du gefallen bist", meinte Else weiter.

„Die liegen in der Waschküche; ich wasche sie im Bottich vor, dann kannst du sie anfassen."

Else drehte sich um und ging in den Frühstückraum zurück, um bei den Pensionsgästen nach dem Rechten zu sehen.

*

Kurt Handl kam zum Frühstück. Das Vieh war versorgt, die Kuh gemolken und das Frühstück stand auf dem Tisch – bloß von der Familie war keiner zu sehen. Aus der Thermoskanne goss er sich einen Kaffee ein, dann griff er zur Tageszeitung. Zehn Minuten später kam Else in die Küche und er fragte: „Ist Martin schon ins Dorf? Der wollte doch Geld vom Konto holen... um den Tierarzt zu bezahlen?"
„Der Martin geht nachher ins Dorf, aber erst muss er einen Arzt aufsuchen. Irgendjemand wollte ihn anscheinend gestern am späteren Abend umbringen und hat ihn in den still gelegten Brunnen gestoßen. Jetzt sieht er aus wie Frankenstein; hatte Glück, dass der angesammelte Schlamm seinen Fall abfederte und auch nicht allzu viel Wasser drin war. Gerade mal der Boden war noch ein bisschen bedeckt. Allerdings hatte er Mühe, ohne Hilfe wieder raus zu kommen. Mit seinem Taschenmesser, so berichtete er mir, kratzte er den Mörtel zwischen den Steinen heraus, um dann einzelne Steine zu entfernen. Gott sei Dank ist der Brunnen nicht sehr breit, so ist er mit gespreizten Beinen, Stein für Stein, nach oben gekommen. Gut, dass Derjenige vergaß, den Deckel wieder an seinen Platz zu legen. Gehört hätte ihn in der Nacht wohl keiner von uns!"
Völlig verblüfft hatte Kurt die Zeitung zur Seite gelegt; der restliche Kaffee wurde kalt. „Und wo ist er jetzt?"
„Im Bett – ich habe ihm gesagt, er könne bis Mittag liegen bleiben."

*

Als Martin kurz vor zwölf die Treppe zur Waschküche hinunter ging, hörte er seine Mutter in der Küche mit den Tellern klappern. Unten angekommen sah er, dass die Waschmaschine schon lief. Erfreut, dass seine Mutter ihm die Vorwäsche bereits abgenommen hatte, trabte er wieder nach oben. Else hörte ihn kommen und rief durch die geöffnete Tür:

192

„Kannst hier bleiben – das Essen ist gleich fertig!"
Martin guckte durch die Tür und sah seine Mutter allein im Raum. „Wo ist Kurt?", fragte er.
„Er ist selbst zur Kasse gegangen und wollte nicht mit uns essen. Du brauchst also nur noch zum Arzt…"

Mutter und Sohn waren mit ihrem Schnitzel beschäftigt. Im Hintergrund hörte man das Ticken der Uhr als es klopfte. „Herein", rief Else spontan mit vollem Mund.
Langsam ging die Küchentür auf und der Gast von Zimmer zwei steckte den Kopf herein. „Entschuldigung, dass ich …", brach er ab, als er sah, dass die Chefin nicht allein war.
„Stimmt irgendetwas nicht?"
Er druckste ein wenig herum, dann sagte er: „Wir möchten heute noch abreisen. Machen Sie uns bitte die Rechnung fertig. Sie können aber ruhig zu Ende essen – ich komme in einer halben Stunde nochmal wieder."
„Aber … Sie hatten doch bis Übermorgen gebucht", meinte Martins Mutter irritiert.
„Ich zahle Ihnen den Ausfall, aber wir reisen ab. Bis nachher also." Damit drehte der Gast sich um und verschwand.
„Komisch", meinte sie zu ihrem Sohn, „gestern sagte er zu mir, wie gut es ihm, seiner Frau und der Tochter hier gefiele."
„Vielleicht ist bei ihnen daheim etwas nicht in Ordnung. Jemand krank geworden oder ähnliches", murmelte Martin während er den letzten Bissen in den Mund stopfte.

*

„Ich gehe dann zum Arzt. Soll ich in der Dorfkneipe schauen, ob mein Stiefvater noch da ist?"
„Wenn du unbedingt wieder Ärger haben willst …", antwortete Mutter Else.
Während Martin eine Abkürzung nahm und seinem *Vater* nicht begegnete, kam der abreisewillige Gast in die Küche, um die Rechnung zu be-

zahlen. Es sah aus, als habe er beobachtet, dass Martin das Haus verließ.
Nach ungefähr zwei Stunden kam Martin heim und berichtete seiner
Mutter: „Alles in Ordnung, bis auf die oberflächlichen Blessuren. Bis das
Vieh versorgt werden muss, ist noch etwas Zeit. Ich gehe in unsere
kleine Werkstatt und beginne mit der Arbeit an einer neuen Abdeckung
für den Brunnen, die man nicht wieder entfernen kann."
„Ist gut", antwortete sie, „ich rufe dich nachher einmal, damit du mir hel-
fen kannst, die Matratzen in Zimmer zwei zu wenden. Die sind nämlich
ziemlich schwer."
„Alles klar." Damit ging Martin hinter das Haus in den kleinen Anbau.

Kurt Handl kam mit dem Taxi heim. Es war ihm wohl zu anstrengend,
nach ein paar Bierchen den Weg wieder zu Fuß zurück zu legen. Am Hof
angekommen, entlohnte er den Fahrer und wollte sich gerade in Richtung
Wohnhaus aufmachen, als er stutzte. Im Fenster von Zimmer zwei hingen die abgezogenen Betten zum Lüften. Er änderte abrupt die Richtung
und ging in den Gästetrakt. Ohne Begrüßung polterte er los: „Inwiefern
machst du hier sauber? Die Heisers reisen doch erst Übermorgen ab. Das
ist unnütze Arbeit!"
„Beruhige dich, Kurt. Sie sind bereits abgereist und haben für die rest-
lichen beiden Tage mit bezahlt …"
„Und wo ist dein Sohn schon wieder?"
„Der ist in der Werkstatt und repariert oder konstruiert einen neuen
Brunnendeckel."
„Im Umdrehen knurrte er noch: „Sag ihm, er ist heute Abend dran, das
Vieh zu versorgen." Dann verschwand er im Haus.

*

Mutter und Sohn saßen – wie des Öfteren – allein am Abendbrottisch.
Kurt war ins Bett gegangen und für den Rest des Tages nicht mehr ansprechbar.
„Eigentlich schade, dass die Heisers schon weg sind. Haben die gesagt,
warum?"

„Nein, von allein nicht. Ich mochte nicht fragen, nachdem er voll bezahlt hat", antwortete seine Mutter.

„Ein nettes Mädchen, deren Tochter", bemerkte Martin.

„Hattest du was mit ihr?", kam es prompt.

„Wir haben uns ein paar Mal nett unterhalten, das war alles. Vera war gerade erst sechzehn – meinst du, ich wollte mir etwas zuschulden kommen lassen?"

„Heute ist alles möglich. Selbst wenn du es nicht wolltest; manche Mädchen kennen genug Tricks, um einen jungen Mann herum zu bekommen", erwiderte seine Mutter. „Auf den Mund gefallen war sie nicht gerade, oder?"

„Noch mal! Da war nix, Mutter. Ehrenwort!"

„Gut Junge, etwas Anderes. Machst du noch etwas Butter in der Kühlkammer? Ich komme mit dem, was wir haben, für morgen nicht aus. Kurt kann ich heute nicht mehr fragen, so wie es aussieht."

„Okay Mutti, und dann gehe ich nach oben, werde etwas Chemiekunde betreiben... lesen meine ich. Wir haben morgen Abend wieder mal Theorie bei der Feuerwehr. Es gibt permanent neue Chemikalien. Die Butter stelle ich dir dann in die Küche."

*

Martin ging es wieder gut. Die Abschürfungen waren verheilt, die Stirn schimmerte zwar noch in allen Farben; wenn ihn jemand Fremdes darauf ansprach, gab er stets zur Antwort: „Das ist beim Fußballspielen passiert." Aber eine Idee, wer das wohl gewesen sein könnte, war ihm immer noch nicht gekommen.

Am Nachmittag war Martin im Ort, um für seine Mutter ein Geschenk zu deren Geburtstag zu besorgen. Er hatte am Abend keinen Stalldienst und wollte die Zeit nutzen, der Mutter zu helfen; sie beabsichtigte, für die Hausgäste einen kleinen Imbiss zu machen. Er wollte sich um die Getränke kümmern.

So war er mit dem Fahrrad unterwegs. Bergab war das eine feine Sache, zurück musste er schieben. Martin hatte alles erledigt; am Abzweig zum heimatlichen Hof musste er lächeln. Hatte doch sein leiblicher Vater den Weg zu ihnen herauf *Grüner Kuhweg* getauft und ein entsprechendes Schild aufstellen lassen. Plötzlich hupte es hinter ihm. Der Postbote.

„Hallo Martin…"

„Hallo Josef! Du bist heute aber spät dran!"

„Ja, bei mir daheim hat eine Kuh gekalbt, da musste ich dabei sein. Nimmst du Eure Post mit rauf? Dann kann ich mir den Weg sparen und gleich weiter fahren."

„Na klar, mach ich", nickte Martin und hielt die Hand auf.

Ohne weiter nachzusehen, steckte er die Briefe in die Tragetasche und hängte sie an den Lenker. Mit einem „schönen Tag noch" verabschiedete er sich und machte sich an den *Aufstieg*.

In der Mitte der Strecke war eine Bank. Martin hielt an und machte eine Pause. Einer Eingebung folgend – sonst machte er sich nichts aus der Post, die auf den Hof kam – nahm er sie aus der Tasche und blätterte sie durch. *Geschäft, Geschäft, Reklame* ... murmelte er vor sich hin. Dann stutzte er! Herrn Martin Wasser, Tannenhorst, Grüner Kuhweg 1. Alles andere steckte er wieder in die Tragetasche, setzte sich wieder auf die Bank und drehte den Brief in der Hand. Kein Absender! Nachdenklich kramte er sein Taschenmesser aus der Hosentasche und schlitzte das Kuvert auf, faltete den Bogen auseinander und begann staunend zu lesen:

Lieber Martin!
Nun sind wir schon zwei Wochen zu Hause und morgen muss ich wieder in die Schule. Es war schön bei Euch, vor allem hat mir dein erster zärtlicher Kuss gefallen. Leider konnte ich mich nicht von dir verabschieden, weil mein Vater ganz plötzlich nach Hause wollte. Vielleicht hat er uns zusammen gesehen; er wacht immer wie ein Schießhund über mich. Wir werden uns vermutlich nicht wiedersehen, denn ich hörte meine Eltern sagen, dass es die nächsten Jahre an die See gehen soll.
Eigentlich schade!
Vera

Martin las die wenigen Zeilen zweimal, steckte den Bogen in den Umschlag zurück und deponierte ihn in seiner Hosentasche. Den Rest des Weges grübelte er. *War es Veras Vater, der mich in den Brunnenschacht befördert hat? Hatte er tatsächlich gesehen, wie ich seine Tochter küsste? Befiel ihn womöglich die Befürchtung, dass ich mich an ihr vergreifen würde? Sind Heisers deshalb vorzeitig abgereist, damit nichts herauskam? Und… hatte Veras Vater wirklich bewusst in Kauf genommen, dass er, Martin, sich aus dem Brunnenschacht normalerweise nicht hätte befreien können?*

Diesen Brief würde er, wenn niemand zusah, vernichten und seine Vermutungen für sich behalten. Er lebte! Warum sollte er sich mit einem eifersüchtigen Vater anlegen, zumal er die junge Dame wahrscheinlich sowieso nicht mehr sehen würde. Martin schmunzelte leicht bei den Gedanken, dass er mit Sicherheit immer erst den Brunnendeckel untersuchen würde, bevor er sich wieder auf den Rand setzte, um eine Zigarette zu rauchen.

Mann über Bord

Klaus saß allein auf dem Markusplatz in Venedig, vor sich einen Cappuccino, den der Ober soeben gebracht hatte. Er blinzelte in die Sonne, weil er seine Sonnenbrille vergessen hatte und beobachtete das Treiben um ihn herum. Hunderte von Tauben marschierten zwischen den Touristen einher, setzten sich auf Schultern und Köpfe und so hörte er auch manch einen fluchen, der eine unwillkommene Hinterlassenschaft abbekam. Die schlanken Gondeln schaukelten im Wasser, angebunden an Pfählen. Die Gondolieri hatten längst nicht mehr soviel zu tun; einhundert Euro waren auch ein stolzer Preis für eine einstündige Fahrt. Gerade öffnete er erneut ein Tütchen, um Zucker in seine Tasse zu schütten, als ein nettes Mädchen an seinen Tisch trat.
„Scusa Signor – ist hier noch ein Platz für mich?"

„Prego Signorina – bitte schön. Gern können Sie Platz nehmen, eine so charmante Dame immer."

Sie lächelte ihn an und Klaus schmolz dahin. Mit ein wenig Mühe versuchten beide, ein Gespräch in Gang zu bringen. Klaus mit ein paar Brocken italienisch und ebenfalls Lucia, so hieß die junge Dame, mit ein wenig deutsch.

Die Zeit verging.

Gerade wollte er seine Bekanntschaft fragen, ob sie noch länger in Venedig weilte, und ob man sich noch einmal treffen könne… klingelte laut und penetrant der Wecker neben seinem Ohr! Der schöne Traum fand ein abruptes Ende.

Langsam schälte er sich aus seiner Decke. Venedig und das nette Mädchen blieben ihm in Erinnerung. *Komisch*, dachte er, *sonst kann ich mir aus einem Traum nichts merken und heute...? Ob das irgendetwas zu bedeuten hat? Nun trödele nicht,* ermahnte er sich selbst, *sonst kommst du das erste Mal in deinem Leben zu spät zur Arbeit.*

Als Klaus an diesem Morgen, es war Freitag und er freute sich bereits auf das Wochenende, durch das Werkstor schritt und seinen Ausweis zückte, schauten ihn die Pförtner so komisch an.

Wie immer winkten sie ihn durch, doch irgendetwas schien heute anders zu sein. Und dann kam es ganz dicke. Statt wie sonst im Aufenthaltsraum bei Kaffee und Espresso, traf er Kolleginnen und Kollegen vor der Betriebstür aufgeregt miteinander diskutieren.

„Was ist denn hier los?" fragte er und wollte weitergehen, als ihn jemand vom Betriebsrat am Ärmel festhielt. „Hast du denn noch nichts gehört? Unser Betrieb wird dichtgemacht!"

„Wieso denn das? Ich denke, wir haben bis ins nächste Jahr hinein noch Aufträge vorliegen?"

„Schon – doch laut Betriebsleitung sind wir zu teuer und sowohl in Frankreich als auch in Polen fertigen sie das gleiche Produkt zu einem Drittel der Kosten – und dahin wird die Produktion verlegt! Es sei denn", führte er weiter aus, „wir verzichten auf Lohnerhöhung, Nachtschichtzulagen und arbeiten länger."

198

Klaus wurde rot im Gesicht, ein Zeichen seines zu hohen Blutdrucks. „Das ist ja vielleicht eine Schweinerei! Erst streichen sie uns das dreizehnte Gehalt, dann das Urlaubsgeld und jetzt das! Und wie soll es nun weitergehen?" fragte Klaus zurück. „Die meisten Kollegen sind an oder um die Fünfzig, die bekommen doch keinen Job mehr!"

„Na ja – wir sollen ein Jahr lang in einer Auffanggesellschaft *geparkt* werden, dort für diese Zeit zirka achtzig Prozent der bisherigen Bezüge erhalten und in dieser Zeit auch vermittelt werden; sagen sie."

Langsam gingen die Kollegen und auch Klaus wieder an ihre Arbeitsplätze. In drei Monaten ist Schluss; dieses Thema beschäftigte alle und nicht nur Klaus war das Wochenende total verhagelt.

„Nanu, was ist denn in Klaus gefahren? Warum donnert der die Wohnungstür so zu?" Hildegard Adams schaute zu ihrem Mann Karl, der gerade dabei war, seine Fische im Aquarium zu füttern. „Keine Ahnung, er wird es uns sicher erklären, wenn er nachher zum Abendessen herunter kommt."

Klaus' Eltern hatten vor Jahren am *Leimbacher Berg* gebaut und das direkt mit einer Einliegerwohnung. Diese war vermietet, bis ihr Sohn älter geworden war; dann hatten sie, im Einvernehmen mit den Mietern, Eigenbedarf angemeldet und die Mieter zogen nach einer angemessenen Frist aus. Beide hatten gehofft, im Laufe der Zeit auch eine Schwiegertochter ins Haus zu bekommen; Klaus hatte zwar öfter eine Freundin, doch etwas Festes wurde es nie. Sie mischten sich nicht ein, zumal sie sich über ihren Sohn nicht beklagen konnten. Er half ihnen, wann und wo immer es nötig war. Hildegard und Karl waren über siebzig, zwar immer noch topfit, wie man so sagt, doch so manch kleines Zipperlein sorgte dafür, es dann und wann etwas langsamer angehen zu lassen.

Mutter Adams hatte in der Küche den Tisch gedeckt, es duftete nach Rotkohl und Rinderbraten. Zu ihrem Mann, der gerade die Küchentür öffnete sagte sie, er möge doch bitte den Sohn zum Essen rufen.

Klaus kam langsam die Treppe herunter. Er hatte ausgiebig geduscht und sich in Schale geschmissen – nur in seinem Gesicht konnte er die hinzugekommenen Falten nicht retuschieren. Seine Eltern staunten nicht schlecht, als er so geschniegelt zum Abendessen erschien.

‚Dein Gesicht passt aber überhaupt nicht zu deinem Aufzug", bemerkte die Mutter.

‚Lasst uns erst essen; ich möchte euch die Abendmahlzeit nicht verderben", murmelte Klaus.

Nach dem Essen ging Vater Adams ins Wohnzimmer; Klaus half seiner Mutter noch beim Abwasch. Dann saßen sie zusammen in der Stube und Klaus überbrachte seinen Eltern die Hiobsbotschaft: „Erstens – noch drei Monate Arbeit; ein Jahr achtzig Prozent von einer Auffanggesellschaft und dann arbeitslos. Sie haben uns zwar gesagt, dass sie uns vermitteln... aber!"

Zwei Stunden lang beleuchteten sie gemeinsam die für Klaus ziemlich bescheidene Lage. Mit dem Ergebnis, dass *kein Ergebnis* erzielt wurde, machte Klaus' Vater zum Abschluss einen für alle überraschenden Vorschlag: „Weißt du was, mein Sohn, du erkundigst dich am Montag in der Firma, wie viel Urlaub dir noch zusteht und dann fahren wir alle drei gemeinsam vierzehn Tage ans Meer; zwischen deinem letzten Arbeitstag und dem Beginn des Jahres in der neuen Gesellschaft. Wir haben zwar dann erst Mitte Mai, doch in Italien soll ja um diese Zeit schon der Frühling angefangen haben, so bei zirka fünfundzwanzig Grad Celsius! Plus versteht sich."

Ich überleg mir das", antwortete Klaus, „jetzt gehe ich aber erstmal zu unserem Italiener, mir einen Rotwein genehmigen."

Auf Ermahnungen verzichtete Vater Adams – schließlich ging sein Sohn auf die fünfzig und er wusste immer, wie viel er vertrug und wie weit er gehen konnte.

*

Als klar war, wie viel Urlaub ihm noch zustand, kümmerten sich seine Eltern um Fahrkarten bei der Bahn und ein strandnahes Hotel in Cattolica. Am achtzehnten Mai saßen sie abends im Zug, hatten ein ganzes Abteil für sich und freuten sich auf vierzehn Tage Ferien bei, hoffentlich schönem Wetter.

Am nächsten Tag schien die Sonne; es gab freudige Gesichter und der

Schlaf in den gewöhnungsbedürftigen Liegewagen war vergessen. Im Abteil wurde das Frühstück serviert; aus dem Fenster blickend sahen sie die ersten Zypressen und, typisch für ganz Italien, die mit ausgebleichten Dachziegeln gedeckten Häuser.

Im Hauptbahnhof von Rimini mussten sie, im Gegensatz zu vormaligen Zugfahrten, in einen Regionalzug umsteigen. Der brachte sie bis zum Bahnhof in Cattolica, wo bereits ein Reiseleiter wartete, der sie dann mit einer Taxe ins Hotel fahren ließ. Dieses Hotel lag direkt am Hafen; nur ein paar Minuten vom Strand entfernt. Doch das Erbaulichste war wohl die Aussicht. Ihre Zimmer lagen im fünften Stock und sie hatten bei klarem Wetter einen herrlichen Blick. Am Tag und auch in der Nacht, wenn alles beleuchtet war; die ganze Küste entlang bis Rimini.

*

In den nächsten Tagen lernten sie einige nette Leute kennen; im Hotel zwei ältere Damen, die das Geld ihrer verstorbenen Ehemänner verjubelten… Am Strand begegneten sie einem Elternpaar mit zwei halbwüchsigen, siebzehn und achtzehn Jahre alten, Mädchen, mit denen man sich gut unterhalten und auch mal einen ausgedehnten Strandspaziergang machen konnte. Sie stellten sich mit fünfmal „K" vor: Karin und Kurt; die Eltern. Dann kamen Kirsten und Katrin, die Töchter und das fünfte „K" stand für den Nachnamen: Kaufmann. Die drei Adams fanden das sehr originell und erwiderten wie aus einem Mund: „Wir haben auch etwas Kurioses anzubieten. Wir haben alle drei im März Geburtstag."

In der zweiten Woche gingen sogar die Erwachsenen, den Kindern zuliebe, mit in eine Diskothek. Die Blicke der anderen Jugendlichen waren nicht gerade freundlich. Worte wie: *habt Ihr Eure Kindermädchen mit?* waren noch die Harmlosesten. Natürlich hinter vorgehaltener Hand; man hätte ja sonst mit den Erwachsenen diskutieren müssen…

Für die Familie Kaufmann war der letzte Urlaubstag angebrochen; sie waren einige Tage früher angereist. Nach dem Frühstück ging es ein letztes Mal zum Strand. Die Liegestühle hatte man in den Tagen der Bekanntschaft mit den Adams zusammen gerückt und so konnte man sich auch tagsüber bei Bedarf austauschen. Ein sonnenreicher Tag machte den Abschied vom Strand und auch von einander schwer; sie hatten sich auf Anhieb gut verstanden. Bei fünf Erwachsenen schon eine Seltenheit, und dass es auch dem Nachwuchs gefallen hatte, war umso erfreulicher.

Plötzlich entstand Tumult am Strand. Eine Segelyacht hatte festgemacht und der *Kapitän* schwang eine große Glocke, um Werbung für seinen Törn zu machen. Kurt Kaufmann hüpfte von seinem Liegestuhl und fragte in die Runde: „Wer hat Lust mitzukommen? Das wäre doch etwas zum Abschied – oder?"

Keiner rührte sich. Klaus sprach für alle: „Es scheint keiner aus seinem Liegestuhl raus zu wollen, Kurt. Zu den beiden Mädchen gewandt: Was ist mit Euch Wasserratten? Auch nix?"

„Nein", kam die Antwort, „wir ruhen uns für die Fahrt nach Hause aus." Dazu muss man wissen, dass die Familie Kaufmann mit dem Auto angereist war.

„Na, dann gehe ich eben allein", brummelte Kurt vor sich hin; schnappte sich einen Geldschein und trabte in Richtung Wasser.

„Es soll starker Wind aufkommen", rief seine Frau ihm noch nach – doch das hörte er bereits nicht mehr.

Kurt Kaufmann war schon eine geraume Weile mit verschiedenen anderen Bootsinsassen auf dem Meer und der Wind wurde immer heftiger. Die Bademeister holten die weißen Flaggen am Strand ein und hissten rote. Badeverbot! Wie auf Kommando stellten alle Strandbesucher ihre Schirme gegen den Wind, denn keiner wollte wie frisch paniert im Hotel auftauchen.

Auf dem Segelboot fuhren der *Kapitän*, ein Steuermann und fünfzehn Urlaubsgäste auf das Meer hinaus. Die Tour sollte ungefähr zweieinhalb Stunden dauern. Das Meer war bewegt und eine frische Brise ließ das Boot gut vorankommen. Der Strand war schon nicht mehr zu sehen, als der Kapitän den Zeitpunkt für gekommen hielt, ein paar Rotweinflaschen zu öffnen. Die Gläser dazu wurden zum Erstaunen aller erst noch schnell gesäubert. Der Steuermann hatte das Ruder festgestellt und beugte sich immer wieder mit den Gläsern über die Bordwand, um sie im Meerwasser zu spülen! Einige Gäste waren besonders durstig; auf der dem Kapitän abgewandten Seite kreiste eine Flasche Grappa, die wohl irgendjemand an Bord geschmuggelt hatte.

Als die Crew das Boot wenden wollte, um die Rückfahrt anzutreten, passierte es... Der Wind hatte zugenommen und eine Welle rollte auf die Breitseite des Schiffes zu. Noch bevor das Schiff gänzlich abgedreht hatte, war die Welle angekommen und schüttelte die überraschten Gäste ganz schön durcheinander. Einige von ihnen gingen sogar, mit Fotoapparat und anderen Habseligkeiten, über Bord. Schnell wurden die Segel eingeholt; der Hilfsmotor gestartet und die Rettungsringe über die Reling geworfen. Es machte ganz schön Mühe, die über die Reling Gegangenen wieder auf das mächtig schaukelnde Schiff zu holen. Nach zwanzig Minuten waren sie wieder an Bord – alle? Der Kapitän ließ durchzählen: Vierzehn Gäste, teilweise pitschnass und frierend: einer zu wenig! Alle ließen die Blicke über das Wasser schweifen, doch nirgendwo war ein Kopf im Wasser zu sehen, noch hörte man einen Hilferuf. Der Kapitän drehte, mittlerweile unter schwierigsten Bedingungen, noch mal Runde um Runde. Es half nichts. Einer blieb verschwunden. Erst am Abend wurde die Identität der fehlenden Person aufgeklärt.

*

Langsam wurden Karin Kaufmann und ihre beiden Töchter unruhig. Etwa zweieinhalb Stunden sollte die Fahrt mit dem Segelboot dauern und jetzt waren schon fast drei Stunden vergangen. Von dem Segelboot war weit und breit nichts zu sehen. Die meisten Badegäste hatten sich in die Hotelhalle zurückgezogen.

Auch Klaus' Eltern gingen schon mal zurück ins Hotel; der Wetterumschwung hatte ihnen zugesetzt. Als Siebzigjährige bekommt man da schon mal eher Probleme. Klaus hatte ihnen zugeredet, helfen konnten sie ja doch nicht, sollte wirklich etwas geschehen sein. Klaus blieb bei Frau Kaufmann, Katrin und Kirsten. „Hoffentlich ist da nichts passiert", sagte Karin zu Klaus, „der Wind ist ziemlich stark geworden."

Er versuchte, sie zu beruhigen. „Dein Mann kann schwimmen", versuchte er zu scherzen.

Nach einer weiteren Stunde sahen sie am Horizont die weißen Segel des Bootes auftauchen; vier Stunden warteten sie, endlich kamen sie zurück.

Sie standen alle vier angezogen am Strand; die Sachen ihres Mannes hatte Karin in ihrer Strandtasche verstaut, als das Boot anlegte. So sehr sie auch ihren Kopf reckte, ihren Kurt konnte sie nicht entdecken und das mulmige Gefühl wuchs… Als die Ersten von Bord waren und der Kapitän mit ernstem Gesicht auf die Gruppe zukam, ahnten sie Schlimmes.

Der Kapitän erzählte die ganze Geschichte. „Alle auf dem Boot haben ihr Möglichstes getan, aber Ihr Mann war nirgends zu sehen und auch Hilferufe, die wir trotz des Windes hätten hören müssen, blieben aus. Es tut mir schrecklich leid für Sie und Ihre Familie. Ein wenig Hoffnung bleibt noch; wir waren nicht allzu weit von einem Felsvorsprung entfernt; vielleicht konnte er sich dorthin retten."

Alle drei Frauen begannen zu weinen. Klaus nahm Karin in den Arm und versuchte, ihr und den Kindern Trost zuzusprechen. „Wir wollen nicht gleich das Schlimmste annehmen. Ein Fünkchen Hoffnung besteht noch, wie der Kapitän sagte: Im Moment können wir nichts weiter tun als warten. Die Polizei und der Rettungsdienst werden heute noch versuchen, mit besonders hellen Scheinwerfern etwas zu entdecken. Kommt, wir gehen ins Hotel; nach dem Abendessen komme ich zu Euch rüber. Dann warten wir gemeinsam", sagte Klaus.

*

Als Klaus in sein Hotel kam, saßen seine Eltern an der Bar und hatten einen Cappuccino vor sich stehen. „Was ist passiert?" fragten sie, als sie ihren Sohn mit verschlossener Mine daher kommen sahen. Bevor Klaus zum Duschen in sein Zimmer ging, informierte er seine Eltern über die Geschehnisse.

„Das ist ja furchtbar!", rief seine Mutter aus. „Mein Gott und das noch am letzten Urlaubstag! Wie geht es jetzt weiter?"

„Ich habe den Dreien versprochen, nach dem Abendessen rüber in ihr Hotel zu kommen um sie etwas zu trösten und mit ihnen gemeinsam auf den Bescheid der Suchmannschaften zu warten. Man soll ja nicht gleich das Schlimmste annehmen. Die Hoffnung stirbt zum Schluss!"

Klaus fand Karin, Kirsten und Katrin in der hintersten Ecke der Hotelbar an einem Tisch sitzend – der vierte Stuhl war leer. Er steuerte auf diesen Tisch zu und als er unmittelbar davor stand, blickte er in drei verweinte Gesichter. Nacheinander nahm er sie in den Arm, dann setzte er sich zu ihnen. Beim Kellner bestellte er für jeden einen Espresso, für Karin und sich selbst einen Grappa dazu. Ihren Protest begegnete er mit den Worten: „Papperlapapp, das erleichtert das Warten."

Der Uhrzeiger marschierte unaufhaltsam; er zeigte fast Mitternacht. Die meisten Gäste waren bereits in ihren Zimmern verschwunden, in der Bar saßen, außer ihnen, nur noch ein paar Unentwegte. Natürlich wusste jeder im Hotel, was am Nachmittag bei der Segelparty auf dem Wasser passiert war. Man ließ sie in ihrer Sitzgruppe in Frieden; nur der Ober kam ab und zu und fragte, ob noch etwas gewünscht würde.
Mittlerweile hatten alle soviel Kaffee getrunken, dass an Schlaf sowieso nicht zu denken war, sie waren total überdreht. Ihre Unterhaltung hielt sich in Grenzen, das Warten nahm ihre Zeit voll in Anspruch. Es war Null Uhr dreißig als laute Stimmen in der Hotelhalle ihre Aufmerksamkeit erregten. Die Stimmen kamen näher und zwei Leute von der Polizei traten an ihren Tisch. „Sind Sie Frau Kaufmann?" wandte sich einer der Polizeibeamten an Karin.
„Haben Sie meinen Mann gefunden…? Haben Sie unseren Vater gefunden…?" fragten die Kaufmanns fast gleichzeitig.
„Jaaa, Frau Kaufmann, ich muss Ihnen eine schlimme Nachricht überbringen. Ihren Mann und, wandte er sich an die beiden jungen Damen, Ihren Vater haben wir zwar in einer Felsspalte eingeklemmt gefunden, doch leider nicht mehr lebend."
Klaus nahm sofort Karin in den Arm, noch bevor sie mit Tränen in den Augen zusammenbrach.

Gegen zwei Uhr in der Nacht kam Klaus in seinem Hotel an und musste klingeln, damit ihn der Nachtportier einließ. Es kamen selten Gäste erst um diese Zeit zurück; entsprechend schief sah er diesen Ankömmling von der Seite an. Es hatte natürlich keinen Sinn, den Grund seines späten Kommens zu erklären. Leise ging er in sein Zimmer, um die Eltern nicht zu wecken, da die ihr Appartement direkt gegenüber dem Seinen hatten. Bevor er sich zur *Ruhe* legte, schrieb er sich noch einen Merkzettel für den schon fast beginnenden Morgen. Er hatte Karin Kaufmann versprochen, sich um das Wesentliche zu kümmern. Zunächst musste das Beerdigungsinstitut benachrichtigt werden, bei dem die Eheleute Kaufmann vor ein paar Jahren für den Fall des Falles vorgesorgt hatten. Dann der ADAC, ob ein Wagen bereitgestellt werden könnte, der das Auto der Kaufmanns huckepack nach Deutschland bringt. Klaus hätte sich gern angeboten, die Familie zu fahren, doch in drei Tagen war auch ihr gemeinsamer Urlaub zu Ende und er wollte seinen betagten Eltern nicht zumuten, mit dem Zug allein nach Hause fahren zu müssen. Vom Transport des Gepäcks einmal abgesehen.

*

Klaus hatte schlecht geschlafen, aber noch ehe er vor dem Frühstück unter die Dusche ging, telefonierte er mit Deutschland. Danach verließ er sein Appartement und klopfte, wie jeden Morgen, an die Zimmertür seiner Eltern. Doch heute bekam er keine Antwort. Er schaute auf die Uhr: meine Güte, schon ein Viertel nach neun! Sie sind sicher schon fertig mit Frühstücken. Im Frühstücksraum sah er sie noch bei einer Tasse Kaffee sitzen; sie warteten auf ihn. Während des Kaffeetrinkens berichtete er den Eltern vom Verlauf des vorigen Abends und endete mit den Worten: „Ich wollte Euch nicht mitten in der Nacht stören."
Seine Mutter blickte ihn etwas von der Seite an: „So leise, dass ich dich nicht kommen höre, kannst du gar nicht sein", sagte sie.
„So ist das", mischte sich sein Vater ein, „ich versuche daheim auch leise zu sein, wenn ich mal etwas später vom Skatabend heimkomme. Deine Mutter ist zwar diplomatisch und sagt nichts, aber sie weiß alles!"

Nach dem Geplänkel, was die Erschütterung aller verbergen sollte, verabschiedete sich Klaus, um in das Hotel der Kaufmanns zurück zu gehen.

Er wurde schon erwartet. Karin hatte mit der Hotelleitung um Aufschub bezüglich ihrer Abreise gebeten, die auch gewährt wurde. Auch mit Zuhause hatte sie bereits telefoniert und ihre Nachbarin gebeten in der Schule, die Kirsten und Katrin besuchten, Bescheid zu geben.

Klaus informierte die drei über seine beiden Telefonate in der Früh: „Das Bestattungsunternehmen schickt einen geeigneten Transporter; und Ihr braucht Euch, dank Eurer Vorsorge, um nichts zu kümmern. Man hat mir versprochen, dass spätestens Morgen, gegen Mittag, jemand vor Ort sein wird. Einer von Euch kann dann auch im Auto mitfahren. Etwa zur gleichen Zeit sollte auch der ADAC hier eintreffen. Der wird das Auto abholen und – ausnahmsweise – dürfen auf dem Rückweg zwei Personen mitfahren. Allerdings… ich konnte dem ADAC nicht sagen, wohin er fahren muss, da ich nicht einmal weiß, wo Ihr wohnt. Komisch, nicht wahr? Über was haben wir alles gesprochen, nur darüber nicht. Von mir und meinen Eltern wisst Ihr ja, dass wir in Leverkusen wohnen."

„Haben wir das nicht erzählt?", fragten alle wie aus einem Mund zurück.

„Da kannst du mal sehen, wie viel anderes wir zu bequatschen hatten, dass das ganz unwichtig war. Oder hast du vielleicht nicht richtig zugehört?"

„Und wo wohnt Ihr nun?", fragte Klaus noch einmal zurück, wobei er die soeben gestellte Frage ignorierte.

„In Köln-Flittard haben wir ein Haus; gleich gegenüber von der Kleingarten-Anlage."

„Das ist ein Katzensprung von uns; wenn wir alle daheim sind und Ihr braucht Hilfe, ruft einfach an", erbot er sich. „Ich komme gern", dabei schaute er Katrin an und lächelte sogar ein wenig. „Jetzt muss ich noch einmal nach meinen Eltern sehen. Die werden ohnehin noch zu Euch kommen, um sich zu verabschieden. Am Tag darauf geht es schon zeitig los und Mutter braucht immer einen Tag, zum Kofferpacken", murmelte er nicht so ganz ernst gemeint.

Karin bedankte sich bei Klaus, indem sie ihn einfach in den Arm nahm. Kirsten und Katrin drückten ihn kräftig und bemerkten im Duett: „Komm uns bitte besuchen, wenn du wieder daheim bist."

„Ganz bestimmt." Damit ließ er die Familie zurück.

*

Während Klaus sich bei den Kaufmanns aufhielt, wanderte das Ehepaar Adams zum Strand. Der Urlaub ging zu Ende und sie wollten die letzte Möglichkeit noch ein wenig Sonne zu tanken nutzen; wer konnte schon wissen, welches Wetter sie in Deutschland wirklich erwartete. Außerdem mussten sie sich von den dramatischen Ereignissen erholen; die vielen Eindrücke am Strand und dessen tröstliche Weitläufigkeit halfen dabei.

Mit seinen Gedanken bei Karin und ihren Töchtern, die er im Laufe der vergangenen beiden Wochen richtig lieb gewonnen hatte, ging auch Klaus in Richtung Strand. Fast wäre er am Quartier seiner Eltern vorbeigelaufen. Er wollte nur seine Badesachen holen! Ein letztes Mal im Meer schwimmen gehen, an der Strandbar einen Espresso genießen und die Stelle aufsuchen, an der das tragische Schicksal der Kaufmanns begann.

Es war schon fast Mittag, als unter seinen Fußsohlen endlich der Sand knirschte; nach ein paar Metern blieb er plötzlich stehen. Schaute nach links und rechts – da, wo gestern noch drei Liegestühle standen, stand nur noch einer und von seinen Eltern war weit und breit keine Spur...

Klaus ging die paar Schritte zurück zu Lucio, dem Bademeister. „Hallo Lucio! Hast du meine Eltern gesehen? Und wo sind die Liegestühle?"

„Keine Panik Klaus", erwiderte er. „Ich soll dir ausrichten, deine Eltern sind noch mal in die Stadt gegangen. Danach wollen sie sich von Familie Kaufmann verabschieden. Das wird ihnen schwer genug fallen. Deshalb haben sie ihre Liegestühle bereits zurückgegeben. Anschließend wollen sie packen. Du sollst den Tag am Strand ruhig noch ausgiebig genießen", meinten sie.

Klaus dachte: *na ja – mit dem Genießen ist das unter diesen Umständen so eine Sache*, doch war er beruhigt und ging ein letztes Mal zu seinem Liegestuhl, legte das Handtuch zurecht und verstaute seine Badetasche unter dem Sitz. Dann ging er ins Wasser. Heute war das Wasser wieder ruhiger und er schwamm mit kräftigen Zügen zwischen den Steinwällen hinaus aufs offene Meer. Nach etwa einer Stunde war er zurück, duschte das Salzwasser ab und verbrachte den Rest des Nachmittags im Liegestuhl. Beinahe hätte er den *Feierabend* verschlafen. Er wurde wach, als Lucio dabei war, die Sonnenschirme zu schließen und in seinem Bereich die Liegestühle zu richten. Klaus verabschiedete sich von ihm, wünschte ihm alles Gute. „Vielleicht sehen wir uns im nächsten Jahr wieder?"

*

Zum Abendessen trafen sie sich wieder; Hildegard und Karl saßen schon auf ihren Plätzen und ein Rotwein funkelte in ihren Gläsern. Klaus setzte sich dazu und der Kellner begann, die Vorspeise zu verteilen. Ein letztes Mal die schmackhafte Gemüsesuppe löffeln, hier Minestrone genannt, und Weißbrot dazu. Einfach toll! „Wie war es bei Euch in der Stadt?", begann Klaus das Gespräch.
Seine Mutter berichtete: „Wir sind nicht lange geblieben, nur noch ein paar Kleinigkeiten für die Nachbarn zu Hause gekauft, danach sind wir zu Kaufmanns ins Hotel. Als hätten die beiden Unternehmen sich abgesprochen, standen kurz vor zwei sowohl die Bediensteten des Bestattungsinstitutes als auch des ADAC vor der Tür. Es war schlimm, sich nunmehr *so* von nur drei „K" verabschieden zu müssen. Wir sind geblieben, bis dort alles erledigt war und haben ihnen nachgewinkt, bis wir sie nicht mehr sehen konnten. Dir sollen wir übrigens noch mal ganz herzliche Grüße ausrichten und vor allen Dingen danke sagen – für alles. Sie würden sich melden. Von dir, mein Sohn, schwärmten sie in den höchsten Tönen. Sie haben dich wohl in ihr Herz geschlossen. Die drei," beendete die Mutter den Satz mit einem hintergründigen Schmunzeln, das nicht so ganz zum Ernst der Situation passen wollte.
„Das war alles selbstverständlich", antwortete Klaus.

Nach dem Essen drehten sie noch eine Ehrenrunde durch den Ort; tranken in ihrer Lieblingsbar ein Glas Rotwein und verschwanden beizeiten in sämtliche Betten. Mit den Gedanken bei Karin und ihren Kindern, *hoffentlich geht alles gut,* fiel Klaus in einen unruhigen Schlaf.

*

Das Taxi zum Bahnhof kam pünktlich; der Zug stand schon bereit als sie vorfuhren. In Rimini hieß es wieder umsteigen; dann machten sie es sich in ihrem Abteil gemütlich. Gegen Mittag des nächsten Tages würden sie in ihrem Domizil in Leverkusen sein. Solange es noch hell war, schauten alle drei aus dem Fenster und ließen die schöne Landschaft an sich vorüberziehen. Die schlanken Zypressen, die Häuser mit den von der Sonne gebleichten Dachziegeln und auch die kleinen Bahnhöfe, an denen der Zug nicht hielt.

Tatsächlich kamen sie wohlbehalten und fahrplanmäßig zu Hause an. „Nun seht Euch das an!", rief Klaus seinen Eltern zu, „sogar dem Rasen im Vorgarten hat unser Nachbar den ersten Schnitt verpasst!"
Während die Eltern die Haustür aufschlossen, ging Klaus zu den Nachbarn, um sowohl die angesammelte Post als auch die Hausschlüssel abzuholen. Er sagte ihnen *danke* und sah während des Rückweges flüchtig die Post durch. Eine Ansichtskarte mit Motiven aus Italien weckte seine Aufmerksamkeit; er drehte sie um... *komisch? – eine deutsche Briefmarke*, dachte er. Dann las er den Absender: Karin Kaufmann, ein paar Grüße an seine Eltern und an ihn. Sie seien heil zu Hause angekommen. Unterschrieben mit „die drei K". Im Nachsatz, ganz klein geschrieben, Klaus konnte es kaum entziffern, stand: *Wenn Ihr Lust habt, könnt Ihr am Samstagnachmittag zum Kaffee kommen ...*
Die Eltern hatten ihr Gepäck schon ins Haus getragen; Klaus legte ihnen die Post auf den Küchentisch und ging mit seinen Sachen nach oben. Sie wollten sich alle ein wenig frisch machen und dann gemeinsam, quasi als Ausklang des Urlaubs, Pizza essen gehen.
Während die Mutter die mitgebrachten Andenken auspackte, berichtete

sie, die Kaufmanns hätten geschrieben; sie wären gut angekommen und nun laden sie uns für heute Nachmittag zum Kaffee ein. Klaus erzählte nicht, dass er das bereits gelesen hatte. Seine Mutter schaute ihn über den Tisch hinweg an: „Du kannst, wenn du möchtest, gern hinfahren. Vater und ich werden unsere Koffer gleich erst auspacken und uns dann etwas hinlegen."

*

Klaus nahm den Bus bis Flittard und ging quer durch die Siedlung, zum Haus der Kaufmanns, nicht ohne vorher im Blumenladen an der Ecke ein paar gelbe Rosen mitzunehmen. Kaum den Finger auf dem Klingelknopf, ging die Haustür bereits auf. Erschrocken sah Klaus in Karins Gesicht; blass, vom Weinen verquollene Augen und er vergaß beinahe, die Blumen zu überreichen, nachdem er in der Diele stand. Wortlos nahm er sie in den Arm und wieder weinte Karin herzerweichend. So standen sie eine ganze Weile, bis Karin sich von ihm löste: „Entschuldige bitte, aber es ist alles noch so frisch und unwirklich. Komm erst einmal rein; der Kaffee ist gleich fertig."
Karin stellte die Blumen ins Wasser und kam mit einer Kaffeekanne und der gefüllten Vase zurück ins Wohnzimmer. Beide nahmen am Esstisch Platz. „Wo sind Kirsten und Katrin?", fragte Klaus.
„Die sind bei einer Freundin", sagte sie. „Diese hatte wohl in den vergangenen Tagen Geburtstag und nun nutzen meine zwei die Gelegenheit, ihr zum Geburtstag zu gratulieren und gleichzeitig über den Lernstoff in der Schule zu sprechen, den sie durch ihren unfreiwillig verlängerten Urlaub verpasst haben. Am kommenden Mittwoch ist die Beisetzung, da fehlen sie ja wieder einen Tag."
Übergangslos sprach Klaus: „Ich soll dich auch herzlich von meinen Eltern grüßen."
Trotz heftigen Protestes half Klaus nach dem Kaffee Karin beim Abwasch. Beim Abschied schwammen Karins Augen wieder in Tränen; er nahm sie wieder in den Arm und versprach, am nächsten Tag wiederzukommen. „Grüße Katrin und Kirsten von mir", dann ging er.

Der Alltag hatte sie wieder fest im Griff. Die Eheleute Adam pflegten ihren Ruhestand; Klaus ging noch bis Ende August seiner Arbeit nach. Kirsten und Katrin besuchten die Schule und ihre Mutter hatte sich eine Beschäftigung gesucht. Sie half für einige Stunden in einem Schreibwarengeschäft aus. Dabei ging es ihr nicht primär ums Geld; ihr Mann hatte sie und die Kinder gut versorgt zurück gelassen. Doch so blieb sie den ganzen Vormittag nicht allein in der Wohnung, wenn ihre Töchter in der Schule waren.

Es hatte sich eingebürgert, dass Klaus alle zwei Tage kurz vorbeischaute. Beim Abschied waren sie beide, Karin und Klaus, jedesmal niedergeschlagen. Sie mochten sich und Klaus gehörte irgendwie schon fast zur Familie. „Ab September habe ich mehr Zeit für Euch", sagte er dann immer zum Trost, wenn Karin gar so deprimiert dreinschaute, obwohl ihm selbst, angesichts der bevorstehenden Arbeitslosigkeit, gar nicht wohl in seiner Haut war.

*

Die Zeit verging wie immer viel zu schnell. Den ganzen September würde Klaus erst einmal daheim bleiben. Seine Eltern wollten für zehn Tage zu Verwandten an die Ostsee.
In den Herbstferien verbrachten die Töchter von Karin eine Woche mit den Schulkameraden in einer Jugendherberge am Chiemsee. Klaus hatte nun viel Zeit (!), da kam er auf eine Idee…
Zu Hause war alles getan; er zog sich eine Jacke über und ging zur Bushaltestelle. Dann fuhr er nach Flittard und stand plötzlich in dem Laden, in dem Karin bediente. Im Geschäft befanden sich Kunden und sie sah ihn nicht gleich; dann aber lächelte sie: „Was machst du denn hier?", fragte sie.
„Bis zum Abend ist es noch so lang", flüsterte Klaus. „Ich wollte dich zum Essen einladen und, wenn du Lust hast, dir endlich mal mein Zuhause zeigen."
Schmunzelnd schaute Karin ihn an: „Gut, wenn ich hier fertig bin trinken

wir bei mir einen Kaffee; es dauert aber noch eine gute Stunde."

„Macht nichts", entgegnete Klaus. „Ich gehe ein paar Schritte zum Rhein hinunter und bin pünktlich zurück."

„Also gut", erwiderte Karin, „ich hab' nämlich auch eine Überraschung."

Klaus sah sie fragend an, doch sie war schon wieder hinter dem Ladentisch verschwunden.

In der nächsten Stunde beschäftigte Klaus die Frage, was das für eine Überraschung sein könnte…

*

Zehn Minuten vor der vereinbarten Zeit stand Klaus wieder vor dem Geschäft und wartete. Dann war es soweit. Sie kam, hakte sich bei ihm unter und gemeinsam gingen sie nach Hause. Unterwegs erkundigte sich Karin: „Du bist doch jetzt in dieser komischen Auffanggesellschaft…?"

„Das weißt du doch. Seit gestern muss ich nun warten, ob oder bis sie mir etwas anbieten; wenn ich Pech habe, muss ich sogar noch einmal die Schulbank drücken."

„Brauchst du nicht, wenn du nicht willst. Ich hab' nämlich was für dich!"

Klaus blieb abrupt stehen: „Mach keine Scherze mit mir!"

„Pass auf – du weißt doch, wo Kurt gearbeitet hat?"

Einen Moment musste Klaus überlegen, doch dann schüttelte er seinen Kopf: „Nein, soviel ich weiß, haben wir uns im Urlaub nicht über die Arbeit unterhalten…"

„Also gut. Er war in Mülheim bei einer Versicherung tätig. Denen ist von jetzt auf gleich der Hausmeister schwer erkrankt und so wie es aussieht, wird er auch nicht mehr wiederkommen können. Ich habe noch immer einen sehr guten Kontakt in die *obere Etage* und denke, das wäre doch etwas für dich?"

Klaus drehte sich zu ihr, nahm sie in die Arme und gab ihr mitten auf der Straße einen Kuss. Karin war so überrascht, dass sie ihn wieder küsste.

Beide wurden ein bisschen rot; doch böse waren sie einander nicht. „Das wäre prima, wenn das klappen würde", antwortete Klaus. „Dieses Rumsitzen und Warten ist sowieso nichts für mich. Gleich morgen werde ich dort vorstellig."

Sie fuhren mit Karins Auto nach Leverkusen; Klaus wollte sie dann wieder heimbringen und danach selbst mit dem Bus zurückfahren.

Nicht weit von seinem Zuhause hatte Klaus in einem netten Lokal einen Tisch bestellt. Karin stellte ihr Auto in der Einfahrt ab und setzte dann zum ersten Mal einen Fuß in das Haus ihrer *Urlaubsbekanntschaft*. Klaus zeigte ihr die Wohnung seiner Eltern, die derzeit an der Ostsee weilten, bevor sie die Treppe zu seinem Domizil hochgingen. Zum Essen gingen sie zu Fuß; zu einem guten Essen gehört halt ein Glas Rotwein – danach ist Auto fahren passé.

Am nächsten Morgen stand das Auto noch immer in der Einfahrt; es waren einige Rote mehr geworden. Nach dem Essen hatten sie zu Hause noch eine Flasche geköpft; es wurde spät, weil es unendlich viel zu reden gab. Und nicht nur zu reden. Sie küssten sich und schliefen das erste Mal miteinander. *Was so ein zusätzliches Glas Rotwein mehr doch in die Wege leiten kann…* Beide lächelten sich an, als sie am nächsten Morgen erwachten. Und zum ersten Mal seit vielen Monaten war auch Karin wieder glücklich. Nach einem gemeinsamen Frühstück fuhr sie dann direkt zur Arbeit. Klaus verabschiedete Karin mit einem ausgiebigen Kuss und den gemurmelten Worten: „Das müssen wir aber bald wiederholen."

Mit einem Lächeln auf den Lippen fuhr sie davon.

Er ging zurück ins Haus, versorgte die Fische in Vaters Aquarium und machte sich auf die Socken nach Mülheim.

Es ist ja selten, dass etwas auf Anhieb klappt, doch Klaus bekam die Stelle. Mit seiner alten Firma handelte er eine geringe Abfindung aus; schließlich fiel er weder der Firma, noch dem Arbeitsamt oder gar der Allgemeinheit zur Last. Am Montag der kommenden Woche sollte er anfangen. Nach einer kurzen Probezeit würde er auch einen Arbeitsvertrag erhalten.

Karin war an diesem Tag relativ unkonzentriert und hätte einem Kunden fast zuviel Wechselgeld herausgegeben. Gott sei Dank bemerkte sie es, bevor dieser den Laden verließ. Immer wieder musste sie an den schönen Abend mit Klaus denken. Sie stellte sich vor, wieder eine *komplette* Familie zu haben. *Warum Klaus wohl nie geheiratet hatte? Ob meine beiden Töchter mit Klaus als neues Familienmitglied einverstanden wären? Ein paar Jahre weiter, und sie gehen ihre eigenen Wege, dann wäre ich allein. Schließlich bin ich erst achtundvierzig, stehe mitten im Leben. ...und Kurt? Kurt werde ich nie vergessen, auch wenn Klaus und ich ein Paar werden. Er wird dafür Verständnis haben. Hoffe ich.* Mit diesem gänzlich neuen Gedanken beschäftigte sie sich bis ihre Töchter aus den Ferien kamen.

Als die Eltern von ihrem Trip an die Ostsee zurückkamen, waren sie erstaunt, das Haus leer vorzufinden. „Nanu", meinte Vater Adams, „wo ist denn unser Sohn abgeblieben? Er ist doch jetzt in dieser Auffanggesellschaft; hier im Haus ist zwar alles sauber und aufgeräumt, doch er müsste eigentlich mit Warten beschäftigt sein."
Mutter Adams war schon mal in die Küche vorgegangen und sah sofort den großen Zettel auf dem Tisch liegen. *Bin gegen siebzehn Uhr daheim; alles andere mündlich – Klaus!*
„Karl", rief sie danach durch die Tür, „brauchst nicht weiter suchen. Um fünf ist er wieder da."
„Wer?" kam es aus dem Wohnzimmer.
„Na, wer schon. Klaus natürlich!" *Blöde Frage* murmelte sie vor sich hin.

Klaus hätte liebend gern noch schnell bei Karin vorbei geschaut, doch heute kamen seine Eltern zurück. Die saßen sicher schon auf heißen Kohlen, um von ihm alle Neuigkeiten zu erfahren. Und genau so war es. Seine Mutter hatte sich am Küchenfenster postiert; und als sie ihren Sohn auf der Straße kommen sah, war sie an der Haustür zur Stelle. Klaus hatte keine Chance; sie fasste ihn unter und lotste ihn zu Vater ins Wohnzimmer. Selbst Klaus' Hinweis, dass das Abendessen anbrennen würde, nützte nichts. „Ich habe für achtzehn Uhr drei Pizzen bestellt", antwortete sie trocken.

Als alle saßen, begann Klaus mit seinem Bericht. Zunächst in Stichworten. „Erstens: Ich habe wieder Arbeit. Zweitens: ich liebe Karin und werde sie nächstes Jahr heiraten. Ihre beiden Töchter sind auch einverstanden..."
Das wurde ein langer Abend, lediglich unterbrochen durch den Pizzalieferanten.

Klaus schilderte in allen Details, wie er sich sein weiteres Leben vorstellte. Hildegard und Karl konnten es kaum fassen; ihr Sohn würde mit seinen fünfzig Jahren heiraten und die Enkelkinder, fast erwachsen, bekämen sie gleich mitgeliefert.

*

Die Festtage verbrachten beide Familien gemeinsam; zum Jahreswechsel gingen alle sechs zusammen aus. Klaus hatte seinen Eltern, wie er meinte, einen schönen Vorschlag gemacht: Sie sollten auf keinen Fall das Gefühl bekommen, allein gelassen zu werden. Er würde im Januar zu Karin und den Kindern nach Flittard ziehen. In die oben frei werdende Wohnung sollte am besten eine Krankenschwester oder Altenpflegerin einziehen, die, wenn wirklich mal Not am Mann wäre, bei den Eltern helfend eingreifen könnte. Einen entsprechenden Mietvertrag würden sie gemeinsam ausarbeiten. Für die groben Arbeiten würde er sowieso ab und an vorbei schauen.
Im Mai heirateten Karin und Klaus; sie hatten sich für den Todestag ihres ersten Mannes entschieden, weil sie überzeugt davon waren, dass er ihren Entschluss gutgeheißen hätte.
So wurden sie an ihrem Jahrestag immer an ihn erinnert.
Auch hatten sie beide den Mut, ihre Hochzeitsreise nach Italien zu machen, um einen stillen Abschied zu nehmen. Lucio würde bestimmt staunen, wenn sie als Familie auftauchten. Sie suchten sich den September aus; Karin und Klaus hatten Urlaub genommen. Kirsten, die Ältere, war bereits in der Ausbildung, bekam aber frei. Katrin war mit ihrer Schule fertig und wollte unbedingt noch einmal mitfahren. Es würde wohl das

letzte Mal sein. Beide Töchter hatten einen festen Freund; im kommenden Jahr würden auch sie wohl nicht mehr mit den Eltern reisen.

Einige Monate später…
Karin und Klaus saßen am Abend gemütlich bei ihrem geliebten italienischen Rotwein vor dem Kamin und ließen die Seele baumeln. Er musste wohl ein Gesicht gemacht haben, als sei er ganz weit weg. Karin sah ihn eine zeitlang an, ohne dass er reagierte.
„Wo bist du?" fragte sie.
Klaus zuckte richtig zusammen. Dann erzählte er ihr von seinem Traum, der, wie er meinte, in Erfüllung gegangen sei. Wenn auch nicht ganz genau – aber doch so ähnlich.

Ich wollte doch so gerne ans Meer ...

Er hieß Martin und wohnte mit seinen Eltern in der Stadt. Eigentlich fehlte es ihm an nichts; seine freie Zeit konnte er in einem eigenen Zimmer verbringen, erhielt ein angemessenes Taschengeld und versammelte Freunde um sich, mit denen er spielen konnte. Gerade erst hatte er Geburtstag gefeiert. Zwölf Jahre war er geworden. In der Schule kam er gut mit und seine Noten lagen im oberen Drittel des Klassendurchschnitts. Ein ganz normaler Junge eben.

Bis – ja, bis auf seine Eltern. Beide gingen arbeiten. Der Vater musste in einer großen Firma Schichtdienst machen, so dass Martin ihn nur selten sah. Zur Frühschicht war der Vater schon aus dem Haus wenn Martin aufstand; bei der Spätschicht sah er immer gerade noch die Rücklichter seines Autos, wenn er aus der Schule kam.
Die Mutter arbeitete im gleichen Betrieb, fing ihren Dienst allerdings später an. Meistens gingen Mutter und Sohn morgens ein Stück des Weges gemeinsam, wenn Martin zur Schule musste.
Martins Mutter war nie, oder nur sehr selten, pünktlich zu Hause. Es war schon die Regel, dass der Chef immer nach Feierabend noch ganz eilige

Sachen zu erledigen hatte. Das Los der Sekretärinnen. Inzwischen war in Deutschland die Arbeit knapp geworden, so dass auch Martins Mutter öfter als einmal eine Faust in der Tasche machen musste.

Das sechste Schuljahr ging zu Ende; es war Herbst und vierzehn Tage Schulferien standen ins Haus. In den vergangenen Sommerferien konnte die Familie zu Martins Leidwesen nicht gemeinsam wegfahren. Beide Elternteile konnten ihre Urlaubswünsche in diesem Jahr nicht durchsetzen. Allerdings versprachen sie ihrem Sohn, die Herbstferien zu einer gemeinsamen Reise zu nutzen. Es sollte ans Meer gehen; Martin freute sich schon aufs tauchen, schwimmen und auf die gemeinsamen Strandspaziergänge mit den Eltern.

Acht Tage bevor es Zeugnisse gab – Martin hatte schon bei den Schulfreunden von der Reise geschwärmt und erzählt, wie schön es am Ferienort sein würde – kam die große Enttäuschung. Vater bekam auch diesmal wieder keinen Urlaub. Als Martin aus der Schule kam, lag ein Zettel auf dem Wohnzimmertisch.

> *„Bin für drei Wochen zu einem Seminar verdonnert;*
> *musst mit Mutti allein in Urlaub fahren."*
> *Vater*

Mit Tränen in den Augen wartete Martin auf das Heimkommen seiner Mutter. Es sollte die zweite Enttäuschung an diesem Tag werden.
Wieder einmal war es viel später geworden als Martins Mutter nach Hause kam. Martin sah sie fragend an ...
„Ja, Martin" nickte sie mit dem Kopf, „es tut mir unendlich leid, aber auch ich bekomme meinen Urlaub nicht. Obwohl ich ihn bereits vor Monaten angemeldet hatte. Damit du aber wenigstens ein bisschen von dienen Ferien hast, habe ich dich für diese beiden Wochen in einer Jugendherberge angemeldet."
Traurig sah Martin seine Mutter an. „Und wo soll ich hin? Ich kenne da bestimmt keinen Menschen ...!"

„Doch, doch" beruhigte sie ihren Sohn, „einige Jungen und Mädchen aus der Schule fahren mit in diese Jugendherberge. Ich habe schon mit eurem Direktor gesprochen; er konnte noch einen Platz für dich frei halten."

Jetzt machte Martin doch große Augen. „Ihr lasst mich wirklich ganz allein in Urlaub fahren?" fragte er ungläubig.

„Sieh mal Martin" versuchte die Mutter zu erklären, „Vater und ich müssen diese Zugeständnisse machen, weil wir keinesfalls unseren Arbeitsplatz verlieren dürfen. Dass du nun allein in die Ferien fahren musst, ist so eine Art Opfer, das du bringst. Leider ... musst du es bringen", fügte sie hinzu.

So stolz Martin einerseits war, andererseits war er traurig und ging in sein Zimmer, wo er sich alles noch einmal durch den Kopf gehen ließ.

Vater und Mutter bekamen – zweimal hintereinander! – gleichzeitig keinen Urlaub. Komisch, das war noch nie vorgekommen. Und dann ließen sie ihn auch noch allein in die Ferien fahren? Gut, es waren noch eine Menge anderer Mädchen und Jungen dabei und sicherlich auch eine entsprechende Anzahl Aufsichtspersonen. Doch irgendwie passte das alles nicht ganz zusammen. Wenn er nur wüsste, wie?!

Nun war Freitag und der letzte Schultag vor den Ferien hatte begonnen. Für alle gab es mehr oder weniger gute Zeugnisse. In Martins Klasse war kein Mitschüler dabei, der das Schuljahr wiederholen musste. Also traf man sich nach den Ferien wieder. Bis auf einige wenige, die auf weiterführende Schulen abwanderten.

Die Mädchen und Jungen, die miteinander in die Jugendherberge fuhren, bekamen mit ihren Zeugnissen eine Liste in die Hand gedrückt, in der aufgeschrieben stand, was alles mitzubringen sei. Die Schule war heute früher zu Ende und Martins Mutter hatte versprochen, ebenfalls einmal früher nach Hause zu kommen und beim Koffer packen zu helfen.

Am Samstagmorgen war er dann wieder allein! Seine Mutter hatte ihm für die Fahrt zum Bahnhof ein Taxi bestellt, es war ihr nicht möglich, ihren Sohn zum Bahnhof zu bringen. Selbst an einem Samstag wurde sie im Büro einige Stunden für eine Sonderaktion gebraucht.

Der Taxifahrer kam pünktlich, verstaute Martins Koffer und es ging los. Den Fotoapparat behielt Martin bei sich; seine Reisedokumente und das Geld hatte er in einem Brustbeutel um den Hals hängen.

Mit großem Hallo wurde er am Bahnhof empfangen. Zwei Lehrkräfte und fast alle Mitschüler waren bereits anwesend. Der Rest würde sicher auch bald eintrudeln; sie hatten noch eine halbe Stunde Zeit, bis ihr Zug abfahren sollte.

So war es dann auch. Nachdem alle mit ihrem Gepäck auf dem Bahnsteig angekommen waren, wurde noch einmal durchgezählt. Achtundzwanzig Schülerinnen und Schüler plus der beiden Erwachsenen. Einer der beiden Lehrkräfte, Herr Schäfer, erklärte den weiteren Ablauf der Reise. Sie würden einen ganzen Waggon für sich haben; die Fahrt sollte sieben Stunden dauern.

„Wohin geht es denn eigentlich?", kam es aus vielen Mündern. Während der ganzen Vorbereitungen war das nicht klar geworden. Die Eltern der mitfahrenden Kinder wussten natürlich Bescheid; sie hatten ja ihre Zustimmung geben müssen, doch die Kinder hatte man weitestgehend im Unklaren gelassen. Das sollte zusätzlich die Spannung erhöhen.

Herr Schäfer antwortete zunächst einmal mit einer Gegenfrage: „Was meint Ihr denn, wohin es gehen könnte?"

Viele Orte wurden genannt, kaum eine größere Stadt ließ man aus. Von allen Antworten waren nur zwei *annähernd* richtig. Ursula und Martin hatten den richtigen Riecher und mussten natürlich ausführlich darlegen, wie sie denn nun gerade auf diesen Teil Deutschlands gekommen seien.

Ursula antwortete zuerst; sie hatte im Laufe eines Gespräches, das die Eltern miteinander führten, gehört, wie der Name *Königssee* fiel. Daraus schloss Ursula, dass ihr Ziel demzufolge Bayern sein müsste. „Außerdem", fügte sie verschmitzt hinzu, „steht am Zug draußen groß *München* dran..."

„Und du Martin" fragte Frau Schmitt, die zweite Aufsichtsperson in der Gruppe, „wie bist du darauf gekommen?"

Martin grinste ein wenig. „Ich habe zugeschaut, wie meine Mutter den Koffer gepackt hat. Als die festen Schuhe, meine langen Strümpfe und meine geliebte Lederhose darin verschwanden, hat es bei mir geklingelt. Und dabei, seufzte er ein bisschen wehmütig, wollte ich mit meinen Eltern ans Meer fahren. Als das wieder nicht klappte, war es mir eigentlich egal, wohin ich fuhr ...“

Inzwischen war der Zug in den Bahnhof eingefahren. Schnell war der reservierte Waggon gefunden; das Gepäck machte einige Mühe. Verschiedene Gepäckstücke ließen sich kaum heben, als seien ein Haufen Bücher darin. Die letzten Koffer waren gerade im Zug als die Trillerpfeife des Aufsichtsbeamten zu hören war. Die Türen verriegelten sich mit einem zischenden Geräusch automatisch und die Fahrt ging los. Herr Schäfer nahm sein kleines Handmikrophon und als alles auf den Plätzen saß, erklärte er den Reiseverlauf. Im nu wurde es still im Waggon; endlich sollten sie ihr Reiseziel erfahren.

Das Ende der ersten Etappe war München Hauptbahnhof, wo der Zug auch endete. Weiter ging es mit dem Regionalzug nach Ruhpolding. Dort würde man in einen gemieteten Bus umsteigen, der sie nach Entfelden, kurz vor Reit im Winkl, brächte. Sollte der Bus nicht allzu lang sein, wäre es vielleicht möglich, dass er noch achthundert Meter den Berg hinauf fährt. Bis zu einem Gasthof. Von da aus geht es wirklich nur noch zu Fuß weiter, da die Herberge noch etwas höher liegt. Das sei nicht sehr viel, aber dieses Stück müsse halt geklettert werden – mit dem Gepäck!

Um diesen unerfreulichen Aspekt der Reise zu entschärfen, erklärte nunmehr Frau Schmitt in den nachfolgenden Minuten anschaulich und spannend, was für die gemeinsamen vierzehn Tage alles geplant wäre. Beispielsweise einen Trip nach Berchtesgaden ins Salzbergwerk und in die Saline; eine Schiffstour über den Königssee, sowie eine Wanderung zur Winklmoosalm, und so weiter. Doch auch schwimmen im örtlichen Freibad, dem Schwimmstadl, wie man in Bayern sagt und einen Besuch des Minigolfplatzes stellte sie in Aussicht.

„Wir, also Herr Schäfer und ich hoffen“, beendete sie ihre Ausführungen, „es ist für jeden etwas dabei. Vierzehn Tage können lang, aber auch sehr kurz sein; es kommt darauf an, was Ihr persönlich daraus macht ..."

Der Wettergott hatte ein Einsehen mit den Jugendlichen und ließ fast an allen Tagen die Sonne scheinen. Es wurde wirklich viel unternommen, wobei die beiden Erwachsenen besonders auf die Ausgewogenheit des Unterhaltungsprogramms achteten. Einige Freundschaften wurden geschlossen. Ursula und Martin wurden unzertrennlich; schon während der Anreise hatten sie sich, mit vier weiteren Schülern, in einem Abteil getroffen. Zum Anfang wurde noch einmal ausführlich erzählt, wie die beiden auf den richtigen Urlaubsort getippt hatten.

Die Tage vergingen wie im Flug. Sie hatten viel Neues kennen gelernt. Beide Betreuer hatten sich immer bemüht, bei allen Verständnis dafür zu wecken, dass manchmal etwas getan werden musste, was dem einen oder dem anderen nicht gefiel. Nur auf diese Weise konnten die gemeinsamen Ferien zum Erfolg für alle werden. Auch Martin hatte viel Freude und während der Zeit fast vergessen, dass er eigentlich mit seinen Eltern ans Meer wollte. Wie die anderen Kinder, hatte auch er eine Ansichtskarte geschrieben. Das war's aber dann.
Jetzt, wo es langsam an die Heimfahrt ging, begannen seine Gedanken wieder zu kreisen.

Ist daheim alles in Ordnung?
Wird mich jemand vom Bahnhof abholen?
Nun ja, ich werde es sehen ...

Zunächst würde er die Heimfahrt mit der Eisenbahn genießen. Noch einmal die schmucken Bauernhöfe, die Zwiebeltürme und die zurückweichenden Berge anschauen. Mit Ursula tauschte er die Adresse aus, sie wollten sich auf jeden Fall schreiben. Mit dem Sehen würde es schwierig werden, denn Ursula war eine von denen, die nach den Ferien auf eine weiterführende Schule wechselte.
Es war Nachmittag, als der Zug aus München im Kölner Hauptbahnhof einfuhr. Verabschiedet hatten sich die Jugendlichen untereinander schon

während der letzten halben Stunde der Fahrt; sie konnten sich vorstellen, dass es auf dem Bahnsteig hektisch zugehen würde und dafür nicht genug Zeit blieb. Von fast allen Mitreisenden war wenigstens ein Elternteil erschienen, um die Kinder zu begrüßen und auf dem letzten Stück Heimweg zu begleiten. Auch Martin sah sich suchend um. Nachdem sich der Bahnsteig sowohl von den Ankommenden als auch von den Wartenden geleert hatte, stand Martin immer noch da und hielt vergebens Ausschau. Er konnte sich mit absoluter Gewissheit daran erinnern, dass er auf der Ansichtskarte seine genaue Rückkehr angegeben hatte.

Frau Schmitt und Herr Schäfer hatten noch am Ausgang gewartet; sie beobachteten, ob wirklich alle Schutzbefohlenen abgeholt wurden. Nach einer geraumen Weile waren fast alle Schülerinnen und Schüler an ihnen vorbei gekommen. Manche Eltern hatten sich bei ihnen bedankt, dass sie ihre Sprösslinge rundum erholt wieder nach Hause mitnehmen konnten.
„Du Horst", meinte Frau Schmitt zu ihrem Kollegen, „hast du den Martin gesehen?"
Er überlegte einen Moment: „Nein, ich kann mich nicht erinnern. Komm, wir wollen noch einmal auf dem Bahnsteig nachsehen."
Und wirklich, ganz verloren stand er dort mit seinem Gepäck und beim Näherkommen sahen die beiden, dass ein paar Tränen über sein Gesicht rollten.
Sie fragten nicht lange, halfen das Gepäck aufzuheben und marschierten gemeinsam zur Tiefgarage am Dom. Dort hatten sie ihre Fahrzeuge für die Zeit ihrer Abwesenheit abgestellt. Da Frau Schmitt den günstigeren Heimweg hatte, bot sie Martin an, ihn vor der Haustür abzusetzen. Vor dem Wohnhaus angekommen, luden sie das Gepäck ab. Frau Schmitt fragte Martin, ob sie noch mit hinein kommen sollte. Der schüttelte nur den Kopf, meinte das sei nicht nötig und bedankte sich fürs Mitnehmen. Sollten die Eltern nicht daheim sein, beendete er den Satz, so könne er seinen Schlüssel benutzen, den er bei sich trug. Nicht ganz überzeugt von dem, was Martin sagte, fuhr Frau Schmitt dann doch weiter nach Hause. Martin nahm seinen Koffer, ging ins Haus und schloss die Wohnungstür auf. Alles war aufgeräumt, aber niemand war zuhause. Eigenartig, dachte

Martin. Keiner am Bahnhof und in der Wohnung auch nicht. Wieder beschlich ihn das Gefühl, dass etwas vorgefallen sei. Er ging in sein Zimmer. Auf seinem Nachtschränkchen, an die kleine Tischlampe gelehnt, stand unübersehbar ein großer Umschlag. In Druckbuchstaben geschrieben las er dort: *An meinen Sohn Martin*

An meinen Sohn?

Martin erkannte sofort die Schrift seiner Mutter. Er riss den Umschlag auf und begann, die wenigen Zeilen zu lesen:

Mein lieber Martin!
Vater musste auf eine Dienstreise und hatte einen Unfall.
Er wird nicht mehr nach Hause kommen.
Ich bin in Oslo, um alles Notwendige zu erledigen. In drei Tagen bin ich
zurück.
Oma kommt am Abend, um nach dir zu sehen.
Ich denke an dich. In Liebe Deine Mutter

Martin legte die Nachricht langsam aus der Hand und ließ seinen Tränen freien Lauf.

Vater!

Auch wenn er nicht viel Zeit für ihn gehabt hatte, so war er ihm immer ein lieber Vater gewesen. Nach dieser Nachricht hatte Martin keine Vorstellung, wie es weitergehen würde.

Nur mit Mutter. Plötzlich waren sie keine ganze Familie mehr.

Wie konnte das passieren?

War er mit dem Flugzeug unterwegs? Oder mit dem Auto?

War er allein?

Fragen über Fragen und keine Antwort. Er musste auf Mutter warten ...

Clemens Maximilian Leopold

... *von Bornim*. Direkter Nachkomme irgendeines verarmten Landadels, aber dafür umso hochnäsiger. Der Großvater war noch in den ersten Jahren des eben abgelaufenen Jahrhunderts sechsspännig durch Düsseldorf gefahren. Der Herr Baron, der Enkel, war vom gleichen Dünkel befallen; immer darauf bedacht, sich die Finger nicht schmutzig zu machen. Zum Herrschen erzogen, wo es nichts mehr zum „Be"herrschen gab.

Der Einfachheit halber nannte ihn jeder Max. Clemens wäre ihm lieber gewesen, es hörte sich adeliger an, aber es blieb bei Max. Und auch Max musste zum Barras, wie das damals hieß, konnte sich nicht mehr, wie es in Offizierskreisen früher üblich war, freikaufen. Letztlich freute er sich sogar darauf, begrüßte seinen Einsatz an der Front. War das doch endlich eine Gelegenheit, in deren Verlauf er *sich* beweisen konnte, was in ihm steckte. In welche Scheiße man ihn geschickt hatte, bemerkte er erst, als er mitten drin saß. Er würde nie ein Held sein. Heldentum war in seinen Augen was für die Anderen.

Er wollte nur noch raus.

Heim.

Josefina Maria Kelter, Rufname Josefa.

Ausgerechnet Josefa nannte man sie. Sie – das ungeliebte Mädchen daheim. Das einzige Mädchen unter sechs Brüdern.

Josefa.

Das erste, was sie ihren Eltern vorwarf, war ihr entsetzlicher Name. Als ob sie der heilige Josef wäre.

Und sie durfte nichts. Natürlich nicht.

Ausgehen schon gar nicht.

„Stopf lieber ein paar Strümpfe, dann kannst Du irgendwann wenigstens etwas Vernünftiges!", meinte der Vater.

Stillhalten durfte sie.

Musste sie.

Vor allem, wenn der Vater zu ihr schlich. Da war sie gerade dreizehn. Er drohte ihr noch nicht einmal mit Strafe, falls sie über das, was er mit ihr machte, sprechen würde.

In seiner männlichen Überheblichkeit war er sich seiner Sache ja so sicher...

Und Josefinas Mutter? Sie ahnte alles, aber wie immer in ihrem Leben, schwieg sie. Sie konnte sich selber nicht helfen, wie denn dann ihrer Tochter? Da war es doch sehr viel einfacher, die Augen zu verschließen. Irgendwann einmal würde dieses Mädchen ja gehen. Dann wäre auch sie die Verantwortung los. Eine Verantwortung, die sie nie haben wollte. Ein Mädchen. Im ersten viertel des vergangenen Jahrhunderts war das eine mittlere Katastrophe. Ein Mädchen war nicht nur machtlos – es war auch rechtlos.

*

1943. Mitten im Krieg.

Tanzveranstaltungen waren verboten. Immerhin starben an der Front, vor allen Dingen an der Ostfront, die Männer und Jungen, denn was anderes waren viele noch nicht, einen erbärmlichen Tod für Frieden, Freiheit und Vaterland.

Oder so was Ähnliches.

Helden waren sie; man hatte es ihnen eingeschärft. Alle.

Unfreiwillige Helden.

Das merkten die meisten aber erst, wenn es wirklich ernst wurde.

Max hatte Fronturlaub. Statt zu seiner Mutter nach Hause zu fahren blieb er in der Kaserne. Er nutzte die Zeit, um einmal darüber nachzudenken, was ihn eigentlich vor ein paar Jahren in diesen gottverdammten Krieg gezogen hatte. Inzwischen war ihm klar, dass immer bloß die Kleinen den Kopf hinhalten mussten. Und er hatte absolut keine Lust mehr dazu. Seufzend machte er sich auf den Weg und suchte seinen Kameraden Friedel Keil. Friedel war hier in der Gegend zu Hause und wusste, wohin man gehen konnte. Es gab ab und zu trotz des Verbotes immer mal Tanzveranstaltungen und Max hatte sich für den heutigen Abend absolutes Amüsement verschrieben.

Friedel zog sich zwar ein bisschen, aber Max ließ nicht locker. „Komm, stell dich nicht so an. Wir können ja in Zivil gehen."

„Du bist wohl nicht ganz bei Trost. Wenn sie uns dann kriegen, sind wir fällig. Oder wie will'ste denen sonst beibringen, dass du nicht desertieren wolltest?"

Mit missmutigem Gesicht schloss Friedel sich ihm an und die beiden gingen in die Stadt.

Café Kese gab es zwar nur in Berlin, aber in diesem kleinen Gott verlassenen Nest, nannte man das einzige, inzwischen etwas herunter gekommene, Lokal genauso.

Friedel bestellte sich einen Kaffee, der nach allem möglichen, bloß nicht nach Kaffee schmeckte und Max versuchte, ein Bier zu kriegen. Was ihm sogar gelang. Aus welchen Ingredienzien dieses Gebräu bestand, war allerdings bestenfalls zu erraten.

*

Josefa hatte striktes Ausgehverbot. Wie immer. Das kannte sie schon. Diese Verbote musste man einfach umgehen; irgendwie schaffte sie das meistens mit Hilfe ihrer Freundin Hildegard.

Hildegard stammte aus einem sehr stabilen Elternhaus; ihr Vater gehörte zu denen, die am Krieg kräftig gewannen und trotzdem noch ein wohlwollendes Ansehen im Städtchen genossen. Hildegards Mutter war auch gescheit genug, verschiedene andere an ihrem „Wohlstand" teilhaben zu lassen.

In Maßen, versteht sich.

Hildegard stürmte an einem Samstagnachmittag bei ihrer Freundin Josefa die Treppen zum Haus hoch.

„Heee", rief sie von weitem, „hast du vergessen, dass wir heute noch mal in die Schulbücherei müssen?"

Josefa, die mit ihrer Mutter gerade den Flur putzte, schrak hoch. Mit einem Seitenblick auf ihre Mutter antwortete sie: „Nein, ich habe es nicht vergessen, aber du siehst doch.... Ich kann meine Mutter ja nicht alles allein machen lassen."

Seufzend kam die Mutter aus ihrer gebückten Haltung hoch: „Geh schon, Kind. Du hättest es mir einfach sagen sollen..."

„Schon, aber was hätte der Vater dann gemacht?"

Die Mutter zuckte mit den Schultern. Sie wusste, dass er ihr das glatt verboten hätte. „An einem Samstagnachmittag brauchst du nicht mehr in den freiwilligen Schuldienst. Diese Dienste können von den Mädchen übernommen werden, deren Mütter Putzfrauen haben. Du bleibst daheim und hilfst."

Josefa kannte diese Aussprüche genau so wie ihre Mutter.

Und sie hingen ihr genau so zum Hals heraus.

Mit einem *bis später* verschwand sie mit Hildegard und rannte die Treppen hinunter.

Als würde sie fliehen. Was im gewissen Sinne stimmte. Sie floh! Nicht nur vor der Mutter, dem Vater, der Atmosphäre im Elternhaus. Sie floh inzwischen auch vor ihren eigenen, ständigen Lügen.

Als die beiden Mädchen das Café Kese erreichten und die Tür öffneten, schlug ihnen ein Schwall abgestandener Luft entgegen.

„Puh", moserte Hildegard, „das ist nicht gerade das, was ich mir erträumt habe. Und alles bloß, damit du mal wieder rauskommst. Kannst du mir gar nicht mehr gut machen."

Aber Josefa hörte nicht.

Über die Köpfe der anderen hinweg hatten sich ihre Blicke getroffen.

Max und Josefa.

Die Blicke zweier Menschen, die sich besser niemals begegnet wären.

Hildegard beobachtete dieses Spiel ein paar Minuten und stieß Josefa in die Rippen: „He, aufwachen, der ist nichts für dich. Siehst du das nicht?"

Josefa schreckte hoch. „Du hast wahrscheinlich recht..."

Im gleichen Moment sah sie Friedel Keil. Er kam auch gleich an den Tisch, um die beiden zu begrüßen. Sie waren – wenn auch auf entfernterer Basis – eine Art Nachbarskinder.

Friedel schnappte sich Josefa und drehte ein paar Tänze mit ihr. „Dafür bist du doch wohl hergekommen," flüsterte er ihr ins Ohr. Immerhin war Josefas Misere in der Nachbarschaft bekannt; und nicht wenige bedauerten das Mädchen, das so gar kein bisschen Freiheit hatte.

Noch während des letzten Tanzes hatte Max sich erhoben. Er klatschte Josefa einfach ab. Friedel tat ihm den Gefallen; hatte er doch das Gefühl, dass sein Kamerad sich mit irgendwelchen düsteren Gedanken herum schlug.

Die beiden tanzten schweigend; jeder hing seinen Gedanken nach und sie versuchten, sich nicht anzusehen. Es wäre zu verräterisch gewesen.

Max, der in seiner Uniform exzellent aussah und einen ebensolchen Eindruck bei Josefa hinterließ.

Und Josefa, die dachte: das wäre im Grunde ein Typ, neben dem es sich leben ließe. Ich müsste ihn hypnotisieren können, damit er spürt, was ich will und es ganz allein von sich aus tut. Schließlich kann ich ihm nicht unverblümt sagen: komm, hol mich da raus. Hol du mich postwendend hier raus!

Der Tanz war zu Ende und Max verbeugte sich artig vor Josefa. „Darf ich sie noch einmal zum Tanzen holen?"

Atemlos erwiderte sie: „Aber ja..."

Es blieb nicht bei diesem Nachmittag und diesem Tanz. Josefa brauchte Hildegard dringender denn je und diese half ihr immer wieder aus der Patsche. Nach wenigen Monaten fragte Max Josefa, ob sie ihn heiraten wolle.

Josefa sagte ohne nachzudenken … *ja*

Hildegard tippte sich an die Stirn: „Du hast sie nicht alle!"

Josefa glaubte, es besser zu wissen.

Endlich kam sie aus der verdammten Enge ihres Elternhauses raus und endlich war sie ihrem Vater entronnen.

Der Vater. Als er hörte, dass Josefa einen Freund hatte, den sie heiraten wollte, rastete er regelrecht aus.

Er schlug sie: „Wo, zum Teufel, hast du diesen Mann kennen gelernt? *Wo? Und wann?*

Er schüttelte sie bis ihr übel wurde und in der Nacht kam er wieder. Zum letzten Mal. Er nahm sie mit brutaler Gewalt und ließ sie danach mit den Worten fallen: „Glaub bloß nicht, dass es dir jetzt besser geht! Oder, dass er es nicht tut. Er wird es genau so mit dir tun. Du kommst nicht davon los! Auch wenn du es nicht willst. Es ist unser verbrieftes Recht. Unser Recht (!) – verstehst du. Wir sind Männer und ihr seid unsere Geschöpfe. Wenn wir nicht wären, würdet ihr auch eure Kinder nicht kriegen!"

Sprachs, schlug sie noch einmal und schloss die Tür hinter sich.

Die letzten Monate vor ihrer Hochzeit ließ er sie in Ruhe.

Josefa atmete auf.

Max hatte unterdessen in der Kaserne auch Einiges auszustehen. Von den Kameraden wurde er gehänselt, woher er denn plötzlich eine Braut habe und vor allen Dingen, welcher Teufel ihn reiten würde, sie auch noch heiraten zu wollen.

Max wusste, was er wollte.

Wenn er verheiratet wäre, bekam er zum einen ein paar Mark mehr Sold und zum anderen, das war ihm in diesem Moment sogar wichtiger, hatte er das Gefühl, in einem Urlaub *nach Hause* kommen zu können. Er wollte ganz einfach ein Zuhause. Im Grunde war er ein einsamer Mensch, der seine Komplexe hinter hochtrabendendem Benehmen versteckte.

Das hatte Josefa nicht erkannt.

Ihre Mutter schon, aber sie schwieg. Wie immer.

Sie war die Verantwortung los.

Endlich.

Max, von seiner unwiderstehlichen Männlichkeit überzeugt, kam am Vorabend der Hochzeit noch einmal ins Haus. Er hatte Fronturlaub bekommen. Josefa freute sich darüber, so blieb ihr wenigstens eine Ferntrauung erspart. Sie selbst vor dem Altar und neben sich einen Stahlhelm, das war nun nicht gerade das, was sie sich wünschte.

Was jedoch am Vorabend der Hochzeit geschah, war auch nicht ihr Traum. Sie hatte wirklich und allen Ernstes geglaubt, dass das, was der Vater ihr angetan hatte, ein Ausnahmefall sei. Als ihr Bräutigam mit einem ähnlichen Ansinnen kam, drehte sich ihr der Magen um. Er verlangt von ihr, sich bis auf die Unterwäsche auszuziehen, weil er schließlich *keine Katze im Sack* kaufen wolle.

Josefa krümmte sich innerlich.

Und als er in der Hochzeitsnacht seine ehelichen Rechte wahrnahm und in sie eindrang, wurde es ihr schlagartig übel. Er war unerfahren; Josefa war für ihn das erste Mal und er hatte niemals gelernt, auf irgendetwas oder auf irgendjemanden Rücksicht zu nehmen. Er kannte auch keine Zärtlichkeit.

Josefa ließ ihn mit zusammen gebissenen Zähnen fertig werden und sprang dann auf. Sie musste sich übergeben.

„Ist das nicht ein bisschen schnell?", fragte Max sie maliziös. „Oder bist du vielleicht schon schwanger?"

Drohend erhob er sich von seinem Bett.

Josefa beeilte sich, ihm zu versichern, dass sie keinesfalls schwanger sei.

Erst im Nachhinein war ihr der Zusammenhang zwischen Zeugung und Geburt so richtig bewusst geworden und sie dankte Gott, dass der Jahrelange Missbrauch durch ihren Vater ihr wenigstens eine Schwangerschaft erspart hatte.

Trotzdem nahm die Katastrophe ihren Lauf.

Max musste zurück an die Front.

Sie sahen sich sechs lange Jahre nicht wieder.

Josefa vermisste ihren Mann; aber nicht als Mann. Jeder hörte den Stolz in ihrer Stimme, wenn sie von ihrem Mann sprach. Niemand konnte auch nur im Entferntesten ahnen, dass damit ausschließlich Besitzanspruch gemeint war.

Max und Josefa lernten nie, eine Ehe zu führen.

Sie lernten nie, Kompromisse zu machen.

Sie lernten nie, zärtlich miteinander zu sein.

Sie lernten nie, sich wirklich zu lieben.

Als Max endlich zu den entlassenen Kriegsgefangenen gehörte, kam er als kranker Mann nach Hause. Aber er war ihr Mann.

Für Josefa war es das schlimmste, dass ihr Körper ein Eigenleben entwickelte. Wenn Max seine Rechte geltend machte, löste sich Josefas

Körper von ihrem Verstand und sie hatte sich nicht mehr in der Hand. Dafür hasste sie ihren Mann. Sie musste sich fallen lassen – ihr Körper verlangte sein Recht.

Sie gab Max die Schuld.

Eine anständige Frau konnte am Sex nichts Schönes finden. Sie hörte es immer wieder von den Frauen um sich herum. „Das müssen wir eben ertragen", hieß es. „Immerhin wollen wir ja auch Kinder."

Kinder – ja, die wollte Josefa auch. Aber keinen Jungen. Sie wollte unbedingt ein Mädchen.

Sie bekam zu erst einen Jungen.

Und mit zusammen gebissenen Zähnen ertrug sie auch weiterhin Max' schwitzenden Körper über sich. Sie ekelte sich zu Tode. Aber sie wollte unbedingt noch ein Kind und begann zu beten, dass sie möglichst schnell wieder schwanger wurde und, dass es wirklich ein Mädchen war.

Es wurde ein Mädchen.

Damit, so gab sie Max zu verstehen, hatte sie alle Pflichten einer guten Ehefrau erfüllt und verweigerte ihm ihren Körper.

Max erzwang sich eine Weile sein Recht.

In Josefa wuchs der Hass.

Dann wurde er müde und resignierte.

Inzwischen machten sich bei Max die Kriegsjahre mehr und mehr bemerkbar. Er kränkelte. Pflichtbewusst begann seine Frau, ihn zu pflegen, was bei ihr hieß, in vollständig zu gängeln. Josefa verwechselte auch noch nach soviel Jahren immer noch Liebe mit Besitzanspruch.

Mein Mann, das nahm sie absolut wörtlich.

Nach außen galt die Ehe der beiden als vorbildlich. Niemand ahnte auch im Entferntesten, wie die Wirklichkeit aussah.

Max wollte nicht mehr. Er ließ sich fallen. Und das mit noch nicht einmal sechzig Jahren.

Eines Tages sagte er es ihr. „Ich habe nicht mehr viel Zeit auf dieser Welt. Du sollst es nur wissen. Es ist dir ja vermutlich egal."

Josefa wurde blass.

„Das darfst du nicht sagen. Ich konnte nicht anders. All die Jahre nicht. Aber das wirst du nicht verstehen."

Sie schrie es fast.

Müde hob Max die Schultern. „Du hast dir nie die Mühe gemacht, etwas von deinem Innern preiszugeben. Ich hätte dir manchmal gern geholfen. Immerhin war ich weder blind noch taub. Aber du hattest kein Vertrauen zu mir; vielleicht zu niemandem."

„Wie konnte ich Vertrauen haben? Wie denn? Du hast doch nie Rücksicht genommen. Du hast mich auch immer nur benutzt."

„Ich habe dich nicht benutzt. Ich habe dich wirklich geliebt. Aber du – du wusstest gar nicht was das ist."

Einer warf dem anderen Versagen vor.

Das Verhältnis der Beiden war, sogar angesichts seines nahenden Todes, schwerer belastet als je zuvor.

Josefa nahm ihre Pflichten ernst. Pflicht hatte sie immer erst genommen.

Max wurde von Tag zu Tag schwächer, lag in den Kissen und wartete.

Auf sein Ende.

Er sehnte es fast herbei.

Josefa auch. Sie ertrug es nicht, ihn leiden zu sehen. Immer sah sie den stillen Vorwurf in seinen Augen: *Du hast mich im Stich gelassen.*

Sie fühlte sich schuldig und unbehaglich.

Sie schrie ihn an.

Er sagte nichts.

Eines morgens brachte sie ihm seinen Tee. Ein feiner Blutfaden lief aus dem rechten Mundwinkel.

Er versuchte, ihr noch etwas zu sagen.

Ein dünner grauer Schleier zog über seine Augen und seine Hand sank zurück auf die Bettdecke.

„Leb wohl Clemens Maximilian Leopold. Du hast es geschafft."

Josefa stellte die Teetasse hin und setzte sich auf den Bettrand. Als hätte jemand mit einer dünnen Nadel in einen Ballon gestochen, so fiel der aufgestaute Hass in sich zusammen.

Seele aus Glas

Weißlich grau lagen die Nebel über den Wiesen des Schwalmtals. Die dunklen Körper der Wisente zeichneten sich unscharf in der Ferne ab. Hendrike stand an der Wegbiegung und atmete trief durch. Sie liebte die undurchdringlichen Nebel; sie gaukelten ihr vor, dass man sie nicht sähe. Kindheitserinnerungen stiegen auf. Ich sehe dich nicht, so siehst du mich auch nicht. In Gedanken stand sie, wie so oft, am Gartentor in Brüggen und blickte sehnsüchtig auf die Straße. Draußen spielten die Nachbarskinder. Sie wollte so gern mitspielen, doch da erklang schon die Stimme ihrer Mutter: „Was stehst du am Tor? Du gehst mir nicht auf die Straße. Die Kinder da draußen sind kein Umgang für dich; du willst doch kein Straßenmädchen werden?"

Hendrike schüttelte den Kopf. Nein, sie wollte gewiss kein Straßenmädchen werden, wenn sie auch nicht die leiseste Ahnung hatte, was das eigentlich war. „Mama, was ist ein Straßenmädchen?"

„Das kann ich dir nicht erklären, dazu bist du noch zu klein."

Widerwillig ging Hendrike zurück in den Garten. Er war riesig, sie konnte dort ganz allein spielen und brauchte ihre Spielsachen mit Niemanden zu teilen, sagte die Mutter immer.

Immer wieder dieser Garten und immer nur allein ...

Vier Jahre zählte Hendrike, doch dieser Satz sollte sie ihr Leben lang begleiten.

Und, nur wer ganz genau hinhörte, konnte das *Sssst* hören. Die kleine Seele bekam ihren ersten Riss.

Später, in der Schule, brannte sie darauf, lesen zu lernen und hütete ihr erstes Buch *Katrin auf dem Bauernhof* wie einen Schatz. Sie las es so oft, dass sie es beinahe auswendig hersagen konnte und es dauert nicht lange, da begannen die Seiten, sich selbstständig zu machen. Uhu musste her – es wurde immer und immer wieder geklebt.

In der Schulbücherei wurde sie Dauergast, denn die Eltern konnten gar nicht soviel Bücher heranschaffen, wie Hendrike konsumierte. Schon da lebte sie in ihrer Welt, doch niemand bemerkte es. Nach der Schule wurden die Hausaufgaben mit großer Sorgfalt erledigt, mit besonderer Vorliebe schrieb sie Aufsätze. Während der Rest der Klasse darüber stöhnte, gab es für Hendrike nichts schöneres.. Einer ihrer Aufsätze, über Napoleon I. war so gut, dass der Lehrer die Mutter in die Schule zitierte. Er wollte nicht glauben, dass sie den Aufsatz allein geschrieben habe. Doch sie ließ ihrer Phantasie freien Lauf, kam fast immer mit Einsen nach Hause und hätte gern eine weiterführende Schule besucht, allerdings kostete das zu dieser Zeit Schulgeld und fiel deshalb aus. Mangels Masse. Denn eines hatten sie daheim im Überfluss: den Mangel!

Zehn Jahre später.
Nach den, damals üblichen, acht Jahren Volksschule begann Hendrike eine Lehre, auch nicht in dem Beruf, den sie gern gehabt hätte. Doch Anfang der 60er Jahre waren Mädchen in Jungen- respektive Männerberufen weder üblich noch zulässig. Sie wäre gern Elektriker/in geworden. Abgesehen davon, dass sie mit einem solchen Wunsch auf Unverständnis stieß: *wie kann man als Mädchen Elektriker werden wollen?,* scheiterte die Umsetzung an einer weiteren, simplen Tatsache. Der Ausbildungsbetrieb hätte eine zusätzliche Damentoilette einrichten müssen…Stattdessen begann sie, auf Geheiß ihrer Eltern, eine kaufmännische Ausbildung und wie immer, fügte sie sich. Da der Ausbildungsbetrieb ein Mini-Unternehmen war, musste sie während dieser Zeit wesentlich mehr tun und lernen als ihre anderen Klassenkameraden, die in größeren Unternehmen landeten. Doch das schadete ihr nicht. Hendrike saugte alles auf wie ein Schwamm und holte nach, was ihr, mangels einer weiterführenden Schule, versagt geblieben war. Lernen, lernen und nochmals lernen.
Noch einmal fünf Jahre später.
In dieser Zeit wurde Gwen Bristow's Roman *Kalifornische Sinfonie* in Deutschland populär und Hendrike las diesen Roman mit Begeisterung. Sie hatte ohne- hin die Gabe, sich beim Lesen in andere Welten zu versetzen und nun war sie auf großem Treck nach Santa Fé. Als dann der Film in die Kinos kam, gab es für sie kein Halten mehr.
„Mama, ich möchte am Sonntag ins Kino – *Die kalifonische Sinfonie*

wird gezeigt."

„Mal sehen."

Diesen Satz kannte sie. Es war immer dasselbe. Hendrike zählte inzwischen neunzehn Jahre und man muss wissen, dass man zu dieser Zeit erst mit einundzwanzig Jahren volljährig wurde. *Solange du deine Füße unter diesen Tisch stellst, hast du zu tun was ich dir sage!* Wer von den heute über sechzig jährigen kennt diesen Satz nicht.

Volle drei Wochen focht Hendrike darum, ins Kino gehen zu dürfen, und dann überwand sie sich, nachdem ihre Mutter im *passenden* Moment einen Herzanfall bekam, und ging tatsächlich. Das hatte sie noch nie getan. Diese Anfälle traten immer dann auf, wenn Hendrike etwas wollte, was ihre Mutter nicht guthieß. Und ihre Tochter einige Stunden ohne ihre Kontrolle in die Welt zu entlassen, gehörte dazu. Doch damit nahm das Verhängnis seinen Lauf.

Der Film hatte Überlänge und Hendrike bemerkte mit Schrecken, dass sie das Kino zu einer Zeit verließ, zu der sie eigentlich schon hätte daheim sein müssen. Der Himmel hatte ein Einsehen und schickte ihr auf dem Nachhauseweg einen ehemaligen Klassenkameraden aus der Berufsschule, Manfred, vorbei, der anhielt und sie fragte, wo sie denn hin wolle. Er war übrigens der Einzige, der zu dieser Zeit bereits ein Auto fuhr. Aber gut, die Familie war verwandt mit hochrangigen Militärs aus den beiden Weltkriegen und daher finanziell ein bisschen besser bestückt als sonst zu dieser Zeit unter *Otto Normalverbraucher* üblich.

Auf seine Frage, wohin des Weges, antwortete sie: „Nach Hause, ich bin schon verdammt spät dran. Das gibt wieder einen Auftritt", seufzte sie.

„Steig ein, ich bring dich eben heim."

„Danke – aber bloß bis zur Unterführung. Den Rest muss ich zu Fuß gehen. Wenn meine Mutter sieht, dass ich aus einem Auto steige, kann ich mich auf eine Ohrfeige gefasst machen und darf dann die nächste Zeit bloß noch raus, um arbeiten zu gehen."

Manfred sah sie mitleidig von der Seite an. Er hatte schon mehrmals festgestellt, dass Hendrike nie etwas mitmachte. Entweder hatte sie gerade keine Zeit, oder sie weilte zum Verwandtenbesuch auf dem Land, oder – oder – oder. Das kam ihm immer schon ein bisschen komisch vor, aber nun hatte er die Gewissheit, dass sie ganz einfach nichts durfte. Sie tat ihm leid, helfen konnte er ihr aber nicht.

Inzwischen hatten sie die Unterführung erreicht und Hendrike stieg aus. „Danke", sagte sie zu ihm, „wir sehen uns sicher einmal wieder."

„Das hoffe ich doch." Manfred lächelte und dachte, dass das eher dem Zufall überlassen bliebe.

Langsam, in dem Bewusstsein, dass es ohnehin Vorwürfe hageln würde, ging sie um die Ecke auf das Haus zu, die wenigen Stufen zum Eingang hoch und wollte gerade klingeln, als die Haustür von innen aufgerissen wurde und sie eine schallende Ohrfeige empfing. Erschrocken sah sie in das vor Wur verzerrte Gesicht ihrer Mutter und hielt sich fassungslos die Wange.

„Woher kommst du jetzt?"

„Aus dem Kino."

„Das kann nicht sein, du hättest schon vor zwanzig Minuten zu Hause sein müssen!"

„Ich kann nicht dafür, dass der Film Überlänge hatte. Ich bin erst um zehn Minuten vor neun aus dem Kino gekommen …"

„Aha! Wenn das so wäre, was nicht sein kann, dann könntest du jetzt noch nicht hier sein!"

„Doch! Auf dem Heimweg hat mich Manfred aufgegabelt und mit dem Auto bis zur Unterführung mitgenommen. Sonst wäre ich wirklich noch nicht hier." Inzwischen rollte eine Welle haltlosen Zorns über Hendrike und sie musste an sich halten, nicht zu schreien. Wütend folgte sie ihrer Mutter in den Hausflur und ging in ihr Zimmer.

Doch das war noch nicht das Ende.

Am kommenden Tag ging die Mutter zum Kino und erkundigte sich, ob es stimmte, dass der Film Überlänge hatte. Das wurde ihr von der Dame an der Kasse bestätigt. Daheim machte sie den Fehler, ihrer Tochter zu bestätigen, dass sie die Wahrheit gesagt habe. Dieser Vorgang untergrub unwiderruflich jegliches Vertrauen.

Doch das leise Sssst der Seele hörte niemand; sie war nun endgültig zerbrochen.

Jahre später …

Nach ihren drei Lehrjahren, einem außergewöhnlichen Hintergrundwissen und einem Stellenwechsel hatte sie sich in ihrem neuen, ganz eigenen Leben etabliert. Das war einfach, sie hatte ihre Bücher. Mehr denn je zog sie sich in ihre Welt zurück und ließ die Realität draußen, was nicht hieß, dass sie das, was um sie herum geschah, nicht registrierte. Die Ehe ihrer Eltern war nicht das, was sie sich unter einem gemeinsamen Leben vorstellte. Vergleichsmöglichkeiten gab es allerdings auch nicht, da die Partnerschaften zu dieser Zeit häufig von anderen Kriterien geprägt waren. Das galt vor allem für die Kinder, vor denen alles geheim gehalten wurde, und ganz besonders für Mädchen.

Das tut man nicht,
Denk dran, du bist ein Mädchen,
Solange du deine Füße unter diesen Tisch stellst, hast du zu gehorchen.

Solche Töne bestimmten die Tagesordnung und wurden sowohl ge- als auch überhört. Da waren die Jugendlichen sicherlich nicht anders als die Teenies von heute.

Gehorchen! Ein Zauberwort, was man in der heutigen Erziehung oftmals vermisst. Dennoch glich die Erziehung zu dieser Zeit wohl eher einer Dressur und man spurte, sonst setzte es Backpfeifen. Da war man damals nicht gerade pingelig. Und, wie vormals erwähnt, volljährig wurde man erst mit einundzwanzig!

Hendrike lebte ihr Leben und litt. Vor allem unter der Ausgrenzung, die sie erfahren musste, weil sie nichts mitmachen durfte. Sie bekam alles verboten. Ohne Erklärung, versteht sich. Von Zeit zu Zeit hieß es höchstens: „Das ist nichts für dich … oder: Das ist doch kein Umgang, du bist doch hoffentlich was Besseres …“

Nein, Hendrike wollte nichts Besseres sein, sie wollte dabei sein, mitmachen dürfen, eine Freundin haben, Veranstaltungen besuchen …

In Ermangelung dieser Möglichkeiten stürzte sie sich auf Zeitungsanzeigen von Menschen, die Brieffreundschaften suchten. Unter diesen Anzeigen war auch die, ihres zukünftigen Mannes. Sie lernten sich nach kurzer Schreibphase kennen und heirateten dann sehr schnell. Dass diese Ehe unter keinem guten Stern stehen konnte, dürfte von Anfang an klar gewesen sein. Er hatte Hendrike nur geheiratet, weil er es satt war, seinen Haushalt allein zu führen. Und sie, nun ja – das lag ohne weitere Ausführung auf der Hand.

Und es kam, wie es kommen musste. Die Ehe ging schief. Da man sich aber in den Siebziger Jahren nicht scheiden ließ; als Frau schon gar nicht, hielt diese verkorkste Verbindung trotzdem insgesamt vier Jahre. Doch dann ging es nicht mehr. Das nächste Ssssst war fällig und die Seele zerbrach.

Hendrike floh aus dieser Ehe und kroch bei einem Freund unter, der sie, verblüfft und erstaunt, für ein paar Nächte beherbergte. Dieser Mann war tatsächlich *nur* ein Freund, doch das war zu dieser Zeit ungewöhnlich. Freundschaften zwischen Männern und Frauen wurden grundsätzlich angezweifelt, die Frau galt als Matratze… und hatte folglich ihren Ruf für alle Zeiten ruiniert. Hendrike war das einerlei, sie wollte nur noch raus. Dennoch dauerte es noch fast ein Jahr, bis sie den endgültigen Schritt wagte und die Scheidung einreichte.

Bis sie begriff, warum ihre Jugend und ihr Leben so verlaufen musste, vergingen Jahrzehnte. Sie verstand zwar nun alles, doch es änderte nichts mehr. Unter den heutigen Aspekten, respektive Erkenntnissen, war ihre Mutter eine arme Socke, doch das brachte ihr die verlorenen Jahre nicht zurück und machte das seelische Leid nicht ungeschehen.

Ausgerechnet der Freund, der ihr für ein paar Nächte Unterkunft gewährte, wurde zum Retter für ihre Seele. Hendrike sagte später einmal, dieser Mann war zu dem Zeitpunkt, als ich seine Hilfe brauchte, selber ein seelisches, körperliches, geistiges und moralisches Wrack. Doch genau diese Tatsache war es, die Hendrike gesunden ließ. Er brauchte Hilfe, die gab sie ihm und konzentrierte sich ausschließlich auf seine Person. Ihre Probleme drängte sie in den Hintergrund und stellte im Laufe der Zeit fest, dass sie ihre Schrecken langsam verloren. Die zerrissene Seele gesundete natürlich nicht sofort; doch Hendrike begann, sich selbst nicht mehr als Mittelpunkt allen Unglücks zu sehen.

Aus dieser Verbindung wurde mehr. Sie heirateten. Die ersten Jahre waren für beide nicht leicht; immerhin schlugen sie sich mit Geschehnissen aus der Vergangenheit herum. Übersensibel, zutiefst verletzt, machten sie sich das Leben gegenseitig nicht gerade leicht. Eines Tages begannen sie, sich darauf zu konzentrieren, dass nur sie beide wichtig waren. Hendrike und Johann wuchsen zusammen. Und beider Seelen, die einst wie Gläser waren, die einen Sprung hatten und nicht mehr klangen, fühlten sich an, als seien sie ... gekittet.

Louise
Du hast es doch so gewollt ...

Louise! Louiiiise!...stöhnte Tilmann und presste die Hände auf die Ohren, aber er hörte sie immer und immer wieder. Ihre Schreie dröhnten in seinen Ohren. Schmerzensschreie.

„Meinst du nicht, du solltest einmal einen Arzt aufsuchen? Du bist in der letzten Zeit so dünn geworden, dass es sogar mir auffällt", meinte Tilmann Gollhan.
Louise sah ihn lächelnd an: „Wenn du das gern möchtest, gehe ich natürlich auch einmal zum Arzt, obwohl ich eigentlich nicht weiß, was ich da soll. Mir tut nichts weh und dass ich in deinen Augen dünn geworden sei, würde ich erfreulicherweise mit *schlank* übersetzen. Du glaubst gar nicht, wie froh ich bin, dass ich endlich diese überflüssigen Pfunde loswurde. Und das auch noch von ganz allein."
„Das ist es ja eben, was mir zu denken gibt."
„Ach Liebling, nicht doch! Was soll denn schon sein?"
Nachdenklich sah Tilmann Gollhan seine Frau an. Sie hatte eine seltsam gelbliche Gesichtsfarbe; vielleicht sollte er besser fahl sagen. Sie gefiel ihm einfach nicht und er machte sich große Sorgen. Louise neigte dazu, immer alles auf die leichte Schulter zu nehmen und er musste zugeben, dass er an diesem Verhalten einen nicht geringen Teil Schuld trug. Selbst hatte er immer gut Sprüche machen, ging selber niemals zum Arzt, wollte anderen aber gut zureden. Jetzt musste er damit leben, dass seine Frau

240

sich auch nicht mehr ernst nahm. „Versprich mir, dass du in den nächsten Tagen wirklich zu Dr. Bohlmann gehst, ja?"

„Versprochen! Okay?"

Tilmann nickte und wandte sich seiner Zeitung zu. Aufs Fernsehen verzichteten die beiden schon seit langem. Louise sagte einmal scherzhaft: „Jetzt sind wir verkabelt und haben auf unzähligen Programmen ergreifend nichts."

Louise hielt ihr Versprechen und ging am folgenden Dienstag zu Dr. Bohlmann. Dieser ließ sich sein Erschrecken über ihr Aussehen nicht anmerken und tarnte seine tiefe Besorgnis mit Burschikosität „Na, wo drückt denn der Schuh, liebe Frau Gollhan?" „Wissen Sie, mein Mann ist der Meinung, ich solle mich mal durchchecken lassen; obwohl ... ich weiß nicht so recht ..." Louise Gollhan brach ab und sah ihren Arzt ein wenig unsicher an.

„In Anbetracht der Tatsache, dass wir uns nun doch schon ein paar Tage kennen, liebe Frau Gollhan, könnte ich mir vorstellen, dass Sie mir sicher rückhaltlos sagen würden, wenn Sie Sorgen, welcher Art auch immer, hegten, oder?" Eindringlich sah Hansjörg Bohlmann seine Patientin an und stellte auch ohne genauere Untersuchung fest, dass, allein nach dem Augenschein, etwas absolut nicht in Ordnung sein musste. „Wir werden ganz einfach eine gründliche Untersuchung vornehmen und dann wissen wir mehr. Allerdings können wir nicht alles heute erledigen; ich muss noch Blut abnehmen und Sie sollten morgen früh noch einmal vorbeikommen. Dazu müssen Sie nüchtern erscheinen."

„Aber Herr Doktor" witzelte Louise Gollhan, „ich trinke nie, bevor die Sonne untergegangen ist."

Dr. Bohlmann stimmte in die leichte Konversation ein, lächelte und hoffte nur, dass sich seine Befürchtungen nicht bewahrheiteten.

Die Labortests und die Folgeuntersuchungen förderten jedoch Schlimmeres zutage als Bohlmann es sich hätte träumen lassen. Im Volksmund nannte man es einfach Streukrebs. Es gab keine Ecke in Louise Gollhans Körper, an dem keine Metastasen saßen. Dass sie bislang keine Schmerzen und nur von Zeit zu Zeit ein leichtes Unwohlsein verspürte, grenzte an ein Wunder. Vielleicht hatte sie einen konkreteren Gedanken auch einfach verdrängt?

„Ich habe beschlossen, gesund zu sein", verkündete sie noch am Abend nach der Untersuchung. „Weißt du Tilmann, Bohlmann machte so ein fürchterlich besorgtes Gesicht; muss er ja wohl; er ist schließlich Arzt und lebt von mir. Von uns!" verbesserte sie sich und ging schmunzelnd ins Bad.

Am Tag darauf schickte man sie ins Krankenhaus und wenige Tage später stand Tilmann Gollhan vor einer niederschmetternden Diagnose. Er konnte und wollte es nicht fassen, dass seine Louise, die immer stark war, es nicht mehr schaffen sollte. Die Ärzte hatten ihm keinerlei Hoffnung gemacht und, was für ihn das schlimmste war, auch Louise wusste es.

„Tilmann, Liebster, bitte glaube mir, ich möchte nicht gehen." Sie konnte die Tränen nicht zurückhalten. Auch sie war von den Befunden völlig überrumpelt. „Aber bitte, wenn es soweit ist und ich bin vor Schmerzen nicht mehr ich selbst, dann hilf mir, ja?! Versprich mir ganz fest, dass du mir hilfst!" Fast flehend hielt Louise seine Hände fest, als wisse sie, was sie in den kommenden Monaten erwarten würde.
Sie wusste es nicht.

Zwischen den einzelnen Perioden dieses immer stärker werdenden, wahnsinnigen Schmerzes, der sich über den ganzen Körper ausbreitete, klammerte auch Louise sich an die Hoffnung, dass es vielleicht doch noch eine Möglichkeit gab. Sie bettelte um Morphium, was man ihr sogar angesichts des Todes mit den Worten verwehrte: „Das dürfen wir nicht, es macht süchtig!"
Louise war das gleichgültig. Sie flehte ihren Mann an, notfalls die Ärzte zu bestechen.

Eines Tages war es soweit. Tilmann betrat den Flur des Krankenhauses zu einer unüblichen Zeit und hörte die gellenden Schreie seiner Frau aus deren Zimmer.

Ein Ton, der sich durch alle Nervenbahnen des Körpers fortpflanzte, bis er in einem wimmernden Klagelaut endete. Schweißnass machte er kehrt und betrat das Zimmer des Oberarztes: „Können Sie denn wirklich nichts tun?"

„Ich tue was nur irgend möglich ist", sagte dieser leise. „Viel mehr als ich eigentlich dürfte. Und, Sie nehmen mir das offene Wort bitte nicht übel, Herr Gollhan, Gott sei Dank ist das Herz Ihrer Frau nicht so extrem stark ..."

„Das wusste ich gar nicht".

„Es ist eine Folge der Behandlung und keine Herzschwäche im üblichen Sinn", erklärte der Arzt. „Sie hat nicht mehr viel Zeit. Es ist besser, Sie wissen es." Mit einem Gefühl des Mitleids sah er auf den Ehemann seiner Patientin, der sich wie eine aufgezogene Puppe zur Tür bewegte.

Mit erstickter Stimme sagte er: „Danke, dass Sie es mir gesagt haben."

Tilmann Gollhan ging noch einmal zu Louise ins Zimmer, die nun, dank eines Schmerzmittels, fest schlief. Er sah sie an und wusste, dass er sein Versprechen einlösen musste. Wenn sie aufwachte, würde sie es gewiss einfordern.

Zuhause angekommen, ordnete er seine Unterlagen. Anschließend ging er ins Badezimmer und sah den Medikamentenvorrat durch. Es fanden sich etliche *Reste*. Schlafmittel, die ihm vor geraumer Zeit selbst einmal verschrieben wurden und die er nie aufgebraucht hatte. Alles zusammen, überlegte er, müsste ausreichen. Äußerlich emotionslos schüttete Tilmann Gollhan alles auf einen Haufen und löste die Tabletten nacheinander in Wasser auf. Am Ende hatte er eine milchige Suppe, die er in eine kleine Flasche abfüllte. Sorgfältig verschlossen nahm er sie am folgenden Tag mit ins Krankenhaus. Louise war wach und ansprechbar.

„Du hast es mir versprochen", sagte sie mit leiser, aber klarer Stimme. Tilmann nickte nur.

Er füllte den Inhalt der Flasche in das Wasserglas, das auf dem Nachttisch stand. Louise sah ihm zu, streckte die Hand aus und streichelte ihn. „Ich wollte nicht *so* gehen, aber es ist besser. Auch für dich", meinte sie eise. Leb wohl. Und denke daran, dass das, was nun noch kommt, nicht mehr mein Leben wäre." Mit diesen Worten trank sie mit geschlossenen Augen die milchige Brühe.

Tilmann blieb bei ihr und hielt sie fest bis sie wieder einschlief. Ohne Schmerzen. Doch in seinen Ohren gellten die Schreie vom Vortag. Er trug das Glas hinaus, um es auszuspülen. Mit frischem Wasser gefüllt stellte er es auf seinen Platz zurück. Als die Schwester kam, legte er den Finger auf die Lippen: „Sie schläft". Die Schwester nickte, schloss leise die Tür und auch er ging nach Hause.

Als man ihn einige Stunden später daheim anrufen wollte, um ihm Louises Ableben mitzuteilen, ging niemand ans Telefon.

Tilmann Gollhan saß vor seinem Schreibtisch. Alles war aufgeräumt und vor ihm, auf dem Boden der Schublade, lag der Revolver. Er hatte ihn am Tag zuvor in der *Szene* gekauft. Zum ersten Mal in seinem Leben bewegte er sich genau in den Kreisen, die er immer verurteilte. Er hatte das Beste gewollt, doch er fühlte sich als Mörder. Ihm war klar geworden, dass es eine Anmaßung war, Herr über Leben und Tod zu spielen. Jetzt hatte der Tod gesiegt.

„Louise warte. Ich komme!"

Eine neue Mutti

Heute war es soweit; seine beiden Trabanten wurden eingeschult. Michael hatte sich eine Woche frei genommen, um seine Töchter die ersten Tage zum Unterricht zu begleiten und auch wieder abzuholen. In den vergangenen Wochen hatten sie gemeinsam geübt, wie man den Schulweg am besten bewältigt. Von der Wohnung nach rechts; auf dem Bürgersteig bleiben und nach ungefähr zweihundert Metern – an der Ampel und nur bei grün (!) wobei trotzdem darauf zu achten sei, ob die Autofahrer auch wirklich anhalten – die Straße überqueren. Das war die riskanteste Stelle; dann ging es knappe zehn Minuten nur noch geradeaus. Ein recht weiter

Weg, doch Michael wollte seine Töchter von Anfang an nicht von seinen *Fahrdiensten* abhängig machen.

Nachdenklich blickte er vor sich hin. Wie hatten sich seine Frau Veronica und er auf die Geburt der Zwillinge gefreut. Der Gedanke, sie gemeinsam aufwachsen sehen zu können, beflügelte in den letzten Wochen vor der Niederkunft alle Aktivitäten. Und dann passierte es. Veronica verstarb bei der Geburt – Herzversagen. Die Ärzte konnten ihr nicht helfen und waren ebenso fassungs- und ratlos wie er. Zumal Veronica niemals über Beschwerden klagte. Gut, sie war sehr oft müde, doch das schrieb man der Schwangerschaft zu. Einen Herzfehler hatte keiner der Ärzte vorher erkannt. Veronica Rosen lernte ihre Kinder nie kennen.

Von einem Moment auf den anderen stand Michael mit zwei Neugeborenen da; es bahnten sich turbulente Jahre an. Gut, er war immer zu den Vorbereitungskursen, die von der Entbindungsklinik angeboten wurden, mitgegangen und hatte auch schon mal selbst mit Hand angelegt, wenn es hieß ein Baby zu wickeln oder es beim Baden festzuhalten … doch das Meiste machte seine Frau. Und, es war eben auch ein Unterschied zwischen einer Puppe und einem lebendigen Kind.

Welche Zutaten kommen ins Fläschchen, wie viel und wie oft muss gefüttert werden? Die ersten Monate waren recht stressig und ohne seine Mutter, die ab und an einsprang, wäre er sicher aufgeschmissen gewesen. Mit dem Personalchef der Firma kam er überein, sich für zwei Jahre freistellen zu lassen. Was dann die Behörden alles wissen wollten! Das ging soweit, dass man ihm unterstellte, er könne keinesfalls die beiden Neugeborenen ordentlich versorgen. Sie wollten ihm sogar über das Jugendamt die Kinder wegnehmen. Als dieser Kampf endlich ausgefochten war, gab es Ärger mit der Versicherung, die sie Gott sei Dank abgeschlossen hatten. Denen fiel auch immer wieder etwas Neues ein, um nicht zahlen zu müssen. Michael sah durchaus ein, dass die Zeit, in der sie die Versicherungsbeiträge eingezahlt hatten, relativ kurz war, doch dafür ist eine Risikoversicherung schließlich da. Das Schicksal hatte ihn doch wirklich hart genug getroffen, als er seine geliebte Veronica mit neunundzwanzig Jahren gehen lassen musste.

Nach und nach kam er dann mit allem, auch mit der Wäsche, allein zu-recht. Gut, dass er von zu Hause aus wusste, wie es in einem Haushalt zuging. Seine Eltern hatten ihn beizeiten dazu angehalten, mitzuhelfen; das kam ihm in der jetzigen Situation zugute.

Nach zwei Jahren kam er mit dem Arbeitgeber überein, nur noch Früh-schicht zu machen, somit hatte er den restlichen Tag mehr Zeit für seine Töchter. Seinem Chef war er dafür mehr als dankbar.
Bis auf die Urlaubszeit holten seine Eltern die Kinder aus dem Kinder-garten und gaben ihnen Mittagessen. Auf dem Heimweg von der Arbeit kaufte Michael meist für das Abendessen ein. Dafür sorgte er selbst.

*

Was für ein schönes Bild, dachte Michael, *ach könnte Veronica das noch erleben!* Aber vielleicht schaut sie ja von oben zu. Denn, dass sie *oben* war, davon war er hundertprozentig überzeugt. Die beiden Mädels mit dem Schulranzen; der eine gelb und der andere pink. In der gleichen Far-be die riesigen Schultüten mit allerhand brauchbarem Inhalt. Tina und Monika waren ein wenig aufgeregt. Beim Frühstück hatten sie zum wie-derholten Mal gefragt: „Schaut die Mama auch wirklich aus dem Him-mel zu?"
„Ganz bestimmt", antwortete ihr Vater. „Sie wäre sicher gern heute dabei gewesen. Sie freut sich, dass Ihr ein Medaillon mit ihrem Bild an einer Kette um den Hals tragt."
Wie auf Kommando fassten Beide an die Halskette und schlugen die Au-gen nieder.

Ein halbe Stunde bevor sie los mussten, trafen sich beide Großeltern-paare bei ihnen. Ein befreundetes Ehepaar von Michael begrüßten sie auf dem Schulhof. In einem Kreis, mitten auf dem Hof, waren Bänke aufge-stellt und auf einer Hinweistafel las man: links die Klasse 1a und rechts die Klasse 1b. Drumherum standen die Kinder des zweiten und dritten Schuljahres. Die Lehrerin sprach einige nette Begrüßungsworte und die

Erstklässler wurden mit einem Lied der Kinder oberer Klassen in ihrer Mitte willkommen geheißen. Danach gingen die I-Dötzchen zum ersten Mal für fünfundvierzig Minuten in ihre Klassenräume. Die Erwachsenen vertrieben sich die Zeit mit Gesprächen und viele waren damit beschäftigt, ihre Kameras *schussfertig* zu machen. Nach genau fünfundvierzig Minuten stürmten Tina und Monika mit strahlenden Gesichtern aus dem Schulgebäude und Michael fiel ein Stein vom Herzen. Beide hatten im Vorfeld immer wieder beteuert, sich auf die Schule zu freuen – doch die Wirklichkeit sah dann oft anders aus. Scheinbar brachten sie der Klassenlehrerin Sympathie entgegen. Das war sehr viel wert.

*

Michael hätte zwar zu Hause kochen können, doch heute war ein besonderer Tag und er lud alle zum Italiener ein. Was seine beiden Töchter bestellen würden, wusste er im Voraus und hatte in weiser Voraussicht für jedes Mädchen zusätzlich ein Handtuch mitgenommen. Spaghetti waren angesagt!
Nach dem Essen gab es für die Erwachsenen zum Espresso einen Grappa gratis, die beiden Kinder bekamen ein Eis.
Zuerst verabschiedeten sich die Freunde, danach die Schwiegereltern; nicht, ohne auf ein baldiges Wiedersehen zu hoffen. Monika und Tina hatten ihrer Oma viel zu erzählen: mit vierundzwanzig Kindern seien sie in der Klasse, davon aber nur acht Mädchen. Und die Lehrerin wäre auch ganz lieb. Jeder musste auf ein Blatt Papier den Inhalt seiner Schultüte malen. … Morgen haben wir schon zwei Stunden und am Nachmittag turnen.

Bevor auch Oma Ida und Opa Horst sich verabschiedeten, empfahlen Vater und Sohn sich kurz von der Gesellschaft und verschwanden für *Herren*. Horst Rosen sprach seinen Sohn an: „Was ich dich schon länger fragen wollte: „Hast du eigentlich noch nie daran gedacht, eine neue Frau kennen zu lernen? Du weißt, Mutti hilft dir gern mit den beiden Kindern, doch wir sind nicht mehr die Jüngsten. Und dann – die Mädchen ohne

Mutter aufwachsen zu sehen, ist doch auch nicht das Ideale, oder? Wir hätten Verständnis, auch mit deinen Schwiegereltern haben wir schon darüber gesprochen. Sie hätten nichts dagegen, obwohl Veronica sie jedes Mal aus Tinas und Monikas Gesicht anlacht, wenn sie bei ihnen sind."

„Ja, Vater, es ist schön, dass Ihr Euch Gedanken darüber macht, ob ich eventuell eine neue Frau habe. Ich kenne schon jemanden, aber das wissen meine Beiden noch nicht. Und ob es was Festes wird, das weiß auch ich derzeit noch nicht. Außerdem, weißt du, solange bei Tina oder Monika jedes zweite oder dritte Wort *unsere Mutter* ist, möchte ich ihnen eine neue Frau in der Familie nicht zumuten. Ich weiß", wehrte er mit einer Armbewegung ab, „ich bin selbst Schuld, dass sie so auf Veronica fixiert sind, obwohl sie sie nie kennen gelernt haben… aber bislang komme ich mit Eurer und der Schwiegereltern Unterstützung gut zurecht. So, wie ich es im Moment sehe, nehmen die Kinder keinen Schaden. Wenn ich den Eindruck habe, und daran werde ich behutsam arbeiten, dass ich es auch verantworten kann, werde ich einen Weg finden. Ich bin ja erst fünfunddreißig, habe also noch Zeit. Kannst der Mutter ja sagen, sie möge noch ein, zwei Jahre Geduld haben", schmunzelte er.

Als sie gemeinsam wieder an den Tisch zurückkamen, schaute niemand hoch; so sehr waren Tina und Monika mit ihrer Oma in ein Gespräch vertieft. Michael rief den Ober, bezahlte die Rechnung; nachdem sich seine Eltern verabschiedet hatten, marschierten auch sie wieder heim. Aufgrund des schönen Wetters schlug Michael seinen Töchtern vor, noch eine Stunde in den Zoo zu gehen, was mit großem Hurra angenommen wurde. „Da haben wir morgen in der Schule auch gleich etwas Neues zu erzählen…!"

Zwei Jahre gingen ins Land. Immer noch machte den Kindern die Schule Spaß und die Hausaufgaben stellten sie vor nicht allzu große Probleme. Auch Michael kam gut zurecht, obwohl anfangs manches Elternpaar komisch guckte, wenn er zum Elternabend sozusagen in *Personalunion* erschien. Doch man gewöhnte sich daran, zumal Michael von der Lehrerin oft ein Lob bezüglich seiner Töchter erfuhr, da die Beiden zu den Klassenbesten gehörten. Sie waren nicht vorlaut, machten im Unterricht mit und hatten vor allen Dingen kaum Fehlzeiten.

Nun standen die großen Ferien an. Gerade hatten die Mädchen ihren achten Geburtstag gefeiert. Michael bekam natürlich keine sechs Wochen Urlaub, deshalb hatte er mit den Großeltern beider Seiten ein Abkommen getroffen. In den ersten drei Wochen würde er mit seinen Töchtern Wanderurlaub machen, was natürlich nicht ausschloss, baden zu gehen oder Dinge zu tun, die die Mädchen sich wünschten. Seine Eltern wollten danach mit ihren Enkeln für eine Woche nach Mallorca fliegen. Im folgenden Jahr würden seine Schwiegereltern die Betreuung übernehmen und die Kinder vierzehn Tage nach Italien mitnehmen. Beide Großelternpaare wollten das als Dankeschön dafür verstanden wissen, dass es ihren Enkelkindern an nichts fehlte.

Michael hatte für alle drei ein Zimmer im Rosenhof in Berchtesgaden gebucht. Ein Mehrbettzimmer zu einem akzeptablen Preis; zentral gelegen für Ausflüge und Wanderungen. Viele interessante Stätten gab es zu erforschen. Das Salzbergwerk, den Königssee mit seinem Echo und vieles andere mehr.

Tina und Monika fanden einige Spielkameraden, mit denen es sich auf der Wiese vor dem Anwesen prächtig toben ließ. Ein Mädchen hatte es ihnen angetan. Nicht schwarzhaarig wie sie, sondern strohblond und im gleichen Alter. Allerdings bekamen sie Andrea, so hieß das Mädchen, immer erst am Spätnachmittag zu Gesicht. Auf die Frage, wo sie den ganzen Tag über sei, sah sie Tina und Monika fragend an. Dann antwortete sie: „Na, in der Schule natürlich."

„Wieso Schule? Bist du denn nicht im Urlaub hier?"

„Nein. Erstens haben wir in Bayern noch keine Ferien und zweitens arbeitet meine Mutti hier."

*

Mitte der zweiten Woche waren sie an einem Vormittag zusammen im Schwimmstadl; den Nachmittag wollten sie gemeinsam unter den Bäumen in Liegestühlen verbringen. Natürlich hatten die beiden Trabanten keine Ruhe. Immer wieder machten sie sich auf, Ball oder Verstecken zu spielen. Michael musste wohl etwas eingenickt sein, als er sich aufsetzte und seine Kinder suchte. Er stand auf und blickte sich um, keines der Mädchen war zu sehen. Er fragte ein paar andere Gäste, ob ihnen etwas aufgefallen sei… „Die sind doch mit dem blonden Mädchen weggegangen", meinte ein Gast.

Weit können sie nicht sein, dachte Michael, *eigentlich melden sie sich immer ab.* Trotzdem klappte er seinen Liegestuhl zusammen und machte sich auf die Suche. Rund ums Haus – nix; Nachfrage an der Rezeption – nix; nahm ein paar Stufen auf einmal Richtung Zimmer – auch nix.

Michael war gerade im Begriff, das Hotel zu verlassen, als seine Töchter mit der neuen Freundin angestürmt kamen.

„Wir haben dich schon überall gesucht! Wo warst du denn, Papa?"

„Ihr seid gut; ich bin wohl etwas eingenickt und als ich aufwachte, wart ihr plötzlich weg", maulte Michael. „Wo wart *Ihr* denn?"

„Bei Andrea zu Hause. Wir haben alle drei Limonade von ihrer Mutti bekommen", sprudelte Tina aufgeregt hervor.

„Und jeder ein Stück Pflaumenkuchen, der hier aber Zwetschgendatschi heißt, haben wir auch gegessen", meldete sich Monika zu Wort.

„Ja – und meine Mutti will mit uns einen Stadtbummel machen, wenn Sie Tina und Monika mitgehen lassen…?" Andrea schaute Michael erwartungsvoll an. Der schmunzelte: „So, einen Stadtbummel möchtet Ihr machen! Und mich wollt ihr nicht dabei haben?"

„Ooh, du willst mit in die Stadt? Wir dachten, du wolltest heute Nachmittag im Liegestuhl bleiben."

„Ich mache Euch einen Vorschlag: Du, Andrea gehst rüber zu deiner Mutti und fragst, ob wir alle zusammen bummeln gehen sollen. Und wir drei", sah er seine verschwitzten Töchter an, „ziehen uns etwas anderes an und treffen uns dann vor dem Eingang des Hotels. Okay?"

*

Andrea stürmte nach Hause und rief ihrer Mutter schon von weitem zu: „Mutti, Mutti – der Papa von den Zwillingen geht auch mit in die Stadt.

Dann sind wir zu fünft und brauchen den ganzen Bürgersteig für uns! In zehn Minuten sollen wir uns vor dem Hotel treffen – hat der Papa von meinen Freundinnen gesagt!"

Marianne Kiefer grinste ihre Tochter an: „So, so … das hat der Papa der beiden Mädchen gesagt. Na, dann wollen wir mal! Wasch dir aber zunächst deine Schnute ab, sonst kann jeder sehen, dass du Pflaumenkuchen gegessen hast."

Als Marianne mit ihrer Tochter vor dem Hotel ankam, standen die *drei Rosen* schon vor der Tür.

Die beiden Erwachsenen stellten sich mit Namen vor dann marschierte die kleine Gruppe los. Noch waren die Wege ungefährlich, keine Autos auf den Feldwegen und die Kinder liefen vorweg.

„Wie kommt es, dass ich Sie noch nie im Hotel gesehen habe? Wir sind schon fast zwei Wochen am Ort", fragte Michael.

„Ganz einfach", erwiderte Marianne Kiefer, „ich bin in der Hotelküche angestellt. Und wenn ich Feierabend habe, gehe ich nicht zur Vordertür hinaus. Das Personal hat einen separaten Ausgang. Dann habe ich natürlich auch daheim meine Arbeit. Ich wohne, zusammen mit meiner Tochter, ungefähr einhundert Meter vom Hotel entfernt in dem kleinen Haus. Als ich hier anfing zu arbeiten, wurde mir das Häuschen zur Verfügung gestellt. Ich komme eigentlich aus Thüringen, doch da sieht es mit Arbeit noch schlechter aus als in Bayern. …und Sie? Sie machen hier Urlaub – ein Paradies für Kinder und Erwachsene."

„Ja, wir kommen aus Nordrheinwestfalen. Das Auto mit dem Leverkusener Kennzeichen ist unseres. Ich mache mit meinen Töchtern den ersten Urlaub seit acht Jahren. Meine Frau verstarb bei der Geburt der Kinder und ich bin nun Vater und Mutter in einer Person."

„In Thüringen hatte ich einen Freund. Als ich schwanger wurde, hat er sich verdünnisiert. Zahlen tut er auch nicht, keiner weiß, wo der abgeblieben ist", seufzte Marianne und senkte den Kopf.

Inzwischen hatten sie auch den Stadtrand erreicht und jeder nahm seine Sprösslinge an die Hand. Zwar war auch die Innenstadt von Berchtesgaden Urlaubergebiet, doch die Autos genossen schon noch ein gewisses

Vorrecht. Auf eine Unachtsamkeit der Kinder wollte es keiner der Beiden ankommen lassen. Nach zwei Stunden schmerzten allen die Füße vom Pflastertreten, obwohl es immer wieder Neues zu entdecken gab.
Tina und Monika kauften Ansichtskarten, die an die Omas und Opas geschickt werden sollten. Michael lud alle noch zu einem Eis ein, danach ging es heimwärts. Vor dem Hotel verabschiedeten sie sich und Michael bedankte sich bei Marianne Kiefer für den angenehmen Nachmittag. „Das Kompliment gebe ich gerne zurück", lächelte sie, „mir hat es auch sehr gut gefallen. Und unsere Kinder haben sowieso keine Probleme, wie mir scheint."

*

Marianne und Andrea saßen beim Abendessen und sprachen noch einmal von dem gemeinsamen Nachmittag. „Nicht wahr Mutti, der Papa von Tina und Monika ist nett… Die Beiden schwärmen auch von ihm; er macht zu Hause alles, was sonst eine Mutti machen würde."

Michael und seine Töchter hatten sich frisch gemacht und danach ein wenig die Füße hochgelegt. Sogar Tina und Monika protestierten nicht, obwohl sie diese Art von ausruhen sonst als *Alte-Leute-Manier* verachteten. Ein Zeichen dafür, dass auch ihre Füße keine Pflastersteine mochten. Etwas später gingen sie hinunter in den Speiseraum. Tina meldete sich: „Ich habe wenig Hunger nach dem großen Eis heute Nachmittag." Mit einem *ich auch nicht*, schloss Monika sich ihrer Schwester an.
Gut, dass wir bloß mit Frühstück gebucht haben, dachte Michael und laut sagte er, „okay – dann gibt es heute Abend nur Würstchen mit Brot!"
„Nee! Pommes", kam es im Duett zurück und er grinste in sich hinein.
Die Jugend kann also doch essen... auch wenn sie angeblich keinen Hunger hat. Aber Pommes passen immer rein!
Nach dem Essen zogen sie sich in den Aufenthaltsraum zurück und spielten eine Runde Mensch ärgere dich nicht.

Andrea hatte mit ihrer Mutter zu Abend gegessen und meinte dann: „Ich gehe in mein Zimmer und lese noch ein bisschen. In der Schule ist im Geographieunterricht Italien dran. Damit muss ich mich noch ein wenig beschäftigen."

„Ist gut Schatz, ich komme dann zum Gute-Nacht-Sagen; danach gehe ich für eine Stunde rüber, um ein Glas Wein zu trinken. Ab Morgen habe ich ohnehin für eine Woche Spätdienst, dann kann ich nicht weg."

„Okay Mutti – Erlaubnis erteilt!"

Auch Michael hatte mit seinen Töchtern eine Freistunde für sich abgehandelt, die sie ihm lachend erteilten. So trafen Marianne und Michael sich in der Bar des Hotels Rosenhof.

*

Die letzte Woche des Urlaubs verging wie im Flug. Der Abschied nahte und man traf sich im kleinen Haus am Rande des Hotelgrundstückes bei Marianne und Andrea. In den vergangenen Wochen leistete Marianne immer wieder Überstunden und hatte aufgrund dessen frei bekommen. Diese Auszeit nutzte sie nun, um Michael mit seinen Töchtern zum Essen einzuladen. In zwei Tagen, Sonntag, ging es für die drei wieder heim. Tina und Monika wurden ein bisschen traurig, weil sie eine lieb gewonnene Spielkameradin verlieren würden. Auch Andrea hatte am Nachmittag schon gesagt: „Nicht wahr Mutti, es ist schade, dass die Rosens schon nach Hause fahren."

Nach dem Essen meldeten sich die Kinder ab; sie wollten noch in Andreas Zimmer etwas spielen.

Michael half Marianne, gegen deren Willen, bei der Küchenarbeit. Sie drehte sich zu ihm um und sagte: „Sie könnte ich mir gut als Vater für meine Andrea vorstellen. Sie schwärmt in den allerhöchsten Tönen von Ihnen."

Michael wurde ein bisschen rot: „Dieses Kompliment kann ich Ihnen unterschrieben zurück geben. Ich könnte Sie mir ebenso als Mutter für Tina und Monika vorstellen. Abgesehen davon, dass Sie mir ganz einfach gefallen, …äußerlich meine ich, aber vor allem hat Ihre liebenswerte Art es mir angetan.

Marianne, den letzten Teller noch in der Hand, beugte sich vor und gab ihm einen Kuss mitten auf den Mund.

„Trockne dir erst einmal die Hände ab", lächelte Michael und rutschte ganz selbstverständlich in das vertrauliche du, dann nahm er sie in den Arm und küsste auch sie. „Wir sind vielleicht fix…!", murmelte er noch. Dann versank die Welt um sie herum.

Sie hörten nicht, wie Andrea die Treppe herunter kam, auf der Hälfte stehen blieb und den Erwachsenen zuschaute. Mit einem Lächeln im Gesicht ging sie leise wieder zurück zu ihren Freundinnen. Die waren erstaunt, dass Andrea ohne die versprochene Limonadenflasche im Zimmer erschien.

„Was ist? Hast du keine Limo gefunden?", fragte Tina.

„Ich bin gar nicht soweit gekommen", grinste Andrea verschmitzt, „ich musste auf halber Treppe stehen bleiben."

„Und warum?", runzelte Monika die Stirn.

„Hm…, ich glaube", flüsterte Andrea, „Ihr bekommt eine neue Mutti und ich einen neuen Papa."

Jetzt war es an Tina und Monika, die Augen aufzureißen und Andrea staunend anzuschauen. „Die beiden haben sich geküsst, als ich die Treppe herunterging…"

Sie steckten die Köpfe zusammen und waren sich einig: „Wir lassen uns nichts anmerken!"

„Dann bis Morgen", verabschiedeten sie sich. Wir kommen schnell noch mal vorbei, wenn wir die Vorbereitungen für unsere Heimfahrt am Sonntag getroffen haben. Und auch noch danke für das schöne Essen. Und für alles andere auch!

*

Drei Wochen waren nun endgültig um; am Vormittag gingen Tina, Monika und Michael in die Stadt. Sie wollten noch etwas für die Großeltern kaufen. Zurück im Hotel, bezahlte Vater Rosen die Rechnung; dann ging es ans einpacken. Der größte Teil wurde schon im Auto verstaut. So blieben für den kommenden Morgen nur noch die Schlafanzüge und der Kulturbeutel. Während Michael zur nächsten Tankstelle fuhr, um nachzutanken, nutzten seine Töchter die Gelegenheit, ein letztes Mal mit Andrea zu spielen. Abends sollte es früh zu Bett gehen; mit den Wirts-leuten war abgesprochen, etwas früher zum Frühstück erscheinen zu dürfen. Es waren doch immerhin über siebenhundert Kilometer bis heim und mit ausreichend Pausen kämen da schon gut acht bis neun Stunden Fahrt zusammen.

Nach dem Abendessen fragte Michael seine beiden Töchter, ob sie sich schon von ihrer Freundin verabschiedet hätten. „Na klar", erklärten beide Mädchen gleichzeitig.

„Ich muss mich auch noch von Marianne, ähm… ich meine Frau Kiefer und Andrea verabschieden. War doch eine schöne Zeit hier, nicht wahr?"

Tina und Monika hatten Schwierigkeiten, ernst zu bleiben. „Ja, – geh' ruhig, Papa", meinte Monika, „wir werden zu Bett gehen und noch ein wenig lesen. Dann machen wir das Licht aus."

Das hörte sich aber recht komisch an; ob die Kinder wohl doch was gemerkt haben? dachte er. Er ging noch mit ins Zimmer, wartete bis seine Beiden im Bett lagen und wünschte ihnen mit einem Kuss gute Nacht. „Ich bleib' auch nicht lange", meinte er noch, „wir müssen ja morgen alle früh raus!"

„Mach dir keine Sorgen, wir lesen auch nicht mehr so lange…"

Dann zog er leise die Tür hinter sich zu und ging langsam die Treppe hinunter. An der Rezeption machte er kurz halt, bedankte sich und nahm den bestellten Blumenstrauß entgegen. Es dämmerte bereits, als er die kurze Strecke zu Mariannes Haus ging. Durch die vorgezogenen Gardinen sah man das Licht aus dem Wohnzimmer schimmern. Kaum hatte Michael den Klingelknopf berührt, wurde die Tür schon geöffnet. „Hast du auf mich gewartet?", fragte er.

Er bekam keine Antwort. Marianne schloss die Tür, drehte sich zu Michael um und umschlang ihn mit beiden Armen. Der Kuss wollte nicht enden. Immer noch hielt Michael die Blumen in der Hand. Dann mussten beide Luft holen. „Hast du keine Angst, dass deine Tochter uns sieht?"

„Nein, überhaupt nicht", grinste Marianne hintergründig. „Ich habe ihr nämlich erlaubt, auf der Geburtstagsfeier einer Schulkameradin etwas länger zu bleiben als üblich – wenn sie jemand nach Hause fährt."

Erst jetzt nahm sie ihm die Blumen ab und stellte sie in eine Vase. Dann liebkosten sie sich wieder; zwischen zwei Küssen flüsterte Marianne: „Ich wollte mich doch ganz intensiv von dir verabschieden: Wer weiß, wann ich dich wieder sehe." Dann löschten sie im Wohnzimmer das Licht. Auf dem Weg zum Schlafzimmer waren sie fast halb ausgezogen.

Nach einer wunderschönen Stunde, zogen sich beide wieder an. Beim Abschied hatte Marianne Tränen in den Augen. Michael küsste sie weg: „Sei nicht so traurig, Liebste. Wir telefonieren miteinander. Es gibt so unendlich viel zu besprechen, wenn wir zusammen bleiben wollen. Und vielleicht… Wann, sagtest du, ist Saisonschluss?" Er ließ erst einmal offen, ob er kommen würde oder ob er darüber nachdächte, dass Marianne ihn und seine Töchter besuchen käme. Sie küssten sich noch einmal ausgiebig. „Bestell deinem Töchterchen einen lieben Gruß." Dann drehte er sich um und ging. Mehrmals wandte er sich um;. Marianne stand im Türrahmen und winkte, bis er nicht mehr zu sehen war.

Als er leise sein Zimmer betrat, wartete eine Überraschung auf ihn. An seinem Bett war die Nachtischlampe eingeschaltet; daran angelehnt fand er einen Zettel: „Gute Nacht, lieber Papa. Seid Ihr Euch einig geworden und wir kriegen eine Mama und eine Schwester dazu?"

Tina und Monika
Wir lieben dich!

Jetzt war es an ihm, ein paar Tränen zu vergießen. *Da denkt man immer, die Kinder merken nicht, wie es oftmals um das Seelenleben der Erwachsenen bestellt ist,* dachte er.

Er nahm einen Filzstift aus seiner Jacke und schrieb unter die Worte seiner Kinder: „Ich liebe Euch auch – und… ich werde mich bemühen!"

Euer Papa

Familie hat man ...

Beziehungen waren immer schon ein Kapitel für sich. Im Wandel der Zeiten sind sie nicht einfacher geworden ... nur anders. Hatten sich die Frauen im 19. und zu Beginn des 20. Jahrhunderts noch unterzuordnen, so kippte diese Ordnung *u.a. mit dem Erscheinen des Sexualberaters Oswald Kolle; besser ist es damit nicht geworden.*
Die sogenannte freie Sexualität entwickelte sich zunehmend in eine Richtung, die sicher auch Fachleute nicht voraussahen konnten. Aufklärung jeglicher Couleur berieselte die Hippies und solche, die es werden wollten mit dem Erfolg, dass heute mehr als je zuvor Teenager-Schwangerschaften abgebrochen werden. Das Einstiegsalter in die Sexualität hat sich erschreckend nach unten verlagernd. Erschreckend deshalb, weil niemand mehr da ist, der den Jugendlichen klarmacht, dass es mit der Benutzung *des Körpers eines Partners nicht getan ist. Wenn keine echten Emotionen damit in Verbindung gebracht werden können, ist eine solche Beziehung zum Scheitern verurteilt. Die Produkte dieser gescheiterten Beziehungen haben wir zuhauf in Kindergärten, Schulen und Jugendgefängnissen. Allen Erfahrungen der normalen Bevölkerung zum Trotz wird den einschlägigen Videos und/oder Fernseh- bzw. Kinofilmen kein Einhalt geboten. Vergewaltigungen sind an der Tagesordnung und die Strafen dafür verhältnismäßig gering. Soziologen und Verhaltensforscher beklagen diese Tatsachen, sind jedoch aufgrund der Gesetzeslage offensichtlich nicht imstande, notwendige Maßgaben zu erreichen. Dazu kommen Aussagen von skrupellosen Geschäftmachern, die die Einwirkung einschlägigen Filmmaterials u. ä. vehement bestreiten. Gerichtsprozesse sprechen eine andere Sprache.*

Nachfolgende Geschichte hat ihren Anfang 1891 mit der unehelichen Geburt der kleinen Jenny. Sie begleitet ihre Tochter in deren Entwicklung in den 30er Jahren. Auch sie wird wieder Mutter einer Tochter – in einer völlig veränderten Zeit

Väter – Mütter – Töchter

Dunkelgraue Wolken peitschte der Sturm am Himmel entlang. Ein Gewitter ballte sich am Horizont zusammen und Katharina, gerade dreizehn geworden, hatte schulfrei und kauerte sich auf ihrem Stuhl zusammen. In ihren Augen stand nackte Angst. Doch die Mutter reagierte nicht. Wie so oft in der letzten Zeit übersah sie ihre Tochter einfach. Mit Hugo, dem Jüngsten an der Brust, war sie genug gefordert. Sie haderte mit ihrem Schicksal, vor allem mit ihrer Weiblichkeit; sie hasste sie geradezu. Und dann saß ihr dieses Mädchen gegenüber und schaute sie unverwandt an. Katharina. Als sie geboren wurde hatte ihr Mann gesagt: "Was soll ich mit einem Mädchen? Das kostet Geld, kann nichts und muss bloß an den Mann gebracht werden."

Dafür hasste sie ihren Mann. Er tat gerade so, als sei es ihre Schuld, dass das dritte Kind ein Mädchen war. Dazwischen waren noch drei gekommen, die es nicht mehr gab. Sie hatte sie zu Grabe getragen und gedacht: Es war wohl besser so. Was erwartete diese Kinder schon außer Armut. Als würde sich dieser Fluch ihrer Familie von Generation zu Generation weiter vererben. Die Männer arbeiteten als Handwerker in kleinen Fabriken und brachten gerade soviel Geld nach Hause, dass es für das Allernötigste reichte. Und dann die Kinder. Sie wollten essen und gekleidet werden. Schuhe würden sie brauchen. Aber das war Luxus. Im Sommer mussten sie halt barfuss gehen, das ließ sich nicht ändern. Für den Winter würde man weiter sehen.

Jenny Rudloff seufzte und nahm Hugo hoch. Zu allem Überfluss war ihr Mann auch noch auf die Idee gekommen, ein Haus bauen zu wollen. Als ob sie nicht schon genug Sorgen hätten.

"Stell dich nicht so an", tönte er. "Du hast es danach besser. Wir haben mehr Platz, brauchen keine Miete mehr zu zahlen und wir haben einen Garten dabei. Kartoffeln, Gemüse und Obst können wir selbst anbauen. Das spart eine Menge Geld."

Jenny grummelte in sich hinein. *Wir* hatte er gesagt. *Wir!* Als ob er jemals etwas dafür tun würde. Er ging seiner Arbeit nach und hatte ihr oft genug zu verstehen gegeben, dass alles Andere Weiberkram sei; mit dem

Haushaltsgedöne solle man ihn gefälligst verschonen. Bloß Kinder durfte sie kriegen. Eins nach dem anderen; als ob das eine besondere Bevorzugung wäre. Manchmal beneidete sie ihre Nachbarin. Die war *einmal* schwanger gewesen, hatte ihre Charlotte gekriegt und das war es dann. Vorsichtige Anfragen, wie sie das bewerkstelligt hätte, wurden abgebogen. Sie sei wohl nicht so fruchtbar, antwortete sie. Jenny hatte sich nicht getraut, weiter zu fragen. Sie traute sich niemals, zu fragen und nahm immer alles klaglos hin. Jetzt stellte sie fest, dass Hugo, das letztgeborene Kind, nicht gesund war. Sie sah auf das schwächliche Kerlchen in ihren Armen und dachte, er würde wohl auch bald wieder gehen. Wofür bekam sie sie eigentlich?

Hugo machte sein Bäuerchen, und sie brachte ihn danach zu Bett. Vor der Tür rumorte es. Heribert und Kuno kamen aus der Schule. „Hab's gerade noch vor den ersten dicken Regentropfen geschafft." Kuno, den sie bei sich immer den *Verfressenen* nannte, krakeelte schon im Flur: "Was gibt es heute zu essen?"

"Nichts", rief die Mutter zurück, "wir haben nichts mehr."

Kuno stürmte in die Küche. "Meinst du das ernst?", fragte er seine Mutter. "Aber für das Mädchen hast du was, oder?" Lauernd, mit einer Spur Boshaftigkeit beobachtete er, wie seine Mutter an den Herd ging.

"Reg dich ab", meinte sie und holte sie Suppenkelle.

"Schon wieder Suppe. Ich hasse Suppe."

"Das weiß ich, du bist ganz wie dein Vater. Er hasst Suppe genauso, aber für etwas anderes habe ich kein Geld."

Kuno murrte. Doch als die Mutter ihm die Suppe aufschöpfte, fiel er trotzdem mit Heißhunger darüber her. Mit vollem Mund antwortete er auf ihren fragenden Blick, wo Heribert wohl sei: "Der ist noch mal nach draußen gelaufen, hat aber nicht gesagt, wohin."

Jenny Rudloff zuckte mit den Schultern. Sie war gewöhnt, dass ihre Kinder sich nicht an die Zeiten hielten. Außer am Sonntag, wenn der Vater daheim war. Sie hatten großen Respekt vor seinem Gürtel. Hermann Rudloff war ein Hitzkopf und wenn ihm was nicht passte, zog er den Gürtel aus den Hosenschlaufen – und es gab Senge. Meistens war nicht mehr so genau festzustellen, wer was angestellt hatte, dann bekamen alle drei ihr Fett weg. Das Mädchen auch. Katharina hatte nicht nur Respekt vor ihrem Vater; Jenny dachte oft, dass sie Angst vor ihm habe. Sie erinnerte sich, dass die Kleine als Vierjährige, wenn sie den Vater kommen sah, unter dem Sofa verschwand und nicht zu bewegen war, wieder hervor zu kommen. Erst wenn der Vater noch einmal weg ging, kroch sie heraus und verschwand in der Schlafkammer. Sie ging einfach ins Bett. Wenn er heimkam, tat sie, als würde sie schlafen. Dem Vater war es sowieso egal. Sie durfte ihm nur nicht im Weg sein. Katharina merkte es sich.

Heute kam der Vater früh heim. Schon kurz nach sechs hörte sie, dass er im Flur die Schuhe auszog.
"Guten Tag, Jenny", begrüßte er seine Frau. "Ich habe endlich die Papiere zusammen und wir können mit der Bauerei anfangen. Morgen gehen wir hinaus, sehen uns alles an und dann geht es los."
Er rieb sich die Hände und Jenny fragte sich, wer dieses gottverdammte Haus eigentlich bauen sollte.
Die Antwort bekam sie sonntags.
"So", meinte der Vater, "und jetzt besprechen wir, wie das im Einzelnen laufen wird. Ihr beiden, wandte er sich an seine Söhne, die gerade mal vierzehn und fünfzehn Jahre alt waren, und auch du, Katharina, ihr könnt natürlich nicht bauen. Das ist klar. Aber Steine könnt ihr klopfen. Ich habe sie zum größten Teil gebraucht bekommen und da muss noch ein Teil alter Mörtel abgeklopft werden. Das ist Eure Aufgabe."
Katharina holte tief Luft, schluckte eine Entgegnung aber hinunter. Sie wusste aus Erfahrung, dass jede Bemerkung den Vater nur wütend machen würde. Dagegen schaltete sich zum ersten Mal an diesem Tag die Mutter ein. "Hermann! Katharina ist ein Mädchen!"
"Ein kräftiges. Sie kann das schon. Sie kann sehr viel, wenn sie will. Du verweichlichst sie nur völlig." Mit einem maliziösen Lächeln wandte er sich seiner Tochter zu. "Nicht wahr", meinte er, "du kannst sehr viel."
Katharina nickte nur.
Etwas ratlos sah die Mutter von einem zum anderen, wagte aber nicht zu fragen, was er gemeint haben könnte. Es ist besser, dachte sie, wenn ich

es nicht weiß. Sie sah Angst und Not in den Augen ihrer Tochter – und schwieg.

Während dessen besprachen Vater und Söhne, dass es ratsam sei, einen Hund anzuschaffen. "Alles liegt offen hier herum und der letzte Krieg ist noch nicht lange genug vorbei, als dass die Leute das Klauen nicht mehr nötig hätten."

So kam Hasso, ein mächtiger Schäferhundrüde in die Familie.

"Aber der muss doch auch fressen", wandte Jenny ein.

Mit einer Handbewegung wischte Hermann Rudloff diesen Einwand beiseite. "Na, das wird schon noch drin sitzen. Dann kriegt der Hund das Fleisch und wir essen Gemüse. Das ist sowieso gesünder und außerdem haben wir demnächst genug davon."

1933.

*

Der Hausbau ging nur schleppend voran. Abgesehen davon, dass Hermann Rudloff immer erst abends zur Baustelle kam, versuchten seine Söhne, sich so oft wie möglich zu drücken. Katharina war an manchen Tagen die einzige, die dort anzutreffen war. Sie machte einen großen Bogen um Hasso, der sie heiß und innig liebte, vor dem sie aber immer ein wenig Angst hatte. Er war sehr groß und wenn sie kam, freute er sich so, dass er sich fast den Schwanz abwedelte. Trotzdem traute sie ihm anfangs nicht. Hasso nahm ihr das nicht übel. Er legte sich, soweit es seine Kette zuließ, zu ihren Füßen nieder und beobachtete jeden Handgriff. Nach einigen Monaten, fand er Zugang zu ihr und danach waren die beiden unzertrennlich. Katharina und der Hund hieß es dann nur noch. Damit war sie auserkoren, täglich nach der Schule zur Baustelle zu gehen und Hasso zu füttern. Frisches Wasser nahm sie in einem Eimer aus dem Bach am Fuß des Berges mit, das musste sie eine gute viertel Stunde bergauf schleppen und lernte als erstes, den Berg zu hassen. Mit Grausen dachte sie daran, dass sie demnächst Tag für Tag von hier oben in die Schule laufen musste. Sie fragte sich, wie das im Winter werden sollte. Die Winter in Thüringen waren hart und schneereich und der Weg in die

Stadt betrug fast eine Stunde. Sie versuchte, mit ihrer Mutter zu sprechen, erntete jedoch nur ein gleichgültiges Schulterzucken. "Was glaubst
du denn, wer du bist?", fragte die Mutter. „Auf mich nimmt er schon keine Rücksicht, wie sollte er auf dich Rücksicht nehmen. Bist du was Besseres? Glaube das nur nicht. Du bist ein Mädchen und Mädchen zählen
nicht."
"Aber du bist doch seine Frau.", hatte Katharina zaghaft eingewandt. "Er
muss dich doch gern haben, sonst hätte er dich doch nicht geheiratet."
"Oh Gott, Kind. Gern gehabt oder gern haben. Ich weiß gar nicht, ob er
weiß, was das ist. Mag sein, dass er mich gemocht hat, inzwischen bin
ich mir nicht mehr sicher. Und dann kamt ihr. Damit hatte ich sowieso
nicht mehr so viel Zeit für ihn. Als du dann, das Mädchen, geboren wur-
dest ... – ich glaube, von da an hielt er mich für völlig nutzlos. Außerdem, fügte sie hinzu, muss ich froh sein, dass er mich überhaupt geheiratet hat. Schließlich bin ich in Schande geboren."
Katharina stampfte mit dem Fuß auf. "Und du wehrst dich nicht?", rief
sie. "Mutter ..., was soll der Quatsch, Schande! Was ist das eigentlich?"
"Lass das; das verstehst du nicht. Ich kann dir nur den guten Rat geben:
halte dich von Männern fern. Sie bringen nichts Gutes!"
Katharina biss sich auf die Lippen. Sie hätte gern weiter gefragt, aber bei
dem Gesichtsausdruck ihrer Mutter wusste sie, es wäre sinnlos. Sie drehte sich um und holte den Eimer.
"Ich gehe hoch, Hasso füttern", sagte sie und zog die Tür ins Schloss.
Jenny Rudloff setzte sich erschöpft auf einen Stuhl. Der Disput mit ihrer
Tochter hatte sie mehr mitgenommen als sie es wahrhaben wollte. Sie
wusste genau, dass sie sich falsch verhielt. Nicht alle Männer waren so;
aber inzwischen hasste sie ihren Mann. Manchmal. Außerdem bohrte in
ihr die Ungewissheit, ob er vielleicht mit seiner Tochter ... Sie schüttelte
den Gedanken ab. Nicht darüber nachdenken, befahl sie sich, es würde
ohnehin nichts ändern. Und – wie immer, verschloss sie die Augen.
Ihre Gedanken wanderten zurück. als sie, Jenny Kleiner, geboren wurde,
schrieb man das Jahr 1891.

Sie war ein uneheliches Kind. Das war *die* Katastrophe schlechthin. Sie wusste es nicht und später, als sie es wusste, konnte sie damit nichts anfangen. Ihre Mutter war eine strenge, verschlossene Frau und zu dem Mann, den sie als ihren Vater kannte, hatte sie keinen Kontakt. Sie mied ihn. Liebe hatte Jenny nie erfahren und was Vertrauen zu einem anderen Menschen bedeutete, ebenso wenig. Dass sie ein Kind der Schande war, wurde ihr erst klar, als sie selbst heiraten wollte.

In den Jahren dazwischen lernte sie, sich von ihrem Vater fernzuhalten und ihn regelrecht zu fürchten. Seine stolze, unnahbare Erscheinung und vor allen Dingen die Tatsache, dass sie immer abgesondert wurde, machten ihr diesen Mann unheimlich. Sie führte es darauf zurück, dass sie ein Mädchen war. Dass sie nutzlos war, ließ er sie schon als kleines Mädchen spüren. Sonntags, wenn die ganze Familie zusammen beim Mittagessen saß, wurde sie an einen separaten Tisch gesetzt. Nun, sie war nur das Mädchen. Und die waren eben nicht da. Später versuchte sie, ihm aus dem Weg zu gehen. Das gelang ihr nicht immer. Bei einer dieser Gelegenheiten bekam sie dann zu hören, dass sie ein Kind der Schande sei. Verängstigt und noch unsicherer als sie ohnehin schon war, verkroch sie sich in ein Schneckenhaus. Was war das? Ein Kind der Schande? Sie versuchte, ihre Mutter zu fragen, aber die wich aus: "Ach Kind, das verstehst du nicht. Am besten lässt du ihn einfach in Ruhe, wenn er seine Tour bekommt."

Als ob sie das nicht ohnehin schon täte.

Irgendwann lernte sie dann Hermann kennen. Einer jener Zufälle, die manchmal glücklich enden. In ihrem Fall endete er gar nicht. Der Zufall. Sie heiratete ihn, um nicht mehr daheim sein zu müssen. Ihre Hoffnung, es besser zu haben, erfüllte sich nicht. Sie geriet an einen Mann, der genauso herrisch war, wie ihr Vater. Zudem war sie in die Ehe gegangen, ohne auch nur die geringste Ahnung zu haben, was auf sie zukam. Mit den Worten ihrer Mutter: "Na ja, und dann wollen Männer immer etwas … Das ist ekelhaft, aber es gehört dazu. Damit musst du leben. Und dann wirst du auch Kinder bekommen", konnte sie überhaupt nichts anfangen. Tiere, bei denen sie vielleicht einmal eine Paarung hätte sehen können, gab es nicht. Sie stolperte völlig unbedarft in ihr zukünftiges Leben. Hermann war zudem kein Mann, der die nötige Geduld aufbrachte, seiner Frau den Start in dieses gemeinsame Leben zu erleichtern. Sex war für ihn ein Lebensbedürfnis und sein Recht. Sie hatte dieses Bedürfnis zu befriedigen. Wie sie sich dabei fühlte, war ihm gleichgültig.

Aus diesem Gefühlsdilemma heraus entwickelte Jenny Eigenarten, die er wiederum hasste. Es war programmiert, dass diese Ehe im Grunde keine war. Oder besser: eine typische Ehe dieser Zeit. Frauen hatten anständig zu sein; Männer durften nicht nur, sie mussten sich die Hörner abstoßen. Bei Frauen. Diese Doppelmoral hielt sich bis weit in die sechziger Jahre und ist im Grunde heute noch nicht ausgeräumt.

Jenny versuchte, mit diesem Leben so gut wie möglich fertig zu werden und konzentrierte sich später mehr und mehr auf ihre Kinder. Nachdem das Mädchen, Katharina, geboren war, fühlte sie sich endgültig allein gelassen und es störte sie auch nicht mehr, dass Hermann bei ihrer nächsten Schwangerschaft begann, fremdzugehen. Maria hieß sie. Das hatte man ihr schon zugetragen. Natürlich hinter vorgehaltener Hand. Es interessierte sie nicht sonderlich. Schlimm war, dass die Kinder es mitbekamen. Alle drei. Später dann auch das Mädchen. Wenn der Vater mal daheim war, trällerten die Jungen: *Ei - ei - ei - Maria, Maria aus Bahia...*

Ein Gassenhauer, der gerade modern war und den sie Spatzen von den Dächern pfiffen. Katharina pfiff mit, ohne zu wissen, was es damit auf sich hatte. Irgendwann hörte Hermann es und knallt ihr eine. Diese Ohrfeige vergaß Katharina nie. Sie fürchtete ihren Vater nicht mehr – sie begann, ihn zu hassen.

Die Mutter nahm Katharina beiseite. "Kind, bitte, lass die Jungen pfeifen und blödeln, aber mach du nicht mit. Du siehst ja, was geschieht. Er wird nur wütend."

"Warum schlägt er mich? Ich habe nichts getan."

"Das weiß ich. Er ist im Unrecht und das weiß er auch. Deshalb kann er sich nicht wehren und lässt seinen Zorn an denen aus, die ihm körperlich unterlegen sind. Eigentlich", seufzte sie leise, „ist es ein Zeichen von Unfähigkeit. Außerdem, das kann ich dir bei dieser Gelegenheit gleich sagen, bekommst du bald noch ein Brüderchen oder Schwesterchen."

"Schon wieder", rutschte es Katharina heraus.

"Ja", klagte die Mutter, "schon wieder."

Einige Monate später wurde Hugo geboren. Er kränkelte vom Tag seiner Geburt und Jenny redete sich ein, dass es ihre Schuld sei. Sie hatte zwar wieder einen Jungen, aber sie hatte ihn nicht gewollt. Und er hatte es bereits gespürt, als er noch im Bauch war. Das arme Kerlchen.

Er wurde nur ein knappes Jahr alt. Jenny wurde nicht mehr schwanger. Nicht, dass ihr Mann Vorsicht oder gar Rücksicht hätte walten lassen – nein: er hatte sein Verhältnis zu Maria gefestigt und war kaum noch zu Hause. Jedenfalls für ein paar Jahre.

Nach annähernd drei Jahren Bauzeit war das Haus inzwischen fertig. Trotz der vielen Arbeit, die Jenny nun, auch noch mit dem großen Garten, zu bewältigen hatte, war sie glücklicher als je zuvor. Sie hatte ihre Art von Freiheit gefunden. Dass Hermann ständig eine andere Frau besuchte, störte sie nicht im Geringsten. Ihre Söhne wuchsen ihr über den Kopf. Sie tat ihr Bestes, um die Jungen zu ordentlichen Menschen zu erziehen. Kopfzerbrechen bereitete ihr das Mädchen. Es war eigensinnig und verschlossen. Nie kam sie mit einer Frage. Jenny überlegte oft, woran das liegen könnte; sie gab sich doch Mühe mit ihr. Auf die Idee, dass sie ihr eigenes Kindheitsmuster schon vor vielen Jahren auf die Tochter übertragen hatte, kam sie nicht. Trotzdem waren diese Gedankengänge in der Zeit des Hausbaus besonders gegenwärtig und somit auch das Wenige, das sie von ihrer Tochter zu den Gegebenheiten erfahren hatte …

Katharina war mal wieder die Einzige auf der Baustelle. Zuerst hatte sie Hasso gefüttert, dann machte sie sich daran, ein paar Steine zu klopfen. Kuno und Heribert hatten sich wie üblich gedrückt. Angeblich mussten beide für die Schule etwas machen, was umso erstaunlicher war, als dass sie in unterschiedliche Klassen gingen und somit niemals das gleiche zu tun hatten. Jenny fragte nicht weiter. Es wäre sowieso unsinnig gewesen. Katharina war ohne zu murren gegangen. Dass sie innerlich vor Wut platzte, sah man ihr nicht an. Sie hatte gelernt, ihre Miene zu beherrschen. Als sie oben auf dem Berg ankam, traf sie ein Schock. Hasso lag vor seiner Hütte und rührte sich nicht. Normalerweise kam er ihr, soweit seine Kette ihm Freiheit ließ, entgegen. Immer stemmte er sich auf die Hinterbeine und legte den Kopf an ihre Schulter. Sie hielt ihn fest, streichelte ihn und sagte manchmal ganz leise: "Wir zwei haben wenigstens uns, nicht wahr?" Hasso gab dann immer einen ganz leisen Knurrlaut von sich als wollte er sagen: das weiß ich. Aber an diesem Tag kam er nicht. Er würde ihr nie mehr entgegen kommen. Wie es passiert war, vermochte hinterher niemand sagen; der Hund hatte sich mit seiner Kette erwürgt.

Katharina stellte den Wassereimer vor die Hundehütte, nahm den Körper ihres toten Freundes in die Arme und sprach leise mit ihm. Fast hatte sie das Gefühl, dass er sich bewegen würde. Doch das war nicht möglich. Weinen konnte sie nicht, das hatte sie schon lange verlernt. Tränen sollten erst viel später wieder Platz in ihrem Leben haben. Dann war es oft Wut und Hilflosigkeit.

Katharina ging zurück in die Stadt und berichtete der Mutter, dass Hasso tot sei.

"Hat ihn jemand vergiftet?", fragte die Mutter.

"Nein, er hat sich mit seiner eigenen Kette erwürgt. Und wutentbrannt fügte sie hinzu: Ich habe immer schon gesagt, er soll nicht an einer Kette leben!"

"Kind, das ging doch nicht anders. Wenn wir ihn frei hätten laufen lassen, wäre bestimmt jemand gekommen, der ihn wirklich vergiftet hätte. Oder er wäre davon gelaufen."

"Er wäre niemals davon gelaufen", erwiderte Katharina, "er war mir absolut treu."

Darauf wusste die Mutter nichts zu entgegnen.

"Ich gehe wieder zurück."

Katharina drehte sich um und machte den gleichen Weg zum zweiten Mal an diesem Tag. Es schauderte sie bei dem Gedanken, ihren toten Freund wieder dort liegen zu sehen. Als sie jedoch oben ankam, hatten Heribert und Kuno ihn bereits begraben.

"Was habt ihr mit Hasso gemacht?", fuhr sie ihre beiden Brüder an.

"Begraben", antworteten die beiden. "Außerdem solltest du längst mit

der Arbeit angefangen haben!"
Diese Herzlosigkeit empörte Katharina mehr als alles andere und zum ersten Mal schoss sie auf ihren ältesten Bruder zu. Mit aller Kraft schlug sie ihm die Faust ins Gesicht. Heribert riss sie zurück. "Bist du verrückt!", schrie er. "Das werden wir dem Vater sagen."
"Ja", äffte sie ihn an, "das könnt ihr. Petzen. Ich bin ja bloß ein Mädchen. Aber wartet es ab – ich werde es euch schon noch zeigen." Wütend schnappte sie sich den ersten Stein und begann wie wild darauf herumzuhämmern.
"He - lass das; du machst den Stein noch kaputt."
"Andere Sorgen habt ihr nicht, oder?"
Plötzlich durchzuckte ein wahnsinniger Schmerz Katharinas Unterleib. Sie hielt die Luft an. Was war das, dachte sie. Aber da war es auch schon wieder vorbei. Eine Weile später kam der Schmerz zurück. Nicht ganz so heftig, aber in einer sich steigernden Woge, die ihr erneut die Luft nahm. Außerdem hatte sie das Gefühl, dringend auf die Toilette zu müssen. Bloß - die gab es noch nicht. Solange hier Baustelle war, verzog man sich einfach hinter einen Busch und das war es. Außerdem, soviel hatte Katharina schon mitbekommen, hatten es die Jungen wesentlich einfacher als sie. Sie musste sich hinhocken und es war schon passiert, dass ihr einer der Jungen nachgestiegen war, um sie bei dieser intimen Verrichtung zu beobachten. Als sie es bemerkte und sich beim Vater beschwerte, tat er das mit einem Achselzucken ab und meinte: "Na und? Später werden Männer dich noch ganz anders sehen."
Ratlos war sie gegangen; einmal mehr enttäuscht, dass ihr niemand half. An diesem Tag ließ sich der Gang hinter einen Busch nicht vermeiden. Sie stahl sich leise davon und hoffte, dass niemand ihr Verschwinden bemerkte. Aus Gewohnheit, kletterte sie auf den hinter dem Haus liegenden Felsen und hoffte, dass die Brüder zu faul waren, ihr bis hierhin nachzusteigen. Sie zog den Schlüpfer herunter und erstarrte. Blut. Verzweifelt versuchte sie, es abzuwischen. Es kam immer neues nach. Sie wusste nicht, was es war. Und dann waren da die Schmerzen. Katharina biss auf die Zähne, um das Stöhnen zu unterdrücken. Gleichzeitig säuberte sie sich so gut es ging und stopfte sich weiches Moos in die Unterhose. Gott

sei Dank hatte der Rock nichts abbekommen. Das hätte ihr gerade noch gefehlt. Inzwischen war sie sehr blass geworden, was sogar ihrem Vater einige Zeit später auffiel. Gnädig meinte er: "Es scheint, dass dich Hassos Tod doch ziemlich mitgenommen hat. Geh für heute nach Hause."

Dankbar drehte Katharina sich um. Im Weggehen hörte sie, wie Kuno sagte: "Wozu denn das. Davon wird er auch nicht mehr lebendig."

Katharina hielt sich die Ohren zu. Im Dauerlauf machte sie, dass sie nach Hause kam.

Die Mutter zum Einkaufen. Vorsichtig sah Katharina sich um und ging erst einmal an den Kleiderschrank. Sie nahm sich frische Wäsche heraus und ging hinunter in die Waschküche. Ein Badezimmer gab es nicht und in der Küche wollte sie sich nicht waschen. Im Keller war sie wenigstens allein. Die Schmerzen hatten nicht aufgehört; sie waren nur nicht ständig da. Immer wieder traten sie in Wellen auf und sie krümmte sich jedes Mal aufs Neue. Mühsam wusch sie sich und zog sich um. In den Schlüpfer legte sie eine Lage Taschentücher. Notfalls würde sie der Mutter sagen, dass sie sie verloren hätte. Das gäbe zwar erneuten Ärger, doch das war ihr im Augenblick egal. Wenn bloß die elenden Schmerzen endlich aufhören würden. Sie hatte sich gerade wieder angezogen und war dabei, ihren Schlüpfer zu waschen, als die Mutter kam.

"Was machst Du denn ...?"

Das Wort blieb ihr offensichtlich im Hals stecken. Entsetzt entfuhr es ihr: "Oh mein Gott, bis du auch schon soweit!"

Katharina sah sie an. Zum ersten Mal seit langer Zeit kamen Tränen. Tränen des Nichtverstehens und der Hilflosigkeit. "Ich habe Schmerzen. Muss ich jetzt sterben?"

"Nein, Kind. Du wirst zur Frau und dann ist das so. Das bekommt man einmal im Monat und jetzt kannst du auch Kinder bekommen."

Bei dieser unvollständigen Erklärung beließ sie es und fügte hinzu: "Hast du das Blut mit kaltem Wasser ausgewaschen? Dann geht der Rest beim Kochen raus. Sonst kriegen wir die Flecken nicht mehr weg. Ach ja, und du brauchst jetzt Binden. Komm mit."

Jenny drehte sich um und Katharina folgte ihr in die Wohnung. Die Mutter öffnete eine Kleiderschranktür und holte aus der hintersten Ecke

einen schmalen Karton. Darin befand sich das, was sie als Binden be-
zeichnete. Katharina besah sich die Dinger, die aus Stoff waren und
ausgewaschen werden mussten (man stelle sich diese Schweinerei heute
mal vor!) und fragte, wie sie damit umgehen sollte.
"Nun, was hast du denn jetzt in der Hose?", fragte die Mutter.
"Alte Taschentücher."
"Wir haben keine alten Taschentücher! Merk dir das. Wo soll ich denn
Neue herkriegen, wenn du die damit versaust. Hier nimm eine Binde und
tu sie an die gleiche Stelle. Und, dass du mir die Taschentücher auch
wieder ordentlich auswäschst!"
Eingeschüchtert ging Katharina zurück ins Waschhaus und kleidete sich
erneut um. Gott sei Dank war diesmal wirklich alles in die Tücher gelau-
fen, so dass sie nicht noch einmal frische Wäsche brauchte.

Nachdenklich hielt Jenny inne. In welche Art Betrachtungen hatte sie
sich da verrannt? Sie war ehrlich genug, zuzugeben, dass das keine Erinnerungen waren; es war vielmehr so, als hätte sie den Gedankengang
ihrer Tochter erlebt. Mit Schrecken stellte sie fest, dass ihr dieses unzu-
gängliche Mädchen doch nicht gleichgültig war. Im Gegenteil. In ihrer
eigenen Verschlossenheit war eine verzweifelte Liebe – gerade zu diesem Kind. Jenny lehnte sich zurück und schloss die Augen.
Katharina sollte das nicht merken. Nie. Ihr Gesicht veränderte sich und
der übliche Ausdruck überlagerte ihre eigentlich weichen Züge. Zu oft
war sie verletzt worden. Jetzt war Schluss. Es war schlimm genug, dass
sie Hugo noch bekommen musste. Sie hatte ihn nicht gewollt und er
hatte es im Bauch schon gewusst. Umsonst hatte er es ihr nicht so schwer
gemacht.
Der Gedanke an Hugo holte sie abrupt in die Gegenwart zurück. Auch
das Kapitel war vorbei. Der Junge hatte seinen ersten Geburtstag nicht
erlebt. Als er starb, hatte er seine Mutter wie mit alten, weisen Augen angesehen als wollte er sagen: Bist du nun zufrieden? Widerwillig schüttelte Jenny die Erinnerung ab. Vorwürfe halfen nichts. Hugo war ebenso
gegangen, wie die drei Anderen zuvor. Sie konnte es nicht verhindern.
Die Gegenwart war wichtiger. Und die hieß, ganz besonders in diesem

Moment, Katharina.

Jenny war sich klar darüber, dass sie sich falsch verhielt. Trotz allem war es ihr nicht möglich, über ihren Schatten springen. Sie schaffte es einfach nicht, ihrer Tochter zu erklären, was es mit den monatlichen Blutungen auf sich hatte und warum sie ab jetzt schwanger werden könnte.

Katharina nahm die Binden, die ihr die Mutter gegeben hatte und legte sie in ihrem Bett unter das Kopfkissen. Wo sollte sie so etwas bloß hinpacken? Ihre Brüder schnüffelten überall herum und sie genierte sich maßlos. Dazu kam die Unsicherheit, mit dieser Krankheit in Zukunft umgehen zu müssen. Katharina war überzeugt, dass diese Blutungen eine Frauenkrankheit bedeuteten. Fragen konnte sie niemanden. Die Mutter auch nicht – das hatte sie ja bereits gemerkt. Sie setzte sich auf die Bettkante. Gott sei Dank waren weder Vater noch Brüder daheim, so dass sie wenigstens noch ein paar Stunden für sich hatte. Ängste machten sich breit und in dunkle Gedanken versunken, schluckte sie die aufkommenden Tränen hinunter. Die Schmerzen ließen etwas nach und sie fragte sich, wie das in der Schule gehen sollte. Diese Binden mussten gewechselt werden, hatte die Mutter gesagt, und dann? Wohin damit? Und was machte sie beim turnen oder schwimmen?

Während dessen saß Jenny in der Küche und hatte die gleichen Gedanken. Sie musste ihrer Tochter wohl doch noch etwas mehr dazu sagen, so sehr es ihr auch widerstrebte. Schwerfällig stand sie auf und ging ins Schlafzimmer. Sie wiederholte noch einmal: "Ich glaube, du solltest noch wissen, dass man diese Binden täglich mehrmals wechseln muss. Es kann sein, dass du sehr starke Blutungen bekommst, dann reicht einmal nicht aus", meinte sie.

Katharina sah hoch. "Ja, und dann?"

"Dann musst du in der Pause auf die Toilette gehen und die Binde wechseln. Hier hast du einen Beutel mit einem Gummituch. Darin kannst du die gebrauchte Binde einpacken. Eine frische zum wechseln habe ich dir noch dazu gegeben."

"Das werden die Anderen aber sehen."

"Dann musst du es so machen, dass es eben niemand sieht. Das geht keinen etwas an und darüber spricht man nicht." Jenny sah ihre Tochter eindringlich an. "Hörst du, darüber spricht man nicht. Und schon gar nicht mit Jungen oder Männern! Und – merke dir eines, lass dich niemals von einem Jungen anfassen. Ich habe dir gesagt, dass du ab jetzt schwanger werden kannst. Denke an die kleine Reichelt."

"Was hat die denn damit zu tun? Die wohnt doch schon lange nicht mehr hier."

"Die ist nicht nur nicht mehr hier. Man hat sie weg geschafft. In ein Heim. Sie war nämlich in anderen Umständen."***

"Wieso?" Katharina sah ihre Mutter fragend an.

"Wieso?! Wieso – weiß ich auch nicht. Sie bekam ein Kind und musste weg."

Das Mädchen, von dem die Rede war, war eine Klassenkameradin von Katharina; keiner der beiden wusste, dass dieses Kind sich in ihrer Verzweiflung inzwischen umgebracht hatte. Sie war missbraucht worden.

Aber niemand fand sich, der den Kerl zur Rechenschaft zog. Schuld hatte das Mädchen, das mit seinen dreizehn Jahren keine Ahnung hatte, was der Mann mit ihr machte.

Wenn diesen beiden jemand gesagt hätte, dass vierzig Jahre später die Frauen ihre Kinder bekommen würden, so wie sie es wollten, hätten sie die Welt nicht mehr verstanden. Katharina sollte es erleben.

Jenny ließ ihre Tochter wieder allein. Sie hatte gehört, dass die Anderen heimgekommen waren. "Komm zum Abendessen", meinte sie nur noch. Lass dir nichts anmerken. Das geht den Vater nichts an und deine Brüder schon gar nicht."

Sie schloss die Tür und ließ eine völlig verwirrte Tochter zurück.

***Das Wort schwanger nahm man nicht in den Mund: entweder waren die Frauen in anderen Umständen oder sie bekamen Jugend ...
Anm.d.Autorin

Beim Nachtessen war Katharina noch stiller als sonst. Der Vater war eine schweigsame Tochter gewöhnt. Außerdem hatte das Mädchen bei Tisch sowieso nur zu antworten, wenn sie etwas gefragt wurde. Und was sollte der Vater schon fragen. Ob sie in der Schule zurecht kam? Das interessierte ihn nicht. Die Mutter ebenso wenig. Katharinas Zeugnisse waren durchschnittlich; das Lernen fiel ihr nicht schwer. Spaß machte es ihr allerdings auch nicht. Sie bekam nur immer gepredigt: Du lernst für das Leben, nicht für uns. Also streng dich an. Wenn du mal keinen Mann bekommst, musst du für dich selber sorgen. Und dann musst du arbeiten. Katharina verkniff sich die Frage, was sie denn machen sollte. Eine höhere Schule kam nicht in Frage. Ausnahmsweise lag das einmal nicht daran, dass sie ein Mädchen war. Auch die Jungen konnten keine weiter führende Schule besuchen. Das kostete Schulgeld und dafür reichte es nicht. Auch nicht für die Jungen.

*

In der einzigen Drogerie der Kleinstadt wurde sie in eine Lehre zur Verkäuferin gesteckt. Das war 1937 neben dem Beruf einer Kindererzieherin oder Kontoristin sowieso so ziemlich das einzige, was möglich war. Katharina ging mit den besten Vorsätzen dorthin; glücklich wurde sie nicht. Lehre hieß für ihre Chefin, dass das Mädchen den Laden fegte, putzte und vor allen Dingen, das jüngste Kind der Chefin im Kinderwagen spazieren zu fahren. Der Junge war missgebildet auf die Welt gekommen und diese Tatsache passte so gar nicht in das Weltbild der Reichen. Und reich, im damaligen Sinne, waren diese Leute. Widerwillig fuhr Katharina den kleinen Rudolf aus. Im Stillen dachte sie nur: Gott sei Dank weiß jeder, dass das nicht mein Kind ist. Wobei ihr die Herkunft eines Babys inzwischen bekannt war. Frauen, die schwanger waren, gab es immerhin zu sehen. Wenn man sich auch damals absolut nicht so ungezwungen mit einem dicken Bauch in der Öffentlichkeit bewegte.

Nach ein paar Monaten warf sie das Handtuch und suchte sich eine Tätigkeit in einem Büro. Ohne Ausbildung. Sie lernte Stenografie und Maschineschreiben und kam auf ihre Weise gut zurecht. Ihren Verdienst musste sie, bis auf ein geringes Taschengeld, abgeben, doch das war zu jener Zeit üblich. Das mussten sogar die Jungen.

Wenn sie dann mal ein paar Münzen in der Tasche hatte, kaufte sie sich mit Vorliebe Schokolade. Allerdings achtete sie sorgfältig darauf, alles aufgegessen zu haben, bis sie daheim ankam. sonst fraßen ihr die Brüder den Rest weg. Das sah sie nicht ein.

Inzwischen hatte Katharina das Tanzstundenalter erreicht. Eines Tages kam sie der Mutter mit der Bitte und wurde, wie hätte es anders sein können, abgeschmettert.

"Kind", sagte die Mutter, "das kostet Geld. Wie denkst du dir das?"

"Aber ich verdiene doch. Dann darf ich wohl auch mal ein bisschen Vergnügen haben."

Das hätte sie, wenn überhaupt, besser anders formuliert. Der Erfolg war eine Ohrfeige vom Vater, der zufällig in die Küche kam und diesen Dialog hörte.

"Du Rotzgöre, was fällt dir eigentlich ein?!", brüllte er los. "Statt tanzen gehen und lesen zu wollen solltest du besser lernen, vernünftig Strümpfe zu stopfen!"

Das Thema war erledigt.

Katharina wusste sich zu helfen. Sie versteckte sich abwechselnd hinter ihren beiden Brüdern.

"Heribert, wenn du dich das nächste Mal mit Gisela triffst, nimmst du mich mit. Sag, dass wir zusammen *was-weiß-ich-wohin* gehen. Aber du nimmst mich mit!"

"Du tickst wohl nicht sauber! Was soll ich mit meiner kleinen Schwester im Schlepp."

"Wenn du es nicht tust, sage ich den Eltern, wohin du gehst und mit wem du dich triffst."

Davor hatte ihr Bruder nun doch einen gewissen Bammel und willigte notgedrungen ein, sie mitzunehmen.

Katharina verstand es, der Mutter diese gemeinsamen Unternehmungen zu verkaufen. Ob sie wirklich arglos war oder nur wieder einmal die Augen verschloss, wusste sie nicht. Jedenfalls traf sie sich von nun an regelmäßig mit ihrer Freundin und lernte tanzen. Ohne Unterricht.

Es ging nicht lange gut. 1939 kam der Krieg und Unterhaltungen dieser Art wurden verboten. Die Frauleut' in der Heimat konnten unmöglich Vergnügungen nachgehen, während die Männer im Feld für Ehre und Vaterland draufgingen. Eingesehen hat Katharina das nicht – es war so.
Und Jenny, ihre Mutter, hielt weiter still.
In den Kriegsjahren musste sie lernen, allein zurechtzukommen.
Erst 1943, als Katharina ihr Wilhelm Tenholst vorstellte, wurde sie munter. Mit allen Mitteln versuchte sie zu verhindern, dass ihr Mädchen heiratete. Es war zu spät. Sie hatte im Laufe der Jahre alles Vertrauen, das ihre Tochter jemals hätte haben können, verwirkt.
Katharina heiratete ins Rheinland. Entgegen aller Unkenrufe ihres Bruders Kuno, der bemerkte: "Du willst weg? Das hältst du doch sowieso nicht durch. Wenn du unseren Kirchturm nicht mehr siehst, gehst du ein vor Heimweh. Auf Knien wirst du wiederkommen."
Katharina kam nicht zurück. Dieser ironisch hingeworfene Satz sollte ihr Leben prägen. Damals wusste noch niemand, dass zwei Jahre später der Krieg vorbei sein würde und dass einmal eine DDR einen zweiten deutschen Staat bilden sollte. Sie ging und ließ ihre Mutter zurück. Jenny begriff, dass sie nun wirklich allein war.
Hermann Rudloff hatte sich schon vor Jahren von seiner Maria getrennt, das Verhältnis zu seiner Frau war jedoch zerstört. Jenny hatte sich in sich zurückgezogen und er kam nicht mehr an sie heran. Wenn er Sex wollte, gut, sie ließ es über sich ergehen, mehr aber auch nicht. Irgendwann ließ er es sein. In seinen Augen war eine Frau in den Wechseljahren sowieso nicht mehr vollwertig und somit war auch sein Interesse an einer körperlichen Beziehung erloschen.
Jenny war froh darüber.
Außerdem war Hermann inzwischen krank. Asthma. Einen kranken Mann hatte Maria anscheinend nicht gewollt. Mit ungewollten und unbewusstem Zynismus hatte Jenny ihn seinerzeit gefragt: "Will sie sich nicht mehr? Kannst du nicht mehr mithalten?"

Daraufhin hatte Hermann sich nicht gescheut, seine Frau zu schlagen. Das Ende einer Ehe, die niemals eine war. Die Fassade wurde gleichwohl aufrechterhalten. Für die Nachbarn.

Hermann Rudloff verstarb im Alter von 72 Jahren. Was heißt er starb? Es scheint eher so, als hätte man ihn gestorben, wobei keiner der Verwandten dieses Gefühl loswurde, konnte es im Gegenzug aber auch keiner beweisen.
Es passierte genau auf Jennys Geburtstag.
An diesem Morgen ging es ihm besonders schlecht. Das Wetter schlug um und er hatte arg mit Luftnot zu kämpfen. Sogar sein Asthmapulver versagte, und Jenny musste den Arzt holen.
1964 – das war die Zeit des kalten Krieges. Rentner waren in der (damals schon maroden) DDR ohnehin nicht besonders beliebt. Sie kosteten nur und der Staat hatte kein Geld. Der Arzt kam zwar, sonderlich interessiert, seinem Patienten zu helfen, war er nicht. Er zuckte die Achseln – dieses Bild vergaß Jenny nie – und meinte: "na ja, das ist das Alter (!). Ich geb' ihm mal 'ne Spritze."
Und zu Hermann Rudloff gewandt: "Jetzt wirst Du schön schlafen, Opa." Er wachte nie mehr auf.
Jenny stand an seinem Bett, als er aufhörte zu atmen. Es war zu spät für sie. Zu spät, als dass auch sie noch einmal versucht hätte, wirklich leben zu wollen.

Katharina musste benachrichtigt werden. Jenny schickte ein Telegramm. Telefon war noch nicht üblich, nur Geschäftsleute hatten eines. Das konnte und durfte man allerdings keinesfalls benutzen, um in den *Westen* zu telefonieren. Meistens kam man gar nicht *raus* oder wenn einmal, dann war mit Sicherheit die Leitung besetzt. Abgehört wurde sowieso. Wenn es auch niemand zugab. (Katharina hatte in den späteren Jahren oft versucht, ihre Cousine in Chemnitz, was bis zur Wende Karl-Marx-Stadt hieß zu erreichen. Es gelang ihr äußerst selten).

***

Die Tochter

Frei! Einfach nur frei! Und das mitten im Krieg.

Das war's, was Katharina dachte, als sie endlich im Zug zu ihrer Schwiegermutter saß. Sie hatten einen guten Kontakt zueinander, zusammengeschweißt durch die Tatsache, dass sie als Ehefrau um ihren Mann und die andere als Mutter um ihren Sohn bangte.

Dann der Empfang. Es gab etwas zu essen, das war zu jener Zeit wichtig. Sehr wichtig sogar. Gemüse und sogar etwas Fleisch Das hatte sie schon lange nicht mehr gehabt. Im Gegenteil. Wenn sie daheim einmal irgendwo etwas ergattern konnte, musste sie es verstecken, weil Kuno alles vertilgte, was ihm in die Finger kam. Ob es sein Anteil war oder nicht, störte ihn dabei nicht im Geringsten.

Katharina gab sich alle Mühe, mit ihrer Schwiegermutter auszukommen. Es war auch nicht schwer. Bis ...? Ja, bis ihr Mann aus der Gefangenschaft kam. Nicht nur der Mann war heimgekommen, auch der Sohn. Ein bisschen arg dünn, aber sonst äußerlich unbeschadet.

Damit begann Katharinas Leidensweg. Von einem Tag auf den anderen veränderte sich das Verhältnis zu ihrer Schwiegermutter. Nichts machte sie mehr richtig und, was viel schlimmer war, sie hatte das Gefühl, dass ihr Mann nicht hinter ihr stand.

Katharina gehörte nun einmal zu den Menschen, die nur im Gleichklang leben konnten; und diese Harmonie versuchte sie, mit allen Mitteln aufrecht zu erhalten. Der Preis war hoch.

Irgendwann einmal begann sie, ihren Mann zu hassen. Bitter dachte sie bei dieser Erkenntnis, dass es immer eine Duplizität der Ereignisse geben würde. Sie wäre am liebsten zurückgegangen. Aber da stand Kuno's Satz in der Luft: *Auf Knien wirst du einmal wiederkommen.*

Sie ging nicht. Sie biss die Zähne zusammen und blieb. Viele Jahre.

Die ersten Wochen, nachdem Wilhelm Tenholst aus der Gefangenschaft zurück war, vergingen mit der Suche nach Arbeit. Wohnen konnte man im Haus der Mutter, das hatte, bis auf ein paar ungefährliche Risse, weiter nichts abbekommen. Dafür war man dankbar. Die ganze Stadt war ein Trümmerhaufen und ein großer Teil der ortsansässigen Fabriken noch nicht oder nicht mehr funktionsfähig. Arbeit – das war zunächst einmal das wichtigste. Wilhelm fand etwas, wenn auch nicht in seinem erlernten Beruf. Er hatte eine Ausbildung als Hand- und Filmdrucker absolviert. Ein Beruf, der seiner künstlerischen Neigung sehr entgegen kam. Doch zu dieser Zeit machte sich bereits bemerkbar, dass die alten Techniken vom Aussterben bedroht waren.

Katharina suchte sich ebenfalls Arbeit. Für sie war es einfacher, Bürokräfte waren gefragt. Dazu kam, dass die Männer ohnehin in der Unterzahl waren und viele Frauen zu diesem Zeitpunkt schon begonnen, die Stellen von Männern auszufüllen. Eine Folge des Krieges. Ein Teil war noch nicht wieder da und ein großer Teil würde nie wieder kommen. Es fand – sozusagen in aller Stille – eine erschreckende Umkehrung der Gegebenheiten statt.

Dazu kam die horrende Wohnungsnot. Die trieb allerdings auch Blüten, die von Hausbesitzern nicht gerade freudig begrüßt wurden. Zum Beispiel: Zwangseinweisungen. Auch Wilhelms Mutter blieb davon nicht verschont. Unterm Dach wohne Frederik Petersson, ein abgemusterter Kapitän. Er ging nur im weißen Anzug mit Panamahut aus dem Haus. Ein äußerst liebenswürdiger Zeitgenosse, solange er nüchtern war. Er wohnte nur ein paar Jahre bei Tenholst. Sein Alkoholkonsum wurde ihm im Winter 1952 zum Verhängnis. Er starb in der Gosse. Erfroren.

Obwohl Katharina nichts von ihm hielt, eben weil er ständig besoffen war, blieb ihr eines schönen Tages nichts anderes übrig, als eine Einladung von ihm anzunehmen. Er hatte sich wieder einmal – mit seiner tollen weißen Uniform – im Hausflur stockbetrunken langgelegt, als ausgerechnet Katharina beim Nachhausekommen über ihn fiel. Dafür wollte er sich entschuldigen. Da Katharina nicht diejenige sein wollte, die ein Friedensangebot ausschlug, erklärte sie sich seufzend damit einverstanden, an einem Nachmittag auf einen Kaffee in den ersten Stock zu gehen. Offensichtlich verfügte Frederik Petersson nicht über ausreichend Geschirr. Das hieß, er hatte nur zwei Tassen, die beide benutzt waren. Eine davon stellte er für sich, so wie sie war, auf den Tisch. Zu Katharina meinte er: "Die geh' ich eben spülen."

Katharina wunderte sich, wieso er damit in Richtung der Toilette verschwand. Als sie dann die Spülung hörte und sah, dass Petersson zurückkam, machte sie nur noch dass sie wegkam. Sie ekelte sich Tode. Kurze Zeit später hatte sich das Thema von allein erledigt.

Anders war es dann mit dem Ehepaar Cohn. Nicht nur, dass sie seitens des Einwohnermeldeamtes eine ganze Etage zugewiesen bekamen; sie hielten sich auch tapfer bis ins hohe Alter. Das heißt: Wilhelmina Cohn, die ihren Mann noch um etliche Jahre überlebte, ging mit fast neunzig in ein Altenheim. Bis dahin durften sich die Hausbewohner mit ihr amüsieren. Und das war, auch nach über dreißig Jahren, immer noch ein äußerst zweifelhaftes Vergnügen.

Selbst schon seit Jahren nicht mehr in der Lage, den eigenen Haushalt zu versorgen, engagierte sie eine Putzfrau, die auch bereits weit über siebzig Jahre zählte. Die schaffte es immerhin mit einem halben Eimer Wasser die Fenster in der Wohnung, die Fußböden und auch noch die Treppe von oben bis unten zu putzen. Katharina trat einmal kräftig ins Fettnäpfchen als sie die Dame fragte: "Wollen sie nicht von dem Rest noch einen Kaffee kochen. Dunkel genug ist die Brühe ja."

Na, das war's dann. Von diesem Zeitpunkt an war Katharina das bevorzugte Objekt der Cohn'schen Sticheleien. Die Schwiegermutter, lebensuntüchtig und boshaft, blies in das gleiche Horn. Katharina hatte über Jahrzehnte einen schweren Stand und Wilhelm unterstützte sie nicht. Er sah es einfach nicht. Oder? Welche Art von Verpflichtung er sich seiner Mutter gegenüber auferlegt hatte, konnte Katharina nie nachvollziehen. Sie sagte öfter als einmal zu ihm: "Lass uns doch endlich wegziehen. Wir verdienen beide und irgendwo werden wir uns doch eine kleine Wohnung leisten können. Aber wenn wir hier bleiben, geht das niemals gut."

Wilhelm zuckte die Achseln. "Du weißt, dass wir uns eben genau das nicht leisten können. Außerdem – was tut meine Mutter denn? Wir wohnen hier ..."

"Ja, und wir müssen mehr Miete zahlen als die Cohns. Das müssen andere Kinder nicht."

"Mag sein. Mutter hat doch auch bloß eine geringe Rente. Von meinem Vater kriegt sie nicht viel und das Haus muss sie schließlich auch noch abbezahlen."

Das hatte Wilhelms Vater für siebenundzwanzigtausend Goldmark 1926 gebaut.

"Sie muss schließlich auch leben."

Katharina knirschte mit den Zähnen. "Gut, muss sie. Dann überlege dir bitte mal, wie sie lebt. Den Garten mache zum größten Teil ich, wenn ich abends von der Arbeit komme."

"Ja, gut", unterbrach Wilhelm sie, "du kannst aber nicht leugnen, dass sie auch was tut."

"Oh ja", fauchte Katharina zurück, "vor allen Dingen dann, wenn andere Leute ihr zusehen. Hinterher kriege ich dann zu hören: Die arme Frau, die muss sogar noch den Garten machen. Dabei ist sie auch nicht mehr die Jüngste."

Wütend blitzte Katharina ihren Mann an. Der zuckte nur mit den Schultern und stahl sich davon. Auseinandersetzungen dieser Art waren nicht sein Geschmack. Tief im Innern wusste er, dass sein Verhalten falsch war. Er hätte zu Katharina stehen müssen. Schließlich hatte er sie aus ihrer Heimat mitgenommen. Dass sie froh war, der Atmosphäre ihres Elternhauses entronnen zu sein, wusste er damals nicht.

Das Zusammenleben wurde unter diesen Auseinandersetzungen, die sich häuften, nicht erträglicher. Eines Tages war es dann soweit. Wilhelm kam zum ersten Mal betrunken nach Hause. Katharina, deren Nerven inzwischen blank lagen und die noch nie über diplomatisches Geschick verfügte, rastete vollends aus und reizte Wilhelm noch mehr. Er drehte sich um, warf Katharina auf das Bett und fiel über sie her. Sie wand sich unter ihm, aber er war stärker.

Zum Schluss hielt sie ganz einfach nur still.

Von ihrer eigenen Mutter geimpft, ließ sie jegliche sexuellen Kontakte nur über sich ergehen, *weil Männer ja doch bloß das Eine wollten* – und sie? Sie wollte endlich ein Kind. Etwas, was ihr in ihrem Leben ganz allein gehörte. Das ihr Besitz, ihr Eigentum war.

Die Vergewaltigung verzieh sie Wilhelm nie; sie blieb nicht ohne Folgen. Für Katharina das einzige, was sie mit ihrem Leben aussöhnte.
Sie begann, in sich hinein zu horchen und ihr Leben auf das kommende Kind zu konzentrieren. Schon als ganz junges Mädchen hatte sie sich vorgenommen: Wenn ich einmal ein Kind habe, soll es ihm besser gehen als mir.
Damit waren nicht die Lebensumstände oder die Probleme während des Krieges gemeint. Sie wollte ihrem Kind alle Aufmerksamkeit schenken, derer sie fähig war. Behüten und beschützen wollte sie es.
Als das Mädchen geboren war, sagte sie müde und völlig erschöpft zu ihrem Mann: "Es soll Annemarie heißen."
Wilhelm war es egal.
Sie verwies ihn in die zweite Reihe. Er war für sie nicht mehr existent. Eine Rolle, mit der er nie zurecht kam und die er immer öfter in Alkohol ertränkte.
Katharina warf ihn zwischendurch immer mal wieder aus der Wohnung, aber im Grunde interessierte es sie eigentlich nicht mehr. Die Katastrophe kam erst viel später.
Annemaries Erbgut.

***

Der Tanz mit der Flasche

Annemarie sah in den Himmel. Die Sonne stand tief; eine herrliche, fast ins violette schimmernde Glaskugel, die sich in der Unendlichkeit verlor. Die Ränder waren orangerot gezackt und blitzten über dem Horizont.

Sie verbeugte sich ironisch vor der Flasche als sei sie ein Partner.
Dann begann sie zu tanzen. Mit der Buddel durch das Wohnzimmer. Sie drehte sich schneller und immer schneller. Plötzlich knickte sie ein und stürzte zu Boden. Reglos blieb sie liegen. Die Flasche zerschellte und der Inhalt ergoss sich auf den Teppich. Annemarie kicherte: „Du bist blöd; du bist ja so entsetzlich blöd ..."

In ihr Unterbewusstsein drangen Geräusche. Annemarie wollte aufstehen, aber der Körper versagte seinen Dienst.

Sie blinzelte. „Was macht Ihr hier?"

Die Figuren vereinzelten sich und mit verschwommenem Blick sah sie auf einen Mann, der direkt vor ihr stand.

„Lass mich in Ruhe" murmelte sie und drehte sich auf die andere Seite.

„Lass mich doch endlich in Ruhe!"

Ratlos sahen Kevin und Monika, ehemalige Freunde aus der gemeinsamen Schulzeit, sich an.

„Es ist wieder soweit" seufzte Kevin. „Ob sie wohl jemals davon loskommt? ... und wie das hier wieder aussieht!"

Monika wandte sich angewidert ab. „Ich mache diesen Saustall nicht noch einmal sauber. Mir hat das letzte Mal gereicht. Wenn ich bloß an die Tiefkühltruhe denke, wird mir speiübel."

Kevin nickte. „Und dabei hatte ich in den vergangenen Wochen ein etwas besseres Gefühl. Irgendwie ... ??? Es bestand Hoffnung."

„Nein", sagte Monika hart, „es bestand keine Hoffnung. Ihr habt Euch alle etwas vorgemacht. Wenn es das erste Mal gewesen wäre – okay; doch es war *nicht* das erste, sondern bereits das dritte Mal. Es bestand keine Hoffnung. Absolut keine!"

„Willst du sie fallen lassen?" fragte Kevin zurück.

„Willst du an ihr kaputt gehen?"

„Wir müssen die Konsequenzen ziehen ...“

Alkoholismus wird sicher nicht als Krankheit vererbt, aber es fällt immer wieder auf, dass besonders sensible Menschen in dieser Gesellschaftsdroge Vergessen suchen. Doch es gibt kein Vergessen – es ändert sich nur das Leben, indem es problematischer wird.

... und wenn sich das Jahr dem Ende zuneigt, stellen sich manchmal sanfte und zärtliche Gedanken ein, als wolle man zum guten Schluss die Melancholie einladen ...

Licht für Lunacittá

Florena kam von einem anderen Stern; sie wurde von Frau Luna und dem Mann im Mond adoptiert. Ihr Vater, eine weltweit bekannte Persönlichkeit, die in den sechziger Jahren des vergangenen Erdenjahrtausends sogar mit: *hab'n sie schon mal den Mann im Mond gesehen...* besungen wurde, bestand darauf, dieses kleine Mädchen Florena zu nennen. Ihrer Mutter wäre Lunita lieber gewesen, aber sie tröstete sich damit, dass bereits die kleine Stadt, auf die sie jeden Abend hinunter schauen konnte, nach ihr benannt war.

In der Nacht erwachte Florena und wunderte sich. Sie blickte aus ihrem Fenster, genau auf Lunacittá und stellte fest, dass es dort unten stockdunkel war. Und das, obwohl ihr Vater seit Stunden die volle Beleuchtung eingeschaltet hatte. Leise stand sie auf und murmelte: „Dem sollte ich wohl doch mal auf den Grund gehen…!"

Sorgfältig strich sie die feinen Silberfäden ihres Umhanges glatt, sah in den Spiegel, kämmte sich mit allen zehn Fingern durch die hüftlangen Haare und streckte sich übermütig die Zunge heraus. Bääh!

Dann schlüpfte sie in ihre leichten Ballerinas, zupfte die Fledermausärmel zu Recht und kletterte aufs Dach. Von dort konnte sie besser starten, als von dem schmalen Sims an ihrem Fenster. Sie nahm Schwung, hob ab und glitt genüsslich in Richtung Lunacittá. Fliegen machte ihr immer wieder einen wahrhaft himmlischen Spaß, doch nach wenigen tausend Kilometern geriet sie in dicke Nebenschwaden. „Oh, hoppla", hustete sie, „was ist denn das?" Ihr wurde klar, dass das Licht ihres Vaters diese dichten Schwaden niemals würde durchdringen können. Zornig änderte Florena die Richtung. Sie musste unbedingt mit Johannes Wrasen und Gottlieb Brodem sprechen. Es konnte doch nicht angehen, dass die beiden zusammen saßen, wieder einmal mehr tranken als ihnen gut tat und dabei soviel rauchten, dass die Leute in Lunacittá noch nicht einmal mehr den Mond sehen konnten. Zudem war rauchen verboten. Schließlich war man sowohl auf dem Mond als auch im All fortschrittlich. Die Erdenkinder hatten ohnehin gerade ein absolutes Rauchverbot erlassen, dem sich auch der Mann im Mond nicht verschloss, zumal dieser Beschluss auch seinen Geldbeutel schonte. Sein Energieverbrauch würde sich drastisch reduzieren. Da konnten die beiden nicht mir nichts, dir nichts einfach die Welt vollqualmen...

Florena runzelte die Stirn. Genau! Sie würde jetzt ebenfalls das tun, was auch ungehorsamen Erdenbürgern in den vergangenen Jahrhunderten immer wieder angedroht worden war: sie würde die beiden auf den Mond schießen.

Es werde Licht in Lunacittá.

Leinenwechsel
So könnte es sich zugetragen haben – in Wesseling

Der beginnende Tag war gerade zu erahnen, leichte Nebelschleier lagen noch über dem Rhein als sich Hagen Johannson ächzend von der Strohschütte erhob. In der Ferne hörte er durch den Dunst des Morgens den immer wieder kehrenden Ruf: „Wessel de Ling! Wessel di Ling!"

Mit einer typischen Handbewegung fuhr er über sein Kinn und überlegte, dass er sich wohl auch heute eine Rasur sparen würde. Selbst besaß er kein Rasiermesser, nur eine Spiegelscherbe, die er am Rheinufer gefunden hatte und die sich für diesen Zweck gut eignete. Irgendeine Dame vom Schloss hatte bei einem Ausritt vielleicht einen Spiegel zerschlagen und die Scherben einfach weg geworfen. Ludwiga war furchtbar erschrocken, als er ihr diese Scherbe mitbrachte und sie sich zum ersten Mal selber sah.

Hagen seufzte und beschloss, dass zu einem Gang zum Barbier in dieser Woche kein Geld mehr vorhanden sein würde. Gestern hatte er wieder keinen Auftrag bekommen und Josta, die alte Stute, stand mit hängendem Kopf vor dem Eingang. Einen Bottich Wasser stellte er ihr hin; zum Fressen musste er sie hinter dem Dorfanger auf die Wiese führen. Gott sei Dank hatte er mit dem letzten Ratsherrn ein Abkommen getroffen; sonst wäre Josta vielleicht schon verhungert. Dieses alte Pferd war der Garant für seinen Lebensunterhalt. Mehr schlecht als recht.

Ludwiga erwachte; als sie ihren Mann beim Aufstehen stöhnen hörte. Sie wusste, dass ihn alle Knochen schmerzten. Die Arbeit war nun einmal hart, doch ihr Los war nicht besser. Mit den paar Kreuzern, die sie derzeit hatten, mussten sie auskommen, bis Hagen wieder einen neuen Auftrag bekam. Und die Kinder mussten essen. Ludwiga gab einen tiefen Stoßseufzer von sich und begann, die Strohschütten aufzulockern.

In der Küche stellte sie fest, dass kein Wasser mehr da war. Sie machte sich also auf den Weg, welches zu holen. Ihre Kräfte hatten in den letzten Wochen sehr nachgelassen, deshalb nahm sie sich den kleinsten Bottich, den sie tragen konnte und ging zum Brunnen. Dort traf sie auf Edelgarde, deren Mann Tobias schon unterwegs war. „Ihr schaut nicht gerade sehr ausgeruht aus. Wann musste der Eure denn heute Morgen los?", fragte Ludwiga die Nachbarin. „Oh, es war noch völlig finster, aber wir waren ja froh, dass der Schmied gestern Bescheid gab, dass er heute früh jemanden brauchte, der das Feuer in Gang hielt. In den letzten Monaten ist es schlimm geworden in unserer Gegend. Die Arbeit wird immer weniger..."

„Ja", meinte Ludwiga, „es ist schon ein Kreuz, „Hagen bekommt so manche Woche keine Aufträge mehr. Die Schiffseigner haben ihre eigenen Leute dabei und viele laden die Waren auch einfach am Ufer ab und lassen sie Sachen abholen, um das Treidelgeld einzusparen. Es ist ein Skandal. An uns denkt niemand. Die wirtschaften doch nur in die eigeneTasche."

Edelgarde nickte. „Ich muss Euch uneingeschränkt recht geben. Nur sieht es so aus, als dass wir daran nichts ändern können. Unsere die älteren Kinder sind schon so weit, dass sie diese Gegend verlassen wollen und weiter den Fluss auf- oder abwärts ziehen wollen. Vielleicht nach Zons oder Neuss".

„Was", entgegnete Ludwiga ganz entsetzt, „Eure Kinder wollen euch hier zurück lassen? Und was passiert, wenn sie woanders wohnen, mit Euch?"

Edelgarde zuckte mit den Schultern. „Sie müssen sich ihr Leben allein gestalten. Wenn sie meinen, ihre alten Eltern sich selbst überlassen zu können, dann werde ich sie nicht daran hindern. Wenn wir könnten, wür-

den wir auch weggehen. Aber wohin? Tobias ist nicht mehr jung – ich auch nicht. Wer will uns noch, wenn die Kräfte nachlassen?"
Ludwiga nickte widerwillig. „Leider habt Ihr Recht. Aber eine Schande ist es trotzdem!"

Sie setzte sich den gefüllten Bottich auf die Hüfte und machte sich mit ein paar Abschiedsgrußworten auf den Heimweg. Jonas kam entgegen. „Mutter, wie oft habe ich Euch schon gesagt, dass Ihr nicht so schwer tragen sollt. Solange ich noch hier bin, kann ich Euch doch helfen."
„Solange du noch hier bist?", fragte Ludwiga erschrocken.
„Ja, Mutter. Auch wenn es schwer fällt, aber Ihr müsst einsehen, dass wir so nicht weiterleben können. Diese drangvolle Enge. Jeder stört jeden, immer und überall."
„Aber Sohn, dass ist doch nicht nur bei uns so. Und wie soll es werden, wenn der Vater auch nicht mehr arbeiten kann?"
Jonas zuckte kaum unmerklich die Schultern: „Ich fürchte, dann werden meine jüngeren Brüder dafür sorgen müssen, dass es Euch gut geht. Immerhin haben sie bis jetzt so gut wie nichts getan. Außer dummes Zeug anstellen", fügte Jonas hinzu.
„Dafür sind es Kinder", zürnte Ludwiga.
„Ja", knurrte Jonas, „die werden sie wohl auch bleiben."
Am Abend kam Hagen heim. Er hatte sich weiter flussabwärts als Tagelöhner verdingen können und ein paar Kreuzer bekommen. Er legte das Wenige ohne Worte auf den Tisch und Ludwiga seufzte. „Nun ja, eine Kelle Mehl werde ich dafür wohl bekommen. Immerhin können wir morgen dann wieder einmal Pfannkuchen essen." Dieser Vorschlag wurde mit Gejohle von den Jüngsten beantwortet.
Doch an diesem Abend gab es aber wieder einmal Fladenbrot und Hafergrütze.

Jonas teilte seinem Vater den Entschluss, das Haus zu verlassen, mit. Dieser nickte nur. „Kann ich verstehen. Aber wohin wirst du dich wenden?", fragte er.
„Nun, ich denke, ich werde nach Zons gehen."

„Warum ausgerechnet Zons?"

„Weil, wie ich hörte, Zons Zollstadt geworden ist. Dort werde ich vielleicht die Möglichkeit haben als Zöllner zu arbeiten. Oder vielleicht auch als Müller. Die Zonser Mühle läuft ja immer noch, obwohl der Müller schon vor Monaten totgesagt wurde. Jedenfalls will ich nicht unbedingt treideln."

Wütend schoss der Vater zurück: „Glaubst du grüne Göre denn, ich hätte das gewollt. Ich würde auch lieber im Schloss den Gärtner spielen."

„Entschuldigt Vater", beschwichtige Jonas ihn. „Das habe ich nun wirklich nicht so gemeint. Aber Ihr müsst doch zugeben, dass das kein Leben ist, oder?"

Der Vater senkte den Kopf und nickte nur. „Ist schon gut Junge. Geh du deinen Weg. Ich wünsche dir alles Glück."

Jonas machte sich am folgenden Morgen bereits auf den Weg. Er marschierte fast vier Tage. Tagsüber lief er am Straßenrand und in der Nacht ging er ein immer ein Stück in die Wiese oder hinter den Waldsaum. Vor Räubern war man hier nirgendwo sicher und Jonas liebte sein Leben.

In Zons angekommen, ließ man ihn in das Zollhaus gar nicht erst hinein. Den Zöllnern ging es viel zu gut, als dass sie einen Fremden daran teilhaben lassen wollten. Notgedrungen ging Jonas zum Müller. Der war allerdings hoch erfreut, eine Hilfe zu bekommen. Als der alte Müller nach einigen Jahren verstarb, behielt Jonas die Mühle.

Er hatte es inzwischen zu bescheidenem Wohlstand gebracht und eine Familie gegründet. Diesen Wohlstand galt es zu sichern und er begann, bei Nacht und Nebel einen Teil seines Mehles mit einem kleinen Schiff rheinaufwärts zu verkaufen. Am Zoll vorbei.

Eines Tages traf er Hochwürden Remigius am Dorfeingang. Er grüßte ehrerbietig und der Pfarrer sprach ihn an: „Ihr seid doch Jonas Johannson, nicht wahr?"

Jonas nickte und ihn beschlich ein ungutes Gefühl.

„Nun, Euer Vater und Eure Mutter sind verstorben. Eure Mutter wollte im Rhein waschen und ist von einem Stein abgerutscht. Euer Vater, der gerade auf dem Treidler vom Großbauern eine Kuh wieder festbinden wollte, sprang ins Wasser, um ihr zu helfen. Leider schaffte er es nicht.

Sie versanken beide."

Jonas schlug die Hände vors Gesicht. „Ich hätte wohl doch wenigstens einmal nach Hause gehen sollen!"

„Ja", antwortete der Pfarrer hart, „das hättet Ihr sollen."

Jonas sprach mit seiner Frau darüber und sie beschlossen, gemeinsam den Rhein aufwärts zu ziehen. Sie wollten nach den Geschwistern sehen und dachten: „Wir sind noch jung, wir werden es schon schaffen."

Doch dann kam die Nachricht, dass man weit unten auf dem Rhein, ein Schiff gesehen habe, das nicht mehr gezogen wurde, sondern aus eigener Kraft stromaufwärts fuhr. Das wollte niemand so recht glauben und da auch keiner wusste, wie lange das Schiff brauchen würde, bis es bei ihnen ankam, stellten sie Wachen auf. In den frühen Morgenstunden des Mittwochs vor Pfingsten rannte Jonas, der diese Nachwache hatte, aufgeregt ins Dorf: „Es kommt! Es kommt!"

Über Jonas kroch eine Gänsehaut. Er hatte das Gefühl, den größten Umbruch seiner Zeit miterlebt zu haben.

*

Mehr als einhundert Jahre später erbte ein Jonathan Johannson ein kleines Haus in Wesseling, was früher einmal dem Dorfpfarrer gehört hatte. Neugierig und mit ein wenig Ehrfurcht bestaunten er und seine Freundin Katja die uralten Folianten, die auch der letzte Pfarrer sorgfältig gehütet hatte. Alle Bücher waren in braunes Leder gebunden und stammten zum Teil aus dem 18. Jahrhundert. Beim Aufschlagen der Bände stieg beiden der Staub der Vergangenheit in die Nase.

„Wieso hast eigentlich gerade du dieses Haus geerbt ", fragte Katja Jonathan, „und wie bist du mit dem Pfarrer verwandt?"

„Frag mich lieber was Leichteres. Aber irgendwie muss es wohl so sein. Denn, lies einmal hier: „*Hagen hatte einen Sohn, das war Jonas. Dann kam ein Jonathan, dann wieder ein Jonas, dann wieder Jonathan, das war mein Großvater, dann wieder Jonas, mein Vater und ich bin wieder ein Jonathan. Der Jonas, der den ersten Raddampfer auf dem Rhein ge-*

sehen hat, muss mein Ur-ur-ur-großvater gewesen sein.“

„Ist da nicht vielleicht ein *ur* mehr drin?“, hatte Katja ein wenig grinsend gefragt. Jonathan drohte ihr mit dem Finger und vertiefte sich wieder in die alten Texte.

Plötzlich sah Katja hoch. Sie reckte sich und während sie die waberenden Frühnebel über dem Rhein sah hörte sie in ihrem Kopf den dumpfen Ruf der Treidler:

Wessel de Ling! Wessel de Ling!

„Sag mal Jonathan“, fragte Katja, noch ganz gefangen von dieser Atmosphäre, „hast du das gewusst?“

„Was gewusst?“

„Dass unser Wesseling aus dem Ruf der alten Treidler entstanden ist?“

Jonathan musste sich erst wieder darauf besinnen, dass er im einundzwanzigsten. Jahrhundert lebte. Aber auch er konnte den Ruf der Vergangenheit nicht überhören: Wessel de Ling! Wessel de Ling!

Es „mai“nachtet so sehr ...
Als Autor hat man es manchmal schwer ...

Es soll eine Weihnachtsgeschichte werden !!!
Hatten wir nicht gerade erst Ostern?
Wer macht sich denn dann schon Gedanken über Weihnachten?
Es ist Mitte Mai, noch nicht mal im Urlaub gewesen!

Um mich herum blühen Rhododendron und die ersten Rosen; der Rasen muss gemäht werden und ich soll eine Geschichte über Weihnachten schreiben? Oder soll es eher eine *zu* Weihnachten werden? Das würde vielleicht besser passen.

Die Bäume sind gerade erst ausgeschlagen, das Laub schimmert in allen Grüntönen und seit Tagen ist es um die dreißig Grad warm. Die Kinder gehen baden, da soll ich – *ich!* – an Weihnachten denken!
Die Verleger möchten das so, das Buch mit eben diesen Geschichten soll

zum Fest schließlich schon verkauft werden.

Wer macht sich schon Gedanken darüber, wie viel Arbeit darin steckt, bis so ein Buch fertig ist und im Laden liegt. Der Autor denkt sich etwas aus, der Lektor muss es lesen; dann wird es in Druckform gebracht. Die Druckerei und der Buchbinder werden eingespannt. Das braucht alles seine Zeit. Ich sehe es ja ein, aber warum ausgerechnet eine Weihnachtsgeschichte im Mai?

Gut, zu Weihnachten haben die Leute dann die Muße zum lesen (?), oder auch nicht? In dieser Hektik der heutigen Zeit. Und wenn sie keine Zeit haben..., warum muss ich dann heute die Geschichte schreiben? Wo ich doch viel lieber faul in meinem Balkonstuhl sitze und den ersten Schwalben bei ihren Kunstflügen zusehe.

Das Telefon klingelt und mein Verleger fragt an, ob ich schon angefangen hätte. Ich winde mich ... na ja, ich bin dabei, aber wir haben doch erst Mai!!!

So wird man auch noch getrieben; wie soll da eine Geschichte entstehen. Vor allen Dingen, wenn noch das Telefon dazwischen bimmelt. Fragen über Fragen, die mich die ganze Zeit beschäftigen, wie soll ich da schreiben? Sieht er das nicht ein? Der Verleger natürlich; sonst treibt mich ja keiner.

Die Gedanken über das *Warum* sind doch schon eine Geschichte. Und weshalb eigentlich unbedingt eine Weihnachtsgeschichte? Warum denkt niemand an die schöne Zeit davor?

Advent.

Wenn die Menschen ihre Fenster schmücken, die Städte sich herausputzen, festlich beleuchtete Bäumchen aufstellen...

Bäum...chen? heute gilt doch nur noch: höher, schneller, weiter. Als wäre die Vorweihnachtszeit eine Olympiade!

Und wenn es auf den Weihnachtsmärkten nach gebrannten Mandeln und Glühwein duftet..., ja dann, ist das nicht eine herrliche Zeit?

Dann verstehe ich, dass man an Weihnachten denkt. Aber jetzt? Wir haben Mitte Mai und ich sitze in der Sonne!

Und doch – wir werden fast täglich daran erinnert, irgendwann ist wieder Weihnachten. Ob Spekulatius, Dominosteine, Lebkuchen; alles gibt es zu kaufen. Wie soll da an Weihnachten Stimmung aufkommen, wenn das ganze Jahr über nur *in Kommerz* gedacht wird.

Wer macht sich noch die Mühe, einmal darüber nachzudenken, dass dies ein christliches Fest ist; und wer nimmt sich die Zeit, einmal wieder in die Kirche zu gehen? Wer begeht die Festlichkeit im Kreis seiner ganzen Familie?

Die meisten sind nur noch hektisch. Denken bloß noch an ein paar freie Tage und düsen ab in die Südsee.

Aber *ich* soll an Weihnachten denken. Eine Geschichte schreiben – und das im Mai!

So viele Fragen, die muss ich erst einmal für mich beantworten. Dann denke ich darüber nach, die Weihnachtsgeschichte zu schreiben.

Das muss ich nun gleich meinem Verleger sagen... Ich lehne mich zurück und blinzle in die Sonne, es ist ja erst Mitte Mai.

Russische Weihnachten
Autoren sind auch Menschen und berichten mal über sich selbst

Irgendwo habe ich einmal gelesen, dass Erich Kästner seine schönsten Geschichten bei dreißig Grad im Schatten schrieb. Ob da auch eine Weihnachtsgeschichte dabei war? Das möchte ich anzweifeln. Selbst die Vorstellung lautlos rieselnder Schneeflocken, die die Basiliuskathedrale auf dem Roten Platz in Moskau malerisch zudecken, hilft mir nicht weiter. Die dreißig Grad im Schatten habe ich hier auch, aber ich bin kein Erich Kästner. Das ist wohl das Problem.

Also lege ich mein Gehirn erst einmal wieder schlafen und vertiefe mich in meinen gerade angekommenen geliebten Tee-Katalog. Eigentlich bin ich kein Katalogmensch, und die übliche Auflistung von Billigartikeln mag ich schon gar nicht, aber meinen Tee-Katalog liebe ich heiß und innig. Und da war er. Wer?

Mein Samowar. Mein stiller Traum. Zwar elektrisch, was der Nostalgie einigen Abbruch tat, aber immerhin.

Also begann ich Jochen, meinem Mann, in den Ohren zu liegen, dass das doch nun wirklich *etwas* wäre. Der stellte sich taub. Kann er sowieso gut. Dann hat er immer irgendetwas nicht gehört. Als er mich diesbezüglich nicht mehr überhören konnte, schmetterte er ein kategorisches Nein.

„Was willst du damit?", meinte er. „Überlege mal: benutzen werden wir ihn vermutlich nie. Und dann auch noch Hochglanz verchromt. Das bedeutet, dass er den Staub anzieht wie ein Magnet. Also ist alle paar Tage putzen angesagt. Nee, ich bin absolut dagegen!"

Na ja, die Richtigkeit der Argumente war nicht von der Hand zu weisen, doch ich war ausnahmsweise einmal völlig anderer Ansicht.

„Sieh mal", schmeichelte ich ihm, wohlwissend, dass es nichts nützen würde, „es wäre auch eine wunderbare Erinnerung an Russland."

Ein Land, das wir beide liebten und schon zweimal besucht hatten. Das erste Mal 1976 – da war Leonid Breschnjew noch an der Regierung.

Gott, war das lange her.

„Also", hub ich erneut an, „einmal die Erinnerung und dann, guck mal, er ist doch wirklich sehr schön gearbeitet. Dass er elektrisch betrieben ist stört ein wenig, aber, naja, die Russen leben schließlich auch nicht mehr im Mittelalter."

Ich baute unsere gemeinsamen Erinnerungen so gut wie möglich aus, es half nichts. Seufzend begrub ich meinen Traum.

Monate gingen ins Land. Das Thema Samowar war erledigt. Stattdessen kristallisierte sich immer mehr heraus, dass wir beide sowieso keine Schenker-Typen waren. Das, was wir brauchten, kauften wir uns gemeinsam und das, was wir nicht brauchten, konnten wir uns ohnehin nicht leisten. Wir beschlossen also, für die Zukunft unsere *Geschenk*tage zu *Gedenk*tagen zu machen und fühlten uns bei dieser Idee recht wohl. Sowohl der Geburtstag meines Mannes als auch der meine überstanden diese neue Gepflogenheit klaglos. Hatten wir doch demnächst nur noch für ein paar Unbelehrbare zu sorgen, was uns in etlichen Fällen rauchende Köpfe ersparte.

Monate später....

Im Briefkasten klemmte wieder einmal mein neuer Tee-Katalog. Herrlich. Das versprach eine geruhsame Schmökerzeit. Gleichzeitig fiel mir aus dem Postkasten ein Umschlag von eben dieser Firma entgegen, den ich sofort in die Papiertonne befördern wollte. Für Reklame habe ich keinen Sinn. Im letzten Augenblick sah ich, dass der Brief mit vollem Porto frankiert war; Reklamesendungen sind immer nur mit Sonderporto bestückt. In der Wohnung angekommen, öffnete ich den Umschlag und stellte zu meiner Verblüffung fest, dass er eine Rechnung enthielt – über einen Samowar.

Meinen Samowar.

Mein Mann stand hinter mir und fluchte gotteslästerlich, denn, entgegen unserer Vereinbarung, sollte ich genau den zu Weihnachten bekommen.

Das Unternehmen hatte wohl nur den Nachnamen gelesen und nicht darauf geachtet, dass ein anderer aus der Familie diese Bestellung – extra auch noch als Geschenk deklariert – aufgegeben hatte. Nur so konnte die Panne passieren, dass der Samowar für meinen Namen vorgesehen war, die Rechnung leider auch. Die sollte nämlich auf Jochen (...) lauten.

Ja, und was jetzt? Abgesehen davon, dass man ihm das Geschenk vermasselt hatte, stand ich obendrein mit einem reichlich dummen Gesicht da. Von Freude war erst einmal keine Rede. Eher von hilflosem Zorn.

„Das ist unfair!"

„Ich wollte dir wirklich eine Überraschung bereiten!"

„Ja, das ist dir auch gelungen, aber ich hätte dann dagestanden und nichts für dich gehabt. Das ist gemein."

Dann habe ich ein paar Strophen geheult, bis das rationale Denken wieder einsetzte und ich zu dem Entschluss kam, dass ich mir wohl nun doch noch was einfallen lassen müsste.

Ich *entwendete* daraufhin eine bestimmte Armbanduhr meines Mannes, zu der er immer schon mal ein anderes Armband haben wollte, aus seinem Nachtschränkchen und hoffte, dass er nicht gerade jetzt auf die Idee käme, sie anlegen zu wollen. Das Glück war mir hold.

Ab und zu soll es ja auch Zufälle geben, die erfreulich sind. Bei mir stellte ein solcher sich in Form meines neuen Chefs ein, der nicht nur gern einkaufte, sondern auch über einen exklusiven Geschmack und den entsprechenden Geldbeutel verfügte.

Bei einer seiner nächsten Exkursionen ins nahegelegene Köln drückte ich meinem Chef diese Uhr in die Hand mit der Bitte, ein passendes Armband zu besorgen. Dass das nicht gerade preiswert abgehen würde, war mir klar. Ungefähr eine Stunde später rief er mich dann aus Köln an und erklärte mir, dass er etwas gefunden habe, aber... Bei dem Preis musste ich wirklich erst einmal schlucken. egal! „Das ist schon okay. Sie kriegen das Geld im Büro gleich zurück, allerdings in Form eines Schecks. Auf solche Beträge bin ich an normalen Tagen nicht eingerichtet. Er lachte nur: „Kein Problem. Ich bringe das Armband also mit."

„Halt! Bitte lassen Sie das auch gleich montieren."

„Wird gemacht."

Etwas später packte ich also die Uhr ein und behielt sie auch daheim unter Verschluss. Im Nachtkästen lag, weiter unbeachtet, der leere Karton.

Kurz vor Weihnachten kam der bestellte Samowar pünktlich und richtig zu meinen Händen. Obwohl ich vor Neugier platzte, habe ich ihn wirklich erst zu Weihnachten ausgepackt und im Gegenzug Jochen seine Uhr in die Hand gedrückt.
Gefreut haben wir uns beide dann doch.
Als ich ihm dann noch erzählte, wie ich an das Armband gekommen bin, hatte ich den Lacher auf meiner Seite.
Nach dieser Panne sind wir übereingekommen, dergleichen nicht noch einmal zu bewerkstelligen.
Der Samowar steht nun schon mehrere Jahre unbenutzt (!) an seinem Platz; wogegen die Uhr ihre Funktion durchaus erfüllt. Die Geschichte dazu können wir ohnehin nicht vergessen, denn ... das Armband ist verkehrt herum drangemacht worden. Das bleibt so!
Schenken ist schön, oder nicht?!

Adeline die Eiskönigin
Wann wird's mal wieder richtig Winter...

Verdrießlich hockte Adeline auf ihrem Wolkenschemelchen und sah auf die undurchdringliche Wand vor sich. Dort hing ein Spiegel aus blauen Eiskristallen, der heute geradeso neblig aussah, wie die Wand an der er hing. Nur der Rahmen war zu erkennen. Aber auch er war derzeitig ganz dunkelgrau. Selbst das Wolkenschemelchen, was in Wirklichkeit blendend weiß und auf der Lehne mit einem prächtigen Eiskrönchen verziert war, sah blass aus.
„Heinrich", rief sie ihren kleinen Hofnarren, der, wie immer, auf einem blaugrauen Sitzkissen aus gestapelten Nebelwölkchen in einer Zimmerecke saß. „Heinrich, komm bitte einmal her!"
„Ja, Herrin, was kann ich für dich tun?" beeilte sich der kleine Narr zu fragen.
„Heinrich, mache dich doch bitte auf den Weg und sage Frau Sonne Bescheid, dass ich heute Morgen wieder nichts im Spiegel sehen kann. Sie möchte so lieb sein und ein paar Strahlen schicken, sonst kann ich mich

noch nicht einmal kämmen."

Adelines Haar war wunderschön und glänzte wie jeden morgen. Aus silberhellen Fäden, die ringsum mit Reif besetzt waren, wallte es lang auf ihren Rücken herab. Aber Adeline war nicht zufrieden.

„Und rufe auch Henriette", meinte sie, „damit sie mir beim Kämmen und Ankleiden helfen kann."

„Ja, Herrin!"

Eilfertig machte Heinrich sich auf den Weg.

Als erstes suchte er Henriette, seine Frau, die er in der Küche fand. Sie stand am Tisch und formte mit ihren kleinen Händen eine große Eistorte, die ihre Herrin morgens immer zum Frühstück aß.

Das war im Übrigen die einzige Mahlzeit, die sie am Tage zu sich nahm. Sie wollte keinesfalls zunehmen, weil ihr sonst die geliebten Kristallgürtel nicht mehr passen würden. Dabei liebte sie Süßes, doch sie bekam schließlich nicht alle Tage einen neuen Gürtel, sondern musste sich immer von einem Winter zum anderen gedulden.

Heinrich sagte seiner Frau schnell Bescheid und machte sich dann auf den weiten Weg zur Frau Sonne.

Auf der Hälfte des Weges musste er erst einmal verschnaufen; es ging immerzu bergauf und über Nacht war es glatt geworden. Die Gebrüder Nebel hatten wieder einmal Streit und konnten sich nicht darüber einigen, wer in welche Richtung gehen wollte.

„Himmel noch mal", rief Heinrich, „warum könnt ihr euch nicht woanders zanken?"

„Wieso, hier haben wir wenigstens Platz genug", meinten die beiden.

„Schon, aber ihr versperrt Frau Sonne den Weg und Adeline, meine Herrin sitzt nun vor ihrem Spiegel und kann sich noch nicht einmal kämmen, weil sie nichts sieht."

„Oh", meinten die beiden betroffen, „das haben wir nicht bedacht. Adeline kann schließlich nicht dafür, wenn wir uns zanken."

Schleunigst machten sie einen kleinen Spalt frei und Frau Sonne rief von oben: „Danke, das ist nett. Ich wusste schon gar nicht mehr wohin mit meinen Strahlen. Sie verbrennen mich, wenn Sie so nah um mich herum sind!"

Heinrich seufzte und dachte bei sich: „Na, dann kann ich mir den Rest des Weges ja sparen. Gott sei Dank."

Fix machte er sich auf den Rückweg.

Unterwegs sah er kurz bei Frau Holle hinein, aber die schlief noch und war in ihren Kissen kaum zu sehen.

„Au backe", dachte Heinrich, „wenn sie wach wird und anfängt alles sauber zu machen, kann ich mir auch wieder gratulieren."

Dazu muss man wissen, dass Heinrich jeden Winter, wenn Frau Holle mit Großreinemachen begann, genauso helfen musste, wie auch Henriette. Die beiden taten das gar nicht gerne; sie blieben viel lieber bei Adeli-ne und spielten mit ihr.

Im Eispalast angekommen sah Heinrich gleich, dass Frau Sonne es geschafft hatte, ihre Strahlen wieder auf Adelines Spiegel zu richten.

Henriette war eifrig dabei, ihr die Haare zu kämmen. „Au", rief Adeline gerade, „pass doch auf, du tust mir weh. Und außerdem reißt du an meinen Haaren als hätte ich noch neue in der Schublade!"

„Verzeihung Herrin", meinte Henriette zerknirscht, „aber ich habe es gewiss nicht mit Absicht getan. Ich passe nun besser auf."

Heinrich kam näher. „Herrin", sagte er, „die Gebrüder Nebel waren Schuld, dass du dich heute früh nicht sehen konntest. Sie haben sich auf dem großen Feld vor Frau Sonne gestritten, so dass sie einfach nicht durchkam. Jetzt ist aber wieder alles in Ordnung."

„So, meinst Du? Dann sieh mal aus dem Fenster!", sagte Adeline und begann das alte Kinderlied, das sie schon seit tausend Jahren kannte, zu summen: „Schneeflöckchen, weiß Röckchen, wann kommst du geschneit...!"

„Was ist denn das?", fragte Heinrich ganz entgeistert. „Ich war doch auf dem Rückweg bei Frau Holle und sie hat ganz fest geschlafen?" Heinrich konnte nicht glauben, was er dort sah. Es hatte zu schneien begonnen.

Doch auch der halbe Weg von Frau Sonne zurück in den Eispalast hatte so lange gedauert, dass Frau Holle inzwischen wach geworden war und mit ihrer winterlichen Arbeit begann.

Zwar hatte diese Heinrich noch gesehen, aber er war schon zu weit weg, als dass er sie hätte hören können, wenn sie hinter ihm her rief. Also fing sie einfach schon einmal an, die Betten auszuschütteln.

Heinrich würde es schon sehen und musste halt den Weg noch einmal gehen. Das hatte den Vorteil, dass er Henriette gleich mitbringen konnte. Sie war für das Staubwischen zuständig und musste dafür sorgen, dass Frau Holle nach ihrem langen Sommerschlaf etwas zu essen bekam. Da sie selbst nur ein kleines Häuschen ohne Küche bewohnte, brachte Henriette ihr immer eine Eistorte mit.

Heinrich sah seine Herrin traurig an: „Schade, nun müssen wir uns auf den Weg machen. Ich wäre viel lieber noch ein wenig bei dir geblieben." Adeline tröstete Heinrich: „Sei nicht traurig. Du weißt doch, jedes Jahr müssen wir ihr helfen, die Erde mit Schnee zuzudecken. Das ist wichtig für alle Blumen und Pflanzen."

„Warum eigentlich?" wollte Heinrich wissen.

„Nun, du weißt doch, wenigstens einmal im Winter kommt Väterchen Frost hier vorbei. Und wenn er besonders schlecht gelaunt ist, gibt er soviel Kälte ab, dass alles auf der Erde erstarrt. Dann erfrieren die Pflanzen und Blumen, die keinen warmen Mantel haben, der sie zudeckt. Und was noch viel schlimmer ist, auf den Feldern der Menschen erfrieren das eingesäte Korn, die Kartoffeln und die Knospen an Sträuchern und Bäumen. Dann müssen im Jahr danach die Menschen hungern und das können wir nicht zulassen. Beeindruckt sah Heinrich seine Herrin an: „Was du so alles weißt!"

Inzwischen hatte Henriette gepackt und den Palast mit Nebeltüchern abgedeckt, damit den kostbaren Möbeln in den nächsten Monaten nichts passiere. Sie weinte ein bisschen vor sich hin, weil ihr der Abschied aus dem Eispalast immer sehr schwer fiel. Jedes Jahr machten alle die gleiche Reise, aber immer wieder musste Henriette weinen.

„So", meinte Adeline, „jetzt ist es soweit. Wir müssen uns auf den Weg machen."

„Wir wünschen dir eine recht gute Reise", sagten Heinrich und Henriette im Chor.

Adeline packte ihr langes Kleid aus Eiskristallen, breitete die Arme mit den silbernen Fledermausärmeln zu Flügeln auseinander und flog hinaus. Gott sei Dank war Frau Sonne weit genug weg, so dass ihre Flügel nicht Gefahr liefen, zu schmelzen. Langsam und lautlos schwebte sie der Erde entgegen.

In weiter Ferne sah sie Heinrich und Henriette auf dem Weg zu Frau Holle. Nun, die beiden würden sich erst noch ein wenig nützlich machen und wenn ihre Zeit gekommen war, würde Frau Holle sie ebenfalls nach unten schicken, damit sie helfen konnten, die Erde mit Schnee zu bedecken.

Dann würden sie sich alle eine lange Zeit nicht mehr sehen. Im Frühjahr, wenn Frau Sonne ihre warmen Strahlen auf die Erde schickte, würden sie schmelzen und ungesehen wieder in den Himmel steigen.

Dort warteten sie dann auf den nächsten Winter und bauten sich, wie in jedem Jahr, einen neuen silbernen Eispalast.

Schlusswort ...

Modernes Gebet

Herr   In meiner Kindheit betete ich
Vater unser
Der du bist im Himmel
Geheiligt werde dein Name
Dein Reich komme
Dein Wille geschehe
Wie im Himmel so auf Erden

Herr   Heute bete ich
Vater unser – bist du noch im Himmel?
Ich will ja gern deinen Namen heiligen
Und, dass dein Reich komme
Das hoffe ich
Aber – Dein Wille geschehe!
Ist das wirklich dein Wille, der jetzt geschieht?
Alle die kleinen und großen Kriege
Morde, Vergewaltigungen, Raubzüge.
Ich kann das nicht glauben.

Gewiss, du hast auch gesagt:
macht euch die Erde untertan.
Damit hast du sicher nicht gemeint,
Dass die Menschen sie vernichten.

Herr   Und jetzt versuchen einige, wenige Menschen
Sich zu bereichern
Dafür müssen tausende Familien in Not
Und Armut leben, weil sie dafür entlassen werden
Andere kommen auf die wahnsinnige Idee,
die heiligen Feste, wie Ostern und Weihnachten ab-
zuschaffen
nur um des Profites willen…

Herr

Du siehst, was alles falsch gemacht wird
Du siehst, was ferner daraus resultieren wird
Hilf uns!
Hilf alle denen, die nicht in der Lage sind
Die katastrophalen Folgen ihrer Handlungsweise
Zu verstehen – zu begreifen – oder nicht den Mut
haben
Zu ihren Fehlern zu stehen.
Hilf uns!
Noch niemals war deine Hilfe
so dringend vonnöten wie jetzt

Amen

Erschienen 2015
bei BoD Norderstedt
Books on Demand

Geschichten aus der Zeit zweier
Deutscher Staaten

Erschienen 2016
bei BoD Norderstedt
Books on Demand

Tiergeschichten für kleine und
auch große Kinder

Erschienen 2017
bei BoD Norderstedt
Books on Demand

…ein bisschen hiervon und ein
bisschen davon – alles was eine
gemütliche Lesestunde ausmacht